Edgar Hilsenrath

Der Nazi & der Friseur

Roman

Mit einem Nachwort
von Helmut Braun

Deutscher Taschenbuch Verlag

Von Edgar Hilsenrath
sind im Deutschen Taschenbuch Verlag erschienen:
Fuck America (13298)
Jossel Wassermanns Heimkehr (13368)
Das Märchen vom letzten Gedanken (13485)

Ungekürzte Ausgabe
März 2006
8. Auflage Januar 2007
Deutscher Taschenbuch Verlag GmbH & Co. KG,
München
www.dtv.de
© 2004 Dittrich Verlag, Berlin/Köln
Erstveröffentlichung: Köln 1977
Umschlagkonzept: Balk & Brumshagen
Umschlaggestaltung: Stephanie Weischer
unter Verwendung einer Fotografie von © plainpicture/I. Kukatz
Gesamtherstellung: Druckerei C. H. Beck, Nördlingen
Gedruckt auf säurefreiem, chlorfrei gebleichtem Papier
Printed in Germany
ISBN-13: 978-3-423-13441-5
ISBN-10: 3-423-13441-0

ERSTES BUCH

»Ich bin Max Schulz, unehelicher, wenn auch rein arischer Sohn der Minna Schulz ...« So beginnt Edgar Hilsenraths berühmter Roman über den SS-Mann und Massenmörder, der nach dem Krieg in die Rolle seines Opfers Itzig Finkelstein schlüpft, mit einem Sack voll Goldzähnen auf dem Berliner Schwarzmarkt Geld macht, schließlich auswandert und ein angesehener Bürger und Friseursalonbesitzer in Tel Aviv wird.

»Dieses heikle, waghalsige Unternehmen spricht für den Autor, seine Sprache, die wild wuchert und doch oft genug trifft, eine düstere und auch eine stille Poesie entfaltet.« (Heinrich Böll)

Edgar Hilsenrath wurde 1926 in Leipzig geboren. 1938 flüchtete er mit der Mutter und dem jüngeren Bruder nach Rumänien. 1941 kam die Familie in ein jüdisches Ghetto in der Ukraine. Hilsenrath überlebte und wanderte 1945 nach Palästina, 1951 in die USA aus. Mit dem vorliegenden Roman gelang Hilsenrath der Durchbruch. Hilsenraths Werk wurde in 18 Sprachen übersetzt und weltweit über 5 Millionen mal verkauft. Von den zahlreichen Auszeichnungen seien vor allem der Alfred-Döblin-Preis, 1989, erwähnt und der Lion-Feuchtwanger-Preis 2004. Edgar Hilsenrath lebt heute in Berlin.

Ich bin Max Schulz, unehelicher, wenn auch rein arischer Sohn der Minna Schulz ... zur Zeit meiner Geburt Dienstmädchen im Hause des jüdischen Pelzhändlers Abramowitz. An meiner rein arischen Herkunft ist nicht zu zweifeln, da der Stammbaum meiner Mutter, also der Minna Schulz, zwar nicht bis zur Schlacht im Teutoburger Walde, aber immerhin bis zu Friedrich dem Großen verfolgt werden kann. Wer mein Vater war, kann ich nicht mit Bestimmtheit sagen, aber er war bestimmt einer von den fünfen: der Fleischer Hubert Nagler, der Schlossermeister Franz Heinrich Wieland, der Maurergehilfe Hans Huber, der Kutscher Wilhelm Hopfenstange oder der Hausdiener Adalbert Hennemann.

Ich habe die Stammbäume meiner fünf Väter sorgfältig prüfen lassen, und ich versichere Ihnen, daß die arische Herkunft der fünf einwandfrei festgestellt wurde. Was den Hausdiener Adalbert Hennemann anbetrifft ... da kann ich sogar mit Stolz sagen, daß einer seiner Vorfahren den Spitznamen ›Hagen der Schlüsselträger‹ trug, ein Knappe des ruhmreichen Ritters Siegismund von der Weide, dem sein Herr und Gebieter als Zeichen seines großen Vertrauens einen bestimmten Schlüssel anvertraute ... nämlich: den Schlüssel des Keuschheitsgürtels seiner Frau Gemahlin ... ein vergoldeter Keuschheitsgürtel, der später am

Hofe des großen Königs berühmt wurde und Geschichte machen sollte.

Itzig Finkelstein wohnte im Nachbarhaus. Er war genauso alt wie ich oder ... um genauer zu sein, und wenn ich mich so ausdrücken darf: Itzig Finkelstein erblickte das Licht der Welt genau zwei Minuten und zweiundzwanzig Sekunden nachdem mich die Hebamme Gretchen Fettwanst mit einem kräftigen Ruck aus dem dunklen Schoß meiner Mutter befreite ... wenn man mein Leben als Befreiung bezeichnen kann, was ... schließlich und endlich ... ziemlich fragwürdig wurde.

Zwei Tage, nachdem Itzig Finkelstein zur Welt kam, stand folgende Anzeige in der »Jüdischen Rundschau« unserer Stadt ... der schlesischen Stadt Wieshalle:

»Ich, Chaim Finkelstein, Friseur, Besitzer des eingeführten Friseursalons ›Der Herr von Welt‹, Ecke Goethe- und Schillerstraße, Wieshalle, Vorstand im ›Jüdischen Kegelklub‹, stellvertretender Generalsekretär der ›Jüdischen Kultusgemeinde‹, Mitglied des ›Deutschen Tierschutzvereins‹, des Vereins der ›Pflanzenfreunde‹, der Liga ›Liebe deinen Nächsten‹ und der ›Wieshaller Friseurinnung‹, Verfasser der Broschüre ›Haarschnitt ohne Treppen‹, ... erlaube mir, die Geburt meines Sohnes und Nachfolgers ›Itzig Finkelstein‹ bekanntzugeben.«

Am nächsten Tag erschien eine zweite Anzeige in der »Jüdischen Rundschau« mit nachfolgendem Wortlaut: »Wir, die Jüdische Kultusgemeinde von Wieshalle, sind glücklich, dem Herrn Friseur Chaim Finkelstein, Besitzer des eingeführten Friseursalons ›Der Herr von Welt‹, Ecke Goethe- und Schillerstraße, Vorstand im ›Jüdischen Kegelklub‹, stellvertretender Generalsekretär der ›Jüdischen Kultusgemeinde‹, Mitglied des ›Deutschen Tierschutzvereins‹, des Vereins der ›Pflanzenfreunde‹, der Liga ›Liebe deinen Nächsten‹ und der ›Wieshaller Friseurinnung‹, Verfasser der Broschüre ›Haarschnitt ohne Treppen‹, zur Geburt seines Sohnes und Nachfolgers ›Itzig Finkelstein‹ herzlich zu gratulieren.«

Können Sie sich vorstellen, was Hilda ... die dürre Hilda ... das Dienstmädchen der Finkelsteins ... zu Frau Finkelstein sagte, als die Geburtsanzeige des kleinen Itzig in der »Jüdischen Rundschau« von Wieshalle erschien?

»Frau Finkelstein«, sagte sie, »so was versteh' ich nicht. Ihre Ehe war zwar mehr als zwanzig Jahre kinderlos, aber diese Geburtsanzeige von dem kleinen Itzig, das ist ein bißchen zuviel! Der Herr Finkelstein ist doch sonst kein Angeber. War doch immer so bescheiden!«

Die dürre Hilda: zwei Meter lang, zwei Meter dürr, Vogelgesicht, pechschwarzes Haar.

Sara Finkelstein: klein und rundlich, Zwicker auf der Nase, angegrauter Haarkranz, obwohl sie noch gar nicht alt war. Sah ein bißchen verstaubt aus, so wie die ehrwürdigen Familienbilder in Finkelsteins altmodischem Wohnzimmer. Chaim Finkelstein: noch kleiner als seine Frau, aber nicht rundlich. Ein winziges, mageres Männchen ... linke Schulter etwas schief, als hätten sich 2000 Jahre Exil, 2000 Jahre Leid, an diese eine Schulter gehängt. An die linke Schulter, die Schulter, die dem Herzen am nächsten steht. – Chaim Finkelsteins Nase ist schwer zu beschreiben. Ich würde sagen ... 'n bißchen triefend ... auch immer leicht gerötet von einem chronischen Schnupfen. Aber nicht krumm. Seine Nase war weder lang noch krumm. Sie war normal. An sich normal. Er hatte auch keine Plattfüße.

Haare? Ob er Haare hatte? Der Herr Friseur Chaim Finkelstein? Nein. Haare hat er nicht gehabt. Wenigstens nicht auf dem Kopf. Aber die hat er gar nicht gebraucht. Denn Chaim Finkelstein, das winzige Männchen, hatte ausdrucksvolle Augen. Und wer diese Augen sah, der nahm ihm die Glatze nicht übel. Und auch nicht die leicht gerötete Nase, die immer ein bißchen triefte, und auch nicht die Winzigkeit seiner Gestalt. Groß waren diese Augen und klar und gütig und weise. Aus Chaim Finkelsteins Augen leuchteten die Buchstaben der Bibel und ein Herz, das seine Mitmenschen verstand.

Ja. Das war Chaim Finkelstein, der jüdische Friseur aus Wieshalle.

Am 23. Mai 1907 fand im Hause Finkelstein ein ungeheures Ereignis statt: Die Beschneidung des Itzig Finkelstein.

Ich nehme an, daß Sie wissen, was eine Beschneidung ist und daß Sie, wenn Sie Jude sind, Ihr eigenes verstümmeltes Glied nicht nur betrachtet, sozusagen begutachtet, sondern sich auch zuweilen Gedanken über die symbolische Ursache der fehlenden Vorhaut gemacht haben. Habe ich recht?

Die Beschneidung ist ein Zeichen des Bundes zwischen dem Herrn und dem Volk Israel und wird als solche auch *Brith Mila* genannt. Als fleißiger Leser des Lexikons habe ich festgestellt, daß die Beschneidung der jüdischen Knäblein eine Art symbolischer Kastration ist, ein Wahrzeichen sozusagen, das folgendes versinnbildlichen soll: die Veredelung des Menschen, die Zügelung seiner tierischen Triebe und Leidenschaften … eine symbolische Handlung, die ich als Massenmörder gar nicht genug loben kann.

Als Itzig Finkelstein beschnitten wurde, herrschte Feststimmung im Hause Finkelstein. Der Friseursalon ›Der Herr von Welt‹ war geschlossen. Das Dienstmädchen der Finkelsteins, die dürre Hilda, bat meine

Mutter, ein bißchen zu helfen, da sie beide Hände voll zu tun hatte, und meine Mutter, die für gute Nachbarschaft war, ging zu den Finkelsteins rüber und half der dürren Hilda in der Küche. Da wurden Honigkuchen gebacken und Apfelstrudel, süße Rosinen- und Mandelfladen und allerlei andere Leckerbissen. Auch mit dem Schnaps wurde nicht gegeizt, und meine Mutter und die dürre Hilda, die an sich nichts gegen Schnaps einzuwenden hatten, tranken auf das Wohl der Juden und auf das Wohl von Itzig Finkelstein.

Meine Mutter stieß zwar in der Küche auf das Wohl der Juden an und auf das Wohl von Itzig Finkelstein, weil sie gerne Schnaps trank und weil's ihr Spaß machte, aber sie hatte keine blasse Ahnung, warum so viel Gäste ins Haus strömten und was für ein seltsames Fest das war, das die Finkelsteins feierten, und als sie schließlich die dürre Hilda ein bißchen ausfragte, lachte die dürre Hilda und sagte dann: »Was soll schon los sein? Unser kleiner Itzig ist heute acht Tage alt. Deshalb wird ihm heute das Schwänzchen abgeschnitten! Das ist so bei den Juden. Immer am achten Tag nach der Geburt.«

»Das ist ja furchtbar«, sagte meine Mutter. »Da wird der Kleine ja nicht mehr pinkeln können ... und später auch nicht mehr ficken.«

»Gar nicht so furchtbar«, sagte die dürre Hilda. »Das Schwänzchen wächst ja wieder nach.« Und dann erklärte die dürre Hilda meiner Mutter, wie das vor sich ging: »Hör mal, Minna«, sagte die dürre Hilda, »das ist nämlich so: Da ist so ein Kerl, den nennen sie den *Mohel*. Der hat ein langes Messer, das an beiden Seiten geschliffen ist. Damit schneidet er dem kleinen Jungen das Schwänzchen ab. Dann murmelt er ein paar Zaubersprüche, und der abgeschnittene Schwanz wächst dann wieder nach ... weder zu lang noch zu kurz ... gerade die richtige Länge ... dafür besonders dick und kräftig. Deshalb der Kindersegen bei den Juden.«

»Das ist ja allerhand«, sagte meine Mutter. »Sowas hab' ich noch nicht gehört.«

»Zum Zeichen des Bundes zwischen dem Volk Israel und dem Herrn«, sagte die dürre Hilda, »wenigstens hat das der Herr Friseur Chaim Finkelstein unlängst gesagt. Auch der Herr Rabbiner, der neulich bei uns war, hat so was Ähnliches behauptet. Der sprach sogar von einem bestimmten Propheten ... der Kerl hieß, glaub' ich, Jeremia ... und der hat angeblich zu den Juden gesagt: ›Beschneidet euch für Gott und tut ab die Vorhaut eures Herzens.‹«

»Bloß die Vorhaut?« fragte meine Mutter.

»Ja, die Vorhaut«, sagte die dürre Hilda.

»Dann sollten sie dem kleinen Itzig bloß die Vorhaut abschneiden«, sagte meine Mutter ... »und nicht gleich das ganze Ding ... genauso wie mit dem Herzen.«

»Na ja«, sagte die dürre Hilda ... »das stimmt schon ... aber ein Schwanz ist eben kein Herz ... der wächst ja wieder nach ... das hab ich dir doch erklärt.« Die dürre Hilda lachte boshaft. Meine Mutter schüttelte den Kopf und sagte: »Das ist ja allerhand. Hätt' ich nicht für menschenmöglich gehalten.«

»Wie alt ist eigentlich dein kleiner Max?« fragte die dürre Hilda.

»Acht Tage«, sagte meine Mutter, »... genauso alt wie der kleine Itzig, oder, um genauer zu sein: zwei Minuten und zweiundzwanzig Sekunden jünger.«

»Dann würd' ich ihm an deiner Stelle auch das Schwänzchen abschneiden lassen«, sagte die dürre Hilda. »Paß mal auf, Minna. Das wächst dann wieder nach, bestimmt so wie bei den Juden, weder zu lang, noch zu kurz, gerade die richtige Länge, aber dafür besonders dick und kräftig.«

Sie werden sich wahrscheinlich an dieser Stelle fragen, woher ich das alles noch so genau weiß, aber ich kann es Ihnen beim besten Willen nicht sagen.

Nach der vollzogenen Beschneidung des Itzig Finkelstein rannte meine Mutter aufgeregt nach Hause, alarmierte sofort meine fünf Väter, holte mich aus der Wiege und legte mich auf den Küchentisch, in der Absicht, mich meines Gliedes zu berauben, es sozusagen abzuschneiden. Die Familie Abramowitz war nicht zu Hause ... und ich armes, hilfloses und wehrloses Wurm war ihnen völlig ausgeliefert. Ich mußte etwas geahnt haben, denn ich schrie wie besessen, und weder meine Mutter noch meine fünf Väter konnten mich beruhigen. Der Schlossermeister hielt mir die Ärmchen fest, der Maurergehilfe die Beinchen, meine Mutter steckte mir den Schnuller in den Mund, der Hausdiener und der Kutscher standen verlegen herum, während der Fleischer grinsend ein langes Messer zückte.

»Schneid's ihm nicht ab«, sagte meine Mutter plötzlich. »War doch nur 'n Spaß.«

»Kein Spaß«, sagte der Fleischer. »Sowas ist bitterer Ernst.« »Vielleicht wächst es nicht nach«, sagte meine Mutter, »schließlich ist er kein Jude. Außerdem ist der Mohel nicht da, um seine Zaubersprüche zu murmeln.«

»Scheiß auf den Mohel und seine Zaubersprüche«, sagte der Fleischer.

»Mach's nicht«, sagte meine Mutter. »Sonst kommen wir noch alle ins Kittchen.«

Der Fleischer wollte gerade mein Glied packen, als etwas Seltsames geschah. Ich, Max Schulz, acht Tage alt, sprang dem Fleischer plötzlich mit einem Aufschrei an den Hals, biß kräftig zu, obwohl ich noch keine Zähnchen hatte, ließ mich auf den Fußboden fallen, kroch in

Windeseile zum Fenster, zog mich am Fensterbrett hinauf, erblickte zum ersten Mal in meinem Leben … die Straße … eine ganz gewöhnliche Straße … mit Gehsteig und Rinnstein und Kopfsteinpflaster … und Backsteinhäusern, die schiefe bunte Dächer hatten, sah Fuhrwerke und ein Gewimmel von zwei- und vierbeinigen Lebewesen, erblickte auch den Himmel … aschgrau und schwarz … wolkenverhängt-betupft-verschmiert-überzogen … sah kreisende runde Vögel … aber keine Englein, gar keine Englein.

Unten auf der Straße liefen die Leute zusammen. Irgendjemand rief: »Was, zum Teufel, ist denn dort oben los?« Und meine Mutter, die inzwischen ans Fenster getreten war und mich auf den Arm nahm, rief zurück: »Was soll schon los sein!«

Sie glauben wahrscheinlich, daß ich mich über Sie lustig mache? Oder Sie glauben es nicht, und Sie werden sich sagen: »Max Schulz spinnt! Er bildet sich ein, daß man ihn umbringen wollte … weil er ein Bastard war … und das alles unter dem Vorwand einer Beschneidung, so wie das bei den Juden üblich ist: am achten Tag nach der Geburt. Was will Max Schulz? Was will er mir einreden? Wem will er die Schuld in die Schuhe schieben? Seiner Mutter? Den Juden? Oder dem lieben Gott? – Und das mit der Selbstwehr des Säuglings, seiner Flucht, den Eindrücken am Fenster … Unsinn! Sowas gibt es nicht! Ein Alptraum! Nichts weiter!«

Aber ich will Ihnen ja nur meine Geschichte erzählen … in systematischer Reihenfolge … drückt man sich so aus? … obwohl ich Ihnen nicht alles erzähle, sozusagen: nur das Wichtigste, oder das, was ich, Itzig Finkelstein, damals noch Max Schulz, für ganz besonders wichtig halte.

Meine fünf Väter besuchten meine Mutter jeden Abend. Sie standen Schlange vor ihrer Zimmertür. Gewöhnlich ging der Stärkste, also der Fleischer, als erster zu ihr, dann kam der Schlossermeister an die Reihe, dann der Maurergehilfe, dann der Kutscher, dann der Hausdiener. Ja, der Hausdiener immer als letzter, weil er der Schwächste war, ein zierlicher kleiner Mann mit Piepsstimme, dem nichts anderes übrigblieb, als seinen Schwanz im Samen meiner anderen vier Väter zu baden.

Dem jüdischen Pelzhändler Abramowitz war das natürlich nicht recht, was ich, Itzig Finkelstein, damals noch Max Schulz, verstehen kann. Der Pelzhändler Abramowitz hatte an sich nichts gegen mich oder gegen die Tatsache meiner Existenz einzuwenden, das heißt: solange er überzeugt war, ich sei der Sohn seines Kutschers Wilhelm Hopfenstange oder seines Hausdieners Adalbert Hennemann, da ja beide sozusagen zur Familie gehörten. Erst als der Pelzhändler mißtrauisch wurde, gab es Krach. Eines Tages sagte er zu meiner Mutter: »Hören Sie mal, Minna. Das kann nicht so weitergehen. Ich dachte, es wären nur mein Kutscher und mein Hausdiener. Aber fünf Männer in der Schlange, das ist zuviel. Schließlich ist das ein anständiges Haus.«

»Aller guten Dinge sind drei«, sagte meine Mutter.

»Aber nicht fünf«, sagte der Pelzhändler. »Fünf bestimmt nicht. Das ist ein anständiges Haus, und ich muß Ihnen kündigen.«

2.

An einem regnerischen Julitag ... ich war gerade sieben Wochen alt ... packte meine Mutter ihre Koffer, nahm mich auf den Arm und verließ das Haus Abramowitz. Meine fünf Väter halfen selbstverständlich beim Auszug. Das Gepäck meiner Mutter bestand aus drei Koffern, einem Rucksack, einem Einkaufsnetz und einem Regenschirm. Der Fleischer trug den schwersten Koffer, einen gelben Holzkoffer mit eisernem Schloß und Riegel, der Schlossermeister den braunen Lederkoffer, der Maurergehilfe den blauen Koffer aus Segeltuch, der Kutscher den Rucksack, während der schwächliche Hausdiener nur den Regenschirm und das Einkaufsnetz hinterherschleppte, ein Netz von grellgrüner Farbe, das mit Lebensmitteln aber auch anderen Gebrauchsgegenständen, wie zum Beispiel: Strumpfbändern, Haarwicklern, Schleifchen und so fort, gefüllt war.

Sie müssen sich vorstellen, daß meine Mutter ein kräftiges Weibsbild war, von der die Leute sagten, daß sie zwei Tonnen wog, obwohl sie dünne Beine hatte. Sie sah wie ein wandelndes Bierfaß auf Stelzen aus, Stelzen, die es gerade noch fertigbrachten, den riesigen Oberkörper mit Würde zu tragen. Noch zu erwähnen wäre das üppige blonde Haar meiner Mutter, ihre stahlblauen Augen und die Stupsnase, lustig wie ihr Doppelkinn mit der hellbraunen Warze. Sie hatte sinnliche Lippen. Ihre Zähne waren weiß und stark, Zähne, die den Fleischer immer aufs neue in Verzückung geraten ließen, denn der Fleischer sagte immer zu meiner Mutter: »Mensch, Minna, wenn ich deine Zähne seh', dann krieg' ich immer gleich Angst, daß du mir den Schwanz abbeißt.«

Und dann pflegte meine Mutter zu sagen: »Ach Quatsch, Hubert, das könnte mir nur beim Hausdiener Adalbert Hennemann passieren, weil das bei dem so schlaff ist. Was stahlhart ist, das beiß ich nicht ab. Oder glaubst du, daß ich mir die Zähne zerbrechen will?«

»Nein, Minna«, sagte der Fleischer. »Mit Zähnen ist nicht zu spaßen.«

Als wir aus dem Haus traten, schlief ich friedlich im Arm meiner Mutter. Erst als wir an Finkelsteins Friseursalon vorbeikamen, wachte ich auf und begann zu heulen. Chaim Finkelstein stürzte sogleich aus dem Friseursalon heraus, obwohl er gerade einen Kunden einseifte, auch die dürre Hilda öffnete das Fenster oben im zweiten Stock, sah, was los war und eilte auf die Straße. Man küßte und herzte mich ohne Erfolg. Schließlich sagte meine Mutter: »Weiß nicht, was mit dem Jungen los ist, Herr Finkelstein. Ihr Friseurladen hat den Jungen verhext.«

»Was heißt ›Laden‹?« sagte Chaim Finkelstein. »Ich habe keinen Laden. Ich habe einen ›Salon‹.«

»Dann hat ihn der Salon verhext«, sagte meine Mutter. »Sonst würde er nicht so heulen.«

»Komm, Minna«, sagte der Fleischer, »red nicht soviel mit dem Jud … außerdem ist der Holzkoffer zu schwer.«

»Ja, wir sollten weitergehen«, sagte der Hausdiener, und meine anderen Väter pflichteten ihm bei.

Wir wußten nicht, wohin wir gehen sollten. Chaim Finkelsteins Friseursalon lag ja, wie ich bereits früher erwähnte, Ecke Goethe- und Schillerstraße. Der Fleischer wollte unbedingt auf der Goethestraße bleiben, ich nehme an, wegen des »Erlkönigs«, obwohl ich nicht sicher bin, ob er Goethes Gedicht kannte; vielleicht hatte der Fleischer mal was vom tollen Ritt durch den nächtlichen Wald gehört oder vom Vater und Sohn oder von einem temperamentvollen Pferd, und vielleicht hatte ihn das beeindruckt ... der Hausdiener jedoch, der liebte die »Glocke«, da bin ich ganz sicher, der zitierte sogar zuweilen aus Schillers großem Gedicht: »Mensch, Minna, ich krieg' das Klavier nicht vom Fleck, das ist wie ›festgemauert‹« ... und der, der wollte unbedingt, daß wir auf der Schillerstraße blieben. Meinen anderen drei Vätern war das egal. Der Schlossermeister meinte, daß die Schlösser in der Goethestraße nicht besser seien als die in der Schillerstraße, der Maurergehilfe nickte mit dem Kopf und sagte: »Ja, die Häuser in der Schillerstraße sind genauso verwanzt wie die in der Goethestraße.« Und Wilhelm Hopfenstange, der Kutscher, stellte fest, daß die Pflastersteine beider Straßen holprig wären und voller Glassplitter und sonstigem Zeug. Schließlich traf meine Mutter die letzte und endgültige Entscheidung. Sie sagte: »Wir überqueren erst mal die Straße!«

Kennen Sie die deutsche Stadt Wieshalle? Die Straßen sind krumm und schmal, so schmal, daß man von der anderen Straßenseite nicht nur alles sehen, sondern auch alles hören konnte, was vor dem Friseursalon ›Der Herr von Welt‹ geredet wurde.

Dort stand Anton Slavitzki ... Anton Slavitzki, der Kinderschänder ... und blickte grinsend zu unserer Gruppe herüber. Anton Slavitzki war von Beruf Friseur, genauso wie Chaim Finkelstein, bloß kein so guter. Sein Friseurladen ... kein Friseursalon, so vornehm war der nicht ... lag dem Friseursalon ›Der Herr von Welt‹ gegenüber, auf eine Art und Weise, daß sich beide Friseure ... der Finkelstein und der Slavitzki ...

durchs Schaufenster angucken konnten ... und das taten sie oft, Finkelstein, lächelnd und gönnerhaft, Slavitzki dagegen gehässig und neidisch.

Slavitzki? Ein langer, dürrer Kerl war das, mit buschigen Augenbrauen, Säuferaugen, die ein bißchen schielten, öligem Haar, knochiger Nase und einem Schwanz so lang, daß er ihm, laut Gerüchten, bis übers Knie hing ... und das, so sagten die Leute, wäre auch der Grund, warum Slavitzki denselben stets mit einem Gummiband am Schenkel festgeschnürt hätte.

Wir überquerten die Straße. Als wir an Slavitzkis Friseurladen vorbeimarschierten ... meine fünf Väter, keuchend unter der Last des Gepäcks, meine Mutter, ein auf zwei dünnen Stelzen schwebendes Bierfaß, mich auf dem Arm, nicht mehr heulend, schon beruhigt und gerade im Begriffe wieder einzuschlafen ... also: als wir so ahnungslos an Slavitzki vorbeimarschierten, da machte der Kinderschänder plötzlich einen Schritt vorwärts und kniff meine Mutter in den dicken Hintern.

Meine Mutter blieb empört stehen. Sie sagte: »Was fällt Ihnen ein, Herr Slavitzki! Ich bin eine anständige Frau!« Slavitzki fing zu stottern an. Ja, so war das. Er stotterte ... irgendeine dumme Entschuldigung ... und meiner Mutter gefiel das, und sie sagte: »Na ja, macht nichts. Mein Hintern hat schon so manchen Mann aus dem Häuschen gebracht. Was gefällt Ihnen eigentlich an mir?«

Und Slavitzki sagte: »Ihr Hintern.«

Meine Mutter sagte: »Also doch!«

Slavitzki sagte: »Gnädige Frau, wenn Sie sich mal modisch frisieren wollen, dann mache ich das gratis, obwohl ich eigentlich kein Damenfriseur bin.«

Und meine Mutter fragte: »Der letzte Modeschrei?«

»Der letzte Modeschrei«, sagte Slavitzki.

»Ich nehme Sie beim Wort«, sagte meine Mutter.

»Wann wollen Sie mich frisieren? Ich meine gratis?«

»Wenn Sie wollen, dann mach ich's gleich«, sagte Slavitzki.

»Na gut«, sagte meine Mutter. »Weil aufgeschoben, aufgehoben ist. Dann lieber gleich.«

Meine Mutter verschwand mit mir in Slavitzkis Friseurladen. Meine fünf Väter warteten geduldig vor der Tür, aber als zwei Stunden vergangen waren, da sagte der Fleischer zu meinen anderen Vätern: »Die Minna kommt nicht mehr raus. Kein Wunder. Der hat den längsten Schwanz in der Goethestraße.« Und der Hausdiener sagte: »Einschließlich Schillerstraße.« Und der Schlossermeister sagte: »Den längsten und stärksten. Das ist bekannt. Der ist ein Meisterficker.« Und der Maurergehilfe sagte: »Ja. Das stimmt. Aber der ist doch ein Pole. Und das ist verdächtig.« Und der Kutscher Wilhelm Hopfenstange nickte und sagte: »Außerdem ein Witwer. Und das ist noch verdächtiger.«

Meine fünf Väter berieten sich noch eine Weile. Dann stellten sie das Gepäck meiner Mutter vor die Tür von Slavitzkis Friseurladen, bekreuzigten sich und machten sich aus dem Staube.

»Schäbig« ... ich finde kein anderes Wort, um die Friseurstube oder den Friseurladen Anton Slavitzkis zu beschreiben. Blinde Spiegel, zerkratzte Friseursessel mit aufgeplatzten Sitzen, aus denen die Holzwolle hervorquoll, das einzige Waschbecken gelb und fleckig, schadhafte Wände, rissiger Fußboden, schlechte Beleuchtung, alles dürftig, verstaubt, vernachlässigt. Hinter einem Vorhang befand sich eine Kochnische, gleich neben dem Notausgang, der in den Hinterhof führte, wo übrigens ein Klosett war. Der Friseur Chaim Finkelstein und sein bester Kunde, der Pelzhändler Abramowitz, nannten die Kundschaft Slavitzkis »Lumpenproletariat«.

Slavitzkis Habseligkeiten waren in drei Kommoden verstaut, die nebeneinander, in Reih und Glied im Notausgang standen. Slavitzki behauptete, daß er früher mal, als seine Frau noch lebte, eine eigene Wohnung gehabt hätte, aber das war schon lange her. Jetzt wohnte er im Friseurladen. »Wozu braucht ein Witwer eine Wohnung«, sagte Slavitzki zu meiner Mutter. »Ich stelle mir nachts ein Klappbett auf und falte es mir am Tage wieder zusammen. Verstehen Sie, Frau Schulz. So ist das.«

»Kann ich verstehen«, sagte meine Mutter. »Aber wenn Sie wollen, daß ich und mein Max hierbleiben, dann muß sich das ändern. Dann brauchen wir nämlich eine Wohnung.«

»Na schön«, sagte Slavitzki. »Mal sehen. Immer mit der Ruhe.«

Können Sie sich vorstellen, wie solch ein Klappbett, in dem ein einsamer Witwer schläft, ganz unverhofft in ein bürgerliches und biederes Ehebett verwandelt wird, in dem nicht nur der magere Witwer, sondern auch eine fette Frau, die zwei Tonnen wiegt, obwohl sie magere Beine hat, also: zwei Personen von völlig verschiedenem Körperumfang, schlafen sollen?

Slavitzki wollte sich gleich in der ersten Nacht an meine arme Mutter heranmachen. Aber meine Mutter hatte »ihre Regel« und wehrte sich mit mageren Beinen und fetten Händen. »Das schickt sich nicht«, sagte meine arme Mutter. »Ich habe ›meine Regel‹. Und das schickt sich nicht.«

Aber davon wollte Slavitzki nichts wissen. Er versuchte es immer wieder, hatte das Gummiband losgebunden, stand nackt vor dem neuen Ehebett, zeigte sein Glied, machte meine arme Mutter ganz wirr, zankte mit ihr, kroch wieder unter die Bettdecke, feilschte, versuchte zu überzeugen, fing schließlich zu fluchen an, dann zu brüllen.

Meine Mutter blieb standfest. So wahr mir Gott helfe! So war's. Was sich nicht schickt, schickt sich nicht. Ein Mensch muß Grundsätze haben.

Als Slavitzki schließlich einsah, daß er verspielt hatte, kannte seine Wut keine Grenzen. Er stürzte wie ein Wilder aus dem neuen Ehebett, nackt, mit gerecktem Glied, Schaum auf den Lippen, Schweiß auf der flachen Stirn, verklebtem Haar ... und stillte Wut und Juckreiz an mir.

Können Sie sich das Ausmaß des Verbrechens vorstellen? Ich, Max Schulz, gerade sieben Wochen alt, zukünftiger Massenmörder, zur Zeit aber unschuldig, lag wie ein Engel in meiner neuen Wiege, dem Waschbecken, in das Slavitzki aus Gewohnheit pinkelte, das jedoch ganz trocken war, denn meine Mutter hatte es ausgewischt, lag eingehüllt in warme Windeln ... und einem Deckchen, schlief friedlich, träumte von meinen Kollegen, den Engeln, träumte und lächelte ... wurde plötzlich aus dem Schlaf gerissen, hochgerissen ... wollte die Engel um Hilfe rufen, konnte aber nicht schreien, riß entsetzt die Augen auf, pisste vor Angst in die Windeln, verschluckte mich, bekam Erstickungsanfälle, kotzte Muttermilch auf Slavitzkis Hand, streckte Händchen und Beinchen aus, wollte meine Unschuld verteidigen, sah das gewaltige Glied Slavitzkis, dachte, es wäre ein riesiger Bandwurm, murmelte Stoßgebete, obwohl ich das Beten noch gar nicht gelernt hatte, wollte sterben, sehnte mich zurück in den dunklen, aber sicheren Schoß meiner Mutter ... und landete plötzlich bäuchlings auf dem Friseursessel, der vor dem Waschbecken stand.

Meine Mutter stand neben dem Klappbett: zweitonnenschwer, frierend, Nachthemd verrutscht, tiefhängende Brüste ... stand auf ihren mageren, langen, haarlosen, fraulichen Storchbeinen, zitterte nicht, fror bloß, stand dort und guckte, guckte verschlafen mit gläsernem Blick, sah Slavitzki, sah den Friseursessel, sah meine Samthaut ... arisch, schneeweiß, unschuldig ... leckte ihre Lippen, prüfte ihre Zähne, wollte beißen, überlegte sich's anders, suchte ein Zigarette, fand sie schließlich hinter dem rechten Ohr, nicht hinter dem linken, steckte sie in den Mund, zwischen die starken weißen Zähne, fand auch ein Streichholz, nicht hinter dem rechten Ohr, sondern hinter dem linken, hob das magere Bein, das linke, rieb das Streichholz gegen die Pantoffelsohle, sah die Flamme, zündete ihre Zigarette an, paffte, starrte auf den Mammutknochen des Friseurs Slavitzki, grinste verlegen, kicherte, weil Slavitzki schwitzte ... und zuckte dann plötzlich zusammen.

Ich, Max Schulz, zukünftiger Massenmörder, zur Zeit noch unschuldig, stieß einen markerschütternden Schrei aus, bäumte mich auf, krallte mich in der Holzwolle des aufgeplatzten Friseursessels fest, reckte mein Köpfchen, das ganz rot angelaufen war, pisste wieder, ohne Absicht, wollte auch furzen, konnte aber nicht, weil die Öffnung verstopft war, fing zu zucken an, hörte die Englein singen, hörte ihr »Halleluja«, sah schwebende Harfen und Panflöten, sah kletternde Füßchen auf Tonleitern, sah verschiedene Schlüssel, Notenschlüssel und andere, sah auch den großen eisernen Schlüssel meines Vorfahren »Hagen der Schlüsselträger«, hörte den Schlüssel knarren und knirschen, sah den goldenen Keuschheitsgürtel seiner Herrin, sah ihre Scham, hörte Kichern und Flüstern, sah die Sünde auf Tonleitern, sah einen Sündenpfuhl, sah keine Engel, sah keine Harfen und Panflöten, hörte den lieben Gott lachen, wollte beten und konnte nicht mehr ...

Ich weiß, was Sie sagen: »Max Schulz spinnt! Ein Alptraum! Nichts weiter!«

Aber warum behaupten Sie das? Hat der liebe Gott nicht die Unschuld erfunden, damit sie zertreten wird ... hier auf Erden? Und werden die Schwachen und Wehrlosen nicht von den Starken überrumpelt, niedergeknüppelt, vergewaltigt, verhöhnt, in den Arsch gefickt? Zu gewissen Zeiten sogar einfach beseitigt? Ist es nicht so? Und wenn es so ist ... warum behaupten Sie dann, daß Max Schulz spinnt?

3

Ich werde die Jahre bis zum Sommer 1914, meine frühe
Kindheit, überspringen, weil ich da nichts Wesentliches
zu berichten habe. Zu erwähnen wäre nur der Große
Krieg. Der kam gerade zur rechten Zeit, um vielen bra-
ven Leuten in der Goethe- und Schillerstraße ein bißchen Abwechslung zu bringen.

Können Sie sich noch daran erinnern? Man nannte
ihn den Ersten Weltkrieg! Was mich betrifft, ich war
schon sieben, ein großer Junge, wußte so manches, was
viele Erwachsene nicht wissen, hatte Froschaugen von
unbestimmter Farbe, die eine Menge sahen, auch Dinge,
die sie nicht sehen sollten. Wir waren in eine Kellerwohnung umgezogen, unter Slavitzkis Friseurladen,
eine Behausung voller Ratten. Von hier ... aus dem
Blickwinkel des Kellerfensters ... sah der Krieg lustig
aus. Tagelang zogen lange Kolonnen vorbei. Marsch-
musik dröhnte in mein Kinderzimmer. Ich konnte von
meinem Kellerfenster schwere Geschütze von unten
sehen, auch Menschen und Tiere, begeisterte mich für
Pferdehufe, freute mich, wenn sie vor dem Fenster tän-
zelten, war erstaunt über den Gleichschritt der Solda-
tenbeine, hatte ja nicht gewußt, daß es so viele Beine auf
der Welt gab. Besonders gut gefielen mir die forschen
Stiefel der Offiziere. Die waren blank und schwarz,
knirschten auf dem Straßenpflaster, kümmerten sich
nicht um Glasscherben, lachten das Pflaster aus, hatten

hochmütige Nasen, blinzelten mir zu und erfüllten mich mit geheimen Wünschen.

Mein Stiefvater verschwand eine Zeitlang und ließ nur ein großes Schild an der Tür des Friseurladens zurück: Geschlossen!

Während seiner Abwesenheit ging es lustig in unserem Keller zu. Meine Mutter hatte oft Besuch: Soldaten, Urlauber nehme ich an, nette Burschen, die mir oft was zusteckten. Anfangs kamen sie vereinzelt, dann in ganzen Rudeln. Ich mußte Wache stehen ... vor der Schlafzimmertür ... oder im Wartezimmer, wie jetzt unser Wohnzimmer hieß, Zettelchen mit Nummern an die Schlange stehenden Leute verteilen. Ich erteilte auch Auskünfte, erzählte den neuen, die meine Mutter noch nicht gesehen hatten, daß sie lange, dünne Storchbeine hatte, aber dafür einen fetten Hintern, daß sie zwei Tonnen wog, ein freundliches Wesen und sogar Sinn für Kinderspiele hatte, sogar bellen konnte wie Satan, der Hund von nebenan, daß sie auf allen Vieren kriechen und sich im Kreise drehen konnte.

Interessiert Sie der Erste Weltkrieg in der Goethe- und Schillerstraße? Soll ich Ihnen mal erzählen, wie wir Krieg spielten, die Kinder der Goethestraße gegen die Kinder der Schillerstraße? Oder von dem neuen Grammophon im Schlafzimmer meiner armen Mutter, mit so einem Ding, das wie ein Trichter aussah und das einen Höllenlärm machte, so daß die Ratten in meinen Fallen ganz wild wurden? Aber ich nehme an, daß Sie das nicht interessiert.

Eines Tages kam mein Stiefvater aus dem Krieg zurück ... obwohl der Krieg noch gar nicht zu Ende war ... nahm das Schild vor der Ladentür wieder weg, hängte ein neues dran mit der Aufschrift: ›Der Laden ist wieder eröffnet!‹ – verjagte die Urlauber aus dem Schlafzimmer meiner Mutter, auch die im Wartezimmer, das jetzt wieder Wohnzimmer hieß, zertrümmerte das Grammophon, nannte meine arme Mutter eine Nutte, fluchte von früh bis abends, verprügelte sie, betrank sich … und dann … dann fing das alte Leben wieder an, wurde einfach fortgesetzt, so wie früher, bevor Slavitzki in den Krieg gezogen war.

Die jüdische Gemeinde von Wieshalle zählte 99 Seelen. Wenn man bedenkt, daß unsere Stadt Wieshalle eine Stadt von 33099 Einwohnern war, dann muß man schon sagen: Es waren ihrer nicht viele. Aber da die meisten Juden in der Goethe- und Schillerstraße wohnten, pflegte mein Stiefvater zu sagen: »Minna, diese verdammte Stadt ist vollkommen verjudet.«

Darf ich Ihnen nun folgendes Gespräch schildern, das eines Tages beim Mittagessen zwischen meiner Mutter, der Minna Schulz, die wegen Slavitzkis Perversitäten aufrecht stand, weil sie nicht sitzen konnte, und meinem Stiefvater stattfand … meinem Stiefvater, der mürrisch auf seinem Stammplatz saß, schon ein wenig besoffen, im verfärbten Turnhemd und Unterhose, unter der sein schlaffes Geschlechtsglied hervorragte.

»Wenn das so weitergeht, Minna«, sagte Slavitzki, »dann können wir einpacken. Diese Stadt ist vollkommen verjudet. Und wo lassen sich die Juden die Haare schneiden? Beim Chaim Finkelstein. Weil das auch ein Jude ist. Ist doch klar?« Meine arme Mutter schüttelte den Kopf. »Das stimmt nicht, Anton«, sagte sie. »Das stimmt doch nicht. Der Hausmeister hat mir gesagt: 99 Juden. Das hat er gesagt. 90 von ihnen wohnen in dieser Gegend. 53 in der Goethestraße und 37 in der Schillerstraße. Ne ganze Menge. Aber auch nicht zuviel. Rechne mal nach. Wieviel Häuser sind in der Goethestraße und wieviel in der Schillerstraße? Und wieviele Wohnungen? Ich sage dir, Anton: In dieser Gegend wohnen mehr Christen als Juden. – Na also, Anton! Und wo lassen sich die Christen die Haare schneiden? Beim Chaim Finkelstein!«

»Dann hat er sie verhext«, sagte Slavitzki. »Sonst wären die dort keine Stammkunden! Sonst kämen die zu mir!«

Meine arme Mutter schüttelte wieder den fetten Kopf. »Das glaub ich nicht, Anton. Denn sonst würde der katholische Schuster Hans Baumeister von der nächsten Straßenecke nicht so'n Bombengeschäft machen ... trotz der jüdischen Konkurrenz von vis-à-vis. Die Kunden in der Goethestraße und in der Schillerstraße lassen sich nicht von den Juden verhexen. Die erwarten bloß für ihr gutes Geld ... anständige Bedienung.«

»Und was soll das heißen?« fragte Slavitzki lauernd.

»Das soll heißen«, sagte meine Mutter langsam ... »daß der Chaim Finkelstein ein besseres Geschäft macht als du ... weil er ein besserer Friseur ist! Der pinkelt auch nicht ins Waschbecken! Und der schneidet auch keine Treppen!«

Als Junge schlug ich seltsame Purzelbäume. Ich konnte auch Radschlagen, verstand es, meine Glieder zu verrenken, machte Handstand, Kopfstand, Spagat, konnte an meiner großen Zehe lutschen, zog Grimassen, lachte oft ohne Grund, stotterte, warf Steinchen auf kleine Mädchen, trat Jungens, die schwächer waren als ich, in den Hintern, schlug Fensterscheiben ein, kletterte auf Dächer, pinkelte von Dächern auf die Straße und so fort.

Einmal sagte mein Stiefvater zu meiner Mutter: »Weißt du, Minna, ich glaube, bei dem Jungen ist 'ne Schraube locker.« Meine Mutter sagte: »Weißt du, Anton. Beim ersten Mal ist es passiert.«

»Wie meinst du das?« sagte mein Stiefvater.

»Dein Schwanz war ganz einfach zu groß«, sagte

28

meine Mutter, »und zu lang. Der stieß an seinen Hirn-
kasten an. Oder an sein Dach. Und was entstand: ein
Dachschaden!«

»Ein Dachschaden«, sagte Slavitzki.

»Ja, Anton«, sagte meine Mutter ernst. »Ein Dachschaden.«

Mein Stiefvater sah es nicht gern, wenn ich mit Itzig
Finkelstein, dem Sohn seines Rivalen Chaim Finkelstein, spielte.

Ich spielte aber gern mit Itzig Finkelstein. Ich zeigte
dem Itzig, wie man Rattenfallen aufstellt, wie man
lange, schwarze Lakritzstangen in die Weich- und Hin-
terteile der betäubten Ratten einführt, zeigte ihm den
Unterschied zwischen stumpfen und spitzen Nadeln,
erklärte ihm, daß ein Regenwurm auch ohne Kopf in
sozusagen zerhacktem Zustand weiter beweglich blieb,
was bedeutete, daß der Wurm und seinesgleichen das
Würmerdasein nicht aufgeben will und letzten Endes
die Hand überlebt, die ihn zerschneidet. Ich lehrte ihn
das Murmelspiel, machte ihn aufmerksam, daß es nicht
auf die Farbe, sondern auf den Umfang der Spielkügelchen ankam, obwohl ich, zum Beispiel, die blauen Murmeln den grünen vorzog und die schillernden den
glanzlosen oder stumpffarbenen, erklärte ihm, daß das
Loch in der guten Erde, in das wir die Murmeln hinein-
schubsten, immer größer sein mußte als die betreffen-
den Spielkügelchen – denn sonst blieben sie stecken –
und was stecken bleibt und trotzdem weiterwill, das
mußte einen eigenen Willen haben, aber Murmeln
haben keinen eigenen Willen; sie zwängen sich nicht
vorwärts, stoßen nicht auf eigenen Antrieb in die gute
Erde, müßten dann mit Fingerchen dazu gezwungen
werden ... und das verstößt gegen die Spielregeln. Ich
zeigte ihm auch die Pflastersteine in der Goethe- und

Schillerstraße, obwohl er die kannte, aber er kannte sie nicht so wie ich, zeigte ihm, wie man Pflastersteine zählte, welche geeignet waren für's Hinke-pinke-Hüpfspiel und welche ungeeignet.

Wie man so sagt: Eine Hand wäscht die andere. Mein Freund Itzig Finkelstein zeigte sich erkenntlich. Da wir zur selben Schule gingen, sogar in derselben Klasse waren und auf derselben Schulbank saßen, ließ Itzig mich selbstverständlich von sich abschreiben, half mir bei den Schularbeiten, übte mit mir Kopfrechnen, erklärte mir, warum man nach einem Punkt mit großem Anfangsbuchstaben anfängt: weil der Punkt kein Komma sei, sondern ein Punkt, und der Punkt sei ein Abschluß und bedeute das Ende, und wer nach dem Ende neu anfangen wolle, der solle lieber gleich ganz groß anfangen, denn wer wolle schon klein anfangen?

Die Eltern meines Freundes Itzig Finkelstein stammten aus Pohodna, einer kleinen jüdischen Stadt in Galizien, waren eines Tages nach Deutschland ausgewandert ... weil, wie mir der Herr Friseur Chaim Finkelstein erklärte, ›die Juden dort in Pohodna am Hungertuch nagten, Deutschland aber ein fortschrittliches Land sei, ein Land der Menschenwürde, wo auch ein Jude sein Brot verdienen und beruhigt und mit Vertrauen der Zukunft entgegensehen könne.‹

Im Hause Finkelstein wurde jiddisch gesprochen, denn das war die Muttersprache des Herrn Friseurs Chaim Finkelstein und seiner Frau Sara Finkelstein. Jiddisch ist eine Art Mittelhochdeutsch, eine Sprache, die dem deutschen Wesen verwandter ist als unser Hochdeutsch, das ja im Grunde nur – wie mir der Herr Friseur Chaim Finkelstein erklärte – »ein verhunztes, zersetztes, hochgestochenes Jiddisch ist.«

Ob alle Juden in Wieshalle unter sich jiddisch sprachen? Wollen Sie das wissen? Nein. Nur einige Familien, sogenannte Zugereiste. Die anderen sprachen auch zu Hause deutsch. Denn die meisten Juden in Wieshalle waren deutsche Juden, alteingesessen und lebten schon seit vielen Generationen in unserem schönen Vaterland.

Ich, Max Schulz, rein arischer Sohn der Minna Schulz, lernte bei den Finkelsteins Jiddisch, machte mich mit Hilfe meines Freundes Itzig mit den hebräischen Schriftzeichen vertraut, begleitete meinen Freund am Samstag in die kleine Synagoge in der Schillerstraße, betete manchmal mit, weil mir das Spaß machte, saß in der Synagoge still neben den Finkelsteins, stand auch manchmal auf, wenn die Gemeinde aufstand, sang mit ihnen mit, wiegte meinen Körper im Rhythmus des Gebets, flüsterte inbrünstig: »Schemach Jisrael Adonai Elohenu Adonai Echat! – Höre, oh Israel: der Herr unser Gott, ist ein einziger Gott!«

Wir sprachen oft von Jerusalem, Itzig und ich. Einmal sagte ich zu meinem Freund: »Weißt du … wenn wir erwachsen sind … dann fahren wir mal rüber. Das gucken wir uns an.«

Die Straßenjungens in unserem Viertel hatten zwei Fußballmannschaften: eine christliche und eine jüdische. Daß ich, als bester Freund von Itzig Finkelstein, in der jüdischen Mannschaft mitspielte, war selbstverständlich. Die Tore wurden nur von uns beiden geschossen – und zwar abwechselnd. Itzig schoß nur mit dem rechten Fuß, ich dagegen mit dem linken. Wir beide wurden berühmt, wurden oft angestänkert, wie das so ist, wenn man berühmt wird, machten uns aber nichts draus, sagten zu uns: die sind ja bloß neidisch – hielten zusammen wie Pech und Schwefel.

Mein Freund Itzig war blond und blauäugig, hatte eine gerade Nase, feingeschwungene Lippen und gute

Zähne. Ich dagegen, Max Schulz, unehelicher, wenn auch rein arischer Sohn der Minna Schulz, hatte schwarze Haare, Froschaugen, eine Hakennase, wulstige Lippen und schlechte Zähne. Daß wir beide oft verwechselt wurden, werden Sie sich ja leicht vorstellen können. Die Jungens von der gegnerischen Mannschaft riefen mich »Itzig«, sagten, ich hätte den Fußball verhext, fragten mich, ob mein Vater, der Chaim Finkelstein, auch ins Waschbecken pinkelte wie der Stiefvater meines Freundes Max Schulz, ob er seiner Frau, auch den Hintern versohle, und wenn nicht, warum nicht?

Wenn ich das meinem Stiefvater Slavitzki erzählt hätte, dann hätte er nur gesagt: Na, was hab ich dir gesagt! Spiel nicht mit dem Itzig. Der hat dich verhext. Ist doch klar. Wieso hat er dein blondes Haar? Und du sein schwarzes? Und deine gerade Nase? Und du seine krumme? Von den Augen, Lippen und Zähnen gar nicht zu reden ...

Aber ich erzählte das natürlich nicht meinem Stiefvater, sondern erzählte es nur dem Herrn Friseur Chaim Finkelstein.

»Mach dir nichts draus«, sagte Chaim Finkelstein. »Es gibt keine Juden, die so aussehen wie du. Aber das wissen die nicht. Verstehst du das? Die haben Vorurteile und glauben eben, so und so müßte ein Jude aussehen. Und du siehst eben so aus.«

Itzig Finkelstein wußte natürlich, daß mein Stiefvater mich ab und zu vergewaltigte, aber er wußte nicht, daß mein Stiefvater mich auch schlug. Eines Tages zeigte ich ihm die dicken roten Streifen auf meinem Gesäß. »Und wie macht er das?« fragte mein Freund Itzig Finkelstein.

»Mit einem Rohrstock«, sagte ich ... »und zwar mit einem schwarzen. Wir besitzen einen gelben, aber der ist nur für meine Mutter bestimmt. Nach den Schlägen schmerzt die Stelle oder schmerzen die Stellen ein paar Stunden lang. Das ist nicht so schlimm. Nein. Das ist gar nicht schlimm. Schlimm ist's nur, wenn er meine Mutter haut. Jedesmal, wenn er meine Mutter haut, fängt auch mein Hintern zu schmerzen an! Und wie!«

»Das versteh' ich nicht«, sagte Itzig.

»Ich auch nicht«, sagte ich.

Ich konnte vieles verstehen, aber vieles verstand ich auch nicht. Zum Beispiel meine Träume: Oft träumte ich von einem langen Messer. Damit schnitt ich Slavitzkis Glied ab, klebte es mir an, weil es länger war, lief im Kinderzimmer herum, mit dem langen Glied, machte Purzelbäume, Spagat, Handstand, Kopfstand, rannte ins Wohnzimmer, dann ins Schlafzimmer, sah den gliedlosen Slavitzki im Bett neben meiner Mutter, sah seinen neidischen Blick, sah, wie er in sich zusammenkroch, wegkroch, mir Platz machte, sah, wie meine Mutter sich freute, mich streichelte, mein Glied streichelte, das lange, mit ihren fetten Fingern, wachte dann auf.

Ich träumte auch von dem gelben Rohrstock und von dem schwarzen, sah beide in meiner Hand. Ich konnte Slavitzki im Traum nicht sehen, aber ich hörte ihn brüllen ... ganz deutlich ... hörte seine Stimme, wußte, für wenn die Schläge bestimmt waren, hörte das Klatschen: Stock gegen Fleisch.

4

Als Itzig Finkelstein im Alter von zehn Jahren von der Volksschule ins Gymnasium versetzt wurde, wie das damals Sitte war bei den Reichen und Klugen, beschloß ich, dasselbe zu tun.

»Und was willst du mit deinem Dachschaden auf dem Gymnasium?« fragte meine Mutter. »Du bleibst weiter auf der Volksschule.«

»Kommt nicht in Frage«, sagte ich zu meiner Mutter.

»Warum?« fragte meine Mutter.

»Warum nicht?« sagte ich.

»Du redest wie ein Jude«, sagte meine Mutter. »Deine Antworten sind verdreht. Wer bist du eigentlich?«

»Itzig geht aufs Gymnasium«, sagte ich, »folglich gehe ich auch.«

»Damit du weiter von ihm abschreiben kannst, was?«

»Ja«, sagte ich. »Wir müssen auf derselben Bank sitzen. Das ist wichtig.«

»Kommt trotzdem nicht in Frage«, sagte meine Mutter.

»Soll ich Slavitzki erzählen, daß der Hausmeister zu dir kommt? Jeden zweiten Nachmittag?«

»Du willst mich wohl erpressen?«

»Der Hausmeister«, sagte ich.

Ich weiß nicht, ob das eine Erpressung war oder nicht. Auf jeden Fall setzte ich durch, was ich wollte. Ich wurde Gymnasialschüler.

Meine Mutter – und ich – wir ließen Slavitzki im Glauben, daß ich weiter zur Volksschule ging. Kannten ja seinen Neid. Schließlich erfuhr er doch die Wahrheit, nannte mich höhnisch: eine feinen Herren ... einen Gymnasialschüler ... einen Studenten ... einen, der ein Professor werden wollte – und prügelte mich täglich »wegen meiner Graupen im Kopf«. Ich ließ mich aber nicht beirren.

Meine arme Mutter bezahlte die Schulkosten von dem Geld, das ihr der Hausmeister gab. Bücher und Hefte, Federhalter, Radiergummis und sonstiges Zeug kaufte ich selbst, denn seit meinem zehnten Lebensjahr verdiente ich regelmäßig, half Krüppeln und Blinden über die Straße, wiegte das Kind des katholischen Schusters Hans Baumeister oder fegte seine Werkstatt mit einem langen Strohbesen, machte dasselbe für den jüdischen Schuster Fritz Weber – von dem mein Stiefvater Slavitzki zu sagen pflegte: »Den deutschen Namen hat der Jude geklaut!« – besorgte Wege für Hausfrauen, machte mich beliebt, kriegte Trinkgelder, Bonbons, Lakritzstangen.

Die Jahre im Gymnasium drückten mir, Max Schulz, Sohn einer Nutte, Stiefsohn eines Kinderschänders, Rattenquäler mit Dachschaden ... einen neuen Stempel auf. Ich entwickelte mich, wurde ein studierter junger Herr, der Latein konnte und Griechisch und sogar Algebra, der über vieles Bescheid wußte, besonders über Geschichte und Mythologie. Ja, ganz besonders Geschichte und Mythologie, obwohl ich das manchmal verwechselte, sozusagen durcheinanderbrachte in meinen Vorstellungen. – Allerdings war ich kein Vorzugsschüler, aber unter der Leitung und Anregung von Itzig Finkelstein, der ja neben mir auf der Schulbank saß, stopfte ich doch allerhand Wissenswertes in meinen

Bastardschädel. Wissen Sie ... sogar die dürre Hilda, das Dienstmädchen von Finkelstein, bekam richtigen Respekt vor mir und pflegte zuweilen zu sagen: »Der Max Schulz ist zwar ein Halbidiot, aber doch ein studierter junger Herr.«

Itzig Finkelstein las in seiner Freizeit gute Bücher, auch Werke großer Dichter und Denker, die nicht im Schulplan standen – und da ich, Max Schulz, alles nachahmte, was Itzig Finkelstein tat oder machte, las ich natürlich dieselben Bücher, wurde noch klüger – fast so klug wie Itzig Finkelstein.

Mit 16 Jahren gründete Itzig Finkelstein einen Dichterklub. Können Sie sich das vorstellen? Itzig Finkelstein, der Sohn des Friseurs Chaim Finkelstein – ein Dichter? Das war aber so. So und so und nicht anders. Natürlich machte ich mit, wollte meinen Freund nicht im Stich lassen, begann selber Gedichte zu schreiben, entdeckte meine dichterische Ader, wußte nicht, woher ich das hatte ... hatte sie aber!

Itzig Finkelsteins Gedichte waren formvollendet, meine formlos, seine harmonisch, meine disharmonisch, seine vernünftig, meine unvernünftig, seine reell und normal, meine absurd und pervers. Wir beide wurden berühmt im Gymnasium, wurden angestaunt, beneidet, gehaßt, steckten oft Prügel ein – es war nicht anders als früher beim Fußballspiel – aber: wir dichteten unbeirrt weiter.

Als das Jahr 1923 zur Neige kroch oder kriechend eilte – denn wir hatten ja Inflation und das war ein langes Jahr, ein kriechendes Jahr, obwohl das Jahr es eilig hatte wegen des neuen Kalenders – da sagte mein Freund Itzig Finkelstein: »So! Jetzt ist's aber genug. Wir sind gebildet. Wir sind zwei große Dichter, jeder auf seine Art. Ich gehe jetzt zu meinem Vater in die Lehre.«

Ich fragte: »Und ich?«

»Du auch«, sagte Itzig Finkelstein.

»Und was wird aus unserem Studium?«

»Ach, Scheiße«, sagte Itzig Finkelstein. »In Deutschland herrscht Inflation. Es ist sowieso alles im Eimer. Am besten, man lernt ein Handwerk. Handwerk hat goldenen Boden.«

»Und was sagt dein Vater dazu?«

»Wir sind derselben Meinung.«

Ich sagte: »Eigentlich hast du recht. Wir hätten es sowieso nicht geschafft. Die Universität – uns dort durchzuwurschteln – und alles Drum und Dran – und die Jahre nachher – und dann – in der Dichtkunst steckt kein Geld.«

»Das steckt nicht drin«, sagte Itzig Finkelstein.

»Und die Inflation«, sagte ich. »Nichts hat mehr Sinn. Du hast recht. Aber das Handwerk. Das hat goldenen Boden.«

Itzig Finkelstein nickte. Wir verstanden uns. Er legte mir die Hand auf die Schulter und sagte: »Hör zu, Max. Eines Tages werde ich den Laden übernehmen. Und dann mach ich dich zu meinem Partner.«

»Gut«, sagte ich. »Aber was heißt: Laden? Du meinst den Friseursalon ›Der Herr von Welt‹?«

»Den mein ich«, sagte Itzig Finkelstein.

Ich sagte: »›Der Herr von Welt‹ ist eine Goldgrube.«

»Das stimmt«, sagte Itzig Finkelstein. »Der ist eine Goldgrube.«

5

Slavitzki war natürlich wütend, daß ich bei der Kon-
kurrenz in die Lehre ging, aber meine Mutter sagte:
»Der Junge soll was Ordentliches lernen. Und ›Der
Herr von Welt‹, das ist ein ordentlicher Friseursalon!«
Meine Mutter stand in dieser Hinsicht ganz auf meiner
Seite, wehrte Slavitzkis Wutanfälle ab, gab mir Rücken-
deckung, sozusagen: deckte mich! – Ja. Ich, Max Schulz,
ging bei Chaim Finkelstein in die Lehre.

Itzig und ich waren als Lehrlinge schon ein wenig
überaltert, waren ja fast 17 – wurden von den Gesellen
gefoppt, verhöhnt, verspottet, verhohnepiepelt, in den
Arsch getreten, ausgelacht – aber das störte uns nicht.
Die anderen waren bloß neidisch – weil wir gebildet
waren, Latein konnten und Algebra und vieles andere,
gute Bücher gelesen hatten, dichten konnten und so
fort. Die Gesellen nannten uns: ›Professor Itzig! Professor Max!‹ Aber wie gesagt: das störte uns nicht. Wir
wußten ja, was wir wollten!

Was mich betrifft, mich hatte der Friseurberuf
schon immer interessiert. Gibt es denn etwas Edleres
als den menschlichen Schädel? Und macht es nicht
Spaß, das Edle zu formen, zu gestalten, zu verschönen
… weil man gerade bei dieser und ähnlicher Arbeit das
Gefühl hat, es könnte auch Spaß machen, das Edle zu
zertrümmern? Man ist so nah dran. Mit den Händen.
Da juckt es einen manchmal … so ganz komisch, wis-

sen Sie. Da ist ein Kopf! Und der ist deinen Händen ausgeliefert!

Ob ich ehrgeizig war? Wollen Sie das wissen? Ich war es. Ich wollte ein guter Friseur werden. Denn »das Frisieren« ist kein gewöhnliches Handwerk. Vor allem aber wollte ich Slavitzki übertreffen, um ihm eines Tages sagen zu können: »Ich, Max Schulz, der Bastard, bin ein besserer Friseur als du!«

Die Broschüre ›Haarschnitt ohne Treppen‹ wurde meine Bibel, und ihr Verfasser Chaim Finkelstein mein großes Vorbild, mein Lehrmeister.

Chaim Finkelstein erklärte mir, daß der Mensch hunderttausend und zwei Haare auf dem Schädel habe, die Dickschädel sowohl als die Dünnschädel, jedoch gebe es gewisse Schädel, so sagte Chaim Finkelstein, die hätten mehr, das sei aber nur bei sehr seidigem Haar der Fall, denn was zu dünn sei und dennoch decken wolle, das müsse schon üppig wachsen, wogegen die Anzahl der Haare bei Kraushaar, also dickem, kräftigem Haar, meistens geringer sei, eine sonderbare Einrichtung des lieben Gottes, der alles richtig verteile, wenn er wolle.

»Und wenn er nicht will?« fragte ich.

»Dann eben nicht«, sagte Chaim Finkelstein. »Alles ist in Seiner Hand. Er haucht das Leben ein und bläst es wieder aus. Er ist ein ›Großer Verdecker‹, aber auch ein ›Großer Aufdecker‹.«

»Entstehen deshalb Glatzen?«

»Deshalb«, sagte Chaim Finkelstein.

Bei Chaim Finkelstein lernte ich den richtigen »Fassonschnitt ohne Treppen«, lernte unterscheiden zwischen Haarwasser, Rasierwasser, Gesichtswasser, lernte, daß Tagescreme fettlos sein soll, Nachtcreme dagegen fettreich, lernte, daß ein Schnurrbart mit einer Schnurrbartschere gebrannt wird, lernte das »Richtige Effilieren« mit Effilierschere bei trockenem Haar, bei feuchtem Haar dagegen auch bloß mit dem Rasiermesser.

Chaim Finkelstein erklärte mir, wie ein ›Herr‹ rasiert werden soll: zuerst heiße Kompressen – Tuch in heißes Wasser tauchen, auswringen, dann die Mitte des Tuches unter das Kinn des Herrn … ganz egal, ob Spitz- oder Doppelkinn … langsam die beiden Enden aufrollen, auf die Wangen oder Backen legen auf eine Art und Weise, daß Mund und Nase frei blieben. »Denn der Kunde soll bei uns aufatmen, nicht ersticken«, sagte Chaim Finkelstein.

Wichtig ist das Einseifen. Gut eingeseift ist halb rasiert. Man kann mit oder gegen den Strich rasieren. Auch beides. Bei Blutungen soll man keinen Alaunstein, sondern Alaunwasser benutzen, weil das hygienischer ist. Selbstverständlich nach beendeter Rasur Gesicht waschen – und zwar gründlich – und dann … und das ist sehr wichtig … die Haut mit einer alkoholhaltigen Flüssigkeit, am besten Eau de Cologne, sorgfältig abreiben.

Chaim Finkelstein schärfte mir ein, daß ein guter Friseur nie vergessen soll, »sein Messer« zu schärfen. Er erklärte mir, daß es drei Arten von Streichriemen gibt: den »Adam« aus Segeltuch oder Hanfschlauch mit Griff an der einen und Ring an der anderen Seite, den »Handstreichriemen« aus Juchtenleder auf Holz gespannt und den »Stoßriemen« mit einseitigem Griff.

Haben Sie schon mal ein Rasiermesser geschärft? Wissen Sie, was ein Kopfhalter ist und Kopfhaltepapier? Wissen Sie, daß ein guter Friseur dem Kunden eine Serviette unter den Kragen schiebt, von der allerdings nur ein Streifen von viereinhalb Zentimeter umgeschlagen wird, der Streifen nämlich, der zwischen Hals und Kragen verschwindet, sozusagen eingeschoben wird?

Wenn ich Ihnen alles erzählen würde, was ich bei Chaim Finkelstein gelernt hatte, dann würde ich nie aufhören …

Wissen Sie, wie ein Taschenspiegel aussieht … einer, der einer Dame gehört, die keine Dame ist? Ich meine den Taschenspiegel meiner Mutter … in ihrer großen, billigen Handtasche, zwischen Puderdose, Nagellack, Lippenstift, Haarnadeln, Taschentuch, Nähzeug und sonstigem Kram eingeklemmt oder -gezwängt … ein kleiner Spiegel, lippenstift- und nagellackverschmiert oder verklebt … ein bißchen angeschlagen oder ein bißchen sehr … mit gläsernen Laufmaschen …

Den borgte ich manchmal, hielt ihn vor mein Gesicht. Und sah, was ich sah! Verschiedene Gesichter zwischen den vielen Sprüngen im Spiegelglas: das Gesicht eines Friseurs … das Gesicht eines studierten Herrn … das Gesicht eines Halbidioten … das Gesicht eines Dichters … das Gesicht eines Perversen … das Gesicht eines Normalen … das Gesicht eines Ariers … das Gesicht eines Juden … das Gesicht eines Fußballspielers … Aber noch andere Gesichter – besonders, wenn meine Froschaugen vom langen Starren zu tränen anfingen … dann sah ich zwischen den gläsernen Laufmaschen des gesprungenen Handspiegels … noch eine Menge anderer Gesichter … Gesichter aus einer fernen Zukunft, die ich nicht kannte … gebrochene Reihen, … Gesichterreihen … und eines davon … ein ganz bestimmtes … eines, das sich bewegte, wegtanzen wollte … aus den Reihen tanzen … den Gesichterreihen … als ob es nicht dazugehörte … das … das eine: das Gesicht eines Mörders! … aber ein seltsames Mördergesicht war das, denn es schien zugleich die Züge aller Sterblichen zu tragen, die nach »Seinem Ebenbild« erschaffen wurden … und doch konnte ich das nicht mit Bestimmtheit sagen, obwohl es ein bestimmtes Gesicht war, das ich sah, weil alles verschwommen war … weil meine Augen tränten … die verdammten Froschaugen … und weil ich nicht wußte, ob ich dem Handspiegel meiner Mutter, die doch eine Nutte war, trauen konnte.

Vor dem Spiegel fragte ich mich: Wer bist du eigentlich? Fragte, wie meine Mutter gefragt hatte ... wollte eines wählen ... eines der Gesichter ... konnte aber nicht ... die wollten nichts mit mir zu tun haben; die starrten mich wütend an, seltsam verzerrt, weil ich Grimassen schnitt und die Zunge herausstreckte.

6.

In den nächsten Jahren passierte nicht viel. Ich wurde ein guter Friseur, bestand alle Prüfungen, wohnte noch bei Slavitzki und meiner Mutter, arbeitete jedoch im Friseursalon ›Der Herr von Welt‹, der übrigens vergrößert worden war: früher bloß fünf Friseursessel und zwei Gesellen, später zehn Friseursessel und acht Gesellen.

Anfang der dreißiger Jahre begann mein Stiefvater merklich zu altern, setzte Fett an, kriegte graue Schläfen, färbte dieselben, kämmte sein schütter gewordenes Haar in die Stirn, wollte keß aussehen, brüllte lauter als früher, trank mehr Schnaps denn je, ließ sich einen Schnurrbart wachsen. Auch meine Mutter hatte sich verändert, war noch fetter geworden, hatte keinen Hals mehr, konnte sich kaum noch bewegen, hatte auch keine Lust mehr, Hündchen zu spielen, konnte auch nicht mehr richtig bellen. Ihre Beine jedoch waren noch magerer geworden.

Bei uns im Keller wurde jetzt oft von Adolf Hitler gesprochen, und Slavitzki freute sich, wenn meine Mutter sagte: »Weißt du, Anton! Seitdem du einen Schnurrbart hast und eine Stirnlocke, siehst du dem »Führer«ähnlich.«

Und Slavitzki sagte: »Ja, Minna. Das hat auch der Schuster Hans Baumeister gesagt.«

Slavitzki, der sonst keine Zeitungen las, kaufte seit 1930, regelmäßig den »Stürmer« und den »Völkischen Beobachter«, spuckte aus, wenn das Wort Jude vorkam, fand Gefallen an besonders kräftigen nationalsozialistischen Schlagwörtern, ließ sie sich vom Schuster Hans Baumeister erklären, erklärte sie dann meiner Mutter, die sie mit Nagellack unterstrich, meistens rotem aber auch rosa, sie ausschnitt und an der langen Wand im Friseurladen anklebte. Über dem Waschbecken, in das Slavitzki pinkelte, klebten Zitate wie: »Blut und Boden ... die Verschwörung des internationalen Judentums ... der beschämende Friedensvertrag von Versailles ... die Schande des Ersten Weltkrieges ... weg mit der Zinsknechtschaft« und so fort.

Slavitzki und meine Mutter waren doch sonst nie ein und derselben Meinung, aber was den ›Herrn Hitler‹ anbetraf ... wie ihn Slavitzki nannte ... da stimmten sie beide überein. »Er wird uns alle erlösen«, sagte meine Mutter, »er wird sich auch an den Urlaubern rächen, die unseren Keller besudelt haben, den beschämenden Friedensvertrag von Versailles annulieren – wie man so sagt – mit der Zinsknechtschaft aufräumen und den unverheirateten Müttern arischer Herkunft mit Stammbaum wieder zu Ehren verhelfen.«

Und Slavitzki sagte: »Ja, Minna. Das macht er bestimmt. Darauf kannst du Gift nehmen. Und er wird auch die Juden aus der Schiller- und Goethestraße heraustreiben. Auch den Friseur Chaim Finkelstein.«

»Weißt du, Anton«, sagte meine Mutter. »Du siehst dem ›Führer‹ wirklich jeden Tag ein bißchen ähnlicher – mit deiner Stirnlocke und dem Schnurrbart. Der hatte übrigens auch so ein langes Ding wie du, obwohl ohne Gummiband, aber das ist ihm zurückgewachsen, weil er doch ein Vegetarier ist.«

»Ja«, sagte Slavitzki, »das stimmt.«

»Nur mit deinem Namen stimmt was nicht«, sagte meine Mutter. »Den müßtest du ändern.«

»Auf den Namen kommt's nicht an«, sagte Slavitzki, »sondern auf das Blut und die Gesinnung. Ich bin doch kein verdammter Pole.«

»Was bist du denn?« fragte meine Mutter.

»Ein echter Deutscher und reiner Arier«, sagte Slavitzki.

»Meine Vorfahren waren Auslandsdeutsche. Daher der polnisch klingende Name.«

»So – das wußte ich gar nicht«, sagte meine Mutter. »Warum hast du mir das nie erzählt?«

»Weil ich kein Angeber bin«, sagte Slavitzki.

»Kannst du das nachweisen – das mit deinen Vorfahren?« fragte meine Mutter. »Hast du einen Stammbaum?«

»Kann ich nicht«, sagte Slavitzki. »Aber einen Meineid kann ich schwören. Und wenn ein echter Deutscher einen Meineid schwört, dann ist das ein echter Meineid.«

»Ja«, sagte meine Mutter. »Das stimmt.«

Slavitzki hatte ein gebrauchtes Radio gekauft und beide – meine Mutter und Slavitzki – saßen Abend für Abend am Radio, unterhielten sich über Politik, rechneten sich aus, wann der ›Herr Hitler‹ wohl an die Macht kommen würde, redeten von deutscher Ehre, Blut und Boden, Volk ohne Raum, von unserer Kellerwohnung und der Wohnung Chaim Finkelsteins, von der Würde des deutschen Friseurs ... sogar mit einem Namen der zufällig polnisch klingt ... redeten von der Würde der arischen Mutter mit oder ohne Trauring – »Denn was ist schon ein Ring?« sagte Slavitzki – »Ich scheiß auf den Ring; der ist aus Gold. Und wer hängt am Gold? Das internationale Judentum!«

Meine Mutter, die jetzt drei Tonnen wog, machte ein Gretchengesicht, nickte mit dem Kopf, stopfte Strümpfe, legte dieselben zuweilen weg, denn sie strickte auch an einer Wolljacke für Slavitzki, lächelte Slavitzki zu, der seinen Schnaps trank, mit dem langen, schlaffen Glied schlenkerte, verstohlen nach dem gelben Rohrstock Ausschau hielt – nicht mehr nach dem schwarzen, denn ich war ja inzwischen volljährig geworden.

7

Habe ich Ihnen mitgeteilt, daß ich Mitglied des Wieshaller Tierschutzvereins war?

Im Frühjahr 1932 traten einige unter den tonangebenden Mitgliedern der nationalsozialistischen Bewegung bei. Parole: Adolf Hitler liebt die Tierchen! In unserem Vereinslokal hingen oder klebten eine Menge solcher Wahlsprüche: Weil der Führer die Tiere liebt! Oder: Adolf Hitler liebt die Tiere, und die Tiere lieben ihn! Andere: Das Tier fühlt, wenn es geliebt wird! Wählt den tierliebenden Führer Adolf Hitler! Eines Tages herrschte in unserer Stadt große Aufregung. Es hieß: Der Führer kommt nach Wieshalle, um auf dem Ölberg zu sprechen.

Kennen Sie den Ölberg? Der heißt so, weil dort einmal jährlich von der Speiseöl-Firma Meyer ein Schützenfest veranstaltet wird, eine raffinierte Werbekampagne für das berühmte Meyer-Speiseöl.

Als der große Tag dämmerte, glich unsere Stadt einem Wallfahrtsort, aber zugleich auch einer belagerten Stadt. Noch nie hatte ich so viele Polizisten gesehen, viele auf Schusters Rappen, viele aber auch auf richtigen Pferden, berittene und unberittene Polizei, wie man so sagt. Die Leute munkelten: Paßt auf, wenn er kommt, schlagen die Kommunisten los. Andere sagten: Das werden die nicht wagen! – In den Straßen wimmelte es nur so von Leuten mit Hakenkreuzbinden – die schwenkten auch lustig den Arm, während die anderen, die keine Binde trugen, den Arm still hielten, sozusagen nicht schwenkten, als wollten sie ihn einklemmen so wie ein Pudel den Schwanz, wenn er begossen wird.

Aus der Umgebung kamen die Bauern zur Stadt – aber auch andere – betranken sich in den Wirtshäusern, bändelten mit den Dienst- und Kindermädchen an, die noch auf der Straße waren, um die Vorfreude zu genießen oder die warme Maisonne – ehe es zum Ölberg ging.

Ich arbeitete an jenem ereignisreichen Tag nur vormittags im Friseursalon ›Der Herr von Welt‹, verabschiedete mich jedoch um 12 Uhr – oder, um genauer zu sein: fünf Minuten vor zwölf – von Chaim und Itzig Finkelstein, sagte, ich müßte den Tag oder den Nachmittag frei haben, weil ich ›Ihn‹ sehen wollte.

»Wen sehen?« fragte Chaim Finkelstein hustend – »den Sohn der Vorsehung – den Auferstandenen?«

»Husten Sie nicht«, sagte ich zu Chaim Finkelstein, »denn das Husten wird Ihnen vergehen!« Und ich wußte nicht, warum ich das sagte …

Ich eilte nach Hause, zog mir den besten Anzug an – denn ich hatte keine Uniform … war ja nicht mal Parteimitglied – band mir eine Hakenkreuzbinde um den Arm, schlang mein Mittagessen herunter, sagte höhnisch zu Slavitzki … er sollte sich auch eine umbinden, aber nicht mit Gummiband, auch nicht mit Steck- oder Sicherheitsnadeln, sondern angenäht. Slavitzki sagte, ich würde jetzt immer frecher, sagte, er hätte den schwarzen Rohrstock noch nicht eingemottet, versicherte mir aber, daß er sich eine umbinden würde – und was für eine! – denn er wäre ein Deutscher – und was für einer! Das sagte Slavitzki.

Um 14 Uhr – oder, um genauer zu sein: um dreizehn Uhr fünfundfünfzig – traten wir drei aus der Kellerwohnung, freuten uns, weil die Sonne schien, glaubten, der ›Herr Hitler‹ hätte sie bestellt – denn der konnte das – das sagte Slavitzki – trugen alle drei Hakenkreuzbinden, ja auch Mutter. Mutters Hakenkreuzbinde war am auffälligsten, sah aus, als würde sie jeden Moment platzen, wegen des überfetten Oberarms.

Die ganze Stadt schien zum Ölberg zu pilgern – und die aus der Umgebung. – Sie hätten Wieshalle sehen sollen – an jenem Nachmittag. Mir gefielen besonders die blumengeschmückten Fenster. Da konnte man alle möglichen Farben sehen. Die Juden in der Schiller- und Goethestraße hatten Trauerblumen in ihre Fenster gestellt, ebenso die Pazifisten, bei den Kommunisten sah ich Haßblumen, bei Anhängern schwächerer Parteien, ebenso wie bei den Unparteiischen farblose Blumen, die stumm und müde nickten, während die anderen verzweifelt zu schreien schienen oder zu weinen. Die Blumen der Nationalsozialisten aber jubelten uns zu; sie waren sorgfältig ausgewählt und zusammengestellt und trugen ausschließlich die Farben der Freude.

Ich verlor Slavitzki und meine Mutter im Gedränge, suchte dann meinen Tierschutzverein, konnte ihn nicht finden, fand aber oder traf zufällig meinen früheren Deutschlehrer Siegfried von Salzstange, der jetzt Rektor war, freute mich, gratulierte ihm, schüttelte ihm die ehemalige Lehrerhand, die jetzt eine Rektorhand war, drängte mich mit ihm zusammen vorwärts – zum Allerheiligsten – und Siegfried von Salzstange wußte, wie man sich vordrängte, zeigte es mir, machte mich drauf aufmerksam, daß man mit den Ellbogen stoßen müsse, wenn das nötig sei, manchmal aber auch nicht. Es gelang uns schließlich, einen guten Stehplatz zu kriegen – nicht weit entfernt vom Altar. Als ich mich umblickte, erschrak ich, denn hinter uns standen Millionen.

»Ich dachte – hier wären nur die Leute aus Wieshalle und Umgebung«, sagte ich zu Herrn Siegfried von Salzstange. »Aber es sind mehr. Viel mehr! Ich sehe Millionen!«

»Hier ist fast ganz Deutschland versammelt«, sagte Herr von Salzstange.

»Was heißt: fast ganz Deutschland?«

»Nur die Unzufriedenen«, sagte Siegfried von Salzstange.

»Hier sind die Unzufriedenen ganz Deutschlands versammelt!«

»Die Kommunisten?« fragte ich.

Mein früherer Deutschlehrer schüttelte den Kopf. »Die anderen«, sagte er – »die anderen Unzufriedenen. Denn es gibt eine andere Unzufriedenheit, und die kann der Kommunismus nicht heilen.« Herr von Salzstange grinste schwach – sagte dann: »Wenigstens nicht so gründlich.«

»Wer denn?« fragte ich. »Wer kann sie heilen?«

»Adolf Hitler«, sagte Siegfried von Salzstange. »Er ist der große Heiler.«

Mein früherer Deutschlehrer bohrte eine Weile nachdenklich in der Nase. Dann sagte er: »Hier sind alle versammelt, die irgendwann mal eins aufs Dach gekriegt haben – vom lieben Gott oder von den Menschen.«

»So«, sagte ich. »So ist das.«

»Ja, genau so«, sagte Siegfried von Salzstange, » – hier sind die verkrachten Existenzen versammelt – auch die Kurzatmigen und die Arschlecker von Beruf, Leute, die im Leben nicht richtig vorwärtskamen, entweder, weil sie keine Puste hatten und das planmäßige Kriechen nie richtig gelernt hatten, oder weil der Arsch, den sie leckten, unersättlich war.«

Mein Deutschlehrer grinste eine Weile verloren. »Und natürlich auch die anderen«, sagte er dann nachdenklich und blickte mich dabei ernst an: » – wie sagte ich doch vorhin: die irgendwann mal eins aufs Dach gekriegt haben – vom lieben Gott oder von den Menschen: die Glatzköpfe zum Beispiel, auch die sind hier versammelt – gucken Sie sich doch mal um – und auch die zu dünnen und die zu dicken, Leute mit zu kurzen Beinen und Leute mit zu langen, die zu alten und die zu jungen, die Perversen ohne Partner und die Impotenten, Leute mit Würgerhänden, die bisher nicht würgen durften, weil ihnen gesagt wurde, sie dürften nur streicheln, auch die Brillenträger sind gekommen und die Brillenträgerinnen, denn ›Er‹ hat gesagt: ›Lasset die Kindlein zu mir kommen!‹ Aber die Kindlein – das sind die Verhinderten! – Ja, so ist das«, sagte Herr von Salzstange, »vor allem die Verhinderten – die, die gerne mal möchten und nicht können.«

»Und warum sind Sie hier, Herr von Salzstange?« fragte ich. »Ihnen geht's doch gut?«

»Wegen des Pfeffers«, sagte Siegfried von Salzstange.

»Was für Pfeffer?« fragte ich.

»Den mir meine Frau jeden Morgen in den Kaffee schüttet«, sagte Siegfried von Salzstange wehleidig.

»Und warum tut sie das?«

»Das weiß ich nicht«, sagte Siegfried von Salzstange.

»Und können Sie da nichts dagegen machen?«

»Gar nichts«, sagte Siegfried von Salzstange traurig, »gar nichts kann ich machen. Ich schnarche nachts, um mich zu rächen, aber das nützt nichts.«

»Das ist schlimm«, sagte ich. »Und dabei dachte ich immer – wenn einer so 'ne prima Stellung hat wie Sie, da kann er doch lachen.«

Herr von Salzstange grinste verzerrt, steckte verlegen eine Zigarette in den Mund, blinzelte abwesend, zerkrümelte die Zigarette mit den Rektorfingern, spuckte sie plötzlich wieder aus, als ob er sich nicht traute, auf dem Ölberg zu rauchen. Ich hätte ihn gerne gefragt: Und warum, Herr von Salzstange, sind eigentlich die anderen nicht auf den Ölberg gekommen, um die Bergpredigt zu hören ... sagen Sie, Herr von Salzstange ... die anderen ... die Vertreter, mein' ich ... Sie wissen schon, was ich meine ... die großen und kleinen und die ganz kleinen ... all die Vertreter verschiedener Interessengruppen, wie man so sagt, wenn ich nicht irre, lieber Herr von Salzstange, innerhalb und außerhalb unserer schönen deutschen Stadt Wieshalle ... die mit unserem Führer an die Macht schaukeln wollen ... die sind doch sonst immer dabei, wenn ›Er‹ predigt ... ist denn keiner von ihnen verhindert ... und die, die es sind, sind die hier ... und die, die es nicht sind, sind die nicht hier ... und können die sich das überhaupt erlauben ... ich meine: nicht hier zu sein mit den Verhinderten ... oder sind die etwa Autofahrer ... und konnten heute nicht kommen, weil man hierher pilgern muß ... und weil sich das mit dem Auto nicht schickt ... weil das hier doch der Ölberg ist ... und die Predigt eine Bergpredigt ... und warum können Autofahrer nicht ohne Auto pilgern ... haben die etwa alle Plattfüße ... Aber ich habe doch auch Plattfüße! Und haben Sie auch Kopfschmerzen, Herr von Salzstange? Ist das von der Sonne? Die ist verdammt heiß. Und ich dürfte gar nicht hier rumstehen ... in der Sonne, mein' ich ... wegen meines Dachschadens ...

Aber dann wurde ich weggedrängt. Und als ich zu Herrn von Salzstange zurückfand, machte er mir ein Zeichen, zu schweigen.

Ich weiß nicht, wieviele Millionen Verhinderter damals auf dem Ölberg versammelt waren, aber ich dachte mir, wenn das der liebe Gott sieht von dort oben, dann muß das hier unten wie ein Ameisenberg aussehen. Denn der Berg war in steter Bewegung. Aber wir waren ja keine Ameisen? Und wir wollten den Berg auch nicht wegschleppen. Oder wollten wir das? Standen wir etwa gar nicht auf dem Abhang des Ölbergs? Trugen wir etwa den Ölberg auf unseren Schultern? Oder trugen ihn andere Schultern, die zugleich auch uns trugen? – Der Berg schien zu schaukeln, wogte im Wind unter dem strahlend blauen Maihimmel und der heiteren Sonne, streckte sich zuweilen und zog sich wieder zusammen, fing zu zittern an, als der ›Führer‹ ankam, spitzte seine Ohren wie ein Tier, wollte tänzeln, wollte scheuen, konnte aber nicht, merkte, daß es getragen wurde, beruhigte sich – beruhigte sich ganz plötzlich.

Lieben Sie die Vögel? Fühlen Sie sich manchmal versucht, den Flug der Vögel zu beobachten? Besonders der Singvögel? Wissen Sie, wie das aussieht, wenn ein Vogel vom Himmel auf die Erde herabstößt? Oder viele Vögel? Ein ganzer Schwarm? Freuen Sie sich auch, wenn die Vöglein singen? Besonders im Monat Mai? – Und wissen Sie, wie das ist, wenn Vogelstimmen plötzlich und ganz unerwartet verstummen?

Als der Führer hinter den Altar trat, wagte die Menschenmenge nicht mehr zu atmen … und doch mußten wir alle atmen, denn sonst wären wir ja alle erstickt. Aber wir schlossen den Mund und atmeten nur durch die Nase.

Ich erschrak gewaltig, als ich den Führer zum ersten Mal sah, denn ich dachte, es wäre Slavitzki, aber dann sagte ich zu mir: nein! das kann nicht Slavitzki sein, denn Slavitzki ist ein Fleischfresser und hat ein langes Glied, dieser aber hat ein kurzes und ist ein Vegetarier. Und Slavitzki hat Säuferaugen und einen leblosen Blick, dieser aber hat die Augen eines Propheten. Ich bemerkte einen letzten Vogelschwarm, sie kamen von nirgendwoher, waren plötzlich da, setzten sich zu beiden Seiten des Führers auf den Altar, sahen wie Totenvögel aus, piepsten nicht, zwitscherten nicht, sangen nicht, saßen stumm auf Eichenholz und Fahnentuch, bildeten seltsame Abstände: einer, dann: neun, dann: drei – dann wieder drei. 1933, fuhr es mir durch den Sinn. Was soll das bedeuten? Ich stieß Siegfried von Salzstange an und fragte ihn flüsternd: – »Was soll das bedeuten?« obwohl ich doch gar nicht flüstern durfte. – »Der kommt 1933 an die Macht«, flüsterte Siegfried von Salzstange zurück. »Das ist doch klar wie der Rhein.«

»Woher wissen Sie, ob der Rhein klar ist?« fragte ich.

»Halten Sie jetzt das Maul«, sagte Siegfried von Salzstange. »Sehen Sie denn nicht, daß ›Er‹ jetzt die Augen zum Himmel hebt. Er will den Himmel beschwören. Und gleich fängt es an.«

»Was fängt an?« fragte ich.

»Die Rede, Sie Idiot!« sagte Siegfried von Salzstange.

Adolf Hitler sprach zuerst über den Werdegang der Bewegung, erzählte vom Marsch zur Feldherrnhalle, vom Blut der gefallenen Kameraden, von den Toten, die nicht tot seien, weil sie in uns weiterlebten, erklärte uns, warum man Kanonen bauen müsse und daß er welche bauen werde – und was für welche! – denn das habe er bei seinem Vater geschworen, dem Herrn der Vorsehung, machte uns klar, daß gewöhnliche Kanonen nur schössen, aber seine Kanonen auch Butter erzeugen könnten und Schwarzbrot und Harzer Käse und Würstchen mit Sauerkraut. Hitler erklärte uns, daß braune Hemden besser seien als andere, straffe Hosen besser als schlottrige, Wickelgamaschen lächerlich aussähen wegen des Schienbeins, das am besten im Stiefelschaft verschwinden solle, so wie alles, was unter dem Knie, also niedrig und nicht über dem Knie, also hochstehend ist, sprach über den Friedensvertrag von Versailles, der annulliert werden müsse, erklärte uns, daß eine Null ein Kreis sei mit einem Loch in der Mitte, und zwar einem richtigen Loch, denn halbe Löcher gebe es nicht: »Ein Loch ist ein Loch!«

Hitler sprach von Krämerseelen und Blutsaugern, vom Besudeln und Zersetzen, erklärte uns, daß die Ehre vererbbar sei, ebenso wie der Mut und die Treue, sprach über die Verschwörung des Weltjudentums, das deutsche Ehre, deutschen Mut und deutsche Treue in seinen Netzen gefangenhielte, damit sie nicht zur Entfaltung kämen.

Ich hörte kaum zu, denn das kannte ich ja, hatte das alles schon so oft in der Zeitung gelesen oder im Radio gehört. Ich blickte auf die Totenvögel, blickte auf den Altar aus Eichenholz und Fahnentuch, verglich seine Stirnlocke mit Slavitzkis, seinen Schnurrbart und Slavitzkis. Erst als der Führer über Geschichte sprach, immer weiter zurückgriff und schließlich bei Jerusalem anlangte, wurde ich wieder aufmerksam, klappte meine Hacken zusammen, atmete durch die Nase, hörte auf, Schnurrbärte und Stirnlocken zu vergleichen, vergaß die Totenvögel auf dem Altar aus Eichenholz und Fahnentuch, blickte nur in ›Seine‹ Augen.

Der Führer hatte die Bibel aufgeschlagen. Er blätterte zuerst im Alten Testament, dann im Neuen, schob die Stirnlocke etwas zurück, zog die Stirn in krause Falten und sagte schließlich: »Lukas 23, 27-29.«

Dann fing er mit heiserer Stimme zu lesen an:

»Es folgte ihm aber nach ein großer Haufen Volks und Weiber, die beklagten und beweinten ihn. Jesus aber wandte sich um zu ihnen und sprach: ›Ihr Töchter von Jerusalem, weinet nicht über mich, sondern weinet über euch selbst und über eure Kinder. Denn siehe, es wird die Zeit kommen, in welcher man sagen wird: Selig sind die Unfruchtbaren und die Leiber, die nicht geboren haben, und die Brüste, die nicht gesäugt haben!'«

Der Führer klappte die Bibel wieder zu, faltete die Hände, hob seine prophetischen Augen zum Himmel und sprach:

»Wahrlich, wahrlich ich sage euch: Der Herr hat sie verflucht. Und der Fluch ist gefangen. Ich aber bin gekommen, um ihn zu erlösen.«

Und der Führer sprach:

»Selig sind die Starken, denn sie werden das Erdenreich besitzen.

Selig ist die Faust, denn sie wird das Loch schlagen in den Kreis, auf daß es ein richtiges Loch sei und kein halbes. Denn halbe Löcher gibt es nicht!

Selig sind die, die dicken Blutes sind, denn sie werden alles beherrschen, was unter der Sonne ist. Denn so das Blut wässerig, wie sollte es da nicht verdunsten. Und was nicht mehr ist, ist nicht. Und wie sollte es da herrschen?«

Und der Führer sprach:

»Ihr habt gehört, daß zu den Alten gesagt ist: Du sollst nicht töten; wer aber tötet, der soll des Gerichts schuldig sein. Ich aber sage euch: Wer den Volksfeind tötet, der heiligt meinen Namen. Und wer mich heiligt, der hat Anteil an meiner Heiligkeit.«

Und der Führer sprach:

»Ihr habt gehört, daß da gesagt ist: Auge um Auge, Zahn um Zahn. Ich aber frage euch: Tun das nicht auch die Zöllner? Was ist ein Auge und was ist ein Zahn? Bleibt da nicht noch ein Auge? Und 31 Zähne? Wahrlich, ihr Lohn ist dahin. Ich aber sage euch: 2 Augen für ein Auge. Und 32 Zähne für einen. Blendet eure Feinde und macht sie zahnlos für alle Ewigkeit. Denn der Blinde kann nicht mehr sehen. Und der Zahnlose nicht mehr beißen. So ihr herrschen wollt, so schlaget kräftig zu. Und so ihr das Erdenreich wollt, das ich euch geben will, so tut, wie euch geheißen. Amen.«

Und der Führer sprach:

»Verflucht sei der Stock in der Hand des falschen Meisters. So der Stock aber den Meister wechselt und der neue Meister ein wahrer Meister ist, so sei er geheiligt.«

Und der Führer sprach:

»Selig ist der Stock in der Hand des wahren Meisters. Denn siehe: Es ist nicht der Stock, der die Hand, sondern die Hand, die den Stock adelt. Wahrlich ich sage euch: In der Hand des wahren Meisters wird der Stock zum Schwert, auf daß die Hand herrsche bis in alle Ewigkeit. Amen.«

Als der Führer die letzten Worte gesprochen hatte, entsetzte sich der Himmel, denn seine Rede war gewaltig. Es fing zu donnern und zu blitzen an. Über dem Ölberg häuften sich Wolkenmassen, kreisten über dem Altar. Aber der Regen hatte Angst, und die Wolken stoben wieder auseinander. Die Menschenmasse war totenstill.

Während des letzten Teils der großen Rede spürte ich heftiges Jucken. Mein Hintern! dachte ich. Warum juckt der so? Und dann wurde das Jucken stärker, immer stärker, wurde zum brennenden Schmerz. Ich sah den gelben und den schwarzen Stock, sah auch das Glied Slavitzkis, und das hing am schwarzen und am gelben Stock, war ein Teil davon, grinste höhnisch, war ein Wahrzeichen meiner Ohnmacht. Pausenlos hämmerten die Worte des Führers in meinem Schädel: »Verflucht sei der Stock in der Hand des falschen Meisters. So der Stock aber den Meister wechselt …« Mir war ganz schwindlig. Ich spürte einen Kloß im Hals. Der würgte. Und den wollte ich ausspucken. » – Selig ist der Stock in der Hand des wahren Meisters. Denn siehe …«

Und da sagte ich zu mir: Ja, warum eigentlich? Jetzt ist's aber genug! Und ich sagte zu mir: Max Schulz. Du wirst den Hintern nicht mehr hinhalten. Höchste Zeit, daß du mal selber den Stock in die Hand nimmst, den gelben und den schwarzen.

Und neben mir stand Siegfried von Salzstange. Der guckte starr geradeaus.

»Hier sind die Unzufriedenen ganz Deutschlands versammelt!« Das hatte er doch vorhin gesagt? »Hier sind alle versammelt, die irgendwann mal eins aufs Dach gekriegt haben – vom lieben Gott oder von den Menschen.«

Ich hätte meinen früheren Deutschlehrer gern gefragt, ob jeder hier, jeder, der hier stand und dem Führer ins Maul guckte oder in die Augen, einen falschen Meister kannte – einen mit einem Stock, aber ich traute mich nicht, denn der Siegfried von Salzstange, der guckte so starr und so seltsam geradeaus. Vielleicht gibt es für die anderen andere Stöcke, dachte ich, es müssen ja nicht unbedingt gelbe oder schwarze sein? Vielleicht grüne oder blaue, rote und lila? Sicher gab es noch viele andere Stöcke, und es gab sie gewiß in allen möglichen Farben. Und als ich das dachte, würgte mich wieder der dicke Kloß im Hals, und ich wollte ihn unbedingt ausspucken. Ich sah auch plötzlich Millionen Stöcke, sie zischten über dem Ölberg, und die Vielfalt der Farben spiegelte sich im Spiegel über uns, der nun nicht mehr blau, sondern ein Farbenmeer war. Kein Wunder, daß der Führer den Regen vertrieben hatte!

Rechts von mir stand eine alte Frau – eine alte Frau mit grauem Gesicht, ein Gesicht, in das der Stock des lieben Gottes Löcher und Furchen geschlagen hatte, erbarmungslos, als wäre es kein Gesicht, das nach seinem Ebenbild erschaffen wurde. Die Alte bewegte die Lippen, als ob sie betete. Nur einmal verstand ich einen geflüsterten Satz: »Himmel und Erde werden vergehen, aber meine Worte vergehen nicht.«

Als die Alte zu beten anfing, fingen auch andere zu beten an. Allmählich kam Bewegung in die Masse. Und dann ... Ja, so muß es gewesen sein. Ganz plötzlich! Plötzlich schrie jemand auf. Und dann fingen wir alle zu schreien an. Unsere rechte Hand. Sie flog plötzlich hoch. Wie von selbst. Wir schrien wie die Wahnsinnigen. Wir schrien: Amen! Amen! Amen! Jeder riß jeden mit. Wir schrien. Wir tobten. Wir weinten. Er war der Erlöser. Jemand in der Menge schluchzte laut auf: »Mein Führer, gib mir auch einen Stock!« Und ein anderer schrie: »Mir auch! Und ich will an dich glauben!« Bald bildeten sich Sprechchöre links und rechts. Und die von links schrien: »Siehe, unser Hintern ist blutig.« Und die von rechts schrien: »Laß uns die wahren Meister sein, und wir wollen an dich glauben!«

Wissen Sie, wie man einen Kloß ausspuckt? Und wissen Sie, wie das aussieht, wenn Millionen Klöße ausgespuckt werden und durch die Luft segeln?

Sie werden natürlich wissen wollen, ob ich Slavitzki den Stock wegnahm – ich meine – später – im richtigen Moment? Oder beide Stöcke, nicht wahr? Und ob ich ihn übers Knie legte, so wie er mich? Und ob ich ihn vergewaltigte, so wie er mich vergewaltigt hatte?

Nein. Ich ließ ihm die Stöcke, denn sie waren alt und abgenutzt. Ebenso wie Slavitzki. Und schließlich, hatte nicht auch Slavitzki einen falschen Meister gekannt – irgendwann in seinem Leben? Vielleicht kannte er ihn immer noch und konnte ihn nicht loswerden? Denken Sie mal darüber nach! Und dann, wer ist schon Slavitzki? Und gab es denn wirklich nur einen Slavitzki in meinem Leben? Gab es nicht vielmehr viele Slavitzkis? Und war nicht auch der liebe Gott ein Slavitzki? Einer mit einem Stock? Und gab es nicht außer ›Seinem‹ Stock, dem Stock des unsichtbaren Slavitzki und dem gelben und dem schwarzen Stock des irdischen Slavitzki – gab es da nicht auch noch andere Stöcke in meinem Leben? Vielleicht keine Hauptstöcke, aber gewiß Nebenstöcke? Nicht lila und rot oder grün und blau, denn das waren ja die Stöcke der anderen, das waren doch auch Hauptstöcke? Ich meine bloß all die farblosen Nebenstöcke, die Stöcke meiner fünf Väter, die mich, Max Schulz, der ein Nichts war, der gar nicht existierte, mit einem einzigen Stockschlag in dieses Leben beförderten. Und denken Sie mal an die farblosen Nebenstöcke meiner Fußballgegner oder meiner Lehrer, die mich gequält, oder meiner Schulkameraden, die mich verhöhnt hatten, von denen ich Ihnen noch gar nichts erzählt habe – denn ich kann ja nicht alles erzählen – ich will ja nicht Ihre Geduld auf die Probe stellen. – Und was den gelben und schwarzen Stock anbetrifft, war es denn wirklich nur Slavitzki, der die Stöcke schwang? Half ihm nicht vielmehr auch meine Mutter dabei? Und hatte sie nicht auch meinen fünf Vätern mit ihren Nebenstöcken geholfen? Wo fängt der Reigen an? Und wo hört er auf? Und wo steht der liebe Gott? Steht er im Reigen? Oder darüber? Wen sollte ich eigentlich verprügeln?

Nein. Ich ließ Slavitzki die Stöcke. Ich besorgte mir neue Stöcke, bessere Stöcke … besser als die alten, als die noch neu waren. Und ich wählte weder gelb noch schwarz, sondern meine eigenen Farben. Ich wollte auch mehr als bloß ein Opfer. Denn was ist schon ein einziges Opfer? Ich wollte ein Opfer für jede Wunde, ein Opfer für jedes höhnische Grinsen, ganz gleich, ob das vom lieben Gott kam oder aus meiner Umwelt.

Heute kann ich verstehen, warum die Klöße, die wir damals ausspuckten, so weit durch die Luft segelten und die Unschuldigen trafen, denn wir hatten ja nicht gezielt. Wir hatten sie ja bloß ausgespuckt.

Damals verstand ich das nicht.

8.

Am Tage nach der Bergpredigt trat ich in die Partei des Sohnes der Vorsehung ein, wurde sozusagen Mitglied. Auch meine Mutter. Und auch Slavitzki, der kein Pole mehr war, sondern ein Deutscher. Slavitzki und ich ließen uns auch in den Kampfverband der SA einschreiben, beschlossen jedoch, mit dem Einkauf der vorgeschriebenen Stiefel und Uniformen zu warten, bis der Führer an die Macht kam – denn Stiefel und Uniformen kosteten eine Stange Geld – und eine Stange Geld ist eine Stange Geld – und man konnte nie wissen – und sicher ist sicher.

Meine Mutter fand das sehr vernünftig. Sie sagte: »Wir lieben den Führer. Aber sicher ist sicher!« Und sie sagte zu meinem Stiefvater: »Was, Anton? Sicher ist sicher?«

Als es soweit war und Hitler uns bestieg, sozusagen: sich in den Sattel schwang und zu uns sagte: Hüh! ... da rannten Slavitzki und ich in den nächstbesten Laden, kauften zwei schmucke Uniformen und zwei Paar blanke Stiefel, schnallten die Sturmriemen fest, betranken uns, torkelten durch die Straßen, trafen überall Gruppen von Uniformierten, die Volksfeinde verprügelten, halfen dabei, prügelten mit, schwitzten, rülpsten, lachten, onanierten, furzten ... das war ein Heidenspaß, sag' ich Ihnen. Später besorgte Slavitzki eine Einkaufstasche, und wir torkelten gröhlend nach Hause, traten aber noch nicht in die Kellerwohnung, sondern torkelten erstmal durch die Goethestraße und durch die Schillerstraße, schlugen bei Finkelsteins die Scheiben ein ... in der Wohnung und im Geschäft, torkelten dann in den Friseursalon ›Der Herr von Welt‹, schmierten Hakenkreuze auf teure Spiegel und kleine Schweineschwänzchen, steckten in unsere Einkaufstasche, was wir konnten: Gesichtswasser, Rasierwasser, teure Cremes, Seife, auch Pinsel, die modernsten Rasiermaschinen, Scheren, Kämme, Bürsten. Traten den Chaim Finkelstein in den Hintern und auch den Itzig Finkelstein, sagten: »Saujud!« sagten: »Itzig!« Slavitzki brüllte: »Mein Sohn kündigt ab heute! Heil Hitler! Ihr habt ihn verhext! Er sieht wie ein Itzig aus! Ja, verdammt noch mal, ... wie Itzig Finkelstein!«

Als wir mit unseren Stiefeln und in unseren schmucken Uniformen nach Hause kamen, riß meine Mutter vor Staunen die Augen auf, wackelte mit dem fetten Hintern, kicherte, zeigte ihre mageren Beine, wurde ganz aufgeregt, sagte zu Slavitzki: »Na, Anton, jetzt siehst du wie ein Mann aus.« Und zu mir: »Du auch. Aber such dir einen anderen Hintern.« Und Slavitzki sagte: »Wir haben eingekauft. Auch an dich gedacht. Verschiedene Cremes. Auch eine für den Hintern.« Und meine Mutter sagte: »Mensch, Anton!« Und Slavitzki sagte: »Mensch, Minna!«

»Was ist mit den Ratten?« fragte ich.

»Laß die Ratten Ratten sein«, sagte Slavitzki. »Der Führer hat nichts von Ratten gesagt.«

»Aber von den Juden«, sagte ich. Und ich klappte die Hacken zusammen und sagte: »Der Herr hat sie verflucht. Und der Fluch ist gefangen. Ich aber bin gekommen, um ihn zu erlösen.«

»Das hat der Führer gar nicht gesagt«, sagte Slavitzki. »Du spinnst.«

»Und dabei hab ich ihm gesagt, daß er nicht ohne Kopfbedeckung in der Sonne stehen soll«, sagte meine Mutter.

»Außerdem versteh ich das nicht«, sagte Slavitzki. »Verstehst du das, Minna?«

»Ich auch nicht«, sagte meine Mutter. »Das ist mir zu hoch.«

»Er will die Juden ausrotten«, sagte ich.

»Na und«, sagte Slavitzki. »Hast du vielleicht was dagegen?«

»Ich habe nur an die Ratten gedacht«, sagte ich, » – an die Ratten in unserer Kellerwohnung. Wenn es keine Juden mehr gibt in der Goethestraße und in der Schillerstraße – dann gibt's doch genug freie Wohnungen?«

»Ja, verdammt noch mal!« sagte Slavitzki.

Und meine Mutter sagte: »Jesus, Maria und Joseph!«

»Dann ziehen wir in Finkelsteins Wohnung«, sagte ich – »und dann sind wir die Ratten los.«

»Ja, verdammt noch mal!« sagte Slavitzki.

»Jesus, Maria und Joseph«, sagte meine Mutter.

»Ich hab mich zwar an die Ratten gewöhnt«, sagte ich, » – hab auch immer mit ihnen gespielt. Aber einmal muß das ja aufhören.«

»Klar«, sagte Slavitzki.

»Es gibt auch zweibeinige Ratten«, sagte meine Mutter.

»Klar«, sagte Slavitzki.

9

Wissen Sie, wie das ist, wenn zwei Brüder um die Macht kämpfen? Sie wissen es nicht? Ich weiß es auch nicht genau, denn ich, damals noch Max Schulz, bin der einzige Sohn meiner Mutter, der Nutte Minna Schulz. Ich habe keinen Bruder.

Aber bei uns in der Partei, da fand so was Ähnliches wie ein Bruderkampf statt: die Träger der braunen Uniform und die Träger der schwarzen ... die kämpften miteinander um die Macht. Die braune SA und die schwarze SS.

Slavitzkis Uniform und meine ... die waren braun, oder, um genauer zu sein: hellbraun – und meine Mutter sagte eines Tages zu uns: »Wie verwässerter Kakao. Hat mir anfangs gefallen, aber jetzt nicht mehr.«

Und mein Stiefvater Slavitzki sagte: »Na und?«

»Was wie Kakao aussieht, wird auch durch den Kakao gezogen, sagte meine Mutter. »Paß mal auf! Bald sind die schwarzen Uniformen an der Reihe!«

Natürlich hatte meine Mutter recht. Nach dem Röhm-Putsch im Jahre 1934 und der Ermordung des ›Großen Braunen‹, legten die Weitsichtigen die braune Uniform ab und zogen sich schwarze an. Nur die Kurzsichtigen taten das nicht – aber die waren ja kurzsichtig.

Ich war überzeugt, daß meine Mutter recht behalten und daß Deutschlands Zukunft auf keinen Fall braun, sondern schwarz sein würde. Ich wählte also schwarz.

Einige Wochen nach der Liquidierung des ›Großen Braunen‹ beschloß ich, Itzig Finkelstein, damals noch Max Schulz, mich zur SS versetzen zu lassen. Ich trat auch aus dem Tierschutzverein aus. Ich, Itzig Finkelstein, damals noch Max Schulz, hatte gewählt.

Mein ehemaliger Deutschlehrer Siegfried von Salzstange hatte einmal zu mir gesagt: »Max Schulz, in der braunen SA findet jeder Platz, der richtig furzen kann. Aber nicht in der SS!« – Denn die SS, das war der Verband der Schwarzen Puritaner, die Elite des Neuen Deutschlands. Für Mäuschen wie den Max Schulz, die nicht wie Herrenmenschen aussahen, sondern wie Untermenschen ... genau so und nicht anders ... eben so aussahen, als ob sie die Ethik des Völkermords nicht kapieren würden ... gar nicht kapieren ... für die war der Eintritt in die SS alles andere als leicht.

Was hab ich gesagt? Nicht leicht? Das stimmt. Ich muß hier allerdings hinzufügen, daß gute Beziehungen ... und zwar zu den richtigen Leuten ... im Leben oft eine entscheidende Rolle spielen.

Ob ich Beziehungen hatte? Wollen Sie das wissen? Natürlich hatte ich Beziehungen! Mein ehemaliger Deutschlehrer Siegfried von Salzstange, der war seit einiger Zeit bei der SS, und der hatte dort was zu melden. Denn Siegfried von Salzstange war der leibliche Vetter des Obergruppenführers Helmut von Schaumbeck, eines Mannes, der in Berlin an höchster Stelle saß.

Siegfried von Salzstange nahm mich unter seine Fittiche ... und er war nicht der einzige, denn zwei ehemalige Kameraden von mir aus dem Tierschutzverein ... die saßen in der Rassenkommission des Schwarzen Korps von Wieshalle.

Wie alle neuen SS-Kandidaten mußte auch ich, Itzig Finkelstein, damals noch Max Schulz, durch das meckrige Rassen- und Bewährungssieb des Schwarzen

Korps. Das war eine qualvolle und zeitraubende Ange-
legenheit. Aber ich schaffte es. Mein Blut war nicht
wässerig und mein Gesicht bloß verhext.

Slavitzki! Der wollte natürlich auch zur SS. Wollte
gerne angeben mit der schmucken schwarzen Uniform
und dem Totenkopf auf der Mütze. Aber wer sollte sich
für den einsetzen? Die SS lehnte ihn ab. Da stimmte was
nicht mit dem Stammbaum. Und auch nicht mit dem
langen Glied. Denn das war schlaff. Und das blieb
schlaff. Und auch ein fetter Hintern und ein gelber
Stock änderten nichts an dieser Tatsache. Was aber
schlaff war und schlaff blieb und keinen Willen zeigte,
das konnte bei uns sowieso nicht mehr hochkommen.

Trotzdem ging es Slavitzki und meiner Mutter besser als
je zuvor. Meine Mutter hatte an der Tür des Friseurladens ein neues Schild angebracht und darauf stand: Arisches Geschäft, Minna Schulz und Co. – Stammbaum
vorhanden.

Da das Werbeschild nicht genügte, half Slavitzki ein
bißchen nach, spielte sozusagen den Werbeleiter der
Firma Minna Schulz und Co. – pflanzte sich zuweilen
drohend auf der anderen Straßenseite auf ... gegenüber
... vor dem Friseursalon ›Der Herr von Welt‹, stand
dort im fleckigen Friseurkittel mit Hakenkreuzbinde
am Arm, ein furchterregender Apostel des Dritten Reiches, und brüllte die Kunden, die zu Chaim Finkelstein
wollten, mit Donnerstimme an: »Was! Ihr laßt euch bei
einem verdammten Juden die Haare schneiden! Wollt
ihr etwa den Volksfeind unterstützen? Steht ihr hinter
unserem Führer Adolf Hitler? Oder nicht? Wer nicht
mit uns ist, ist gegen uns!«

Die Ängstlichen strömten in unseren Laden. Die
Mutigen blieben bei Chaim Finkelstein.

Mir selbst, Itzig Finkelstein, damals noch Max Schulz, ging es gut. Ich arbeitete bei Slavitzki. Wir hatten jetzt bessere Kundschaft, und Slavitzki brauchte einen guten Friseur. Er brauchte mich. Ich verdiente gut, kriegte hohe Trinkgelder, denn keiner unserer Kunden wagte es, einem SS-Mann und Träger der schwarzen Uniform sein Trinkgeld zu beschneiden. Ich konnte mich also nicht beklagen.

10

Die Juden! Die hatten es schlecht bei uns. Wir, das Neue Deutschland, zeigten den Juden, was es heißt, wenn einer kein dickes Blut in den Adern hat, sondern bloß Wasser. »Denn so das Blut wässerig ist, wie sollte es da nicht verdunsten!« – Wir, das Neue Deutschland, entfernten sie aus Schlüsselpositionen und staatlichen Ämtern, schüchterten sie tüchtig ein, erpressten sie, enteigneten nach und nach ihren Besitz und verdrängten sie aus den meisten Berufen. Die Juden wurden aus der Wehrmacht und dem Arbeitsdienst ausgestoßen, öffentlich verhöhnt mit Hilfe von Presse, Radio, Film und sonstigen Mitteln, die uns damals zur Verfügung standen. Ihre Fratzen erschienen auf Litfaßsäulen und dem Titelblatt des ›Stürmers‹. Der Pöbel schlug ihnen die Schaufenster ein und warf Stinkbomben in ihre Geschäfte. Juden wurden auf offener Straße verprügelt und durften sich nicht beschweren. Juden wurden unter irgendeinem Vorwand verhaftet und verschwanden für einige Zeit oder für immer. Das waren schlimme Zeiten für die Juden. Und doch war das nichts im Vergleich zu den Ereignissen, die da kommen sollten, ein Vorspiel nur, ... das Vorspiel der großen jüdischen Katastrophe.

Ich selbst war damals bloß ein kleiner Fisch. Ich hatte mich dem Teufel verschrieben, hatte mich mit Stiefeln und Uniform ans Rad der Geschichte gehängt, aber mein ›Gewicht‹ fiel nicht sonderlich ins ›Gewicht‹. Was ist schon ein kleiner Fisch? Und was ist schon eine Uniform? Und was sind schon ein Paar Stiefel? Aber Millionen kleiner Fische ... mit Uniform und auch ohne ... mit Stiefeln und auch ohne ... all die kleinen Fische, die damals ›Ja‹ sagten und sich mit mir ans große Glücksrad gehängt hatten – die brachten das Rad in Schwung.

Ob ich damals schon Juden umbrachte? Wollen Sie das wissen? Nein, damals noch nicht. Erst später. Ich war damals bloß Mitglied. Mitglied der Allgemeinen SS. Wurde geschult. Wurde vorbereitet für meine Mission.

So war das. Ich war Mitglied. Und ich blieb Mitglied. Die SS ließ mich nicht los. Die brauchte mich genauso wie Slavitzki, der mich immer gebraucht hatte. Die brauchten meine Hände. Und die brauchten auch meinen Hintern, damit er eines Tages herhalten sollte für den Rückschlag des großen Glücksrads, mit dem wir damals Geschichte machen wollten.

Die Juden in Deutschland wußten, daß sich die Schlinge um ihren Hals immer mehr zuzog. Das heißt: die klugen Juden wußten das. Nur die Dummen unter den Juden glaubten noch im Jahre 1936, daß unsere Regierung von innen her gestürzt werden könnte. Viele Juden wanderten aus oder waren schon ausgewandert. Viele aber auch nicht.

Was die Juden in Wieshalle anbetraf, das heißt: die Juden in der Goethestraße und die Juden in der Schillerstraße – die blieben. Mit anderen Worten: sie wanderten nicht aus! Hofften sie auf ein Wunder? Ich weiß es nicht.

Auch die Finkelsteins wanderten nicht aus. Ich mußte mich also getäuscht haben: der Chaim und der Itzig Finkelstein waren dumme Juden, die nicht wußten, was ihnen bei uns blühte. Das galt natürlich auch für Sara Finkelstein, die Frau des Chaim Finkelstein und die Mutter des Itzig Finkelstein.

Scharführer Franz Sauer konnte damals noch nicht wissen, daß ich, Max Schulz, im Laufe der nächsten Jahre selber mal Scharführer werden würde ... ja sogar: Oberscharführer! Behandelte mich, Max Schulz, den kleinen Fisch, mit väterlichem Wohlwollen.

Eines Tages sagte Scharführer Franz Sauer am Biertisch zu mir: »Max Schulz! Die Juden in Wieshalle sind dumme Juden. Die wollen nicht auswandern!«

Und ich sagte: »Jawohl, Scharführer.«

Mein Scharführer rülpste vom vielen Bier, glotzte mich aus kleinen, schlaublauen Augen an, grinste, dachte vielleicht an den Hintern meiner Mutter oder an sonst was, entfernte unsichtbare Fädchen und Staub ... ja, auch Staub ... von seiner schmucken schwarzen Uniform, rülpste wieder und sagte dann: »Max Schulz! Daß Sie mal vor Jahren bei dem verdammten Juden Finkelstein gearbeitet haben, macht nichts. Was war, das war, stimmt's?«

»Stimmt«, sagte ich. »Hab dem Juden auch längst gekündigt.«

Scharführer Franz Sauer nickte. »Und daß Sie mit dem Juden Itzig Finkelstein befreundet waren, macht auch nichts. Was war, das war, stimmt's?«

»Stimmt«, sagte ich.

»Ihre Mutter hat mir erzählt, daß der Jude Itzig Finkelstein Sie mal zu seinem Partner machen wollte, stimmt's?«

»Stimmt«, sagte ich. »Aber daraus ist nie was geworden. Erstens, weil der alte Finkelstein noch kerngesund ist und zweitens, weil ich Parteimitglied bin.«

»Stimmt«, sagte mein Scharführer. »Das stimmt.«

»Stimmt«, sagte ich. »So ist das.«

Mein Scharführer trank sein Bier, schob die Mütze mit dem Totenkopf etwas zurück und glättete sein schweißiges Haar. »Finden Sie nicht, Max Schulz«, fragte er dann lauernd, »daß es höchste Zeit ist, die Juden in der Goethestraße und die in der Schillerstraße aus ihren Geschäften rauszuschmeißen – sozusagen: die Geschäfte zu arisieren?«

»Höchste Zeit, Scharführer«, sagte ich.

»Denn das sind die Straßen deutscher Dichter und Denker«, sagte Franz Sauer.

»Darauf können wir noch ein Glas trinken, Scharführer«, sagte ich.

Franz Sauer nickte. Er leerte sein Bier, bestellte noch eins und leerte auch das. Wir schwiegen eine Zeitlang und starrten uns bloß an. Franz Sauer bestellte mehr Bier. Und noch mehr Bier. Sein Durst schien unstillbar. Einmal stand er auf und torkelte hinaus. Als er zurückkam, brüllte er mich besoffen an. »Und was sind das eigentlich für Häuser, dort in der Goethestraße und in der Schillerstraße?«

»Verwanzt«, sagte ich.

»Das macht nichts«, sagte Franz Sauer und setzte sich.

»Wanzen beißen keinen arischen Arsch.«

»Jawohl, Scharführer«, sagte ich. »Das tun die Wanzen nicht. – Und was ist mit den jüdischen Wohnungen?«

»Lassen Sie die Wohnungen Wohnungen sein«, sagte Franz Sauer, so wie mein Stiefvater Slavitzki gesagt hatte: Laß die Ratten Ratten sein.

»Erst mal die Geschäfte«, sagte Franz Sauer.

»Jawohl, Scharführer«, sagte ich. »Die Geschäfte!«

»Vor allem das Geschäft – des Juden Finkelstein!«

»Jawohl, Scharführer«, sagte ich.

»Sind Sie ein guter Friseur, Max Schulz?«

»Jawohl, Scharführer«, sagte ich.

»Und wissen Sie, was der Führer über den arischen Friseur gesagt hat?«

»Jawohl, Scharführer«, sagte ich. »Der Führer hat gesagt: Ein arischer Friseur ist kein jüdischer Friseur!«

»Stimmt«, sagte Franz Sauer.

Franz Sauer rülpste, bestellte mehr Bier, rülpste wieder, ließ Winde fahren, kratzte sich, schlug plötzlich mit der Faust auf den Tisch und brüllte: »Max Schulz! Ich befehle Ihnen – den Friseurladen – des verdammten Juden Finkelstein zu übernehmen!«

»Das ist kein Friseurladen«, sagte ich. »Das ist ein Friseursalon! Und der heißt: ›Der Herr von Welt‹!«

»Dann befehle ich Ihnen«, brüllte Franz Sauer und schlug wieder mit der Faust auf den Tisch – »den Friseursalon ›Der Herr von Welt‹ zu übernehmen!«

Notieren Sie bitte am Rande: Max Schulz hat den Friseursalon ›Der Herr von Welt‹, Ecke Goethe- und Schillerstraße nie übernommen! Sein Scharführer war bloß besoffen.

So war das. Der war bloß besoffen. Gegen die Finkelsteins lag kein Haftbefehl vor – wenigstens damals noch nicht, im Jahre 1936. Und da konnte ich gar nichts machen, obwohl ich den Laden – das heißt: den Salon – gern übernommen hätte. Aber ich konnte die Finkelsteins nicht alleine verhaften, denn ich war ja nur ein kleiner Fisch. Und auch mein Scharführer war nur ein kleiner Fisch, wenn auch damals etwas größer als ich.

So war das. Wir ließen die kleinen jüdischen Geschäfte in der Goethestraße und die in der Schillerstraße noch eine Zeitlang weiterexistieren, sozusagen: ließen die Kleinen unter ihnen noch ein Weilchen Luft schnappen.

Warum? Wollen Sie wissen, warum? – Woher soll ich das wissen. Ich war doch selber nur ein kleiner Fisch! – Vielleicht weil unser Obergruppenführer Helmut von Schaumbeck gesagt hatte: »Immer mit der Ruhe! Und wegen der Auslandspresse! Und wegen des richtigen Zeitpunkts!« – ich weiß es wirklich nicht.

Oft lag ich nachts wach in meinem Bett, starrte in die Dunkelheit, starrte in Richtung Kellerfenster – sah Zeitungsausschnitte, sah Schlagzeilen, phosphorleuchtend im Blickfeld meiner Einbildung: »DER JÜDISCHE FRISEUR – EINE NATIONALE GEFAHR! VOLKSFEIND NUMMER EINS! SEIN GESCHÄFT: ABSICHTLICH ECKE GOETHE- UND SCHILLERSTRASSE. DIE ECKE! DORT WO ZWEI DEUTSCHE DICHTER SICH DIE HÄNDE REICHEN WOLLEN! DORT HOCKT ER DAZWISCHEN! DER JUDE! MIT ABSICHT! ALS TRENNUNGSSTRICH! UM ZWIESPALT ZU SÄEN! DAMIT DIE HÄNDE NICHT ZUSAMMENKOMMEN! KULTURZERSETZEND! GEFÄHRLICH! WEHRT EUCH, VOLKSGENOSSEN! WEHRT EUCH GEGEN DEN JÜDISCHEN FRISEUR! DEUTSCHE MÄNNER UND FRAUEN: WENN EUCH GOETHE UND SCHILLER EIN BEGRIFF SIND ... UND IHRE SUCHENDEN HÄNDE ... DANN ENTFERNT DEN JÜDISCHEN FRISEUR AN DER ECKE!«

Und andere: »PARTEIGENOSSEN! DER RICHTIGE ZEITPUNKT! ES IST SOWEIT! ALLE JÜDISCHEN GESCHÄFTE OHNE AUSNAHME BESCHLAGNAHMT! DIE NEUEN ARISCHEN INHABER WERDEN VON DER PARTEI FINANZIERT!«

Oft stand ich tagsüber im weißen Friseurkittel neben Slavitzki und blickte durch's Schaufenster hinüber zur Konkurrenz, sah ein verschwommenes Schild und darauf stand: Neuer Inhaber ... Max Schulz ... arisches Geschäft ... Stammbaum vorhanden ...

11

Viel gibt es nicht mehr zu erzählen. Im Jahre 1937 starb unser Hausmeister. Das war ein schwerer Schlag für meine Mutter. Aber dann kam ein neuer ... ein neuer Hausmeister.

So war das. Interessiert Sie das? Schmeißen wir den Kalender weg – den von 1937? Hängen einen neuen auf? Den von 1938? Warum? Und wo? Und wann? Das ist doch scheißegal! Und warum nicht! Und irgendwo! Und irgendwann! Meinetwegen am Kellerfenster! Und meinetwegen im Herbst. Warum im Herbst? Warum nicht?

Im November 1938 ... da war ein Pogrom ... das nannten wir die Kristallnacht. Da schlugen wir los. Aber auch noch nicht richtig. Da brannten die Synagogen der Juden im ganzen Land. Die Geschäfte wurden geplündert. Und viel Glas lag auf den Straßen ... Scherben. Sehr viel Glas. Sehr viele Scherben. Auch bei uns in Wieshalle.

Die Synagoge in der Schillerstraße brannte die ganze Nacht. Einige der benachbarten Häuser fingen Feuer. Daran war allerdings der Novemberwind schuld. Ja, der verdammte Wind. Auch Finkelsteins Friseurladen brannte ab. So war das, der brannte ab. Die symbolische deutsche Kulturecke ... Ecke Schiller- und Goethestraße ... existierte nicht mehr. Dort gähnte ein riesiges Loch. Ein Kulturloch. Ob es inzwischen zugewachsen ist, das Loch? Ich weiß es nicht, denn ich blieb nicht mehr lange in Wieshalle.

Aber ich halte Sie unnötig auf. Stimmt's? Sie wollen doch wissen, wann ich zum Massenmörder wurde?

Also: Ich, Itzig Finkelstein, damals noch Max Schulz, werde versuchen, mich so kurz wie möglich zu fassen. Sie haben keine Geduld mehr. Und ich auch nicht.

Und das war so: Ich arbeitete weiter bei Slavitzki. Es ging mir nicht schlecht ... gar nicht schlecht. Aber dann – dann kam der verdammte Krieg! Ja, der verdammte Krieg!

Haben Sie mal was vom Polenfeldzug gehört? Das war ein kurzer Spaziergang. Dort war nicht viel los im Jahr 1939.

Ob ich den mitgemacht hab? Nein. Den hab ich leider verpaßt. Ich wurde von der SS nur kurzfristig für den Einsatz im Hinterland ausgebildet ... kurzfristig, hab ich gesagt ... nach preußischem Krümpersystem ... Sie wissen schon ... aber nicht kurzfristig genug ... denn als ich mit meiner Einheit in Polen eintraf ... im Winter war das ... im Winter 1939 ... im polnischen Winter ... und das ist ein verdammt kalter Winter ... ja ... da war der Krieg in Polen längst vorbei.

Was ich gemacht habe ... in Polen ... im Winter? Wollen Sie das wissen? Gelangweilt hab ich mich. Dort war ja nichts los! Wenigstens nicht in unserem Abschnitt. Wir hatten ein paar Dörfer zu bewachen ... und ein paar Friedhöfe ... und auch Waldgebiet ... ja, das auch ... und eine Landstraße ... in der Nähe der neuen russischen Grenze oder nicht weit von dort. Nichts war dort los. Partisanen hab ich nicht gesehen. Wenigstens nicht in unserem Abschnitt. Und die polnische Führerschicht war ja längst liquidiert worden ... von SS-Kameraden, die vor uns zum Einsatz kamen ... liquidiert, sag' ich ... ebenso wie andere deutsch- und reichsfeindliche Elemente ... ich meine, dort, in unserem Abschnitt, in der Nähe der neuen russischen Grenze oder nicht weit von dort. Das war ein ruhiger Abschnitt. Unser Abschnitt. Und nichts war dort los. Wir schossen vor Langeweile die Eiszapfen von den Bäumen, legten zuweilen auch ein paar Juden um, weil wir nichts besseres zu tun hatten ... legten die um ... im Wald und auf den Friedhöfen. Alles bloß Fingerübungen. Ich kann mich kaum erinnern, was dort los war ... so wenig war dort los ... in unserem Abschnitt ... in Polen ... damals im Dezember 1939 ...

Da war nur ein Vorfall. Den hab ich nicht vergessen: Wir trieben ein paar Juden auf einen Friedhof, um sie dort zu erschießen. Aber es war der falsche Friedhof. Und dort auf den Gräbern standen Kreuze. Und die Juden standen schlotternd vor den Kreuzen und konnten vor Angst nicht heulen. Und an einem der Kreuze, am kleinsten, schlichtesten Kreuz, da hing Jesus Christus. Und der heulte. Und sagte zu meinem Untersturmführer: »So hab ich das nicht gemeint! Ich hab sie zwar verflucht! Aber ich wollte sie bloß erschrecken! Damit sie sich bekehren!« Und der Herr Jesus heulte und sagte nichts mehr.

Und mein Untersturmführer war wütend und jagte dem heulenden Christus ein paar Kugeln in den Bauch. Und Christus fiel vom Kreuz herunter, war aber nicht tot.

Und da sagte mein Untersturmführer zu mir: »Max Schulz! Machen Sie den falschen Heiligen endlich mundtot. Sie können das besser!«

Das hab ich dann gemacht.

Nachdem ich Christus erschossen hatte, trieben wir die Juden aus dem christlichen Friedhof heraus, weil mein Untersturmführer sagte: »Sicher ist sicher!«

Und ich sagte: »Ja. Das hat meine Mutter gesagt – sicher ist sicher!«

»Man kann nie wissen«, sagte mein Untersturmführer, »so ein Kerl wie dieser Jesus Christus, der ist ein Zauberkünstler. Der kann ganz plötzlich wieder auferstehen.«

Wir trieben die Juden dann auf ihren Friedhof. Dort standen keine Kreuze. Und dort erschossen wir sie. Aber es waren nicht viele.

Toll wurde das erst, als es nach Rußland ging. Einsatzgruppe D im südrussischen Abschnitt. Aber das war ja auch später. Im Jahre 1941.

Wissen Sie, wie man 30 000 Juden in einem Wäldchen erschießt? Und wissen Sie, was das für einen Nichtraucher bedeutet? Dort hab ich das Rauchen gelernt.

Können Sie Kopfrechnen? Können Sie Zahlen blitzschnell addieren? Wenn Sie das können, dann werden Sie wissen, daß das nicht leicht ist, auch für den, der das kann.

Ich habe die Opfer am Anfang gezählt; das hab ich allerdings gemacht, so wie ich als Kind die Pflastersteine zählte beim Hinke-Pinke-Hüpfespiel – und man kann sich da ab und zu verzählen. Später ging das nicht mehr. Das war zu mühsam.

Ja. Und was war dann? Dann kriegte ich einen leichten Herzinfarkt ... vom vielen Huren und vom vielen Rauchen, wie ich damals glaubte. Wurde dann ins Hinterland versetzt. Das heißt: noch weiter nach hinten, denn es ging damals noch munter vorwärts und unser Abschnitt in Südrußland: der war ja auch Hinterland.

Ich wurde nach Polen versetzt. War wieder in Polen. Und das kannte ich ja. Dort waren Friedhöfe mit seltsamen Kreuzen. Kennen Sie das Konzentrationslager Laubwalde? Der Ort hatte früher einen polnischen Namen. Aber wir tauften ihn um: Laubwalde!

Ein wunderschöner Ort, umringt von Wald.

In Laubwalde waren 20 0000 Juden. Wir haben sie

alle umgebracht. 20 0000! Trotzdem war das ein kleines Lager, denn die meisten Gefangenen wurden gleich nach ihrer Einlieferung kaltgemacht. Das war praktisch. Denn auf diese Weise hatten wir nie zu viele von ihnen zu überwachen. Wie gesagt: ein kleines Lager!

20 0000. Eine Zahl mit fünf Nullen. Wissen Sie, wie man eine Null durchstreicht? Oder zwei Nullen? Oder drei Nullen? Oder vier Nullen? Oder fünf Nullen? Können Sie sich vorstellen, wie man Nullen annulliert? Und zuletzt auch die Zahl 2 ... obwohl das gar keine Null ist? Wissen Sie, wie das gemacht wird?

Ich weiß das, da ich ja damals sozusagen ›mitbeteiligt‹ war, obwohl ich mich heute nicht mehr genau erinnern kann, wieviele Gefangene ich damals erschossen, erschlagen oder erhängt habe. Trotzdem war das eine friedliche Zeit in Laubwalde, wenn man bedenkt, daß andere an der Front waren und ihren Kopf hinhalten mußten.

Dort in Laubwalde tat ich Dienst, bis der Krieg zu Ende war, das heißt: bis zu jenem denkwürdigen Tag, als der Krieg für mich, Max Schulz, später Itzig Finkelstein, endgültig vorbei war.

Zweites Buch

1

Frau Holle hatte zwei Beine: ein arisches und ein nicht-arisches. Das nichtarische war aus Holz, wurde tags-über angeschnallt und spät am Abend, vor dem Zubett-gehen, abgeschnallt.

Frau Holle hatte die schlechte Angewohnheit, im Bett zu lesen, und zwar bei einer Kerze, weil es ja in der aus-gebombten Nietzschestraße noch kein elektrisches Licht gab. Wenn Frau Holle in ihre Lektüre vertieft war, dachte sie nicht an das abgeschnallte Holzbein, das an der langen Wand der Kellerwohnung hing … am Fußen-de des Bettes an einem rostigen, leicht verbogenen Nagel … zuweilen jedoch, wenn das Licht der Kerze flackerte, blickte sie auf, unabsichtlich eigentlich, sah das Holz-bein, sah auch den dunklen Schatten an der Wand, sah, daß der Schatten sich bewegte, hatte Angst, wollte aus dem einsamen Bett herausspringen, überlegte sich's aber anders und zog nur ängstlich das eine Bein ein, das ari-sche. Der Schatten des Holzbeins war ein seltsamer Schatten. Denn er hatte nicht nur einen Körper. Er hatte auch ein Gesicht. Daß sich ein Schatten im Widerschein der flackernden Kerze bewegen konnte, das verstand Frau Holle. Sie hatte auch Verständnis dafür, daß der Schatten tänzeln konnte, zuweilen sogar seltsame Sprünge machte … an der langen Wand … als wollte er sich jeden Moment auf das einsame Bett stürzen und auf die einsame ängstliche Frau, die sie selbst war, eine arische Frau, tagsüber mit zwei Beinen, nachts nur mit einem, einem arischen, daß sich vor Schreck zusammenkrümmte – aber daß der Schatten auch grinsen konnte, und zwar immer anders – das verstand Frau Holle nicht.

Im Jahre 1942, als die deutschen Truppen die Wolga erreichten, da hatte der Schatten des Holzbeins, der ja nicht arisch war ... so wie das Holzbein ... ganz komisch gegrinst: ein verzweifeltes Grinsen war das gewesen, so wie jemand grinst, der gerne heulen möchte und nicht kann. Aber dann, nach dem Fall von Stalingrad: da war's ein hoffnungsvolles Grinsen. Und später, viel später eigentlich, als die Russen schon fast vor Berlin standen, da hatte der Schatten tückisch gegrinst, tückisch jawohl, so wie ein Russe grinst oder ein Jude beim Anblick einer schutzlosen deutschen Frau oder vieler schutzloser deutscher Frauen. Seit dem Zusammenbruch des Großdeutschen Reiches aber grinste der Schatten quietschvergnügt und schien stumm zu lachen.

Nachts hatte Frau Holle Angst. Frühmorgens jedoch, wenn es hell wurde und der Spuk verflogen war, da war auch die Angst wie weggewischt und ihre aufgespeicherte Wut entlud sich mit aller Macht. Erst dann wagte Frau Holle das Holzbein zu beschimpfen. Und Frau Holle schimpfte! Und wie sie schimpfte! »Du dreckiger Iwan«, schimpfte Frau Holle und wurde dabei ganz munter, »du dreckiger, gottverfluchter Iwan, Frauenschänder, Lump, Saujud, Itzig, Führermörder, Halunke, Schlitzauge, Sibirien!«

Auch heute morgen beschimpfte Frau Holle das Holzbein, beruhigte sich nach einer Weile, schluckte, spie aus, rieb sich das linke Ohr, dann das rechte, kratzte sich am Hintern ... mit der linken Hand, dann mit der rechten ... kroch aus dem einsamen Bett, hakte das Holzbein los, schnallte es um, rieb sich die Augen, gähnte, dachte daran, daß das arische Bein ohne das nichtarische umknicken würde ... einfach so! ... dachte: das ist eine Schande ... dachte: du hast heute ein bißchen länger geschlafen ... das muß einen Grund haben? Heute ist der 5. August 1945! Heute ist dein Geburtstag! Verdammt noch mal! Den müßte man eigentlich feiern! Aber womit? Und mit wem?

Frau Holle trällerte vor sich hin, denn sie war in Geburtstagsstimmung. Sie zog sich umständlich an, band auch das schwarze Kopftuch um, obwohl das, jetzt im Sommer, gar nicht nötig war, aber Frau Holle sagte sich: weil dein Haar so grau und filzig ist! Ehe sie fortging, warf sie noch einen langen Blick in den halbblinden Spiegel, der an der kurzen Wand neben dem alten, zerkratzten Kleiderschrank hing, ärgerte sich und fing wieder zu fluchen an: »Du siehst wie ein altes Bauernweib aus: eines mit einem Holzbein. Aber wo ist die Fettschicht? Und dein Gesicht ... breitknochig ... wie ein Dreieck unter dem schwarzen Kopftuch ... und deine großen, gelben, abstehenden Zähne ... die sind noch gelber geworden ... aber nicht kürzer!«

Frau Holle schloß die knarrende Tür der Kellerwohnung sorgfältig zu. Man konnte nie wissen ... Sie wollte jetzt einkaufen gehen ... auf den Schwarzmarkt. Sie hatte seit gestern Mittag nichts im Magen und ihr war ein wenig übel. »Du wirst eben den Ehering verkaufen müssen«, murmelte sie vor sich hin, während sie mühsam humpelnd nach oben ging – »da kann man nichts machen – wenn Günter das wüßte – na ja, den haben die Russen sicher geschnappt! – und vielleicht kriegst du auf dem Schwarzmarkt ein paar Eier, Brot, Milch, Zigaretten – diese verfluchte ausgebombte Kellertreppe – du wirst dir noch das Genick brechen – das hätte noch gefehlt, jetzt, wo der Krieg vorbei ist – und dieses verfluchte Holzbein – dieses gottverdammte!«

Als sie oben angelangt war, gerade aus dem Haus treten wollte in den warmen Nachkriegsmorgen der deutschen Stadt Warthenau, da hörte sie hinter sich ein Geräusch im Hausflur, hörte eine Tür knarren, hörte jemand leise vor sich hin pfeifen, hörte die Tür zufallen, dachte: das wird Willi Holzhammer sein – drehte sich um und wartete.

2.

Willi Holzhammers Vater war in Rußland gefallen. Er
hatte eine Menge guter Kleidungsstücke hinterlassen,
die Willis Mutter alle verkauft hatte. Sogar den blauen
zweireihigen Anzug, den sich Willi immer gewünscht
hatte. Willi lief jetzt im Turnhemd herum, einer Landserhose, einer Amimütze und trug zu dieser Ausrüstung die alten Sandalen seines Vaters aus dem Jahre
1938, weil seine eigenen nicht mehr paßten.

Willi Holzhammer war 16, ein langaufgeschossener
Junge mit sommersprossigem Gesicht, kurzgeschore-
nem roten Haar, Stupsnase, kleinen schwarzen Käferaugen und einem breiten Mund, der immer zu grinsen
schien. Wenn Willi mal laut lachte, dann konnte man
sehen, daß ihm drei Zähne fehlten – drei Vorderzähne.
Die hatte er sich selber gezogen. Willi Holzhammer
machte sich selten Sorgen. Was ihn am meisten störte,
waren die fehlenden Haare auf seiner Brust; die wollten
einfach nicht wachsen. Um seine Männlichkeit zu beto-
nen, hatte Willi sich tätowieren lassen, und zwar: eine
nackte Frau mit üppigen Brüsten, sichtbar auf dem linken Oberarm.

Willi Holzhammer wohnte mit seiner Mutter im
Erdgeschoß, direkt über Frau Holles Kellerwohnung.
Da die übrigen Etagen des ausgebombten Hauses ein-
gestürzt waren, bildete das Erdgeschoß den letzten
Stock. Willi Holzhammers Wohnung hatte keine Zim-

merdecke und war aus diesem Grund nur für die warme Jahreszeit geeignet. Willi konnte im Bett Sonnenbäder nehmen oder nachts die Sterne beobachten. Im Sommer machte diese Wohnung Spaß. Nur wenn es mal regnete, dann war es weniger gemütlich. Dann deckte Willis Mutter schnell die wenigen Möbel mit Decken und Packpapier zu, und Willi und seine Mutter verkrochen sich in dem alten Zelt – ein Andenken aus Willis Hitlerjugendzeit – das stets im Wohnzimmer bereitstand.

Die Wände des großen Wohnzimmers hielten dicht. Auch der Fußboden bildete keine eigentliche Gefahr und würde voraussichtlich nicht so bald einstürzen. Nur das große Loch im Fußboden neben Willis Bett, das müßte man gelegentlich mal vermauern, aber Willi verschob diesen Vorsatz von einem Tag auf den anderen, denn das Loch im Fußboden war – wie sich Willi ausdrückte — nicht so ohne! Es befand sich schräg über dem einsamen Bett von Frau Holle, und wenn Willi gelegentlich in die Kellerwohnung guckte, dann konnte er so manches sehen, was so mancher gerne gesehen hätte. »So was gibt's nicht mal im Kino«, pflegte Willi gewöhnlich zu sich zu sagen … und dabei kostete das Kino Geld, während man die Vorstellung in Frau Holles Kellerwohnung gratis zu sehen bekam.

Heute morgen war Willi Holzhammer schon früh auf den Beinen. Kurz nach 6 war er durch heftiges Klopfen an der Zimmertür geweckt worden: ein Fremder. Einer mit Froschaugen. Fragte nach Frau Holle. – Willi hatte zu ihm gesagt: »Die hat mal im 5. Stock gewohnt. Aber der ist eingestürzt – der und die anderen Etagen. Das sehen Sie doch! Und jetzt wohnt sie im Keller unter uns!« Daraufhin war der Mann davongeschlurft.

Willi hatte sich dann nicht mehr zurück ins Bett gelegt. Es gab kein Wasser im Haus, und Willi hatte sich gesagt: Besser jetzt in aller Früh Wasser holen, ehe die Menschenschlange zu groß ist. Und er war dann zu der großen Pumpe in der Fleischerstraße gegangen und hatte zwei Eimer frisches Wasser nach Hause gebracht. Seine Mutter hatte ihm ein gutes Frühstück bereitet: klebriges Kriegsbrot, selbstgemachte Marmelade und Ersatzkaffee. Er durfte in ihrer Gegenwart nicht rauchen – hatte sich auch gleich nach dem Frühstück ›verdrückt‹, um vor dem Haustor ›eine zu qualmen‹ … eine Philip Morris, … und als er jetzt aus der Tür trat, die Amimütze in die Stirn gedrückt, die Hände in den Hosentaschen, vor sich hin pfeifend – bemerkte er Frau Holle, die wartend im Hauseingang stand.

»Na, Willi«, sagte Frau Holle.

»Guten Morgen«, sagte Willi.

»Wann wirst du endlich mal das Loch in meiner Zimmerdecke zumauern?«

»Wenn ich mal Zeit hab«, sagte Willi.

»Und was ist mit den Kartoffeln?«

»Was für Kartoffeln?«

»Die versprochenen.«

»Wir haben jetzt keine.«

»So!« sagte Frau Holle. Ihr Gesicht verzerrte sich. »Das ist schließlich mein Haus … oder nicht? Und wenn ihr schon keine Miete bezahlt … dann wenigstens die Kartoffeln!«

»Und was ist mit dem Regen – «, sagte der Junge … »und wo ist die Zimmerdecke? … aber machen Sie sich keine Sorgen … Sie kriegen die Kartoffeln, wenn wir sie haben.«

Frau Holle musterte den Jungen von Kopf bis Fuß. Sie stellte fest: Eine Amimütze, ein sommersprossiges Gesicht, schmutziger Hals, Turnhemd, Landserhose, Sandalen. Sie dachte: vielleicht schon 15? Oder 16? Gerade das richtige Alter! Ihr Gesicht begann sich zu glätten.

Sie sagte: »Na schön. Bestell deiner Mutter Grüße. Sag ihr: nicht vergessen! Die Kartoffeln, mein' ich. – Und komm mich mal besuchen, wenn du mal Zeit hast ... aber paß auf, daß deine Mutter nichts merkt.«

Der Junge grinste. Er sagte: »Sie sind zu alt für mich. Außerdem hab ich eine – 'ne junge.«

»Was heißt – zu alt?« sagte Frau Holle.

»59«, sagte der Junge.

»49«, sagte Frau Holle.

Der Junge lachte. Er sah, daß Frau Holle ärgerlich ausspuckte, sich brüsk umdrehte und forthumpelte. Er wollte ihr noch nachrufen: Und gestern hab ich 'ne Jungfrau gevögelt – für eine Philip Morris ... als ihm plötzlich etwas einfiel.

»Frau Holle!« Der Junge rannte ihr nach, holte die humpelnde Frau mit wenigen Sätzen ein, hielt sie am Ärmel fest.

»Na, was ist denn los! 59 hast du gesagt?«

»War nur 'n Spaß« sagte der Junge.

»Das sind keine Späße«, sagte Frau Holle. »Solche Späße macht nur der Iwan.«

»Ja«, sagte der Junge.

»Oder der Ami«, sagte Frau Holle. »Der macht auch Späße.«

»Klar« sagte der Junge.

»Na, was ist los? Was willst du?«

»Gar nichts«, sagte der Junge. Er fingerte an seiner Mütze herum. »Heute in aller Früh ... hat ein Mann an unsere Tür geklopft. Fragte, ob hier Frau Holle wohnt.«

»So-o-o-o«, sagte Frau Holle. »Und wer war das?«

»Er hat keinen Namen genannt«, sagte der Junge. »Ich hab ihm dann gesagt, daß Sie im Keller wohnen.«

»Na ja«, sagte Frau Holle.

»Hat er bei Ihnen geklopft?« fragte der Junge.

»Vielleicht«, sagte Frau Holle. »Ich hab heut ausnahmsweise mal länger geschlafen. Wahrscheinlich hab ich den Kerl nicht gehört.«

»Ein komischer Kerl war das«, sagte der Junge.

»So-o-o-o«, sagte Frau Holle.

»Einer mit Froschaugen«, sagte der Junge.

»Ich kenne keinen mit Froschaugen«, sagte Frau Holle.

»Und 'ner Hakennase«, sagte der Junge. »Und wulstigen Lippen. Und schlechten Zähnen.«

»So einen kenn' ich nicht«, sagte Frau Holle.

»Sah wie 'n Jude aus«, sagte der Junge.

»Ich kenne keine Juden«, sagte Frau Holle.

Frau Holle wollte weitergehen, aber der Junge sagte dann noch: »Die kommen doch jetzt aus den Lagern zurück!«

»Du meinst – die – die noch da sind?« sagte Frau Holle.

»Ja«, sagte der Junge, » – haben Sie die Zeitung gelesen?«

»Ich lese keine Zeitungen«, sagte Frau Holle. »Ist sowieso alles Schwindel.«

»6 Millionen ermordete Juden«, sagte der Junge.

»Alles Schwindel, Willi«, sagte Frau Holle.

3

Frau Holle bahnte sich humpelnd ihren Weg durch das Trümmerfeld. Hier hatte der Krieg erbarmungslos gehaust. Die Nietzschestraße war noch immer nicht für den Verkehr freigegeben worden, denn mitten auf dem Fahrweg gähnten tiefe Bombentrichter, und zwischen dem Schutt und Geröll der eingestürzten Mauern lagen zerfetzte Fahrzeuge und ausgebrannte Panzer, eingesunken, zum Teil auch umgestürzt und auf dem Rücken liegend wie tote Käfer. Die langen Reihen der Ruinen am Rande des aufgerissenen Gehsteigs standen aufrecht da mit einem stummen Schrei auf den steinernen Lippen, als wäre das der letzte Appell, als wollten sie sich noch einmal von der grellen Sonne zählen lassen, ehe sie sterben durften. Die Sonne gehörte den Siegern. Die Sonne guckte neugierig in die hohläugigen Fenster, schien das Trümmerfeld zu belichten, als wollte der liebe Gott eine Aufnahme machen, grinste die Menschen an, die in ihren abgerissenen Kleidern irgendwohin gingen oder humpelten, lachte höhnisch über das Holzbein von Frau Holle.

Frau Holle kümmerte sich nicht um die Sonne. Sie überquerte den Adolf-Hitler-Platz, den die Sommervögel bekleckst hatten, fragte sich – wie der wohl jetzt heißen mochte? – sah kein Schild, verfluchte im Innern die Sommervögel, dachte an den toten Führer, schluckte Tränen herunter, dachte an den Ehering, den sie ver-

kaufen wollte, an Brot und Eier, Milch und Zigaretten.
Sie dachte auch an das Gespräch mit dem Jungen: »Sie
sind zu alt für mich« – und dann: »59!« – So ein Lause-
junge! – Und wer war der Mann, der sie suchte? Einer
mit Froschaugen?

In der Mozartstraße bemerkte sie Gruppen von Ar-
beitern, die den Schutt wegräumten und saure Gesichter
machten – kein Wunder! Als ob das noch einen Sinn
hatte, den Schutt wegzuräumen, wo doch sowieso alles
im Eimer war. Die Mozartstraße war nicht so zerstört
wie die Nietzschestraße, war auch schon befahrbar für
die Fahrzeuge der Besatzungsmacht – und Frau Holle,
die sich gar nicht um die Sonne kümmerte, fragte sich
jetzt: Ja, mein Gott – warum gerade die Straße vom
Nietzsche? War der nicht auch bloß ein Musikant? Frau
Holle begegnete ab und zu amerikanischen Soldaten und
Offizieren, die Kaugummi kauten, anderen, die keinen
kauten, manche zu Fuß, manche in Jeeps. Aber auch um
die kümmerte sich Frau Holle nicht.

Es war ein weiter Weg von der Nietzschestraße bis
zum Schwarzmarkt am anderen Ende von Warthenau.
Und durch die zerschossenen, ausgebombten Straßen
zu humpeln, mit leerem Magen und einem Holzbein
fragwürdiger Herkunft … das war für eine 59jährige
Frau, die erst 49 war, bestimmt kein Vergnügen.

Frau Holle war von den Russen vergewaltigt worden.
Das war in Berlin gewesen in den ersten Maitagen des
Jahres 1945.

Genau 59 mal, dachte Frau Holle jetzt wütend und
versuchte schneller zu humpeln, obwohl sie genau
wußte, daß die Russen nicht in Warthenau waren, sondern die Amerikaner. – 59 mal! Kein Wunder, daß man
wie 59 aussah! Und die Schweine hatten sich nicht mal
um das Holzbein gekümmert.

Ende Mai war Frau Holle dann nach Warthenau gezogen. Denn Frau Holle stammte aus Warthenau. Und Frau Holle hatte ein Haus in Warthenau. In der Nietzschestraße Nummer 59. Das war allerdings eine Unglückszahl. Aber die war nicht zu ändern. Das durfte sie doch nicht? Das konnten nur die Behörden tun? Und ausziehen? Das wollte sie auch nicht. Es war schließlich ihr Haus. Und das Haus von Günter.

Und Günter war ihr Mann. Und wenn er aus dem Krieg zurückkam – dann würde er die Leute fragen: Ich suche das Haus Nummer 59? Und eine Frau mit einem Holzbein?

Das mit den Russen darf Günter nie erfahren, dachte Frau Holle und begann wieder langsamer zu humpeln, denn mit einem leeren Magen schnell zu humpeln, das war kein Kinderspiel.

Bleib nicht in Berlin! Das hatte ihr Mann, SS-Rottenführer Günter Holle aus Polen geschrieben – als Polen noch deutsch war. Und sie hatte ihm geantwortet: »Unser Haus ist eingestürzt. Der 5. Stock ist im Eimer. Auch der 4. Stock. Und der 3. Stock. Und der 2. Stock. Und der 1. Stock. Nur das Erdgeschoß, das ist noch da … aber ohne Zimmerdecke. Und der Keller ist noch da – ja, der auch. Sogar mit einer Zimmerdecke, obwohl dort ein Loch ist … ein ziemlich großes Loch. Aber lieber Günter – soll unsereins vielleicht in einem Keller wohnen? Na also! Nein, Günter. Das kommt nicht in Frage. Ich bleibe bei deinen Eltern in Berlin. Die Wohnung in Berlin ist noch nicht ausgebombt.«

Und dann waren die Russen gekommen. Und die hatten sie 59 mal vergewaltigt. Und die hatten sich nicht um das Holzbein gekümmert. Und es war bestimmt keine Kleinigkeit gewesen, aus der Hauptstadt herauszukommen und sich nach Warthenau durchzuschlagen, mit einem arischen und einem nichtarischen Bein, ungebrochen, obwohl humpelnd, mit Schmerzen im Gesäß und den Geschlechtsteilen und zerbissenen Brüsten und abgebrochenen Fingernägeln – obwohl das eigentlich zu spät war, die Reise nach Warthenau – aber besser zu spät als gar nicht. – Und Günter darf das nicht wissen – das mit den Russen. Und wenn Günter aus dem Krieg zurückkommt – und warum sollte er nicht zurückkommen? – andere kamen doch auch zurück? – ja, dann würde sie zu ihm sagen: »Günter! Der 5. Stock ist im Eimer. Und der 4. Stock. Und der 3. Stock. Und der 2. Stock. Und der 1. Stock. Nur das Erdgeschoß ist noch da … aber ohne Zimmerdecke. Aber der Keller, der ist schließlich ein Keller! Nur die Hausnummer, die müßte man ändern. Du bist doch von der SS, Günter, ein SS-Rottenführer. Kannst du da nicht was machen?«

Der Schwarzmarkt spielte sich in der Altstadt ab, in den gewundenen, engen Gäßchen hinter dem Rathaus und dem Tor der Hoffnung. Trotz der täglichen Razzien und den Knüppelhieben der weißbehelmten M.P. wurde hier munter weitergehandelt. Obwohl Frau Holle nicht viel von Schwarzgeschäften verstand, war sie überzeugt, daß es nichts auf dieser Welt gab, was man nicht auch auf dem Schwarzmarkt von Warthenau kaufen konnte. Und jedesmal, wenn Frau Holle herkam, dachte sie insgeheim: Mein Gott – ist das ein Gefeilsche! Wenn das der Führer wüßte! Der käme vom Himmel zu uns herab!

Frau Holle haßte den Schwarzmarkt und sie hatte erst unlängst zu dem jungen Willi gesagt: »Deutschland ist eine Räuberhöhle. Überall blüht der Schwarzmarkt. Als ob wir für den Schwarzmarkt gekämpft hätten! Das ist eine Schande. Stimmt's, Willi?«

Und der Junge hatte gesagt: »Ja, Frau Holle.«

Und sie hatte gesagt: »Das deutsche Volk hungert. Und die Leute rennen auf den verdammten Schwarzmarkt, um ihre letzten Habseligkeiten zu verkaufen. Das ist eine Schande. Und der Schwarzmarkt ist eine Schande.«

Und der Junge hatte gesagt: »Das haben wir den Juden zu verdanken.«

Und Frau Holle hatte gesagt: »Ja, das stimmt, Willi.«

Und Willi hatte gesagt: »Unlängst war ich auf dem Land – bei den Bauern – die haben Lebensmittel versteckt – aber die verlangen Wucherpreise, wie die Juden.«

Und Frau Holle hatte gesagt: »Willi, die deutschen Bauern – das sind alles Juden.«

Und Willi hatte gesagt: »Ja, Frau Holle, das stimmt.«

Und Frau Holle hatte gesagt: »Glaubst du, daß der Führer gewußt hat, daß die deutschen Bauern Juden sind?«

Und Willi hatte gesagt: »Das weiß ich nicht, Frau Holle.«

Als Frau Holle auf dem Schwarzmarkt ankam, war sie ganz verschwitzt. Ihr rechter Fuß schmerzte von dem langen Spaziergang, auch der linke Beinstumpf schmerzte, und selbst der Stock schmerzte.

Die Altstadt war von den Bomben verschont worden. Hier standen die Häuser genauso ehrwürdig wie einst, wurzelten noch auf Erden, zürnten dem Himmel nicht, schienen zu schnurren wie Katzen in der Sonne, schauten ein wenig verschlafen und besonnen aus den kleinen Guckfenstern unter den schrägen Schieferdächern hinab auf die winkligen Gassen hinter dem Rathaus und dem Tor der Hoffnung. Die Menschenmasse bewegte sich flüsternd im Schatten der alten Häuser und Frau Holle fragte sich: Ja, mein Gott, warum sonnen sich nur die Dächer? Warum liegen die Gäßchen im Schatten? Hat das was mit dem Schwarzmarkt zu tun? – Und das hier

... ja, mein Gott, ... das ist doch alles licht- und sonnen-scheues Gesindel! Und was hab ich hier zu suchen? Wenn Günter das wüßte! Und wenn der Führer das wüßte! Die Menschenmasse sog Frau Holle auf, schub-ste sie hin und her, schwemmte sie fort. Eine alte Frau neben ihr flüsterte: »Wollen Sie ein Paar Strümpfe? Oder eine Bratpfanne? Ich tausche auch Dollars! Kennen Sie vielleicht jemand, der einen Goldzahn hat? Oder sich einen ausbrechen will?« – Die Alte hatte ihren Arm gepackt und Frau Holle machte sich ärgerlich los. Sie dachte: Goldzähne? Ob ich mir einen ausbrechen will? Das hätte mir noch gefehlt! Aber du hast ja keinen. Und hungrig bist du. Aber du hast einen Ehering. Und der ist doch aus Gold! Und heiß ist es, verdammt noch mal. Aber wo ist denn die Sonne?

Sie sah die alte Frau nicht mehr. Ihr war ganz wirr von den vielen Gesichtern, den vielen Stimmen, vom Hunger, von der stickigen Schwüle. Im Schatten eines Hauseingangs bemerkte sie eine Bäuerin mit einem rie-sigen Strohkorb ... und einen gutgekleideten Mann. Die beiden tuschelten miteinander. Die Bäuerin holte Speck und Brot aus dem Korb und der Mann entblößte seinen Unterarm und zeigte der Bäuerin eine Kollektion von Armbanduhren. Mein Gott, dachte Frau Holle – so viele Uhren an einem Arm! So wie die gottverdammten Russen in Berlin! – Sie wollte stehenbleiben, um zu sehen, was sich da abspielen würde, wollte den Speck näher betrachten und das Brot und die Uhren, wurde aber gestoßen ... vorwärtsgestoßen ... auf dem Geh-steig ... und vom Gehsteig auf den Fahrweg ... und vom Fahrweg zurück auf den Gehsteig. Ein Krüppel im Rinnstein, dem beide Beine fehlten, blickte neidisch auf ihr gesundes Bein. Neben ihm stand ein kleines, viel-leicht 12jähriges Mädchen und schäkerte mit einem amerikanischen Major. Frau Holle wurde heftig gestoßen, stolperte und wäre hingefallen, hätte der Major sie nicht aufgefangen.

»Sorry«, sagte der Major.

Frau Holle wußte nicht, was das hieß: »sorry«. Das Wort klang wie: Sorge. Sie grinste den Major verzerrt an. Sie stand schon wieder fest auf beiden Beinen, dem arischen und dem nichtarischen.

»Wer hat heut keine Sorgen – «, sagte sie zu dem Major. »Stimmt's? Besser Sorgen beim Ami als die Sicherheit beim Iwan. Das sind doch Frauenschänder und Lumpen.«

Der Major nickte, obwohl er kein Wort Deutsch verstand. Er sagte etwas zu ihr, in seiner Sprache, in seiner fremden Sprache, und Frau Holle verstand das nicht, nickte aber, weil der Major nickte. Der Krüppel am Straßenrand blickte noch immer neidisch auf ihr gesundes Bein. Frau Holle streckte ihm die Zunge raus. Der Major sah das und lachte.

»Er darf nicht mit Ihnen reden«, sagte der Krüppel plötzlich, »das ist nämlich gegen die ›Non-fraternization-Bestimmung‹.«

»Was heißt das?« fragte Frau Holle.

»Daß er auch nicht mit Ihnen ins Bett hopsen darf«, sagte der Krüppel und lachte schallend auf und schob sich näher an sie heran und zeigte ihr seine schwarzen Zahnstümpfe.

Frau Holle wollte gerade sagen: »Sie können mich mal! Und der redet ja auch mit dem kleinen Mädchen«, – kam aber nicht mehr dazu, denn die Menschenmenge drängte sie fort. Der Major ging neben ihr her. Auch das kleine Mädchen. Lang, mager und schlacksig ist der Major, dachte sie. Das sind doch alle Kaugummiheinis! Aber der kaut keinen! Wahrscheinlich einer von der besseren Sorte? Aber alt. Bestimmt schon 60? Und 'ne Bürstenfrisur hat er auch. Aber 'ne graue. Eisgrau!

»Wollen Sie einen Goldring kaufen?« fragte Frau Holle und zeigte dem Major den Ehering. »Das darf mein Günter nicht wissen. Muß ihn aber verkaufen.«

Der Major lachte, sagte aber nichts, zeigte ihr bloß seinen eigenen Ehering, starrte eine Weile Löcher in die Luft und fing dann plötzlich wie ein Wasserfall zu reden an – in seiner Sprache, von der sie kein Wort verstand.

Frau Holle merkte gar nicht, daß sie am Rathaus vorbeigingen – eigentlich vorbeigeschoben wurden – von der Menschenmenge – und schließlich am Tor der Hoffnung angelangt waren. Frau Holle blickte sich nach dem kleinen Mädchen um, konnte es aber nicht mehr sehen. Verschwunden, dachte sie. Na ja. Das ist auch besser so. Mit 12 ... da hab ich noch mit Puppen gespielt. – Der Major sagte wieder etwas zu ihr, was sie nicht verstand, und zeigte dann auf den requirierten schwarzen Mercedes, der im Tor der Hoffnung stand, direkt unter dem steinernen Hoffnungsbogen. Als sie an den Wagen herantraten, sprang die Tür auf – die hintere – und Frau Holle stieg ein, obwohl sie das gar nicht beabsichtigt hatte. Auch der Major stieg ein und nahm neben ihr Platz. Am Lenkrad saß auch so ein Kaugummiheini, bloß jünger als der Major. Auch mit einer Bürstenfrisur. Aber einer blonden. Der Major sprach mit dem Mann am Lenkrad in seiner fremden Sprache und der drehte sich jetzt um und sagte zu ihr im perfekten Deutsch: »Der Major möchte wissen, ob Sie gerne Konserven essen.«

»Ja«, sagte sie, »die eß' ich gern. Sind Sie Deutscher?«

Der Mann am Lenkrad lachte und sagte: »Nein. Aber meine Eltern. Ich bin Amerikaner.«

»So –«, sagte Frau Holle – »und ob ich gerne Konserven esse. Klar – esse ich gerne.«

»Der Major möchte wissen, ob er heute nacht bei Ihnen schlafen kann«, sagte der Mann am Lenkrad.

»Meinetwegen«, sagte Frau Holle. »Was sind das für Konserven?«

»Cornedbeef«, sagte der Mann am Lenkrad.

»Ich wollte eigentlich meinen Ehering verkaufen«, sagte Frau Holle.

»Einen Ehering soll man nicht verkaufen«, sagte der Mann am Lenkrad.

»Ja, das stimmt eigentlich«, sagte Frau Holle.

»Ihr Mann ist sicher noch in Gefangenschaft?« fragte der Mann am Lenkrad.

Und Frau Holle sagte: »Das weiß ich nicht. Der war in Polen. Und ich habe keine Nachrichten.«

»Was hat er in Polen gemacht?« wollte der Mann am Lenkrad wissen.

Und Frau Holle sagte: »Das weiß ich nicht.«

Frau Holle machte sich's bequem, streckte das Holzbein aus, zog das gesunde Bein ein, lehnte sich weit im gepolsterten Sitz zurück, grinste den Major an und dachte: Der braucht nicht zu wissen, daß Günter ein Massenmörder ist. Der versteht so was nicht. Du könntest ihm erklären: Das waren Volksfeinde! Und Günter hat bloß seine Pflicht getan! Das war Führerbefehl! Und Befehl ist Befehl! Aber so einer versteht so was nicht. Das sind doch Kaugummiheinis.

»Hören Sie«, sagte der Mann am Lenkrad jetzt ernst zu ihr: »Der Major gibt Ihnen drei Konservenbüchsen für die erste Nummer, fünf für die zweite, sieben für die dritte. Und so fort. Das nennt man staffeln. Oder: fair play!«

»Na schön«, sagte Frau Holle. »Aber fragen Sie den Major, ob er das Holzbein gesehen hat.«

»Das hat er gesehen«, sagte der Mann am Lenkrad. »Aber das stört ihn nicht. Im Gegenteil!«

»Was soll das heißen?« fragte Frau Holle.

»Seine Frau in Amerika, die hat zwei Beine«, sagte

der Mann am Lenkrad, – »zwei richtige Beine. Aber seine Frau, die taugt nichts, obwohl sie zwei Beine hat.«

»So –«, sagte Frau Holle. »Was ist das für eine Frau?«

»Eine Amerikanerin«, sagte der Mann am Lenkrad. »Die liest Zeitung, wenn der Major es mit ihr macht.«

Frau Holle nickte. »Ich lese keine Zeitungen«, sagte sie dann, »ist doch sowieso alles Schwindel.«

Der Mann am Lenkrad tat so, als überhörte er das. Er steckte sich eine Zigarette an, blies den Rauch gegen die Windschutzscheibe, wandte sich wieder ganz zu ihr um und sagte: »Hören Sie – der Major hat einen Komplex. Wissen Sie, was das ist?«

»Nein«, sagte Frau Holle.

Der Mann am Lenkrad grinste. »Na ja«, sagte er dann zu ihr. »Der Major ist von seiner Frau in Amerika seelisch kastriert worden. Er hat einen Minderwertigkeitskomplex. Und er hat Angst vor Frauen mit zwei Beinen, – zwei richtigen Beinen. Und er will eine mit einem Bein.«

»Ist das ein Komplex?« fragte Frau Holle.

»Ja«, sagte der Mann am Lenkrad. »Das ist ein Komplex.«

Jetzt steckte sich auch der Major eine Zigarette an, stammelte irgend etwas, als ob er sich entschuldigen wollte, bot ihr auch eine an, sagte: »Philip Morris!«

»Philip Morris!« sagte Frau Holle. »Ich nehme eine, rauche sie aber später. Nicht auf nüchternen Magen.« Frau Holle nahm die Zigarette ohne zu danken und ließ sie in ihrer Handtasche verschwinden. Sie beugte sich jetzt weit vor und sagte zu dem Mann am Lenkrad: »Das Bein hab ich noch 1933 verloren ... am Tage, als der Führer an die Macht kam ... das war verfault, haben die Ärzte gesagt ... einfach verfault ... und das fing schon vorher zu schmerzen an ... und so war das ... und Günter hat gesagt ... das haben die Juden verhext und im Winter war das … und ausgerechnet an jenem Tag … aber da kann man nichts machen … das hat auch mein Günter gesagt.«

»Also wie ist's?« sagte der Mann am Lenkrad. »Sind Sie einverstanden? Wir staffeln?«

»Na schön«, sagte Frau Holle.

»Je mehr Nummern, desto mehr Konserven«, sagte der Mann am Lenkrad.

»Na schön«, sagte Frau Holle. »Der sieht aber nicht aus wie einer, der 'ne Menge Nummern schieben kann. Ist doch bestimmt schon sechzig.«

»Neunundfünfzig«, sagte der Mann am Lenkrad.

4.

Sie fuhren bis zur Mozartstraße, Ecke Adolf-Hitler-Platz. Und dort blieb der Mercedes stehen, weil die Fahrbahn zertrümmert und voller Schutt und Geröll war.

Frau Holle sagte zu dem Mann am Lenkrad: »Es ist nicht mehr weit von hier. Wir können das Stück zu Fuß gehen.«

Und der Mann am Lenkrad sagte: »O.K.«

»O.K.«, sagte Frau Holle, obwohl sie gar nicht wußte, was das war.

»Schade, daß man nicht weiterfahren kann«, sagte der Mann am Lenkrad. »Ich hätte den Major gern bis vor Ihr Haus gebracht. Aber was nicht geht, geht nicht ... Ich werde dem Major sagen, daß ich morgen früh um 10 Uhr hier an dieser Ecke mit dem Wagen auf ihn warte.«

»O.K.«, sagte Frau Holle, obwohl sie gar nicht wußte, was das war. »Also morgen um 10 hier an der Ecke. Da muß ich ihn schon um 9 aus den Federn jagen.«

»Ja, tun Sie das«, sagte der Mann am Lenkrad und lachte. Und auch Frau Holle lachte. Und der Major lachte.

Ehe sie ausstiegen, holte der Major eine große, offene Einkaufstasche unter dem Sitz hervor, und Frau Holle konnte sehen, daß dort nicht nur Konserven, sondern auch Whisky verstaut war. Der Major hängte sich bei ihr ein. Sie gingen langsam, obwohl Frau Holle lieber schneller gegangen wäre, denn ihr Magen knurrte wie ein wütender Hund und ihr war auch wieder schwindlig. Aber der Major ließ sich Zeit.

»Ein Glück, daß ich den Konservenöffner nicht in Berlin gelassen hab«, sagte Frau Holle. »Den hab ich mitgenommen … und der stammt noch aus Vorkriegszeiten. Ein prima Konservenöffner.«

Der Major lachte und Frau Holle sagte: »Ich hab zwar keine richtige Küche. Aber einen Küchentisch, den hab ich. Und dort liegt der Konservenöffner … nämlich in der Schublade von dem Küchentisch. Und das ist ein Küchentisch, sag' ich Ihnen, ein richtiger! Und ich wohne nämlich im Keller, wissen Sie. Und deswegen hab ich keine richtige Küche und nur einen richtigen Küchentisch. – Und gibt's bei euch dort drüben auch Leute, die im Keller wohnen? Und was sind das dort für Keller? Und hat so 'ne Kellerwohnung bei euch auch eine lange Wand und eine kurze Wand? Und zwei Fenster, von wo man die Straße nur von unten sieht und nicht von oben? Und warum sieht man die Straße nicht von oben? Es sind doch Straßenfenster? Das möcht' ich auch wissen! Und dabei krieg ich ab und zu Besuch, wissen Sie – erst heut früh war ein Mann da und hat mich gesucht. Hat geklopft. Aber ich hab noch geschlafen. Hätt' eben stärker klopfen sollen! Ein Kerl mit Froschaugen war das, hat der junge Willi gesagt. Einer mit Froschaugen und 'ner Hakennase und wulstigen Lippen und schlechten Zähnen – einer, der wie 'n Jude aussieht. Sehen Juden so aus? Möchte gerne wissen, wer das ist? Und kennen Sie nicht zufällig einen mit Froschaugen? Das muß 'ne Type sein.«

Der Major lachte und nickte und sagte etwas zu ihr in seiner verrückten Sprache.

Frau Holle schloß die Tür der Kellerwohnung nicht nur

zweimal von innen ab, sondern schob auch den eisernen Riegel vor, der verrostet war und quietschte, was Frau Holle schlecht vertrug. Sie verstopfte die Ritzen der Tür mit Packpapier, damit der Kerl mit den Froschaugen, falls er wieder klopfen sollte, nicht in die Wohnung gucken konnte. Dann verhängte sie fürsorglich die beiden gardinenlosen Fenster mit Steppdecken.

Der Major schien es auf einmal eilig zu haben, denn er hatte sich schon ausgezogen, stand splitternackt neben dem Küchentisch, mit gerecktem Glied, haarigen Beinen, eingefallenem Bauch, eine Whiskyflasche in der Hand, und beobachtete Frau Holle, die geschäftig in der Kellerwohnung hin- und herhumpelte, nochmals die Tür kontrollierte, den Schlüssel probierte, den verrosteten Riegel, das Packpapier in den Türritzen, die Steppdecken vor den Kellerfenstern.

»What's your name, baby?« fragte der Major.

»O.K.«, sagte Frau Holle, obwohl sie gar nicht wußte, was das war.

»How about this wooden leg of yours?« fragte der Major.

»Sie wundern sich sicher, weil ich die Türritzen verstopft hab«, sagte Frau Holle – »aber das hat nichts mit dem jungen Willi zu tun, obwohl der manchmal hier rumschleicht und durch die Ritzen guckt ... aber der guckt ja sowieso in meine Wohnung ... Sie wissen schon – von oben ... durch die Zimmerdecke ... ich dachte nur – wenn der Kerl mit den Froschaugen wiederkommt ... der wird bestimmt durch die Ritzen gucken. Ich weiß schon, was ich mache. Man kann gar nicht genug aufpassen.«

Frau Holle kümmerte sich nicht weiter um den Major. Sie deckte bloß das einsame Bett auf, klopfte das Kissen, weil es zerknittert war, dachte: und die Federn gucken schon raus – dachte: und ein steifes Ding hat der

– aber ein kurzes – und staffeln will er auch – je mehr
Nummern, desto mehr Konserven – und du hast einen
Mordshunger – aber mehr als eine kann der bestimmt
nicht schieben – mit 59 – oder? Frau Holle begann sich
auszuziehen. Es war düster in der Kellerwohnung, aber
Frau Holle sagte sich: Gerade die richtige Beleuchtung.
Und die Kerze rechts vom Bett wirst du später anzün-
den. Das hat Zeit.

Frau Holle faltete ihr Kleid sorgfältig zusammen,
legte es über den wackligen Stuhl neben dem Bett, dann
die Wäschestücke – einzeln – der Reihenfolge nach –
schnallte auch das Holzbein ab und hing es auf – dort,
wo es immer hing, wenn sie zu Bett ging – an dem leicht
verbogenen Nagel am Fußende des Bettes an der langen
Wand.

Der Major stand noch immer am Küchentisch und
trank. Frau Holle hüpfte auf einem Fuß zum anderen
Bettende und setzte sich dort hin, fror plötzlich und
rieb sich die Schultern. »Viel steht hier nicht drin«, sagte
sie zu dem Major. »Sie sehen doch: ein Küchentisch,
zwei wacklige Stühle, ein Bett, ein alter Kleiderschrank,
ein blinder Spiegel, die Kiste mit der Kerze und eine
zweite Kiste – die Kohlenkiste – und der Kanonenofen
in der Ecke – den hab ich übrigens organisiert, wie alles
andere, was hier drin steht – meine Möbel von früher
die sind nämlich im Eimer – die haben die Bomben – na
ja – und mager bin ich auch, was? Und die Brüste sind
wohl zu lang, was? Das hat auch mein Günter gesagt:
die hängen bis über den Bauch! Und graue Haare hab
ich auch. Aber die kann man färben. Und wenn ich
mehr Konserven krieg, dann werd ich auch wieder
dicker.«

Frau Holle grinste den Major an. Der Major nickte,
als ob er verstanden hätte, was sie sagte. Er schlurfte

jetzt langsam heran, die Whiskyflasche unter dem nackten Arm, blieb sekundenlang sinnend vor dem Bett stehen, blickte Frau Holle an, die ihm Platz machte, schlurfte dann wieder weg – zum Fußende des Bettes, tat noch einen kräftigen Schluck aus der halbleeren Flasche, hakte plötzlich, mit einem schnellen, nervösen Griff, das Holzbein los, klemmte es unter den Arm – den anderen Arm – nicht den Arm mit der Whiskyflasche, kam wieder zu ihr zurück und legte das Holzbein zu ihr ins Bett.

5.

Gestern war ihr Geburtstag, – da hatte sie eben länger
geschlafen. Sonst aber weckten die Sommervögel Frau
Holle täglich in aller Früh. Zwar hatten die Vögel den
Adolf-Hitler-Platz bekleckst – und das war eine
Schande – trotz allem aber war Frau Holle den Sommervögeln dankbar, weil sie sich sagte: Morgenstunde
hat Gold im Munde! Und wer wagte das zu bezwei-
feln?

Auch heute weckte das Gezwitscher der Vögel Frau
Holle aus tiefem Schlaf. Aus Gewohnheit beschimpfte
sie zuerst das Holzbein, obwohl es diesmal gar nicht an
der langen Wand hing, sondern im Bett lag zwischen
den Schenkeln des Majors, beruhigte sich aber dann,
gähnte, zog das Bein vorsichtig zwischen den Schenkeln
des Majors hervor, dachte: sieben Nummern hat der
geschoben – und Magenschmerzen hast du von so vielen Konserven – und dabei hast du gar nicht alle gegess-
sen – und 'ne Type ist das – sieben Nummern mit einem
Holzbein zu schieben – .

Frau Holle schnallte das Bein an, humpelte zum
Kanonenofen, machte Feuer, guckte nach, ob noch
Wasser im Kübel war, fing zu trällern an wie die Sommervögel, holte Geschirr aus der Bettkiste, klapperte
damit, machte absichtlich Lärm, damit der Major auf-
wache. – Aber der wachte nicht auf! Nanu, dachte Frau
Holle. Hat der einen tiefen Schlaf!

Etwas später rüttelte sie ihn, drehte ihn auf den Rücken, sah zwei starre, blaue Augen, rülpste vor Schreck, dachte: sieben Nummern! Und sieben ist 'ne böse Zahl. Und der ist tot! Der ist wirklich tot! Herzschlag! – rülpste wieder, spürte Stechen im Holzbein, hielt sich die Hand vor den Mund.

Frau Holle wußte nicht, was sie mit dem Toten machen sollte. Am besten, dachte sie, du legst ihn hinter den Kanonenofen. Damit er mal aus dem Bett rauskommt. Sonst wird das Bett noch stinken.

Frau Holle machte sich gleich an die Arbeit, zog den Toten vorsichtig vom Bett herunter und schleifte ihn über den holprigen Fußboden. So, dachte sie. Der wiegt nicht viel. Die sind doch aus Kaugummi.

Sie hatte keine Lust zu frühstücken und sagte sich: Erst mal die Behörden verständigen. Frühstücken kannst du später.

Ihr fiel ein: Ein Telefon! Natürlich. Sie müßte telefonieren. Am Adolf-Hitler-Platz! Dort ist doch eine Telefonzelle!

Frau Holle verließ die Kellerwohnung in aller Eile, humpelte zum Adolf-Hitler-Platz, sah die Telefonzelle aus Vorkriegszeiten, die noch dort stand, sah auch das Schild: Außer Betrieb!

Was sollte sie jetzt tun? Wo konnte man überhaupt heutzutage telefonieren? Und noch dazu in dieser ausgebombten Gegend?

Frau Holle humpelte verzweifelt über den großen, sommervögelbekleckersten Platz, bog in die Mozartstraße ein, fragte einige Leute. Niemand wußte, wo ein Telefon war.

Ein Mann sagte zu ihr: »Warten Sie doch, bis die M.P. vorbeikommt.«

Aber Frau Holle sagte: »Die mit den weißen Helmen und den Armbinden? Die sind nicht besser als der Iwan!«

Frau Holle humpelte zurück in Richtung Nietzsche-straße. Erst mal nach Hause gehen! In Ruhe überlegen, was da zu tun sei! Das ist das beste! Außerdem mußte sie endlich frühstücken. Ein Mensch ist auch nur ein Mensch.

Als sie wieder zu Hause anlangte, fand sie einen Zettel im Briefkasten: »Bin aus dem Krieg zurück! Bringe Grüße von Günter! Kann nicht lange bleiben! Muß wieder verschwinden! Was macht das Holzbein? Darf ich mal dran pochen? Brauche Glück. Jetzt mehr denn je. Max Schulz.«

Max Schulz! Der Mann mit den Froschaugen. Der Mann mit der Hakennase, den wulstigen Lippen, den schlechten Zähnen! Der Mann, der wie ein Jude aussah, aber keiner war!

Aha, dachte Frau Holle. Jetzt weißt du, wer das ist. Das ist doch der Max! Warum ist dir das nicht gleich eingefallen? Natürlich! Das Konzentrationslager Laubwalde. Im deutschbesetzten Polen. Dort, wo dein Günter Dienst tat! Und der Max Schulz! – Und war das nicht 1943? Da besuchte dich Günter. Und brachte diesen Max Schulz mit. Und sagte: »Das ist Max Schulz. Der sieht wie ein Jude aus, ist aber keiner!« Und der Max Schulz lachte und sagte: »Ich bin keiner!«

Und Günter sagte: »Endlich wieder in der Heimat!«

Und der Max Schulz sagte: »Ja, Günter.«

Und Günter sagte: »Bei uns ist's gemütlich, Max. Und 'ne schöne Aussicht vom 5. Stock. Im Sommer luftig. Und im Winter warm. Und wenn Frau Holle im Winter die Federbetten ausschüttelt, dann schneit's in unserer schönen deutschen Stadt.«

Und Max Schulz lachte und sagte: »Ja, das ist mal was.«

Und Günter sagte: »Ja.«

Und der Max Schulz sagte: »Ja.«

Und Günter sagte: »Wenn der Krieg zu Ende ist, Max – dann denk daran – bei Frau Holle hast du immer ein Zuhause!«

6

Willi Holzhammer reparierte sein altes Fahrrad. Seine
Mutter vertrug das Hämmern nicht und wollte auch
keinen »Saustall« im Wohnzimmer, und so hatte Willi
Holzhammer das Fahrrad ins Freie gebracht, obwohl
das Wohnzimmer ohne Zimmerdecke im Grunde ja
auch im Freien lag – aber das war was anderes. Er hatte
das Fahrrad also ins Freie vor die Haustür gebracht,
auseinandergenommen und wieder zusammengesetzt.
Die Handbremse funktionierte jetzt, auch der Dynamo
und beide Scheinwerfer, die Kette war frisch geölt und
das vordere Schutzblech saß wieder fest. Jetzt hatte er
nur noch den hinteren Reifen zu flicken. Ein Glück,
daß er die Werk- und Flickzeugschachtel vor den Bomben gerettet hatte; sogar Glaspapier, Schutzleinen, Gum-
milösung und Rund- und Viereckflick waren noch da.

Am frühen Tag war der Himmel stark bewölkt gewesen; es hatte so ausgesehen, als würden die Ruinen der
Nietzschestraße ein Brausefreibad erhalten, aber die
Wolken hatten sich dann verzogen, und die Morgensonne hatte die Straße in ihrem Strahlennetz eingefangen.

Willi Holzhammer arbeitete intensiv. Wenn das Rad
noch bis Mittag fertig wurde, dann wollte er nach
Solendorf fahren zu seinem Freund Rudi Schalke, dessen Vater Landwirt war. Dort gab's immer was Anständiges zu essen. Willi hatte sein Turnhemd ausgezogen,

ließ sich bräunen, pfiff vor sich hin, rauchte ab und zu.

Vor etwa einer Stunde hatte Willi die humpelnde Frau Holle aus dem Haus eilen sehen – in Richtung Adolf-Hitler-Platz. Sie hatte ihn nicht gegrüßt. Dann war sie wieder zurückgekommen, ein wenig verstört im Gesicht, hatte ihm flüchtig zugenickt und war im Hauseingang verschwunden.

Erst jetzt tauchte Frau Holle wieder auf. Sie trug einen Wassereimer in der rechten Hand, schlenkerte damit, blinzelte ihm zu, blieb aber diesmal stehen. Willi bemerkte, daß ihr Gesicht seltsam gerötet war.

»Zur Pumpe in der Fleischerstraße?« fragte Willi.

Frau Holle nickte.

»Was war los heute morgen?« fragte Willi.

»Gar nichts war los«, sagte Frau Holle. »Was soll denn los gewesen sein?«

»Ich hab den Major gesehen«, sagte Willi. »Der ist 'ne Type.« Frau Holle wollte gerade sagen: Der war 'ne Type – aber dann fiel ihr ein, daß Willi bestimmt nicht aus dem Guckloch bis zum Kanonenofen sehen konnte, wo der Tote lag, und deshalb sagte sie nur: »Ja, der ist 'ne Type.«

»Hat lange geschlafen heut' morgen«, sagte Willi.

»Hat zuviel getrunken«, sagte Frau Holle. »Unsereins macht sich ja nichts aus Whisky.«

»Ja«, sagte Willi, »– wenigstens nicht so. – Ist er schon weg?«

»Ja, der ist weg«, sagte Frau Holle. »Hat sich weggeschlichen. Hatte wahrscheinlich Angst.«

Willi grinste und blies ihr den Rauch ins Gesicht. Er sagte: »Die Non-Fraternization-Bestimmung!«

»So was Ähnliches«, sagte Frau Holle. Sie zupfte an ihrem Kleid, starrte eine Zeitlang schweigend auf sein Fahrrad, erzählte ihm dann kurz, daß sie einen Brief bekommen habe – von dem Kerl mit den Froschaugen

– und daß der Grüße von ihrem Günter bestellen wollte. Dann ging sie davon, humpelnd, mit dem leeren
Eimer schlenkernd – zur großen Pumpe in der Fleischerstraße.

Nachdem Frau Holle verschwunden war, tauchte der
Mann mit den Froschaugen auf. Willi Holzhammer
bemerkte ihn erst, als er vor ihm stand: zerknüllter
Anzug, hager, froschäugig – einen alten Sack auf dem
Rücken.

»Na«, sagte Max Schulz. »Da sind wir ja wieder.«

»Was ist das für ein komischer Sack?« fragte Willi
Holzhammer. »Den haben Sie gestern nicht dabei gehabt.«

»Den hatte ich versteckt«, sagte Max Schulz – »in den
Ruinen.«

»Was haben Sie da drin?«

»Das geht dich 'n Dreck an«, sagte Max Schulz.

»Alte Klamotten, was?« grinste Willi.

»Das geht dich nichts an«, sagte Max Schulz.

Max Schulz schlurfte zu den Kellerfenstern, um zu
sehen, ob Frau Holle zu Hause war, aber die Fenster
waren verhängt und er konnte nichts sehen.

»Die ist zur Pumpe gegangen«, sagte Willi jetzt zu
Max Schulz.»– und die Fenster sind noch verhängt –
und ich weiß nicht warum!«

»Na ja«, sagte Max Schulz, »das macht nichts. Ich
kann ja hier warten, bis sie zurückkommt.«

Max Schulz setzte sich auf die Türschwelle, klemmte
den alten Sack zwischen die Beine, holte eine Camel aus
der Tasche, zündete sie an. Willi stellte sein Fahrrad an
die Hausmauer, klappte die Deckel der Werk- und
Flickzeugschachtel zu, rückte sie mit dem Fuß neben
das Fahrrad und setzte sich neben Max Schulz. »Wenn
Sie eine tauschen wollen? Eine Philip Morris für eine
Camel?«

»Gut«, sagte Max Schulz. »Warum nicht. Dieselbe parfümierte Scheiße.«

»Frau Holle hat mir erzählt, daß Sie Grüße von Günter bringen. Stimmt das?«

Max Schulz kniff die Froschaugen zusammen und lachte. »Das war nur ein schlechter Witz – das mit den Grüßen. Günter ist nämlich tot.«

»Das glaub ich nicht«, sagte Willi Holzhammer.

»Doch«, sagte Max Schulz. »Das kannst du mir ruhig glauben. Der ist tot wie ein Stein. Den haben die Partisanen erwischt.«

»Wie war das?« fragte Willi.

»Einfach so«, sagte Max Schulz. »So war das.«

»Na ja«, sagte Willi. »Die wird einen schönen Schreck kriegen, die Frau Holle.«

»Ja«, sagte Max Schulz.

»Und wie war das?« fragte Willi Holzhammer – »das mit dem: einfach so!«

»Dem fehlt die Schädeldecke«, sagte Max Schulz. »Und dem fehlt der Schwanz. Den haben ihm die Partisanen abgeschnitten. Damals im verschneiten polnischen Wald.«

»Einfach so«, sagte Willi.

»Ja, einfach so«, sagte Max Schulz.

Sie sahen Frau Holle jetzt an der Straßenecke auftauchen, den Wassereimer in der rechten Hand, mit der linken winkend. Max Schulz winkte ebenfalls und lachte.

»Waren Sie auch bei der SS?« fragte Willi.

»Nein – ich nicht«, log Max Schulz. »Ich war bloß bei der Wehrmacht. Und auf dem Rückzug durch Polen, da stießen wir auf die Einheit von Günter Holle. Oder eigentlich: seine Einheit, die stieß auf unsere. Ich kannte ihn von früher. Flüchtig.«

»Ach so«, sagte Willi Holzhammer.

»Ja, so war das«, sagte Max Schulz.

7

Während Frau Holle in nervöser Hast das Bett machte,
so, als schäme sie sich vor Max Schulz, dann zum
Küchentisch humpelte und ihn aufgeregt sauber wischte ... saß Max Schulz schweigend auf der Kohlenkiste,
rechts neben dem Kanonenofen. Er hatte den Sack in
der Nähe der Tür hingestellt, dann seine verschwitzte
Jacke ausgezogen und sie achtlos auf den Sack gelegt.
Warum hatte Frau Holle die Fenster verhängt? Es dauerte eine Weile, bis sich seine Augen an das Halbdunkel
der Kellerwohnung gewöhnt hatten. Ein großes Messingbett, dachte Max Schulz, ein Bett, in dem eine
alternde Frau schläft – ein einsames Bett – und ein
Küchentisch, eine Kiste mit einer Lesekerze, zwei
wacklige Stühle am langen Ende des Küchentisches,
zwei niedrige Kellerfenster ... in einer Ecke – ein alter
Kleiderschrank und ein halbblinder Wandspiegel. Erst
als Max Schulz den Kopf ein wenig nach rückwärts
wandte, bemerkte er die nackte Leiche hinter dem
Kanonenofen. Max Schulz zuckte nicht zusammen. Er
kratzte sich bloß, kratzte sich am Hintern, dachte: das
juckt nicht mehr – das war einmal ...«

Max Schulz versuchte, Frau Holle klarzumachen, daß
›das mit den Grüßen von Günter‹ bloß ein schlechter
Witz gewesen sei – und das Günter tot war – nämlich:
tot! – und zwar: tot wie ein Stein! – ohne Schädeldecke

und ohne Schwanz im polnischen Wald gelegen hatte – nicht besser als ein Stein – obwohl ein Stein keine Schädeldecke hatte und auch keinen Schwanz – aber immerhin: und doch: tot wie ein Stein!

Frau Holle schien das nicht gleich zu kapieren. Und als sie es endlich kapierte, da heulte sie nicht gleich los. Sie riß zuerst die Augen auf, und zwar: ganz weit auf. Und erst dann heulte sie los.

Max Schulz hatte auf seine Armbanduhr geschaut. Als Frau Holle zu heulen begann, da war es genau 10 Uhr 12 und 33 Sekunden. Und als sie sich endlich beruhigt hatte, da war es 12 Uhr 12 und 34 Sekunden.

Frau Holle lag auf dem Bett. Max Schulz hatte die ganze Zeit abwartend auf der Kohlenkiste gesessen, hatte Sekunden gezählt und Löcher in die Luft gestarrt. Und jetzt stand Max Schulz auf, schlurfte zum Bett und setzte sich neben Frau Holle auf den Bettrand, saß steif und grinsend da – und sagte dann plötzlich: »So – jetzt ist's aber genug! 2 Stunden und eine Sekunde um so einen Kerl zu heulen – das ist doch zum Lachen!«

»Warum ist das zum Lachen?« wollte Frau Holle wissen.

»Weil er 10 Jahre jünger war als Sie«, sagte Max Schulz. »Und weil er ne andere gehabt hat. Und die war 20 Jahre jünger als Günter. Und das sind 30 Jahre.«

»Was sind 30 Jahre?« fragte Frau Holle.

»Der Altersunterschied zwischen Ihnen und der anderen«, sagte Max Schulz.

»Ach so«, sagte Frau Holle.

»Günter wäre sowieso nicht mehr zurückgekehrt!«

»Ach so«, sagte Frau Holle. »So ist das – «

Max Schulz nickte grinsend, nahm sich eine Camel, starrte Frau Holle mit großen, hellen Froschaugen an, blinzelte, dachte an Schneeflocken, dachte an schlaffe

Brüste – Brüste, die bis über den Bauch hingen, vermutete solche und ähnliche unter dem hochgeschlossenen Kleid von Frau Holle, betrachtete sinnend das Holzbein, dann die lange Wand, bemerkte auch den großen, verbogenen Nagel am Fußende des Messingbettes – den Nagel in der langen Wand.

»Ist der für ein Bild bestimmt?«

»Der große Nagel?«

»Ja, der!«

»Der ist für mein Holzbein bestimmt«, sagte Frau Holle.

»Wenn mich das Holzbein stört – besonders im Bett und besonders nachts – dann häng ich's an den großen Nagel.«

»Ein guter Nagel«, sagte Max Schulz.

»Soll ich's mal dranhängen?« fragte Frau Holle.

»Meinetwegen«, sagte Max Schulz.

Etwas später sagte Frau Holle: »Sehen Sie das Loch in der Zimmerdecke direkt über meinem Bett? Dort guckt der Willi manchmal zu mir runter.«

»Der ist aber jetzt draußen vor der Haustür«, sagte Max Schulz – »und der repariert immer noch sein Fahrrad – dort draußen.«

Und Frau Holle sagte: »Ja.«

Und Max Schulz sagte: »Der kann jetzt nicht zugucken.«

Und Frau Holle sagte: »Ja«. Und kicherte.

Während der Liebespausen erzählte Frau Holle, daß die Leiche hinter dem Kanonenofen ein ehemaliger amerikanischer Major gewesen sei. Und der hatte sieben Nummern geschoben mit neunundfünfzig Jahren. Und der wäre am Herzschlag gestorben.«

»Wir müssen unbedingt die Behörden verständigen«,

sagte Frau Holle. »Der kann doch nicht hier liegenbleiben!«

»Das kann er«, sagte Max Schulz. »Und er kann es auch nicht. Auf jeden Fall ... kommt das nicht in Frage!«

»Was kommt nicht in Frage?«

»Das ... mit den Behörden.«

»Warum?«

»Weil ich von den Behörden gesucht werde.«

»Ach so!« sagte Frau Holle.

»Ja«, sagte Max Schulz.

»Was machen wir dann?«

»Ich werde ihn fortschaffen. Nach Einbruch der Dunkelheit.«

»Eine gute Idee«, sagte Frau Holle.

»Wir müssen ihn nur einwickeln«, sagte Max Schulz. »Am besten in einen Sack.«

»Sie haben doch einen Sack! Können Sie den nicht ausleeren? Sind doch bestimmt nur alte Klamotten drin?«

»Den kann ich nicht ausleeren«, sagte Max Schulz.

»Was haben Sie denn in dem Sack? Was ist denn dort drin?«

»Das geht Sie nichts an«, sagte Max Schulz.

»Wir werden den Toten wieder anziehen«, sagte Max Schulz. »Hinter dem Kanonenofen hab ich 'ne Rolle Packpapier gesehen. Darin werde ich ihn einwickeln. Ich trage ihn dann im Schutz der Dunkelheit bis zum Adolf-Hitler-Platz. Und dort sind Bänke. Ich werde den Major auf eine Bank hinsetzen. Und morgen – ja – morgen – da wird es in der Zeitung stehen: ›Amerikanischer Major auf einer Parkbank am Herzschlag gestorben – Adolf-Hitler-Platz – in der Nähe des demolierten Führerdenkmals – hat sich der Major erschreckt? –

Spuk oder kein Spuk? – fordert der Nationalsozialismus weitere Opfer? – und wann wird das ein Ende nehmen?‹«

»Mein Gott«, sagte Frau Holle. »Sind Sie 'ne Type! Und wenn das der Führer wüßte! Der käme vom Himmel zu uns herab!«

»Lange kann ich nicht hierbleiben«, sagte Max Schulz. »Ich habe Slavitzki gesucht und meine Mutter. Aber die sind vor den Russen geflohen. Adresse unbekannt. Ich bin also hierhergekommen. Aber lange kann ich nicht bleiben. Ich muß untertauchen. Irgendwie! Und irgendwo! Vielleicht Südamerika. Vielleicht auch nicht. Und einen anderen Namen. Und eine andere Identität.«

»Was ist das – eine andere Identität?«

»Wenn sich einer verwandelt«, sagte Max Schulz.

»So wie ein Zauberkünstler«, sagte Frau Holle.

»So ähnlich«, sagte Max Schulz.

»Günter hatte mir alles erzählt ... wie ihr dort in Laubwalde ... in diesem Konzentrationslager oder wie das so heißt ... in diesem Laubwalde ... wie ihr die Leute dort umgebracht habt ... 200 000, hat er gesagt ... 200 000 Juden ... das hat er gesagt.«

»Das hätte er Ihnen gar nicht erzählen dürfen. Das war streng verboten ... wir hatten alle Schweigepflicht ... auch Günter. Und man hatte uns das eingeschärft: strengste Geheimhaltung!«

»Aber ich war doch Günters Frau ...«

»Es dürfe niemand davon wissen ... das hatte man uns gesagt: Auch nicht eure Frauen und Kinder. Niemand!«

»War denn das Morden verboten?«

»Nein«, sagte Max Schulz. »Das war nicht verboten. Nur die Weiterverbreitung falscher Gerüchte ... das war verboten!«

»Aber das waren doch keine falschen Gerüchte?«

»Jetzt halten Sie endlich das Maul«, sagte Max Schulz. »Das war so. Ich kann's nicht ändern.«

»Der Günter«, sagte Frau Holle ... »der war ein ganzer Kerl.«

»Ja«, sagte Max Schulz.

»Und Günter hat immer gesagt: ›Der Max Schulz. Das ist auch ein ganzer Kerl.‹«

»Das war einmal«, sagte Max Schulz.

»Alles hat er erzählt ... mein Günter ... auch von den langen Gräben ... und wie die Gefangenen hineinpurzelten ... einer auf den anderen ... ›Und der Max Schulz‹, hat Günter gesagt ... ›der Max Schulz ... der saß gewöhnlich auf dem Rand des langen Grabens ... das Gewehr über'm Knie ... 'nen Zigarettenstummel im Mund ... meistens schräg ... festgeklebt‹ ... das hat der Günter gesagt ... ›und gegrinst hat der ... der Max Schulz ... der hat immer gegrinst. Er hat die Leute grinsend erschossen.‹«

Max Schulz nickte. Er nahm sich noch eine Camel, zündete sie an, streichelte den Beinstumpf der alternden Frau, streichelte das haarige graue Dreieck, zupfte ein bißchen daran, kratzte sich, kratzte sich am Hintern, dachte wieder: das juckt nicht mehr ... das war einmal.

»Wir hatten verschiedene Methoden«, sagte Max Schulz. »Manchmal erschossen wir die Gefangenen stehend ... vor dem langen Graben stehend ... in einer Reihe stehend ... die guckten in den langen Graben, und wir erschossen sie von hinten. Manchmal guckten die uns auch an, und wir erschossen sie von vorn. Zuweilen ließen wir sie lebendig in den Graben springen, befahlen ihnen, sich lang hinzulegen, und erschossen sie von oben. Das war meine Spezialität. Von oben nach unten. Vom Grabenrand. Wenn einer tot war, dann legte sich der nächste auf ihn rauf. Nur mußte das schnell gehen. Einer nach dem anderen.«

»Die ersten Juden legte ich auf einem Friedhof um ... in Polen ... 1939 ... auf einem jüdischen Friedhof ... aber das waren nicht viele. Wir machten das meistens auf dem Friedhof ... damals ... in Polen ... im Jahre 39.
Einmal trieben wir die Juden auf einen christlichen Friedhof. Und da hing ein kleiner Jesus an einem der Kreuze. Und der heulte. Und das konnte mein Untersturmführer nicht vertragen. Und ob Sie's glauben oder nicht ... den schoß er vom Kreuz herunter. Aber der war nicht gleich tot. Der wollte nicht sterben. Und da sagte mein Untersturmführer zu mir: ›Max Schulz! Machen Sie den falschen Heiligen endlich mundtot. Sie können das besser!‹ – Und das hab ich dann auch gemacht.«
Frau Holle stieß seine Hand von dem Beinstumpf weg, sagte: »Hören Sie auf mit dem Gezupfe!« – sagte: »Sie sind ein Spinner! Das glaub ich nicht ... das mit dem Jesus. Aber das andere ... das glaub ich.«
»Und später ging's nach Rußland«, sagte Max Schulz ... »mit der Einsatzgruppe D in den südrussischen Abschnitt. Dort fingen wir die Juden wie die Hasen. Und auch dort waren lange Gräben. – Und 1942 ... ja ... da hatte ich einen leichten Herzinfarkt ... und wurde dann nach Laubwalde versetzt. So war das.«
»Laubwalde!«
»Ja, Laubwalde. Das Vernichtungslager ohne Gaskammer.«
»Ohne Gaskammern?«
»Ohne Gaskammern!«
»Und dort lernten Sie Günter kennen?«
»Ja, dort«, sagte Max Schulz. »Aber das wissen Sie doch!«

»Ja«, sagte Frau Holle »... ich wollt's aber nochmal wissen.«

»Stimmt das ... daß Sie früher mal Friseur waren?«
»Das stimmt.«
»Ein richtiger Friseur?«
»Ein richtiger.«
»Und wo war das?«
»In Wieshalle. Vor dem Kriege.«
»Dann könnten Sie mir gelegentlich mal die Haare schneiden.«
»Könnt' ich schon«, sagte Max Schulz. »Aber ich bin kein Damenfriseur.«
»Was denn?«
»Ein Herrenfriseur.«
»Und kann so einer nicht auch Damen die Haare schneiden?«
Max Schulz grinste: »Solchen Damen wie Sie eine sind ... das ließe sich schon machen.«
»Mein Haar ist zu lang«, sagte Frau Holle ... »und strähnig ... und färben möchte ich's auch.«
»Mal sehen«, sagte Max Schulz. »Ich trag mein Geschäft nicht mit mir herum ... und in dem großen Sack ... da ist was anderes drin ... das hat mit meinem Handwerk nichts zu tun. Aber lassen Sie mich mal nachdenken.«
»'ne Schere hab ich«, sagte Frau Holle. »Und 'n Kamm ... den hab ich auch. Und was zum Haarefärben ... das hab ich auch.«
»Na schön«, sagte Max Schulz ... »vielleicht morgen oder übermorgen oder nächste Woche.«
»Oder noch heute«, sagte Frau Holle. »Vergessen Sie nicht, daß eine Frau auch im Bett besser ist, wenn sie weiß, daß sie gut aussieht.«
»Heute nicht«, sagte Max Schulz. »Heute bestimmt nicht.«

»In Laubwalde ... da hab ich nicht mehr an meinen Beruf gedacht«, sagte Max Schulz. »Aber nachher ... als alles vorbei war.«

»Ja«, sagte Frau Holle.

»Irgendwas muß der Mensch machen«, sagte Max Schulz. »Und der Krieg ist vorbei.«

»Machen Sie schwarzen Markt«, sagte Frau Holle. »Das machen heute viele.«

»Ich werd's versuchen«, sagte Max Schulz. »Aber das kann man nicht immer machen ... den schwarzen Markt ... vielleicht eine Zeitlang ... und einmal muß das aufhören ...«

»Dann werden Sie einen Friseurladen aufmachen?«

»Sie meinen ... einen Friseursalon!«

»Ja. Einen Friseursalon.«

»Darauf können Sie Gift nehmen«, sagte Max Schulz. »Irgendwas muß der Mensch machen. Und der Friseurberuf ... das ist ein anständiger Beruf.«

»Ein schöner Beruf, find' ich«, sagte Frau Holle. »Das hat was an sich – wie sagt man doch?«

»Was Künstlerisches«, sagte Max Schulz ... »ein guter Friseur ist ein Künstler ... aber einer, der auch sein Brot verdient ... und einer, der seine Familie ernähren kann.«

»Aber Sie haben doch keine Familie?«

»Das kommt auch noch«, sagte Max Schulz.

»Ein schöner Beruf«, sagte Frau Holle.

»Das mit Laubwalde ... das ist vorbei«, sagte Max Schulz. »Jetzt gibt's nur noch eins ...«

»Und was ist das?« wollte Frau Holle wissen.

»Wieder Wurzeln schlagen«, sagte Max Schulz, »und wieder ein anständiges Leben führen.«

»Sagen Sie mir doch, was in dem Sack drin ist!«

Max Schulz zögerte. Dann sagte er langsam: »Goldzähne« ... obwohl er das gar nicht hatte sagen wollen.

Frau Holle tat einen erschreckten Ausruf, zog das eine Bein ein, setzte sich halb auf, starrte Max Schulz an.

»Und ein paar alte Klamotten obendrauf«, sagte Max Schulz ... »auch Lebensmittel ... obendrauf ... und ein Tagebuch ... und ein Gebetbuch ... das auch.«

»Ein Gebetbuch? Ein Tagebuch?«

»Ja.«

»Und untendrunter?«

»Goldzähne«, sagte Max Schulz.

»Goldzähne«, flüsterte Frau Holle.

»Ja«, sagte Max Schulz.

»Und was wollen Sie mit den Zähnen machen?« fragte Frau Holle.

»Ein neues Leben anfangen«, sagte Max Schulz.

8.

Kurz nach drei Uhr wurde Max Schulz hungrig. Auch Frau Holle hatte einen Mordshunger.

Max Schulz half ihr beim Feuermachen, zerkleinerte Holzklötzchen, reinigte den Ofen, entdeckte einen Pappkarton in der Kohlenkiste, füllte ihn mit Asche- und Kohlenresten, ging hinaus, leerte ihn hinter dem Haus im Trümmerfeld, blieb dort eine Weile, pinkelte, guckte nach dem Stand der Sonne, rechnete sich aus, wie lange es wohl dauern würde, bis es dunkelte, fragte sich, ob die Leiche, die er dann wegtragen würde, nicht zu schwer wäre, dachte: wahrscheinlich nicht – dachte: ein Bad müßtest du nehmen; du stinkst wie ein Ziegenbock.

Wieder im Zimmer, sagte er zu Frau Holle: »Bin seit mehr als vier Monaten unterwegs. Gewaschen hab ich mich ab und zu. Aber kein richtiges Bad genommen.«

»Willis Mutter hat eine Sitzwanne«, sagte Frau Holle. »Die könnte ich borgen.«

»Ja, machen Sie das«, sagte Max Schulz.

»Nur das Wasser«, sagte Frau Holle ... »das müssen Sie selber holen. In der Fleischerstraße ist eine große Pumpe.«

Max Schulz nickte. Er machte den Sack vorsichtig auf, holte eine lange Salami hervor, hartgekochte Eier, einen Laib Brot, gab diese Frau Holle, machte den Sack wieder zu, sagte: »So ... das und die Cornedbeefkonserven ... das wird ein Festessen. Und Whisky haben wir ja auch.«

Während Frau Holle das Essen bereitete, den Tisch deckte, die Badewanne holte, sich zwischendurch verstohlen kämmte, am Holzbein kratzte, vor sich hin kicherte ... holte Max Schulz Wasser von der großen Pumpe in der Fleischerstraße.

Er ging einigemal hin und zurück, brachte mehrere Eimer, füllte Frau Holles Kochtöpfe, füllte dann die runde Sitzwanne, zog sich aus und stieg ins Badewasser ...

Frau Holle seifte ihm den Rücken mit Kernseife ein und sagte: »So ... stehen Sie mal auf!« Und Max Schulz stand auf, triefte, dampfte, ließ sich von Frau Holle auch den Bauch einseifen und die Beine, sagte: »Meinetwegen auch den Hintern und das lange Ding.«

Frau Holle sagte: »Das ist gar nicht so lang. Das ist normal«, und fragte: »Was ist eigentlich mit den Goldzähnen? Krieg ich auch was ab davon?«

»Kriegen Sie«, sagte Max Schulz. »Aber die muß ich erst mal verkaufen. Ich werde Sie schon nicht ohne Geld lassen.«

»Und wenn Sie untertauchen?« fragte Frau Holle. »Werden Sie mich mitnehmen? Ich könnte für Sie kochen ... könnte auf Sie aufpassen ... und so schlecht bin ich doch nicht im Bett ... wie? Und ich bin nicht anspruchsvoll ... werde Ihnen auch nicht zur Last fallen ... und wenn Sie mal 'ne jüngere haben ... das kann ich verstehen ... und ich sag' Ihnen nichts ... aber ich will nicht allein bleiben ... und Sie können mit mir machen, was Sie wollen.«

»Zum Beispiel?« fragte Max Schulz.

»Sie dürfen mich auch prügeln.«

»Auch Hündchen spielen?« fragte Max Schulz.

»Auch Hündchen spielen!« sagte Frau Holle.

»Und wie werden Sie das machen ... mit einem Bein?«

»Das lassen Sie meine Sorge sein«, sagte Frau Holle.

»Sie hätten dem Willi nicht erzählen sollen, daß ich Grüße von Günter bringe. Der fragte nämlich, ob ich auch bei der SS war.«

»Und was haben Sie ihm gesagt?«

»Daß ich nur bei der Wehrmacht war. Und daß ich Günter zufällig traf ... im polnischen Wald ... und daß ich ihn flüchtig gekannt hätte ... früher.«

»Ich hab dem Willi sonst nichts von Ihnen erzählt.«

»Gut«, sagte Max Schulz. »Und wenn er Sie wieder fragt, dann bleibt es dabei: ich war bloß bei der Wehrmacht.«

»Ja«, sagte Frau Holle.

Auch Frau Holle nahm ein heißes Bad ... im Schmutzwasser von Max Schulz. Es machte ihr Spaß, in seinem Wasser zu baden. Sie ließ sich von Max Schulz einseifen, machte verliebte Augen, guckte ihn groß an, vermied aber seine Augen ... da störte sie irgendwas ... das waren keine Menschenaugen ... das waren Froschaugen.

Nachher aßen beide mit Heißhunger, ließen es sich so richtig schmecken, tranken Whisky, redeten Unsinn, sprachen auch über ernste Dinge, sprachen vor allem: von einem neuen Leben.

»Und wie ist das mit den 6 Millionen Juden?« fragte Frau Holle. »Das stand doch in der Zeitung. Hat der Willi gesagt. Bestimmt alles Schwindel?«

»Das weiß ich nicht«, sagte Max Schulz.

»Es waren bestimmt nur 2 Millionen«, sagte Frau Holle.

»Das weiß ich nicht«, sagte Max Schulz.

»Oder 3 oder 4. Es könnten vielleicht auch 5 gewesen sein. Aber bestimmt keine 6!«

»Das weiß ich nicht«, sagte Max Schulz.

»Glauben Sie ... es könnten doch 6 gewesen sein?«

»Vielleicht«, sagte Max Schulz. »Möglich ist das schon. Ich hab sie nicht gezählt.«

Max Schulz hatte zu schnell gegessen und kriegte Bauchschmerzen. »Wo ist hier eigentlich ein Klosett?«

»Das ist ausgebombt«, sagte Frau Holle. »Ich gehe immer hinters Haus.«

»Dann geh ich jetzt mal hinters Haus«, sagte Max Schulz. Max Schulz schlurfte hinaus ... und als er nach einer Weile wiederkam, sagte er zu Frau Holle: »So. Jetzt wird Max Schulz ein Nickerchen machen.«

»Legen Sie sich ruhig hin«, sagte Frau Holle, »ich werde inzwischen abwaschen und dann auch raufgehen in die Wohnung über uns, um die Wanne zurückzubringen. Lassen Sie sich nicht stören.«

»Ich habe die ganze Nacht nicht geschlafen«, sagte Max Schulz, »in der Mozartstraße übernachtet ... in einer Ruine ... hatte die ganze Zeit Angst, daß einer die Zähne klaut.«

»Ja«, sagte Frau Holle. »Legen Sie sich ruhig hin. Ich wecke Sie dann schon auf, wenn's Zeit ist, um die Leiche fortzuschaffen.«

Max Schulz schnarchte wie eine Kreissäge ... und als er
erwachte, aufstand, zum Fenster schlurfte, die Decken
beiseite schob, konnte er sehen, daß das Ruinenfeld
gegenüber in Flammen stand. Aber das war eine opti-
sche Täuschung. Sonnenuntergang. So würde vielleicht
die Welt aussehen ... am letzten Tag!

Schade, dachte Max Schulz ... schade, daß man's nur
von unten sehen kann ... und nicht von oben ... aber
das hier ist ein verdammter Keller.

»Weißt du«, hatte sein Stiefvater Slavitzki mal zu seiner Mutter gesagt, »weißt du, Minna ... wenn wir mal
reich sind, dann werden wir aus dem Keller ausziehen.
Ein Keller, Minna, das ist nichts für einen Friseur. Das
ist was für einen verdammten Schuster. Der guckt nämlich gern zum Kellerfenster raus. Der zählt die Schuhe
der Leute, die draußen vorbeigehen. Der guckt sich die
Absätze an und Sohlen mit und Sohlen ohne Löcher ...
Aber das ist nichts für einen Friseur. Ein Friseur ...
Minna ... der soll über der Straße wohnen.«

Sie zogen den Toten an. Frau Holle half ihm dabei.

»Glauben Sie, daß Willi was von dem Toten weiß?«
fragte Max Schulz.

»Der glaubt ... der Major hätte sich längst aus dem
Staube gemacht.«

»Und das Guckloch in der Zimmerdecke?«

»So weit kann er nicht sehen … ich meine … bis hierher zum Kanonenofen.«

»Dann ist also alles in Ordnung«, sagte Max Schulz.

Sie lehnten den fix und fertig angezogenen Major an die lange Wand, nicht weit vom Fußende des großen Messingbettes.

»Wegen der Ofenhitze«, sagte Max Schulz. »Besser nicht mehr so nah am Ofen. Ich mache nämlich bald wieder Feuer.«

»Sind Sie schon wieder hungrig?«

»Ja«, sagte Max Schulz.

»Wissen Sie«, sagte Max Schulz, als es draußen bereits dunkel war, »ich hab's mir überlegt.«

»Was haben Sie sich überlegt?«

»Das … mit dem Toten. Zu auffällig. Besonders jetzt am Abend.«

»Dann hätten wir ihn doch am hellichten Tag wegschaffen sollen, was?«

»Nein«, sagte Max Schulz. »Das auch nicht. Am besten kurz vor Tag. In der Morgendämmerung, wenn die Leute zur Arbeit gehen. Da fällt ein Mann mit einem Paket auf dem Rücken am wenigsten auf.«

»Also morgen in aller Früh?«

»Ja«, sagte Max Schulz.

»Dann brauchen wir ihn jetzt nicht einzuwickeln!«

»Das hat Zeit. Die Rolle Packpapier läuft uns nicht weg.«

»Gut«, sagte Frau Holle.

»Wenn Sie vielleicht einen Bindfaden hätten«, sagte Max Schulz, »dann geben Sie ihn mir gleich jetzt, damit wir morgen früh nicht erst lange zu suchen brauchen.«

»Bindfaden hab ich«, sagte Frau Holle. »Aber wozu wollen Sie ihn zubinden?«

»Nur im Falle von starkem Wind«, sagte Max Schulz,

»damit das Packpapier nicht wegflattert.«

»Ach so«, sagte Frau Holle.

Max Schulz zerkleinerte wieder Holzklötzchen, räumte das Ofenloch aus, trug den Karton mit Kohlenresten und Asche hinters Haus, pinkelte im Dunkeln, zielte aufs Geradewohl gegen Geröll und Mauerreste, starrte den Himmel an, suchte den Großen Bären, konnte ihn nicht finden, sah aber die Milchstraße, wünschte sich weit fort ...

10

»Am 19. Januar 1945 war der Krieg für uns beide zu Ende«, sagte Max Schulz, »für mich zu Ende und auch für Günter. Günter lag tot auf dem verschneiten Waldweg ... in dem verdammten polnischen Wald ... und ich ... ich rannte, als säße mir Väterchen Stalin persönlich im Nacken ... rannte irgendwohin in den Wald hinein ... wollte am liebsten in die Erde versinken ...«

Frau Holle kaute mit vollen Backen. Sie hatte die Reste der Salami und Eier nochmals aufgewärmt, noch zwei Dosen Cornedbeef geöffnet, das Cornedbeef gebraten ... ein bißchen zuviel ... fast verkohlt ... aber anscheinend störte das Max Schulz nicht, denn Max Schulz schien gar nicht zu merken, was er in den Mund steckte. Er starrte fortwährend zum Fenster.

»Und was war das für ein Wald?« fragte Frau Holle.

»Ein polnischer Wald«, sagte Max Schulz.

»Und wie sieht so ein polnischer Wald aus?«

»So wie ein polnischer Wald aussieht«, sagte Max Schulz. »So sieht der aus.«

»Erzählen Sie mir doch, wie das war ... an jenem Tag, als der Krieg zu Ende war.«

»Er war noch nicht zu Ende«, sagte Max Schulz. »Nur für mich war er zu Ende. Und für Günter. Auch für die anderen von der SS in Laubwalde. Und auch für die Gefangenen. Dort!«

»Dann erzählen Sie mir das!«

»Später«, sagte Max Schulz. »Später erzähl ich Ihnen alles.«

»Und noch mehr?«

»Und noch mehr«, sagte Max Schulz.

Sie waren beide ein bißchen betrunken, hatten eine Flasche Whisky geleert, stießen auf das Wohl des Majors an, hielten Händchen über dem Küchentisch …

Der Major starrte sie aus weitoffenen Augen an, saß stumm an der langen Wand am Fußende des Messingbettes.

»Man müßte ihm die Augen zudrücken«, sagte Frau Holle. »Ich kann das nicht vertragen. Den Blick! Als ob er noch 'ne 8. Nummer schieben wollte!«

»Wir haben den Toten nie die Augen zugedrückt«, sagte Max Schulz … »das haben wir nie gemacht. Außerdem ist der Major schon zu lange tot. Das geht jetzt nicht mehr.«

Max Schulz stand auf und torkelte zu dem Toten hinüber, betrachtete bloß die weitoffenen Augen, rührte ihn aber nicht an, torkelte dann wieder zum Küchentisch, setzte sich auf den Stuhl, Frau Holle gegenüber.

»Und wie war das in dem polnischen Wald?« fragte Frau Holle.

»Ja … wie war das eigentlich …«, sagte Max Schulz. Max Schulz stützte den Kopf schwer in die Arme, schien zu dösen, rollte die Froschaugen dann aufwärts, guckte Frau Holle an, lauschte auf Geräusche … von der Straße und vom Erdgeschoß über dem Keller … hob dann wieder den Kopf, setzte die Flasche an den Mund, netzte bloß die Lippen, schien plötzlich wieder munter zu werden, sagte: »Ja … wie war das eigentlich …«

»Ja, wie war das …«, sagte Frau Holle. Sie beugte sich neugierig nach vorn, hatte plötzlich Angst vor seinen Froschaugen, lehnte sich wieder zurück, bohrte bedächtig in der Nase, beobachtete Max Schulz, spürte, daß die Angst schwand, dachte: Ach ... das war einmal ... der tut niemandem was ... das sind nur Froschaugen ... die waren gefährlich ... jetzt nicht mehr ... aber 'ne Nummer hätt' ich noch gern mit ihm geschoben ... vielleicht später ... der kann das gut ... und gemütlich ist's im Keller ... und das Kerzenlicht ... so richtig gemütlich ... wenn auch 'n bißchen gruselig ... aber das hab ich gern ... und der Tote hat die Augen offen ... aber das stört mich nicht mehr ... und ich möchte gern wissen, wie die Goldzähne aussehen ... ob er mich mal gucken läßt? ... und gemütlich ist's ... und satt bin ich ... und ich fühle mich wohl ...

»Ja ... und das war so«, sagte Max Schulz. »Am Tag zuvor. In Laubwalde:

Da kriegte ich plötzlich Bauchschmerzen. Und ich sagte zu meinem Untersturmführer – ›Untersturmführer! Ich melde gehorsamst, daß ich die Gefangenen nicht erschießen kann. Weil ich Bauchschmerzen habe!‹

Und mein Untersturmführer sagte – ›Dann scheißen Sie sich gefälligst aus. Aber schnell!‹

Und ich sagte – ›Das hab ich bereits getan. Aber das nützt nichts.‹

Und mein Untersturmführer sagte – ›Was ist los, Max Schulz?‹

Und ich sagte – ›Weil Warschau gefallen ist!‹ «

Max Schulz grinste Frau Holle vielsagend an, griff nach der Whiskyflasche, trank aber nicht, stellte die Flasche zurück auf den Küchentisch, bemerkte, daß ›was‹ an seiner Unterlippe klebte ... kalt ... tot ... schräg ... ein Zigarettenstummel ... nahm ihn zwischen die Finger, zerkrümelte ihn achtlos, leckte seine Lippen ...

»Warschau war gefallen. Die Russen standen vor Krakau, Lodz und Tilsit ... und zirka 20 Kilometer vor dem Konzentrationslager Laubwalde. Im Lager war

alles in Auflösung begriffen. Die SS packte. Wir waren
112 Mann. Und jeder von uns war von einem einzigen
Gedanken besessen: Abhauen! Ehe die Russen hier
sind! Abhauen! Nach Deutschland!« Max Schulz griff
nach einer Camel, suchte nach Streichhölzern. Frau
Holle schob sie ihm zu.

»Ja, so war das«, sagte Max Schulz. »5 Lastautos standen bereit. Wir mußten fort. Und die Gefangenen
konnten wir nicht mitnehmen. Es waren nicht mehr
viele da. Und die, die noch da waren, die sollten
erschossen werden.

Die Gefangenen schleppten Kisten zu den Lastautos
und luden sie auf. Wir konnten nicht allzuviel mitnehmen: Lebensmittel, Munition, auch eine Kiste mit
Schmuck und eine Kiste mit den Goldzähnen der
Toten, Reste nur, die aus Zeitmangel nicht mehr ins
Reich geschickt werden konnten. Ja, so war das«, sagte
Max Schulz. »Als die letzte Kiste aufgeladen wurde –
und das war die Kiste mit den Goldzähnen – da passierte ein Unfall. Die Kiste fiel auf den Boden und zer-
brach, und die Goldzähne kullerten heraus. Ich stand
neben den Lastautos und paßte scharf auf, obwohl ich
Bauchschmerzen hatte. Aber ich biß die Zähne zusammen – meine Zähne – denn das hatten wir ja gelernt.

Also, so war das. Die Goldzähne kullerten auf den
Boden. Eine andere leere Kiste war nicht aufzutreiben.
Hatten wir nicht. Und so befahl ich einem Gefangenen,
ein paar Pappkartons herbeizuschaffen. – Aber wozu
erzähl ich Ihnen das. Das ist unwichtig. Das war eben
so. Die Goldzähne wurden dann aufgelesen, in einige
mittelgroße Pappkartons gefüllt und schließlich aufgeladen.

Na ja, so war das. Ich erhielt dann Befehl, die Gefangenen zu erschießen. Wie gesagt: Viele waren es nicht
mehr. Ich hatte sie gezählt: 89. Die letzten Überleben-

den. 89? Was ist das schon! Die kann ein einziger Mann erledigen.

– Aber ich hatte Bauchschmerzen. Und ich ging zu meinem Untersturmführer und sagte ihm das. Aber der wollte davon nichts hören.«

Max Schulz stieß dicke Rauchwolken vor sich hin.

»Na ja«, sagte Max Schulz. »Ich erschoß sie eben mit Bauchschmerzen.«

Max Schulz starrte Frau Holle an. »Als wir das Lager verließen«, sagte er langsam, »da fing es zu schneien an. Es war eine Zeitlang windstill, und die Schneeflocken fielen lautlos wie Vogelfedern vom Himmel. Wir fuhren durch den polnischen Wald in Richtung Deutschland. Und der Wald sah wie ein deutscher Märchenwald aus, mit einem stillen Himmel über den hohen Bäumen und Schneeflocken wie die Federn weißer Vögel. Genauso mußte der Wald aussehen, über dem Frau Holle die Federbetten ausschüttelt – die Frau Holle in Grimms Märchenbuch ... Grimms Märchenbuch ... das Lieblingsbuch des Itzig Finkelstein ... als Itzig Finkelstein ein kleiner Junge war ... das Märchenbuch ... aus dem er mir vorlas ... der Itzig Finkelstein ... das er so liebte ... sein Märchenbuch ... und das ein deutsches Märchenbuch war.

Aber dann ... dann kam Wind auf. Und der deutsche Märchenwald verwandelte sich, schien im Schneegestöber zu verschwinden, wurde wieder ein polnischer Wald. – Und die Front war ganz nah. Die saß hinter uns im Dickicht, kauerte irgendwo in der Nähe, saß dort im Wald hinter uns wie ein gottverdammter feuerspeiender Salamander, blieb aber nicht lange sitzen, kroch hinter uns her, kroch so schnell wie wir, obwohl wir fuhren und gar nicht krochen, deckte uns mit Feuerwerk ein.

Ich stand neben Günter. Im letzten LKW. Und neben uns stand der Lagerkommandant Hans Müller, stand neben den Kartons mit den Goldzähnen, paßte auf die Goldzähne auf, schien keinem von uns mehr zu trauen, stand dort neben mir und neben Günter und starrte auf die Goldzähne.

Wir froren. Wir hatten uns tief in unsere Mäntel gehüllt. Ich hielt mich an Günter fest. Der LKW hatte niedrige Bordwände und kein Dach. Wir waren eingeschneit.

Ich sagte zu Günter: ›Deutschland!‹

Und Günter sagte: ›Ja. Deutschland!‹

Und der Lagerkommandant Hans Müller sagte: ›Die Front kommt immer näher. Dieses verdammte Schneegestöber. Wenn wir doch nur schneller fahren könnten. – Und ich wette, meine Herren, daß die Kerle auf uns warten!‹

›Welche Kerle?‹ wollte Günter wissen.

›Die Partisanen‹, sagte der Lagerkommandant Hans Müller. ›Am anderen Ende des Waldes.‹

Und Günter sagte: ›Wo ist das eine Ende? Und wo ist das andere Ende? Dieser Wald hat doch kein Ende.‹

›Die Partisanen‹, sagte der Lagerkommandant Hans Müller … ›die warten auf uns. Passen Sie auf. Vielleicht gar nicht am Ende des Waldes. Vielleicht schon vor dem Ende.‹

›Und wir fahren nach Deutschland‹, sagte ich. ›Zwischen der Front und zwischen den Partisanen … da fahren wir durch. Wir fahren eben durch. Oder nicht?‹

›Klar fahren wir durch‹, sagte der Lagerkommandant Hans Müller. ›Und wie!‹

Ich kriegte wieder Bauchschmerzen. Diesmal war's nicht der Fall von Warschau. Diesmal waren's die Partisanen. Die saßen überall. Und ich wußte: Wir fahren in eine Falle!

Ich fragte nicht um Erlaubnis. Ich taumelte nach rückwärts, riegelte die Klapptür auf, ließ meine Hosen herunter, hockte mich hin, mit verzerrtem Gesicht, ließ meinen frierenden Hintern im Freien hängen, klammerte mich an der Bordwand fest, hatte den Kopf zwischen den Knien, bekleckste den Waldweg ... den verschneiten.

Als mich der Lagerkommandant so sah, verzog auch er das Gesicht, wurde von mir angesteckt, taumelte ebenfalls nach rückwärts, riß die Hosen noch schneller runter als ich, hockte sich neben mich hin, sagte: ›So scheißen doch nur Untermenschen!‹ sagte: ›Was ist denn das!‹ sagte: ›Aber doch nicht wir!‹ stöhnte vor Schmerzen, zog eine dunkle Spur hinter uns auf dem Waldweg, dem verschneiten, zog die Spur neben der meinen ...

Die anderen ... die Kameraden ... die lachten bloß ... wandten die Köpfe nach uns um ... standen eingeschneit im offenen LKW ... standen dort wie die Sardinen ... standen ohne Deckung ... lachten ... machten Witze ... auch Günter.

Plötzlich stoppte der erste LKW. Und auch die anderen stoppten. Auch unserer. Ganz plötzlich. Die Wagenkolonne stand still. Lag was auf dem Waldweg. Ein gefällter Baum. Und dann knallte es. Auch ganz plötzlich. Und wie das knallte! Aus dem Wald. Die knallten. Die Partisanen. Denn das waren die Partisanen! Hatten bloß alte Gewehre. Aber schossen gut! Ja, das konnten die.

Ich hockte neben Hans Müller, dem Lagerkommandanten. Und der hockte neben mir. Wir wurden nicht getroffen. Aber die anderen, die standen lachend im offenen LKW ... standen ohne Deckung ... hörten plötzlich zu lachen auf ... sackten zusammen.«

»Sie hätten mal sehen sollen«, sagte Max Schulz, »wie schnell ich meine Hosen hochzog. Noch nie in meinem Leben hab ich meine Hosen so schnell hochgezogen. Auch der Lagerkommandant Hans Müller. Der war sogar noch schneller als ich. Im Nu hatte der seine Hosen hoch, sprang nach vorn ... in den blutigen Haufen der niedergemähten Kameraden ... griff nach einem Gewehr und jagte eine Salve nach der anderen in den Wald hinein.

Ich tat dasselbe. Machte's ihm nach. Schießen konnte ich. Und die Bauchschmerzen waren weg. Das hätten Sie mal sehen sollen!«

»Was hätt' ich sehen sollen?« fragte Frau Holle.

»Wie wir den Wald verzauberten«, sagte Max Schulz. »Denn das war unser letztes Gefecht. Als wir unsere letzte Patrone verschossen hatten, wurde es ganz still. Der Wald schwieg. Und die Front schwieg. Und die Partisanen schwiegen. Sogar der Wind legte sich, und es fiel kein Schnee mehr.

›Los, weg!‹, schrie der Lagerkommandant Hans Müller.

Und ich sagte bloß: ›Ja, verdammt nochmal!‹

Wir schmissen unsere Gewehre in den Haufen der Verwundeten und Toten. Hans Müller, der Lagerkommandant, ergriff einen der Kartons mit den Goldzähnen, hob ihn hoch und warf ihn mit einem kräftigen Ruck ins Gebüsch. Dann sprangen wir runter, rannten los und verschwanden im Wald.«

»Was war eigentlich mit Günter? War Günter gleich tot?«

»Das weiß ich nicht«, sagte Max Schulz. »Günter lag zwischen den anderen. Ich sah ihn erst am nächsten Tag wieder.«

»Erzählen Sie mir das ... wie Sie ihn wiedersahen.«

»Ja«, sagte Max Schulz. »Später.«

»Und wie war das mit dem Wald? War der wirklich verzaubert?«

Max Schulz nickte. »Der Wald schwieg. Aber als wir losrannten ... da fing der Wald zu lachen an.«

»Ich glaube, Sie spinnen«, sagte Frau Holle. »Ein Wald kann doch nicht lachen.«

»Doch«, sagte Max Schulz. »Das kann der Wald. Er wurde auch wieder lebendig. Die Front begann wieder zu toben. Und die Partisanen kamen aus ihrem Versteck hervor und feuerten hinter uns her. Und die Wolken öffneten sich. Der Wind heulte in den Bäumen und peitschte uns frischen Schnee ins Gesicht. Wir rannten mit klebrigen Unterhosen, rannten wie Untermenschen.

Ich verlor den Lagerkommandanten Hans Müller aus den Augen. Wie lange ich im Wald herumirrte, weiß ich nicht mehr. Ein paar Stunden vielleicht. Später fand ich einen verlassenen Bunker, kletterte hinein und verbrachte dort die Nacht.«

»Die Nacht?« fragte Frau Holle.

»Ja, die Nacht«, sagte Max Schulz.

»Ich schlief einige Stunden, wurde im Schlaf von der Front überrollt, merkte das gar nicht, wachte dann auf, hatte Angst, wunderte mich, sagte zu mir: ›Was soll das?‹

Ich kletterte aus dem Bunker heraus. Es war noch stockdunkel. Ich bürstete meine Uniform mit den Fingerspitzen ab, knallte die Hacken zusammen und brüllte den Himmel an.

Ich brüllte: ›Es werde Licht!‹

Ich brüllte: ›Es werde Licht!‹

Ich brüllte: ›Es werde Licht!‹

Aber nichts geschah. Jahrelang hatte ich in aller Früh den Himmel angebrüllt. Und der Himmel hatte immer gehorcht. Und jetzt ... auf einmal ... ging das nicht mehr. Der Himmel gehorchte nicht.

Ich zündete ein Streichholz an und schaute auf meine Uhr. Sie war stehengeblieben.

Erst etwas später begann es zu dämmern.«

»Sie sind doch ein Spinner«, sagte Frau Holle. »Eigentlich hätt' ich mir das gleich denken müssen. Bei Ihnen weiß man nicht, was wahr ist, und was nicht wahr ist. – Und was war mit Günter?«

»Ach ja, Günter ...« sagte Max Schulz. – »Ich ging später, als es heller wurde, zu der Stelle des Überfalls zurück. Die Partisanen waren mit den LKWs davongefahren. Sie hatten alle erwischt, außer uns beiden – den Lagerkommandanten Hans Müller und mich – hatten die Toten und Verwundeten aus den LKWs herausgeworfen, und die lagen in wirrem Durcheinander auf dem Waldweg. Die Partisanen hatten natürlich dann auch die Verwundeten getötet. Kurz: es lagen nur Tote auf dem verschneiten Waldweg. Ich kratzte den Schnee von den Gesichtern herunter ... von einigen nur ... auch von ihren Körpern ... entdeckte schließlich Günter ... Günter ... ohne Schädeldecke und ohne Schwanz.«

»Wie sah Günter aus ... ohne Schwanz?« fragte Frau Holle.

»So wie eine menstruierende Frau«, sagte Max Schulz ... »mit einem roten Loch zwischen den nackten Beinen.«

»Nackt?« fragte Frau Holle.

»Ja«, sagte Max Schulz. »Sie waren alle nackt.

Wissen Sie, wie ein polnischer Wald im Januar aussieht?« fragte Max Schulz ... »frühmorgens, kurz nach Sonnenaufgang?

So wie auf dem Bild im Wohnzimmer von Finkelsteins«, sagte Max Schulz. »Die hatten nämlich ein großes Bild im Wohnzimmer ... eine Winterlandschaft ... eine fremde Landschaft mit einer kalten roten Sonne, finsteren Bäumen, von deren knorrigen Zweigen die Eiszapfen wie spitze Drachenzähne herabhingen ... hängende Zähne, die die Erde anfletschten, als wollten sie die Erde aufspießen ... und all das und noch mehr war eingedeckt mit einem weißen Leichentuch und mit seltsamen grauen Schleiern verwoben. Nur die nackten Toten auf dem Waldweg, die fehlten auf dem Bild der Finkelsteins.«

»Wer waren die Finkelsteins?« fragte Frau Holle.

»Die Finkelsteins waren die Finkelsteins«, sagte Max Schulz. »Wer soll das sonst schon gewesen sein?«

»Ich stand also da ... in dem verdammten polnischen Wald, stand auf dem Waldweg, stand neben den Toten, dachte: Mensch, Max ... wie kommst du jetzt nach Deutschland? Am liebsten hätte ich losgeheult, dachte aber daran, daß mir die Tränen noch an den Wimpern zu Eis würden ... denn in Polen ist es kalt im Januar, so kalt, daß einem die Spucke einfriert, wenn man das Maul zu weit aufreißt.«

»Dann hält man lieber die Klappe«, sagte Frau Holle.

»Es blieb mir auch nichts anderes übrig«, sagte Max Schulz. – »Ich stand also auf dem Waldweg, starrte auf die Toten, stand dort frierend, unausgeschlafen, zähneklappernd, hungrig ...

Die Partisanen hatten natürlich alles mitgenommen ... auch die Lebensmittel. Ich wußte, daß ich ohne Nahrung und richtigen Unterschlupf nicht überleben würde. Irgendwo mußte ich unterkommen, irgendwo, wo es Streichhölzer gab – denn ich hatte die letzten verbraucht –, wo ich Feuer machen konnte und wo es auch was zu essen gab. Auch mußte ich mir Zivilkleider beschaffen, meine Uniform wegschmeißen und – so sagte ich mir – versuchen, mich hinter den russischen Linien nach dem Westen durchzuschlagen ... bis nach Deutschland. Keiner durfte wissen, wer ich war. Mit uns machten die Brüder kurzen Prozeß. Mit uns ... von der SS.

Ja, und das war so:

Bevor ich weiterging, suchte ich im Gebüsch nach den Goldzähnen. Die waren noch da. Der Karton war eingeschneit. Ich kratzte Schnee und Eis ab, lud ihn auf den Rücken, ging dann den Waldweg entlang, bog rechts ab und tauchte wieder zwischen den hohen vereisten Bäumen unter, weil das sicherer war. Nachdem ich eine Weile so vor mich hin getrottet war, blieb ich stehen, lud den Karton mit den Goldzähnen ab und vergrub ihn mit den Händen im Schnee. Die Bäume rings um die Stelle markierte ich mit meinem Taschenmesser.

Ich wußte, daß der Lagerkommandant Hans Müller genauso wie ich im Wald herumirrte, und war irgendwie froh, daß ich ihn aus den Augen verloren hatte. Hans Müller würde bestimmt zu der Stelle des gestrigen Überfalls zurückkehren, um nach den Goldzähnen zu suchen. Ich sagte mir: Es ist besser, daß du die Zähne hast als er. Wenn die Zeit reif ist, wirst du die Zähne wieder ausgraben – und zwar ehe es taut ... vielleicht in ein paar Wochen oder so – und dann wirst du weitermarschieren ... mit den Zähnen ... bis nach Deutschland. Und dort wirst du die Zähne verkaufen und dann ein neues Leben anfangen.

Der Wald wimmelte von Partisanen. Und ich hatte Angst. Sie durften mich nicht erwischen. Ich dachte auch an Günter. Und an das rote Loch zwischen seinen nackten Beinen. Die Angst vertrieb das Hungergefühl.

Ich stapfte durch den tiefen Schnee, und mir wurde allmählich warm. Nach einer Weile vernahm ich Motorengeräusch und das Klirren schwerer Panzerketten, dachte: das sind die Panzerkolonnen des Iwan ... und dort ist eine Straße ... und jetzt mußt du besonders aufpassen! Mit dem Iwan ist nicht zu spaßen! Der ... und die Partisanen! Das ist kein Spaß. Und die Panzerkolonnen, die rollen durch Polen. Die rollen nach Deutschland.

Ich bog wieder ab, merkte, daß ich im Kreise herumirrte, guckte nach dem Stand der Sonne, rechnete aus, wie man am besten westwärts ging, glaubte westwärts zu gehen ...

Gegen Mittag sah ich Rauch, sah eine Lichtung, pirschte vorsichtig näher, schnupperte wie ein Tier in der Luft.

Ich sah zuerst nur ein Dach ... ein schiefes Strohdach mit einem kurzen Schornstein aus gepreßtem Lehm. Schwarzer Rauch stieg aus dem Schornstein, kräuselte über dem Strohdach, verfing sich in den Baumwipfeln in der Nähe des Daches, löste sich bei neuen Windstößen und stieß himmelwärts. Ich folgte den Rauchschwaden mit meinen Blicken, guckte in den Himmel ohne zu wollen und erschrak. Denn der Himmel über dem Strohdach sah wie Eis aus. Blaues Eis mit einer eingefrorenen gelben Sonne.«

»Blaues Eis hab ich noch nicht gesehen«, sagte Frau Holle. »Und auch keine Sonne, die eingefroren ist. – Aber erzählen Sie weiter!«

»Ja, und das war so«, sagte Max Schulz. »Erst, als ich nähertrat, sah ich den Rest der Kate ... ich meine ... das, was unter dem Dach war. Viel war's nicht. Eine niedrige Bauernkate aus gestampftem Lehm, Kuh- und Pferdemist, weißüberkalkt. Ställe sah ich nicht. Auch keine Scheune. Eben bloß eine Kate. Und die Kate hatte

schmale Fenster, angeschlagen vom Frost, Fenster mit
Eisblumen.«

»Eisblumen?« fragte Frau Holle.

»Ja«, sagte Max Schulz. »Eisblumen. Die blühen nur
im Winter ... besonders auf Fensterscheiben ... und ganz
besonders auf den Fensterscheiben von Veronjas Kate.«

»Veronja?«

»Ja«, sagte Max Schulz. »Veronja!

Und das war so:

Plötzlich ging eines der Fenster auf. Ich sah ein
Gesicht. Das Gesicht eines Hutzelweibes. Ein uraltes
Gesicht.«

»Wie alt?« fragte Frau Holle.

»Genau weiß ich das nicht«, sagte Max Schulz. »Aber
das Hutzelweib war bestimmt oder mindestens zweimal so alt wie Sie.«

»Zweimal 49«, sagte Frau Holle ... »das sind 98.«

»Zweimal 59«, sagte Max Schulz. »Das sind 118.

Ja, so war das. Und das war so:

Das Fenster wurde schnell wieder zugeklappt. Eine
Zeitlang rührte sich nichts, und ich dachte schon: Pech!
Die Alte hat die Uniform gesehen. Sicher hat sie Angst!

Aber dann ging die Tür auf. Ganz langsam ging die
auf. Und knarrte. Ganz komisch knarrte die Tür.«

»So wie bei Hänsel und Gretel«, sagte Frau Holle.
»Mich gruselt's richtig.«

»Mich hat's auch gegruselt«, sagte Max Schulz.

»Da stand sie plötzlich auf der Türschwelle. Eine
uralte Frau. Eine, die ganz komisch grinste. So ein
Grinsen hatte ich vorher noch nie gesehen.«

»Wie war das?« fragte Frau Holle.

»Die grinste wie ein Menschenfresser«, sagte Max
Schulz. »Oder wie eine Menschenfresserin. Dachte un-

willkürlich an einen Riesenkochtopf, in dem mein Hintern schwimmt ... rosarot ... fertig zum Anschneiden ... sah meine Froschaugen losgelöst in der Brühe schwimmen. Und meine Augen sahen ihr Gesicht: das grinsende Gesicht eines Hutzelweibes ... über den Kochtopf gebeugt.«

»Da sind Sie sicher gleich davongelaufen ...« sagte Frau Holle.

Max Schulz schüttelte den Kopf. »Im Gegenteil! Wohin sollte ich denn rennen? Ich war hungrig und fror. Und im Wald lauerten die Partisanen. Und die Panzer der Roten Armee rollten nicht weit von hier auf der Straße nach Deutschland. Ich war einer von der SS ... und zwar einer von denen, die die Sauarbeit gemacht hatten für die Pläneklempner der Neuen Ordnung ... das war ich ... Max Schulz ... ein Massenmörder ... aber einer auf der Flucht ... und noch dazu: hinter den feindlichen Linien. Die Kerle im Wald und die in den Panzern auf der Straße ... und all die anderen, die den Panzern folgten ... so oder so oder nur mit den Augen oder nur in Gedanken ... die hinter den Panzern standen und die Daumen drückten ... die von der anderen Seite ... die suchten mich, mich, Max Schulz, den Massenmörder ... und warteten auf meinen Kopf. Und sicher – so dachte ich damals – auch auf meinen Schwanz, den sie abschneiden wollten ... so wie bei Günter ... und den anderen, die dort lagen ... um mich ganz zu entthronen ... auch nach meinem Tod.

Ich sah die Alte. Und ich sah Günter. So wie ich ihn zuletzt gesehen hatte. Und ich schlotterte vor Angst. Und da sagte ich zu mir: ›Hier stehe ich und kann nicht anders!‹

Ich folgte der Alten ins Haus. Ich stotterte irgend etwas auf polnisch ... ein paar Worte, die ich gelernt hatte.

Aber die Alte lachte nur und sagte: ›Ich kann auch Deutsch!‹

Das Innere der Kate bestand aus zwei Zimmern und einer Dachkammer. Die Alte führte mich herum. Wir betraten zuerst die große Küche, eine Art Wohn- und Bauernküche mit rohgezimmerten Stühlen und Schemeln, einem viereckigen Tisch, einer langen Bank, einem verrosteten Küchenherd und einem Backofen mit Ofenbank. Unter einem der Fenster stand eine große schwarze Truhe, die wie ein Sarg aussah ... und an den langen Wänden hingen allerlei seltsame Holzschnitzereien und Wandbehänge. Zwischen Küchenherd und Backofen lag ein Bündel Stroh. Und dort sah ich eine Ziege, eine winzige Ziege, nicht größer als ein Lamm. Und die knabberte am Stroh, aber als ich mit der Alten am Herd vorbeiging, wandte die Ziege den Kopf um, guckte mich komisch an, öffnete das Maul und meckerte.

Im zweiten Zimmer stand nur ein großes hölzernes Bett mit einer Strohmatratze. Sonst war alles leer. Die Dachkammer zeigte mir die Alte nicht, und ich nahm an, daß dort eine Art Heuschober war oder eine Rumpelkammer.

›Sie kommen sicher aus Laubwalde‹, sagte die Alte krächzend zu mir ... ›vom KZ ... 7 km von hier!‹

›Nein‹, sagte ich. ›Von dort bestimmt nicht.‹

›Sie lügen‹, sagte die Alte. ›Das sehe ich Ihnen an.‹ Und die Alte begann zu lachen. Und das klang wie das Meckern der Ziege.

Ja, so war das. Und das war so:

Im Küchenherd flackerte ein gutes Feuer. Die Alte rückte einen Schemel heran, forderte mich auf, Platz zu nehmen, zog mir die Stiefel aus, auch die Strümpfe, schlurfte dann hinaus, brachte eine Handvoll Schnee herein, kauerte sich zu meinen Füßen hin, rieb meine nackten, erstarrten Füße mit Schnee ein, massierte sie, hauchte sie dann an, sagte krächzend: ›Die sind blaugefroren … aber nicht nur die … auch alles andere … und jetzt ziehen Sie die Uniform aus … und auch die Unterwäsche … alles.‹

Ich tat, wie mir geheißen. Bald stand ich nackt vor dem Küchenherd. Die Alte brachte mehr Schnee, rieb mich ein, von Kopf bis Fuß, massierte mich tüchtig, sagte: ›Draußen wären Sie erfroren … was haben Sie für Blut … ist das Herrenblut? … das zirkuliert jetzt wieder … so! … und jetzt ziehen Sie sich wieder an … und bleiben Sie vor dem Herd sitzen … und ich mache was zu essen … sind Sie hungrig? … wie lange waren Sie im Wald? … und wie lange ohne Essen? … ‹

›Seit gestern mittag‹, sagte ich … ›24 Stunden.‹

›Das ist gar nicht so lange‹, sagte die Alte. ›Und dabei sehen Sie ganz verhungert aus. Könnt ihr Kerle nicht mehr aushalten als die Untermenschen!‹

›Das weiß ich nicht‹, sagte ich. ›Ich war noch kein Untermensch.‹

›Doch‹, sagte die Alte. ›Jetzt sind Sie einer.‹

Die Alte hatte irgend etwas mit mir vor. Aber ich wußte nicht was. Vielleicht wollte sie mir in der Nacht den Hals durchschneiden? Heute nacht? Oder in einer anderen Nacht? Auf jeden Fall war ich sicher, daß sie mich umbringen wollte! Die Alte lud mich zum Essen ein. Es schmeckte gut. Borschtsch – das ist eine Roterübensuppe – mit Kartoffeln und Bauernbrot. Die Alte aß wenig. Die guckte mir eigentlich nur zu und schien mit ihren wässerigen kleinen Augen zu sagen: Du bist mager! Ich muß dich ein bißchen aufpäppeln!

Wir wurden schnell per du. ›Du siehst wie ein Jude aus‹, sagte sie, während ich den Mund mit Kartoffeln,

Brot und Borschtsch voll hatte. ›Aber ich weiß, daß du keiner bist.‹

›Ich bin keiner‹, sagte ich.

›Morgen wirst du allein bleiben‹, sagte die Alte. ›Denn morgen geh ich ins Dorf. Hast du schon mal ein polnisches Dorf gesehen?‹

Ich sagte: ›Ja. Polnische Dörfer … die kenn' ich zur Genüge.‹

›Mein letzter Mann war jünger als ich‹, sagte die Alte. ›Viel jünger! Und der hatte eine Tochter aus erster Ehe. Und die wohnt im Dorf.‹

›Und was willst du von dieser Tochter?‹ fragte ich.

›Lebensmittel‹, sagte die Alte. ›Ich kriege einmal wöchentlich ein paar Kartoffeln, rote Rüben, Brot, Wodka. Einen Wochenvorrat.‹

›Lebst du davon?‹ fragte ich.

›Ja‹, sagte die Alte. ›Davon leb ich.‹

Wir tranken dann Wodka und wurden immer vertraulicher. ›Du kannst jetzt nicht weg‹, sagte die Alte zu mir. ›Du kannst es jetzt im Winter unmöglich schaffen … bis nach Deutschland. Du wirst im Wald erfrieren. Und wo willst du dir Essen besorgen? Wenn du ins nächste Dorf gehst, dann werden dich die Bauern erschlagen. Oder der Iwan, der wird dich schnappen. Oder die Partisanen. Oder die Polizei. Du kannst jetzt nicht fort.‹

›Und was schlägst du vor?‹ fragte ich.

›Abwarten, bis es Frühling wird‹, sagte die Alte. ›Wir können hier beide von den Lebensmitteln leben, die ich einmal wöchentlich aus dem Dorf hole, wenn wir uns das ein bißchen einteilen. Im Frühling kannst du dann losmarschieren. Ich werde vorher deine Stiefel verkaufen und deine Uhr und dafür eine Menge Lebensmittel eintauschen. Wir teilen dann ehrlich. Genug für mich.

Und auch genug für dich, um dich bis nach Deutschland durchzuschlagen.‹

Wir tranken mehr Wodka. Trotzdem wurde ich die Angst nicht los. Die Alte hatte natürlich recht. Ich saß hier fest. Es war das einzig Vernünftige: abwarten, bis es Frühling wurde. Vielleicht war der Krieg im Frühling vorbei. Dann konnte ich losmarschieren. Ich würde ihr gern die Uhr geben und auch die Stiefel. Aber sicher log die Alte und wollte mich bloß in Sicherheit wiegen. Warum sollte sie mich auch bis zum Frühling ernähren? Ein nutzloser Esser! Sie würde mir nachts den Hals durchschneiden. Und die Uhr einfach wegnehmen! Und auch die Stiefel! Oder nicht? Hatte sie etwas anderes mit mir vor?

Ich machte die ganze Nacht kein Auge zu, lag auf der langen Bank in der Küche, hörte die Alte im Nebenzimmer schnarchen, stand ab und zu auf und schürte das Feuer im Küchenherd. Draußen vor dem Fenster heulten die Wölfe, und der Wind sang in den Bäumen. Ich hätte die Alte natürlich umbringen können. Aber wer sollte mich dann bis zum Frühling mit Lebensmitteln versorgen? Ich konnte unmöglich ins Dorf. Brauchte also die Alte.

Da war noch die Ziege, die, wie ich herausgefunden hatte, Katjuscha hieß! Aber die war mager und winzig wie ein Lamm. Wenn ich die Alte umbrächte, fiel mir ein, dann könnte ich die Ziege schlachten und von der Ziege leben. Aber wie lange? Eine kleine, magere Ziege? Nein! Ich war auf die Alte angewiesen. Ich brauchte sie. Die Alte konnte mit mir machen, was sie wollte. Sie konnte mich ernähren bis zum Frühling. Sie konnte mich unter dem Bett oder sonstwo im Hause verstecken, wenn die Partisanen hier vorbeikamen … oder der Iwan … sie konnte mich beschützen. Sie konnte mich aber auch anzeigen. Ich war völlig von ihr abhängig.

Daran dachte ich die ganze Nacht.

Am nächsten Morgen sagte die Alte zu mir: ›Du könntest mich umbringen. Aber das würde ich dir nicht raten!‹ – Als hätte sie meine Gedanken gelesen.

Ich sagte: ›Weil du mich mit Lebensmitteln versorgst …?‹

›Nicht nur deshalb‹, sagte die Alte. ›Meine Stieftochter ist es gewohnt, daß ich jede Woche ins Dorf komme. Wenn ich plötzlich wegbliebe, dann würde sie sofort herkommen, um nachzusehen, was mit mir los ist. Das wäre peinlich für dich. – Und wenn du auch meine Tochter umbringst, bevor sie zur Polizei geht, dann würde dir das auch nichts nützen. Denn das würde im Dorf sofort auffallen. Man würde nachforschen. Du könntest dann nicht mehr hier wohnen.‹

Ich sagte: ›Veronja … wie kommst du auf solche Gedanken? Warum sollte ich dich denn umbringen? Oder deine Stieftochter? Oder euch beide? Das würde sofort auffallen! Das weiß ich doch!‹

›Im Frühling kannst du fort‹, sagte die Alte. ›Und bis zum Frühling mußt du machen, was ich will!‹

›Was willst du von mir?‹ fragte ich.

›Das wirst du schon sehen‹, sagte die Alte.

Während des Essens tranken wir wieder viel Wodka. Die Alte hatte noch einige Flaschen auf Lager … aus besseren Zeiten. Ich kam in Stimmung, obwohl die Angst doch irgendwie da war, aber das ließ ich mir nicht anmerken. Ich erzählte der Alten, daß ich jahrelang in aller Früh den Himmel angebrüllt hatte, und ich zeigte ihr, wie ich das gemacht hatte. Ich brüllte: ›Es werde Licht! Es werde Licht! Es werde Licht!‹

Die Alte sagte: ›Du bist besoffen!‹

Und ich sagte: ›Und der Himmel hat immer gehorcht!‹

›Jetzt auch noch?‹ fragte die Alte.

›Jetzt auch noch‹, sagte ich großspurig.

›Das glaub ich nicht‹, sagte die Alte.

›Doch‹, sagte ich. ›Das kann ich beweisen.‹

›Dann beweise es‹, sagte die Alte.

›Gut‹, sagte ich. ›Wann immer du willst.‹

›Morgen in aller Früh‹, sagte die Alte. ›Ich werde dich aufwecken. Vor Tag. Und dann kannst du meinetwegen den Himmel anbrüllen. Soviel du willst. Aber wehe, wenn du gelogen hast!‹

Ja. Und das war so:

Die Alte weckte mich am nächsten Morgen, bevor es dämmerte. Ich zog meine Uniform an und die Stiefel. Wir öffneten eines der Fenster, starrten beide hinaus in die Dunkelheit. Ich klappte die Hacken zusammen und brüllte: ›Es werde Licht!‹

Ich brüllte: ›Es werde Licht!‹

Ich brüllte: ›Es werde Licht!‹

Aber nichts geschah. Und da begann die Alte zu lachen, taumelte zum Küchentisch, wo die Petroleumlampe stand, machte Licht, hielt die Lampe hoch, über den zahnlosen Mund, lachte aus vollem Halse, schlurfte dann zu der großen schwarzen Truhe, die unter dem Fenster stand, öffnete sie, holte eine Reitpeitsche heraus, lachte noch immer, lachte ihr meckerndes, seltsames Lachen, beruhigte sich dann allmählich, sagte krächzend zu mir: ›Ich kann mit dir machen, was ich will! Ich kann dich anzeigen! Ich kann dich verhungern lassen!‹

Und ich sagte: ›Ja, das kannst du. Aber das wirst du nicht tun!‹

›Doch‹, sagte sie, ›das werde ich tun, wenn du nicht machst, was ich will.‹

›Ich mache, was du willst‹, sagte ich.

›Ich habe noch nie einen Gott geprügelt‹, sagte die Alte.

›Und ich möchte gerne mal einen prügeln.‹

›Einen Gott?‹ fragte ich.

›Einen, der einer war‹, sagte die Alte.

Und dann hob sie die Reitpeitsche und krächzte: ›Los! Hosen runter! Aber schnell!‹

Das Leben in Veronjas Haus war eintönig. Dreimal täglich: roten Borschtsch, Kartoffeln, Brot, Wodka und Prügel. Veronja mochte uralt sein, aber sie hatte Hexenkräfte. Sie prügelte mit Wucht und Präzision, stieß ihr meckerndes Lachen aus, wenn ich aufheulte, schien nie zu ermüden, schlurfte auf ihren alten Beinen schneller als ich rennen konnte, folgte mir unter den Küchentisch, unter die Bank, unter den Herd … auch unter das hölzerne Bett im anderen Zimmer. Ich konnte eine Menge aushalten, aber zuweilen verlor ich das Bewußtsein. Nach der Prügelstrafe pflegte Veronja gewöhnlich einen der Waschtröge mit eiskaltem Schneewasser zu füllen. Ich mußte mich dann hineinsetzen, weil Veronja behauptete, daß sich die offenen Wunden auf diese Weise schneller zusammenzogen. Ich war überzeugt, daß Veronja mich totschlagen wollte und es nur deshalb nicht tat, um mich länger genießen zu können.

Ich hatte vom ersten Tag an schlecht geschlafen, aber das wurde noch schlimmer, seit Veronja spitze Nägel in die Liegefläche der Küchenbank – meinem Bett – geschlagen hatte und mir verbot, dieselben wieder herauszuziehen. Zuweilen fand ich in der Früh Glassplitter oder verbogene, rostige Nägel in meinen Stiefeln, oft auch, während der gemeinsamen Mahlzeiten, in der Suppe.

Aber Veronjas Mordgelüste sollten noch schlimmer werden. Das alles war erst ein Anfang.

Ab und zu kriegten wir Besuch. Viele Partisanen waren nicht gleich ins Zivilleben zurückgekehrt und hausten nach wie vor im Wald, kamen ab und zu vorbei, um aus dem Brunnen hinter der Kate Wasser zu holen oder sich eine Weile in der stets geheizten Wohnküche zu wärmen. Dann versteckte Veronja mich unter der Strohmatratze im anderen Zimmer. Manchmal kam auch ein Jäger vorbei oder ein Polizist.

Einmal sogar zwei Soldaten des Iwan. Sie blieben nie lange, und wenn sie fort waren, jagte mich Veronja mit Flüchen und Fußtritten aus ihrem Bett heraus.

Wie gesagt: Veronjas Mordgelüste sollten noch schlimmer werden. Ich versuchte seit Tagen zu erraten, was sie mit mir vorhatte, kam aber zu keinem Schluß.

Eines Nachts weckte Veronja mich auf. Sie stand vor meiner Bank, in einen schwarzen Kittel gehüllt, die Petroleumlampe in der Hand. Ihr eisgraues Haar fiel zottig über Schultern und Rücken. Veronja grinste mich tückisch an und befahl mir, ihr zu folgen. Wir gingen ins andere Zimmer. Veronja stieß mich auf die Strohmatratze und kniete sich neben mich hin.

›Hör zu, Max Schulz‹, sagte sie mit ihrer krächzenden Stimme. ›Das ist ein ernstes Gespräch. Denn die Liebe ... das ist kein Spaß.‹

›Was willst du, Veronja?‹ sagte ich ängstlich.

Ich hatte mich aufgerichtet, aber Veronja drückte meinen Kopf wieder zurück auf die Matratze.

Sie sagte: ›Ich will wissen, wieviel Nummern du schieben kannst, Max Schulz!‹

›Das kommt darauf an‹, sagte ich ausweichend.

›Mach jetzt keine Geschichten‹, sagte Veronja, sich

drohend über mich beugend. Ihr erregter, stinkender Atem verursachte mir Übelkeit.

›Mit einer Fetten mehr als mit einer Mageren‹, sagte ich stotternd, ›das hängt wahrscheinlich damit zusammen, daß meine Mutter fett war.‹ Ich versuchte von ihr wegzurücken, konnte aber nicht wegen des hölzernen Bettendes. ›Natürlich kommt es auch aufs Alter an‹, sagte ich, um Zeit zu gewinnen. Je jünger und fetter, desto mehr Nummern … je älter und magerer, desto weniger. Aber ich habe auch Grundsätze.‹

›Was für Grundsätze?‹ wollte Veronja wissen.

›Ich schlafe nur mit Frauen unter 75‹, sagte ich.

›So‹ … sagte Veronja … ›Grundsätze hast du, … und wählerisch bist du auch?‹

Veronja lachte mich aus. Sie befahl mir, liegenzubleiben, ging in die Küche, schürte das Feuer, brühte dann ein seltsames Kräutergetränk, kam wieder zurück und gab mir zu trinken. Ich trank, um sie nicht weiter zu verärgern. Sie konnte mich anzeigen. Sie konnte mit mir machen, was sie wollte. Auf keinen Fall durfte ich sie mir zur Feindin machen. Ich trank, um nicht an ihren stinkenden Atem denken zu müssen, um die Übelkeit zu beseitigen, um den bitteren Nachgeschmack in meinem Magen mit dem Kräutertee herunterzuspülen. Ich trank aus Angst. Ich trank aus Ekel. Ich trank aus Ohnmacht. Veronja schraubte die Petroleumlampe tiefer herunter und stellte sie neben das hölzerne Bett. Dann schlurfte sie zum Fenster, stand dort eine Weile … in ihrem schwarzen Kittel … murmelte etwas vor sich hin, bewegte den eisgrauen, zottigen Kopf rhythmisch zu ihrem Gemurmel, preßte die verwitterte Stirn gegen das kalte Fensterglas, guckte mit ihren Stechaugen durch Eisblumen und Glas hinaus in die Winternacht, schien auf das Heulen der Wölfe zu lauschen und auf das Singen des Waldwindes, drehte sich dann plötzlich um, schlurfte zum Bett zurück, dort wo ich lag, meinen Kräutertee bis zum letzten Zug ausgeschlürft hatte, ängstlich, Ekel unter der Haut ... stand vor dem Bett, guckte mich an – Stechaugen und Froschaugen – kletterte auf das Bett, hockte sich neben mich hin, grinste.

Und dann geschah es. Ich fing am ganzen Körper zu zittern an. Als Veronja das merkte, riß sie mir ruckartig die Hosen herunter, schmiß sie auf den Fußboden ... neben das Bett ... neben die dämmrige Lampe ... packte meine Schenkel, drückte sie fest an die Strohmatratze, fing selber zu zittern an, prustete, leckte ihre Lippen mit belegter Zunge, ließ klebrigen Speichel tropfen, murmelte irgendetwas, öffnete ihren schwarzen Kittel, beugte sich tiefer über mich, so tief, daß ihre Brüste ... die vertrockneten, schwarzwarzigen ... meine Haut berührten, streichelte meine Knie mit runzeligen Händen, streichelte meine Schenkel, streckte plötzlich die Finger aus, Finger mit langen Fingernägeln, Fingernägel mit Trauerrändern, stieß wie unabsichtlich an mein Glied mit diesen alten Fingern, umklammerte, ließ nicht los ...

Und draußen heulten die Wölfe. Und der Wind sang in den Bäumen. Und die Nacht schaute ins Zimmer herein mit erloschenen Augen.

›Die Kräuterbrühe‹, sagte Veronja ... ›die weckt die Leblosen auf. Auch den leblosen Frosch zwischen deinen nackten Beinen. So ist das, Max Schulz. Und der wacht jetzt auf. Und häutet sich. Und kann sich ein Frosch häuten? Aber der kann das. Der häutet sich wirklich. Und wächst. Wie der gefangene Riese in der Flasche.‹

Ich liebte Veronja die ganze Nacht. Und Veronja gab mir immer wieder Tee zu trinken. Ich erzählte Veronja während der Liebespausen von meinem Herzinfarkt ... in Rußland ... erzählte ihr von den Massenerschießun-

gen ... und das war vor Laubwalde ... das war in Rußland ... in Südrußland ... Einsatzgruppe D im südrussischen Abschnitt ... sagte zu Veronja: ›Ich bekam einen
Herzinfarkt. Ich war das nicht gewohnt ... damals noch
nicht ... so viele auf einmal zu erschießen ... und Frauen
und Kinder ... und die Augen ... die Augen, Veronja ...
das war zuviel ... und ich dachte, es wäre nur vom Rauchen und Saufen ... aber es waren die Augen. Und ich
hatte einen Herzinfarkt, Veronja ... damals in Südrußland ... und mein Stabsarzt hat gesagt: Maßhalten!
Auch bei den Frauen! Einmal wöchentlich! Und nur
eine Nummer! Verstanden! Einmal eins ist eins! – Aber
nicht zwei! Und bestimmt nicht drei! Und bestimmt
nicht vier! Und bestimmt nicht fünf! Und bestimmt
nicht sechs! Und bestimmt nicht sieben!‹

Aber Veronja wollte mich umbringen.

Am nächsten Morgen konnte ich kaum auf den
Füßen stehen. Es gelang mir gerade noch, mich von
dem hölzernen Bett bis zu meiner Bank in der Küche zu
schleppen. Dort brach ich röchelnd zusammen. Aber
das war noch kein Herzinfarkt, obwohl ich Atemnot
hatte und ein seltsames Schwächegefühl in den Knie-
kehlen.

Veronja machte Tee für mich ... ein anderer Tee ... aus
anderen Kräutern, die, nach Veronjas Angaben, das Herz
stärken würden. Veronja sagte mir nicht, woher sie die
Kräuter hatte, denn das war ihr Geheimnis, aber sie
erwähnte so nebenbei, daß der Tee nicht nur aus Kräutern, sondern aus einem Zusatz von Gemahlenem bestün-
de: Knochenmehl gefangener und getöteter Waldvögel,
Maulwürfe und Waldmäuse, auch einem Zusatz von
Käferaugen und dem Staub getrockneter Sommerfliegen.

Veronja massierte meine Beine, meinen Bauch, meinen Rücken, machte Herz- und Nackenmassagen. Mittags fühlte ich mich bereits besser, wollte nicht mehr auf

der Küchenbank liegen, stand auf und nahm meine Mahlzeiten wie üblich mit Veronja am Küchentisch ein: Borschtsch, Kartoffeln, Brot und Wodka ... wenn auch mein Appetit noch viel zu wünschen übrigließ ...

Am Nachmittag öffnete Veronja eines der Fenster, befahl mir, nicht auf die Eisblumen zu schauen, sondern auf den Wald, befahl mir tief zu atmen, Hände in die Hüften zu stemmen und drei Kniebeugen zu machen. Ich tat, wie mir geheißen. Dann mußte ich dreimal um den Küchentisch herumlaufen, später: Holz zerkleinern, Ofen säubern und andere Hausarbeiten verrichten, um die Blutzirkulation zu fördern.

Am Abend fühlte ich mich wieder ganz bei Kräften, aß mit gesundem Appetit, trank Wodka, kam in Stimmung, mußte Veronja deutsche Lieder vorsingen, Hacken zusammenklappen, ›Sieg-Heil‹ brüllen, um zu bestätigen, daß ich wieder in Ordnung war ... reif für die nächste Orgie mit Veronja, die mich umbringen wollte.

Nachts wurde ich wieder von Veronja aus tiefem Schlaf geweckt, mußte ins andere Zimmer, mußte Tee trinken – den Liebestrank ... nicht den Genesungstrank ... mußte wieder Nummern schieben ... 7 Nummern.

In den nächsten Tagen und Nächten wiederholte sich alles. Nachts entzündete Veronja ein künstliches Feuer in meinen Lenden, umschlang mich, wollte mich aufsaugen, wälzte sich lüstern und stöhnend auf der riesigen Strohmatratze ... tagsüber jedoch spielte sie die Krankenpflegerin, gab mir Genesungstee zu trinken, sorgte für meine Blutzirkulation, pflegte mich, goß mir Wodka ein und gab mir tüchtig zu essen.

In der siebenten Nacht kriegte ich den erwarteten Herzinfarkt. Und zwar: kurz vor Tag.

Veronja stieß mich von ihrem Bett herunter, schleifte mich in die Küche, hob mich mit Hilfe des rußigen Feuerhakens auf meine Schlafbank, legte mich auf den Rücken, stellte die flackernde Petroleumlampe zu meinen Füßen hin, wartete, bis es draußen dämmerte, löschte dann die Lampe, hockte sich neben die Bank ... unter das Fenster ... unter die Eisblumen ... fahl im Gesicht ... fahl wie die Dämmerung ... hatte stechende Augen ... Augen wie Schwerter und Brennesseln ... hatte auch einen Mund ... schmal und grinsend ... hatte auch große Zähne.

Ich sah Veronja durch einen Nebelschleier, lag röchelnd auf dem Rücken, hatte die Augen weit aufgerissen, dachte, ich würde sterben, hörte Geigen und Harfen, sah die Englein auf der Fensterscheibe, dort wo die Eisblumen waren ... sah die Englein sitzen ... in den Blumenkelchen ... singen und spielen und warten ... sah auch Slavitzki ... sah mich als Säugling ... sah meinen Hintern ... rosarot ... sah meine Mutter ... hörte sie bellen ... bemerkte irgendwie, daß Veronja wegschlich, hörte das Schüren des Feuerhakens ... wußte, daß Veronja Feuer machte ... dachte an den großen Kochtopf ... sah mich bereits gekocht ... guckte selber in die dicke Brühe ... sah meinen Hintern ... nicht den Hintern des Säuglings ... sah den Hintern des Massenmörders ... sah meine Augen ... sah Millionen Augen ...«

»Und was war dann?« fragte Frau Holle. »Warum sind Sie nicht gestorben? Das wäre doch besser gewesen?«

»Ich durfte nicht sterben«, sagte Max Schulz. »Das ist es ja eben. Veronja wollte mich gar nicht umbringen. Das begriff ich erst auf der Bank ... als die Englein erschienen in den festgefrorenen Blumenkelchen der Eisblumen. Ich sollte nur gequält werden. Nichts weiter. Veronja wollte mir irgend etwas klarmachen.

... Und dann begann ich mich langsam zu erholen«,

sagte Max Schulz. »Es war inzwischen März geworden. Oder zumindest Ende Februar. Die Sonnenstrahlen wärmten schon um die Mittagszeit. Die Eisblumen hatten Angst vor der Sonne und pinkelten entsetzt auf die Fensterscheiben. Im Wald taute der Schnee, fror aber nachts wieder zu.

Wenn die Sonne hoch am Himmel stand, öffneten wir die Fenster. Zuweilen brachte der Wind das Echo dumpfer Axtschläge zu uns, das schrille Kreischen von Holzsägen und das Krachen niedergeschlagener Bäume. Dann pflegte Veronja zu sagen: ›Das sind die Holzfäller. Die fällen die Bäume im Wald, alle Bäume im Umkreis des Konzentrationslagers Laubwalde ... alles im Umkreis von 7 Kilometern.‹

Und ich fragte: ›Warum machen sie das?‹

Und Veronja sagte: ›Wegen der bösen Geister, die sich in den Blättern der Bäume einnisten.‹

›Die Bäume haben keine Blätter‹, sagte ich. ›Die Bäume sind noch kahl.‹

›Die kriegen wieder Blätter‹, sagte Veronja. ›Bald werden die Bäume ausschlagen, wenn die Holzfäller nicht schnell genug sind.‹

›Und wo sind die Geister jetzt?‹ fragte ich.

›Die schlafen in den Baumrinden‹, sagte Veronja. ›Aber im Frühling erwachen sie wieder ... und klettern auf die Blätter und nisten sich dort fest.‹

Das Wetter wurde zusehends wärmer. Es taute überall. Rings um Veronjas Kate lag noch immer Schnee, aber der war wie eine Pappdecke, die sich von Tag zu Tag enger an die Erde schmiegte, sozusagen: von innen zu schmelzen schien, als wollte sie auseinanderfallen. Stellenweise sah ich schon breite Pfützen, vor allem vor der Haustür und unter der Dachrinne. Dort, wo die Lichtung war, sprang ein Sturzbach aus dem Wald. Noch waren die Bäume kahl, und auf den Zweigen klebte ein Rest von Schnee, der sich verzweifelt festhalten wollte. Ja. Der Schnee war verzweifelt. Aber die Sonne ... die lachte ... die lachte höhnisch über den verzweifelten Schnee. Der ganze Wald war naß und auch Veronjas Kate.

Ich hatte mich schon fast ganz erholt, machte um die Mittagszeit kleine Spaziergänge, in meinen Stiefeln natürlich, die fest und wasserdicht waren. Veronja paßte auf, daß ich nicht zu weit fortging, hatte aber sonst nichts dagegen, daß ich zeitweise die Kate verließ.

Einmal blieb ich mehr als zwei Stunden weg. Ich durchstreifte den Wald, in der Hoffnung, die Stelle wiederzufinden, wo ich die Goldzähne vergraben hatte. Mein Orientierungssinn war immer gut gewesen. Nachdem ich eine Zeitlang herumgeirrt war, sah ich dann auch die mit meinem Taschenmesser markierten Bäume. Ich hatte den Karton mit den Zähnen tief im Schnee eingegraben, aber als ich vor dem Versteck stand, bemerkte ich zu meinem Schreck, daß der Karton keck aus dem Tauschnee hervorsah.

Ich wußte nicht, was ich machen sollte, stand unschlüssig da, spitzte die Ohren. Der Wald sprach seine eigene Sprache. Die Bäume weinten halblaut vor sich hin, ließen Schneewasser fallen ... tropfenweise ... stemmten sich zuweilen dem Wind entgegen, der keine richtige Kraft mehr hatte, weder sang noch pfiff, sondern säuselte. Es raschelte auch im sterbenden Schnee, und ich vermutete allerlei Getier, obwohl ich nichts sehen konnte. Die Erde hatte fast ausgeschlafen und begann, sich zu recken. Ich unterschied auch schon vereinzelte Vogelstimmen. Aber was mich im Augenblick beunruhigte ... das waren die Axtschläge der Holzfäller. Das kam nicht von weit her!

›Max Schulz‹, sagte ich zu mir, ›wenn du eine Schaufel hättest, dann könntest du die verdammten Zähne in die Erde eingraben. Aber das wäre dumm. Denn wenn die Bäume hier gefällt werden ... wie wirst du dann die Stelle wiederfinden? Am besten: du nimmst sie jetzt mit. Paß nur auf, daß die Alte dich nicht sieht. Du kannst die Zähne dann hinter der Kate ins Gebüsch legen ... und nachts ... ja, nachts ... dann wirst du Veronjas große Schaufel nehmen – und die steht in der Dachkammer – und du wirst aus der Kate schleichen ... wenn Veronja schläft ... und dann wirst du die Zähne vergraben.‹

Ungefähr 100 Meter von Veronjas Kate entfernt verließ ich den geraden Waldpfad, der zur Lichtung führte und versuchte, auf einem Umweg ungesehen hinter die Kate zu gelangen, um dort, im Gebüsch, die Goldzähne zu verstecken. Ich war sicher, daß Veronja mich vom Küchenfenster nicht sehen konnte. Aber ich hatte mich verrechnet. Veronja hatte mich gesehen. Sie wartete im Gebüsch hinter der Kate auf mich, and ich lief ihr fast in die Arme.

Ich war wie gelähmt ... empfindungslos. Ich stand ihr gegenüber, stumm, ohne Sprache, den Karton auf dem Rücken, und starrte sie an.

›War in der Dachkammer‹, sagte Veronja grinsend zu mir, ›und hab dich durch die Luke gesehen.‹

Ich stotterte irgend etwas.

›Was trägst du auf dem Rücken?‹ fragte Veronja.

›Meine Sachen‹, sagte ich. Ich faßte mich allmählich.

›Was für Sachen?‹ fragte Veronja.

›Meine Sachen‹, sagte ich. ›Jeder Mensch hat doch irgendwas, was ihm gehört! Oder nicht?‹

›Klar‹, sagte Veronja und grinste.

›Ich muß die Sachen vergraben‹, sagte ich. ›Weil nämlich auch Dokumente in dem Karton drin sind. Und sonstiges Zeug, das den Iwan nichts angeht.‹

Veronja nickte. Sie sagte: ›Na schön! Aber der Karton ist naß. Wenn du ihn so vergräbst, dann verfault alles. Am besten: den Karton am Küchenherd zu trocknen. Dann geb ich dir einen dicken Sack zum Einwickeln. Und dann kannst du den Karton vergraben.‹

Damit war ich einverstanden. Wir traten in die Kate. Und ich stellte den Karton neben den Küchenherd.

›Mach ihn mal auf‹, sagte Veronja. ›Zeig mir doch mal, was du dort drin hast.‹

›Auch Munition‹, sagte ich. ›Und Sprengstoff! Ich kann den Karton jetzt nicht aufmachen. Der muß erst mal trocknen. Weil die nasse Pappe an der Zündschnur klebt. Kann sonst explodieren.‹

Ich wußte nicht, ob Veronja mir glaubte, bemerkte aber, daß sie unsicher wurde.

›Das stimmt doch nicht – wie?‹ sagte Veronja.

›Doch‹, sagte ich. ›Das stimmt.‹

›Und wozu brauchst du Munition und Sprengstoff?‹

›Brauch ich nicht mehr‹, sagte ich. ›Aber der ist eben dort drin. Hab eben so 'n Zeug eingepackt … so wie wir alle. Du weißt ja, wie das ist …‹

Veronja sagte nichts mehr. Sie schob den Karton tiefer unter den Herd … mit dem Fuß … aber vorsichtig … murmelte irgend etwas zu Katjuscha, der Ziege, stocherte mit dem Feuerhaken im Ofenloch herum … warf trockene Zweige in die Glut … pustete … und begann dann, Kartoffeln zu schälen.

Als es dunkelte, setzten wir uns zu Tisch, um … wie sonst … Borschtsch, Kartoffeln und Brot zu essen … und Wodka zu trinken. Wir tranken mehr als üblich von dem Wodka und redeten belangloses Zeug.

Einmal, im Laufe des Gesprächs, sagte Veronja: ›Du willst wohl dem Iwan einen letzten Denkzettel verpassen … mit dem Sprengstoff und der Munition?‹

Ich sagte nichts und schüttelte bloß den Kopf.

›Das würd' ich dir auch nicht raten‹, sagte Veronja. ›Mit dem Iwan ist nicht zu spaßen. Laß den Iwan in Ruhe. Und sei froh, daß er dich in Ruhe läßt.‹

Ich sagte: ›Bin ich auch. Für mich ist der Krieg zu Ende.‹

›Weißt du‹, sagte Veronja ... ›heute Nachmittag glaubte ich beinahe, daß du getürmt bist ... weil du so lange weg warst ... Aber dann hab ich zu mir gesagt: nein, so dumm ist der nicht. Ohne Lebensmittel ... ohne Wegzehrung ... nein, so dumm ist der nicht! Und er weiß doch genau, daß er nicht in die Dörfer kann, weil die Bauern ihn totschlagen!‹

›Da hast du recht, Veronja‹, sagte ich.

›Deutschland liegt in den letzten Zügen‹, sagte Veronja. ›Im Dorf spricht man davon ... daß der Krieg in ein paar Wochen vorbei ist. Nicht nur für dich, Max Schulz. Auch für die anderen.‹

›Ja‹, sagte ich. ›Es ist alles im Eimer.‹

Veronja nickte und sagte: ›Was für ein Eimer?‹

›Im Eimer vom Iwan‹, sagte ich. ›Der hat einen großen Eimer.‹

›Ja‹, sagte Veronja. ›Da hast du recht. Und was ist mit den Eimern der Amerikaner und der Engländer und der anderen?‹

›Das weiß ich nicht‹, sagte ich.

›Das sind bessere Eimer für dich‹, sagte Veronja.

Ich nickte, trank Wodka, grinste schwach und sagte: ›In irgendeinen Eimer werde ich reinspringen und einfach verschwinden. Aber bestimmt nicht in den Eimer vom Iwan.‹

›Du mußt so lange durch die Wälder gehen‹, sagte Veronja ... ›bis du den richtigen Eimer findest. Der Iwan ist nicht überall.‹

›Ja‹, sagte ich. ›Das stimmt.‹

›Gib mir morgen deine Uhr und die Stiefel‹, sagte

Veronja ... ›und vielleicht noch ein paar gute Sachen aus dem Karton ... hast du noch andere Stiefel drin? ... und sonst noch was zum Verkaufen? ... und ich werde dir genug Lebensmittel auf den Weg mitgeben ... Vorrat für ein paar Wochen ... oder mehr ... Dann kannst du abhauen.‹

›Ja‹, sagte ich.

›Und irgendeinen Eimer finden, wo du reinspringen kannst.‹

Ich sagte: ›Ja.‹

Und Veronja sagte: ›Aber das wird dir nichts nützen. Denn Gott ist überall. Du kannst dich nicht vor ihm verstecken!‹

Und ich sagte: ›Das wird sich herausstellen.‹

Und Veronja sagte: ›Ja.‹

Und ich sagte: ›Ja.‹

Und Veronja sagte: ›Dann hau ab! Oder warte lieber noch ein Weilchen ... bis April vielleicht ... wie? Erfrieren kannst du nicht mehr im Wald. Aber die Erde ist naß. Warte lieber, bis die Erde ganz trocken ist!‹

›Ja‹, sagte ich. ›Erst muß die Erde im Wald trocknen.‹

Auch der Karton mit den Goldzähnen sollte trocknen«, sagte Max Schulz. »Aber das mußte auf jeden Fall verzögert werden.

Nachts lag ich wach auf meiner Schlafbank und dachte darüber nach, wie ich Veronja überlisten konnte. Ich würde ihr morgen irgendwas andres einreden müssen, um sie daran zu hindern, den Karton zu öffnen. Mir fiel ein: ich konnte den Karton erst mal vom Küchenherd wegrücken, damit er morgen noch naß ist. Dann wird ihn Veronja nicht öffnen. Aber Veronja kam öfter des Nachts in die Küche, um zu gucken, ob ich schlief. Sie würde natürlich bemerken, daß der Karton nicht mehr am Küchenherd stand. Ich sagte mir also: Nein! Der

Karton bleibt am Küchenherd! Das Feuer geht sowieso bald aus. Der Karton wird voraussichtlich morgen früh noch nicht ganz trocken sein. Und dann sagte ich zu mir: Und wenn er trocken ist? Was machst du dann? Ich überlegte. Na ja, sagte ich dann zu mir: Du wirst eben morgen in aller Früh aufstehen ... ehe Veronja aufwacht ... und nachgucken, ob der Karton noch naß ist. Wenn nicht ... dann wirst du ein bißchen Wasser drübergießen. Der Kübel steht ja am Herd. Und nachher ... ja, nachher wird dir etwas andres einfallen. Veronja durfte den Karton nicht öffnen!

Je mehr ich nachdachte, desto müder wurde ich. Merkte natürlich nicht, daß ich einschlief. Wie das so ist.

In der Nacht aber nagte die Ziege Katjuscha an dem feuchten Karton, nagte ein großes Loch in die Pappe ... und die Goldzähne kullerten heraus ... kullerten über den Fußboden.

Ich erwachte erst, als Veronja schlaftrunken in die Küche kam, hob den Kopf, sah den Schaden, sah Veronja, dachte: Zu spät!

Als Veronja die Goldzähne sah – verstreut über den Fußboden der Küche – fing sie laut zu schreien an, verdrehte die alten Augen wie eine Irre, raufte ihr Haar, starrte mich entsetzt an, dachte wahrscheinlich: Hier spukt es! Das sind die bösen Geister von Laubwalde! – rannte plötzlich zum Küchenherd, versetzte Katjuscha einen Fußtritt, ergriff die Holzhacke unter dem Herd, schrie noch lauter, rannte geduckt um Katjuscha herum ... mit offenem Mund ... großen Zähnen ... speicheltriefend ... funkelnden Augen ... wirrem, aufgelöstem Haar ... machte plötzlich hüpfende Bewegungen ... ziegenähnlich ... trotz ihrer alten Beine ... sprang dann mit einem Satz über die Ziege hinweg, rannte auf meine Bank zu und griff mich mit der Holzhacke an.

Ich war schneller als Veronja. Ich wich dem Schlag aus, warf Veronja zu Boden, ergriff selber die Hacke, die in der Bank steckengeblieben war, holte aus und zertrümmerte den Schädel der Hexe mit drei Schlägen.

Drei Schläge! Wie man so sagt: Aller guten Dinge sind drei. Die Schädeldecke Veronjas flog unter die Bank und klatschte an die Wand. Ein Teil ihres Kopfes sauste in die entgegengesetzte Richtung und blieb an der Türschwelle des Schlafzimmers hängen. Veronjas Gesicht jedoch ... das rutschte zum Küchenherd, rutschte unter die Beine der Ziege Katjuscha, die entsetzt gegen das Ofenloch sprang. Kalte Asche fiel auf Veronjas Gesicht. Ich holte die Kohlenschaufel, kehrte Gesicht und Asche zusammen, warf es ins Ofenloch, machte ein lustiges Feuer.

Und dann«, sagte Max Schulz, »und dann ...

Ja, dann suchte ich nach den Resten des Hutzelkopfes, fand sie und warf sie ins Feuer. Ich hob Veronjas kopflosen Körper auf meine Schultern und trug ihn zum Ziehbrunnen hinter der Kate. Der Brunnen war tief. Dort warf ich den kopflosen Körper hinein.

›Max Schulz!‹ sagte ich zu mir, ›Max Schulz! Jetzt mußt du abhauen! Der Frühling steht hinter dem Wald. Aber du kannst nicht auf ihn warten. Du mußt jetzt abhauen! Du wirst dem Frühling entgegengehen.‹

Ich schlachtete die Ziege Katjuscha, zerlegte sie in kleine Stückchen, machte ein großes Feuer und kochte die Reste Katjuschas. Dann leerte ich den Karton mit den Goldzähnen in einen leeren Mehlsack um, verheizte den Karton, legte Ziegenteilchen und -stückchen in den Sack, legte sie obenauf ... auf die Goldzähne, packte auch Wodka ein und den restlichen Vorrat an Kartoffeln, Brot und Rüben. Meine Uniform zog ich aus.

Auch die Stiefel. In der schwarzen Truhe unter dem Küchenfenster fand ich außer der Reitpeitsche verschiedene Kleidungsstücke, die einmal Veronjas Mann gehört hatten. Ich suchte mir das Beste aus: den Sonntagsanzug. Fand auch ein paar Juchtenstiefel, Wäsche, Hemden. Ich zog mich vollständig um, packte noch etwas Wäsche in den Sack ... warf ihn über die Schultern und verließ die Kate.

Ich ging dem Frühling entgegen«, sagte Max Schulz. »Die Erde im Wald wurde zusehends trockener. Und eines Tages trafen wir uns: der Frühling und ich.

Wissen Sie, wie ein polnischer Wald im Frühling aussieht?«, sagte Max Schulz ... »so wie ein polnischer Wald im Frühling! So sieht der aus! Im Frühling fressen Sonne und Erde den Schnee auf. Und die Bäume weinen nicht mehr. Die gähnen und schütteln sich. Und Erde, Sonne und Regen jagen das Leichentuch fort und weben einen neuen, bunten Teppich aus Gras und Blumen und sonstigem Zeug. Genau weiß ich das nicht ... ich meine ... wie das gemacht wird. Ich weiß nur, daß der Frühling jedes Jahr nach Polen kommt, ganz gleich, ob der Iwan in Polen regiert oder ich. Das wird immer so sein ... nehme ich an. Der Frühling kümmert sich nicht um den Iwan. Und der kümmert sich nicht um mich. Und als ich dem Frühling begegnete, damals im polnischen Wald, da hat der Frühling ein bißchen gegrinst. Denn in den Augen des Frühlings war ich, Max Schulz, nicht mehr als ein heiserer Käfer, einer, der eine Zeitlang gebrüllt und dann seine Stimme verloren hat.

Ja, so war das«, sagte Max Schulz. »Wochenlang ging ich durch den polnischen Wald. Ich kam auch über Felder und Wiesen. Und eines Morgens kam ich zur Grenze.

Als ich das erste deutsche Dorf erreichte, blieb ich wie angewurzelt stehen. Die Häuser waren niedergebrannt, die Bewohner vor den Russen geflohen. Ich sah einen Wegweiser, dessen Spitze nach oben zeigte ... zum Himmel. Ich versuchte, den verwischten Namen des Dorfes zu lesen, konnte es aber nicht.«

Die Kerze war längst ausgegangen. Es war stockdunkel in der Kellerwohnung.

Max Schulz hatte gar nicht bemerkt, daß Frau Holle auf dem Küchenstuhl eingeschlafen war. Er hatte eine Zeitlang vor sich hin geredet, Whisky getrunken, Zigaretten geraucht und mit trunkenen Augen ins Dunkel gestarrt. Erst jetzt, als Frau Holle, deren Kopf friedlich auf der Stuhllehne ruhte, ein paar Schnarchtöne von sich gab, erkannte er den Grund ihres langen Schweigens.

Max Schulz stieß Frau Holle ärgerlich mit der leeren Whiskyflasche an, woraufhin Frau Holle erschreckt die Augen aufriß.

»Was ist los?«

»Gar nichts ist los«, sagte Max Schulz. »Sie haben die ganze Zeit geschlafen.«

»Nicht die ganze Zeit«, sagte Frau Holle. »Ich bin ab und zu aufgewacht.«

Max Schulz stand torkelnd auf, stieß gegen den Stuhl, schlurfte auf unsicheren Beinen zum Bett, fand die erloschene Kerze auf der Bettkiste, zündete sie an und kam zurück zum Küchentisch.

»Sie sind besoffen«, sagte Frau Holle.

»Nicht wirklich besoffen«, sagte Max Schulz.

Frau Holle lachte. Sie bohrte eine Weile nachdenklich in der Nase, strich übers Haar, suchte nach Brotkrumen auf dem Küchentisch, machte kleine Kügelchen, schnippte sie spielerisch mit dem Finger, zielte absichtlich gegen die Hand von Max Schulz.

»Wissen Sie, Max Schulz ... daß ich Ihnen gerne zuhöre.«

»Sie haben geschlafen«, sagte Max Schulz. »Sie haben mir ja gar nicht zugehört.«

»Doch«, sagte Frau Holle. »Den Anfang der Geschichte hab ich gehört. Ich hab ja auch Fragen gestellt. Und mit Ihnen gesprochen. Und später ... ja, später ... da bin ich eingeschlafen ... aber das wollte ich gar nicht. Aber ich bin ja ab und zu aufgewacht ... das hab ich Ihnen doch gesagt ... und ein bißchen hab ich schon zugehört ... ich meine ... den Rest der Geschichte ... fast bis zum Ende.«

»So ...«, sagte Max Schulz. »Na ja. Das ist mir jetzt scheißegal.«

»Wissen Sie, daß Sie manchmal wie ein Dichter reden!«

»Das kann ich manchmal«, sagte Max Schulz ... »wenn auch nicht immer ...«

»Gar nicht wie ein Friseur«, flüsterte Frau Holle. »Und schon gar nicht wie ein Massenmörder. So wie ein Dichter.«

Max Schulz erzählte ihr dann noch, daß er nicht nur Landstraßen, sondern auch Bahnhöfe vermieden hätte. Die besonders. Auch nach der Kapitulation des Großen Vaterlandes. – »Immer zu Fuß«, sagte Max Schulz. »Obwohl ich Plattfüße habe wie ein verdammter Jude. – Und ich war auch in Wieshalle«, sagte Max Schulz. »Und dort hab ich Slavitzki gesucht. Und meine Mutter. Aber die sind vor den Russen geflohen. Und ich war auch in anderen Städten ... bin durchmarschiert ... als Zivilist ... hab aber aufgepaßt ... war verdammt auf der Hut ... hatte ja keine Papiere ... und wollte die Goldzähne verkaufen ... ja, das wollte ich ... aber dann hab ich es vorgezogen, zu warten ... abzuwarten. Ja, so ist das«, sagte Max Schulz. »Und dann bin ich eben nach Warthenau gekommen. Sehen Sie ... und jetzt bin ich müde. Ich bin verdammt müde.«

Sie schliefen nur wenige Stunden. Frau Holle besaß keine Weckuhr. Sie wachte oft auf, aus Angst zu verschlafen, guckte auf die Armbanduhr von Max Schulz, guckte auf die grünen Leuchtziffern, schloß dann beruhigt die Augen, schlief wieder ein, um wieder erschreckt aufzuwachen.

Kurz vor Tag stieß sie Max Schulz an, rüttelte ihn und sagte: »So! Jetzt ist's Zeit, den Toten wegzuschaffen!«

Max Schulz kroch mit schweren Gliedern aus dem Bett, reckte sich, gähnte, machte drei Kniebeugen, rieb sich den Nacken ... und wurde ganz munter, als Frau Holle anfing, das Holzbein zu beschimpfen.

Der Major war in der Nacht umgefallen und ein Stückchen über den unebenen Kellerboden gerollt. Tot lag er vor dem großen Bett.

Max Schulz holte die Rolle Packpapier, rollte sie auf und schob sie unter den Körper des Toten. Dann wickelte er ihn ein. Frau Holle half ihm mit dem Bindfaden, machte Schleifchen und Knoten, als wäre das ein Weihnachtspaket.

Als Max Schulz etwas später mit seinem Paket die Kellerwohnung verließ, öffnete Frau Holle das Fenster, um Max Schulz nachzublicken, aber sie konnte nicht weit sehen.

Das kommt davon, dachte sie. Weil man unter der Straße wohnt.

Es kam Frau Holle vor, als ob mit dem ersten Dämmerlicht ein Geflüster und Gemurmel durch das Ruinenviertel ging. Die ausgebombten Häuser schienen Flüche zu murmeln, zeigten mit den Mauerfingern nach oben ... gegen den fahlen Himmel, der sie verraten hatte ... wickelten nach und nach den schwarzen Nachtverband ab und zeigten dem neuen Tag ihre Wunden. Mauermünder grinsten die Dämmerung mißtrauisch an, und blinde Maueraugen blickten aus hohlen, scheibenlosen Fenstern zum Horizont.

Frau Holle wartete auf Max Schulz vor der Haustür. Als sie ihn endlich von weitem erblickte, war die Sonne schon aufgegangen und hatte die zerstörte Nietzschestraße mit einem frischen, gelben Farbton übermalt.

Auf der Straße waren nur wenige Fußgänger zu sehen, die alle ein wenig müde aussahen und scheinbar ziellos geradeaus gingen. Es würde wohl noch eine Zeitlang dauern, bis die Bombentrichter auf dem Fahrweg beseitigt und der Verkehr auf Rädern auch hier vorbeirollen würde.

Max Schulz schien absichtlich langsam zu gehen, als ob er Angst hätte, aufzufallen. Als er bei Frau Holle angelangt war, sagte er kein Wort, nickte ihr bloß zu, zwinkerte mit den Froschaugen und gab ihr zu verstehen, daß er lieber im Keller als hier auf offener Straße mit ihr reden wollte.

Sie gingen schweigend in die Kellerwohnung. Erst nachdem Frau Holle die Tür zugemacht und sich auch vergewissert hatte, daß das Gesicht des jungen Willi Holzhammers nicht über dem großen Loch in der Zimmerdecke zu sehen war, fragte sie flüsternd: »Also ... hat das geklappt ... mit dem Toten?«

»Und wie!« sagte Max Schulz.

»Wo haben Sie ihn hingesetzt?«

»Wie verabredet! Auf eine Bank auf dem Adolf-Hitler-Platz!«

»Und hat das niemand bemerkt?«

Max Schulz lachte leise. »Ich ging mit einem Arbeiter-Treck. Die meisten von ihnen trugen etwas auf dem Rücken. Ich fiel nicht auf. Später ... auf dem Adolf-Hitler-Platz ... hab ich mich auf eine Bank gesetzt ... mit dem Paket natürlich ... neben mir auf der Bank. Ich habe den richtigen Moment abgewartet. Und als gerade mal niemand vorbeikam ... da hab ich das Paket schnell aufgewickelt ... hab den Major hingesetzt ... und bin weggegangen.«

»Und das Papier? Und der Bindfaden?«

»Hab ich später weggeschmissen!«

»Und der Major?«

»Der guckt das demolierte Adolf-Hitler-Denkmal an«, sagte Max Schulz.

12

Da beide in der Nacht wenig geschlafen hatten, legten sie sich gleich nach dem Frühstück in das große Messingbett, schliefen auch sofort ein und erwachten erst gegen Mittag.

Max Schulz stand vor Frau Holle auf, ging hinters Haus, um seine Notdurft zu verrichten, kam nach einigen Minuten wieder zurück und machte sich mit dem Goldsack zu schaffen, packte den Rest der Lebensmittel aus, nahm auch Hemden und Unterwäsche aus dem Sack und zum Schluß auch zwei Bücher: ein braunes und ein schwarzes.

Frau Holle beobachtete ihn. »Haben Sie alles ausgepackt?«

»Nicht alles«, sagte Max Schulz. »Die Goldzähne sind noch drin.«

»Und was sind das für Bücher?«

»Die hab ich unterwegs gefunden«, sagte Max Schulz. »In einem menschenleeren Dorf an der Grenze.«

»Ein zerstörtes Dorf?«

»Ja. Ein zerstörtes Dorf.«

»In einem Haus?«

»Ja«, sagte Max Schulz. »Ein Haus stand noch, wenn auch auf schwachen Beinen.«

»Und was sind das für Bücher?«

»Ein braunes und ein schwarzes«, sagte Max Schulz.

»Das braune war ein unbeschriebenes Tagebuch, in das ich allerdings inzwischen was hineingeschrieben habe.«

»Und das schwarze?«

»Das ist ein Gebetbuch«, sagte Max Schulz. »Ein Gebetbuch.«

»So ...«, sagte Frau Holle. »Ein Gebetbuch und ein Tagebuch?«

»Ja«, sagte Max Schulz.

»Und die Schmutzwäsche, die Sie soeben aus dem Sack herausgeholt haben ... woher haben Sie die? ... Ist die etwa aus Veronjas Kate?«

»Ja«, sagte Max Schulz. »Aus der schwarzen Truhe. Damals war die Wäsche allerdings sauber.«

»Und die Lebensmittel ... auch aus Veronjas Kate?«

»Die nicht«, sagte Max Schulz. ... »die aus Veronjas Kate habe ich längst aufgegessen ... auch die Ziege Katjuscha.«

»Und was sind das für Lebensmittel?«

»Das sehen Sie doch! Salami ... hartgekochte Eier ... auch Kaffee!«

»Woher haben Sie das?«

»Getauscht«, sagte Max Schulz. »Für ein paar einzelne Goldzähne.«

»Einzelne?«

»Ja«, sagte Max Schulz.

»Warum verkaufen Sie nicht den ganzen Sack?«

»Weil ich damit abwarte. Das hab ich Ihnen bereits gesagt. Zu auffällig ... jetzt. Wenn man die Zähne einzeln verkauft, dann kann man immer sagen: ›Die hab ich mir ausgebrochen!‹ Oder: ›Die sind herausgefallen!‹«

Nachts im Bett ... sagte Max Schulz zu Frau Holle:

»Sehen Sie ... ich bin ein fleißiger Zeitungsleser. Seitdem ich wieder in Deutschland bin, lese ich alles, was die Presse druckt ... oder sagen wir ... was mir in die Hände fällt ... sogar Zeitungsfetzen aus Mülleimern und die aus dem Rinnstein ... und ich weiß Bescheid: die Behörden wissen genau, daß ich noch am Leben bin!«

Frau Holle drehte sich ganz zu ihm um, kuschelte ihren alten Kopf in seine Arme und fragte: »Das wissen die also?«

»Ja«, sagte Max Schulz. »Die wissen auch, daß der Lagerkommandant Hans Müller am Leben ist und sich irgendwo versteckt!«

Max Schulz spuckte auf seine Finger und drückte den brennenden Kerzenstumpf aus. »Wir haben damals einen Fehler gemacht«, sagte er leise zu Frau Holle. »Als wir das Lager verließen, war die Rote Armee noch ein paar Kilometer entfernt. Wir wußten zwar von der Partisanengefahr ... und besonders Hans Müller, der Lagerkommandant ... ja, der besonders ... der hatte Schiß vor den Partisanen ... aber Sturmführer Adolf Kugelmann ... und vor allem wir anderen ... wir waren fest davon überzeugt ... das heißt: am letzten Tag, als wir packten ... da waren wir fest überzeugt, daß uns die Rote Armee nicht überrollen wird, und daß wir auch durch den Partisanenring hindurchkommen würden. Sie verstehen schon ... wir glaubten, daß wir uns bis zu den deutschen Linien durchschlagen würden. Und mit den deutschen Truppen, die munter rückwärts marschierten, dann bis nach Deutschland kommen würden. Sie verstehen schon, was ich meine?«

»Nichts versteh ich«, sagte Frau Holle.

»Na ja«, sagte Max Schulz. »Wir glaubten eben, daß wir doch durchkommen würden. Und schmissen unsere Papiere nicht fort. Jeder von uns trug seinen Ausweis und sonstiges Zeug bei sich. Das ist dann eben in die Hände der Partisanen gefallen. Und das stand auch in den Zeitungen.

Und noch was stand in den Zeitungen«, sagte Max Schulz. »Die Partisanen übergaben die Papiere der gefallenen und im Wald erschossenen Kameraden den sowjetischen Behörden. Und die schickten dann eine Kommission in den Wald und fotografierten die Toten. Die hatten zwar keine Geschlechtsglieder und viele hatten nur halbe Schädeldecken oder gar keine ... aber immerhin ... ja, und die sowjetischen Behörden oder der Iwan ... die wußten oder der wußte dann ganz genau, wer gefallen war und wer nicht. Und noch was ... das muß ich Ihnen sagen, ehe ich es vergesse. Wir hatten die Totenlisten verbrannt. Aber nicht die Namensliste der SS. Die steckte in einer Dokumentenmappe im Lastauto des Sturmführers Adolf Kugelmann. Und die fiel auch in die Hände der Partisanen und später in die des verdammten Iwans. Und der Iwan ... der weiß genau, daß ich, Max Schulz, und daß Hans Müller, der Lagerkommandant ... daß wir beide noch auf freiem Fuß sind.

Ja, so ist das«, sagte Max Schulz. »Und die neuen deutschen Behörden, die den Besatzungsmächten den Arsch lecken, die haben es inzwischen auch erfahren, denn der Iwan hat tüchtig getrommelt. Man weiß es überall, hier und in anderen Ländern. Ich werde gesucht. Das weiß ich genau. Aber vor allem in Polen. – Ja, verdammt nochmal. Vor allem in Polen. Die polnischen Behörden ... die sind ganz besonders scharf auf meinen Kopf ... sogar noch schärfer als der Iwan ... obwohl ich ja auch in Südrußland war und dort beim Iwan ein bißchen in der Gegend herumgeknallt habe ... aber so ist das eben ... die Polen sind ganz besonders scharf auf meinen Kopf ... ja, und auf den Kopf von Hans Müller, des Lagerkommandanten ... wegen der Morde auf polnischem Boden ... obwohl es doch eigentlich scheißegal ist, ob das der polnische Boden war oder ein anderer. Aber so ist das eben. Und ich kann es nicht ändern.

Und wissen Sie was«, ... sagte Max Schulz ... »ich hab 'ne lange Zunge ... manchmal ein bißchen belegt ... manchmal auch nicht ... aber lang ist die ... und manchmal stell ich mir vor, wie die lange Zunge wohl aussieht, wenn ich am Galgen baumle. Die wird wahrscheinlich lang heraushängen, als ob sie noch einmal lecken wollte – und meine Zunge, die hat so alles mögliche in diesem Leben geleckt!«

Max Schulz grinste. Und dann sagte er: »Aber machen Sie sich keine Sorgen. Ich werde nie geschnappt. Nur wer geschnappt wird, der kommt an den Galgen. Das ist 'ne komische Einrichtung ... so ein Galgen ... wissen Sie ... wird immer nur ... und wurde seit Urzeiten nur – für diejenigen gezimmert, die sich schnappen lassen oder ließen!

Verdammt noch mal«, sagte Max Schulz. »So ist das. Und das ist so und so. Und nicht anders. Und die toten Juden aus Laubwalde, die haben ihre Goldzähne ausgespuckt, damit ich's ein bißchen leichter hab in diesem

Leben. Vielleicht mach ich was auf dem Schwarzmarkt. Vielleicht auch nicht. Aber eines Tages ... ja ... eines Tages ... da mach ich mir wieder einen Friseurladen auf. Pardon: ich meine ... einen Friseursalon ... einen richtigen Salon mit allen Schikanen. Und wenn man wieder Fuß gefaßt hat ... und wieder jemand ist ... und wenn die Leute sagen: der ist der und der ... aber kein Vagabund ... kein Herumtreiber ... der ist ein Friseur ... und der verdient sein Geld mit seiner Hände Arbeit ... und ein guter Friseur noch dazu ... und was für einer ... und Mitglied ist er auch ... dort und dort ... und was für eines ... ja ... wissen Sie ... dann kann die Sonne ruhig aufgehen frühmorgens ... und abends untergehen ... da schlaf ich mit reinem Gewissen.

Als Junge hatte ich einen jüdischen Freund«, sagte Max Schulz. »Und der hieß Itzig Finkelstein! Und der hatte blondes Haar und blaue Augen. Und noch so manches andre, was ich nicht hatte. Und ich hatte auch einen jüdischen Meister. Und der hieß Chaim Finkelstein. Und das war ein Meister, sag' ich Ihnen ... ein richtiger Meister. So einen kann sich jeder wünschen.

Und mit den Finkelsteins ging ich oft in die Synagoge. Und am Sabbat Abend, da saß ich mit ihnen am Tisch. Und auch am Passahfest. Und vielen anderen jüdischen Feiertagen. Und ich kann beten wie ein Jude. Und vieles andre, was die Juden können.

Und wissen Sie«, sagte Max Schulz ... »seit Monaten denk ich darüber nach, wie ich am besten untertauchen soll ... und je mehr ich nachdenke, desto öfter sag' ich zu mir: ›Max Schulz! Wenn es ein zweites Leben für dich gibt, dann solltest du es als Jude leben.‹ Und schließlich ... wir haben den Krieg verloren. Und die Juden haben ihn gewonnen. Und ich, Max Schulz, war immer ein Idealist. Aber ein besonderer Idealist. Einer, der sich das Mäntelchen nach dem Wind hängt. Weil er weiß, daß es sich leichter an der Seite der Sieger lebt, als an der Seite der Verlierer. So ist das. Und verdammt will ich sein, wenn das nicht so ist. Und die Juden haben den Krieg gewonnen.

Nur den Schwanz muß ich mir abschneiden«, sagte Max Schulz. »Und das gefällt mir gar nicht.«

Frau Holle hatte stumm zugehört, was Max Schulz sagte. Aber plötzlich zuckte sie erschreckt zusammen.

»Was soll das heißen? Warum müssen Sie Ihren Schwanz abschneiden?«

»Nicht wirklich abschneiden«, sagte Max Schulz ernst. »Bloß das Vorhäutchen. Dann bin ich beschnitten ... so wie Itzig Finkelstein.«

»Wo ist dieser Itzig Finkelstein?«

»Das weiß ich nicht genau«, sagte Max Schulz. »Itzig Finkelstein wurde im Sommer 1942 in Laubwalde eingeliefert. Als ich ihn zum letzten Male sah ... und das war im September ... September 1942 ... am siebenten Tage des Monats ... da lag er bereits tief unter der Erde. Aber vielleicht ist er inzwischen im Himmel? Ich weiß es nicht genau.«

DRITTES BUCH

BERLIN 1946

I.

Ich leide an Schlaflosigkeit. Deshalb lese ich viel. Halbe
Nächte lang.

Ich kann nicht alle Bücher aufzählen, die ich lese. Wollte Ihnen eigentlich bloß sagen, daß ich auch Zeitungen
lese … unter anderen auch den ›Warthenauer Stadtanzeiger‹, obwohl diese Zeitung ein langweiliges Provinz-
blatt ist. Ich kaufe sie eigentlich nur aus rein sentimen-
talen Gründen.

Unlängst las ich im ›Warthenauer Stadtanzeiger‹ die
Nachricht von Frau Holles Tod. Konnte meinen eigenen Augen nicht trauen. Aber dort stand es schwarz auf
weiß: »Witwe des SS-Rottenführers und Massenmörders Günter Holle beim Alteisensammeln im Sperrgebiet zwischen Moltke- und Hanauerstraße auf eine
Mine getreten!«

Ein typischer Nachkriegstod! Hat sie gehungert,
nachdem ich abgehauen bin? Ich nehme es an. Wollte
sie Alteisen sammeln? Wollte sie Alteisen verkaufen?

Wissen Sie, was ich zu mir gesagt habe? – »Itzig Finkelstein«, hab ich zu mir gesagt, »Itzig Finkelstein und
früher Max Schulz. Die deutsche Frau hungert! Die
deutsche Frau sammelt Alteisen! Und die deutsche Frau
humpelt in den Ruinen des Tausendjährigen Reiches
herum, um Alteisen zu sammeln. Weil die deutsche

Frau nicht hungern will. Aber die deutsche Frau hat das Sperrgebiet nicht gesehen. Wann, zum Teufel, werden die Amis endlich die letzten Minen wegräumen, die unsere Jungs in die Erde gepflanzt haben ... in die deutsche Erde?«

Bei Gott ... ich wollte Frau Holle mitnehmen! Aber dann hab ich mir's überlegt. Und hab zu mir gesagt: »Max Schulz« – damals war ich ja noch Max Schulz – also: »Max Schulz«, hab ich zu mir gesagt, »du kannst untertauchen. Aber eine Frau mit einem Holzbein, die kann das nicht. Wenigstens nicht so leicht.«
Ich weiß ja, wie das ist. Die Polizei hätte sie früher oder später beobachten lassen. Weil sie die Frau von Günter war! Und ich war Günters Freund! Die haben lange Nasen ... die, die hinter mir her sind. Und jede Spur ist ihnen recht ... jede Spur, die zu mir führt ... auch eine Frau Holle.

Ich habe Frau Holle einiges von Itzig Finkelstein erzählt. Ich erzählte ihr auch, daß ich die Absicht hatte, Jude zu werden. Aber ich habe ihr damals nicht erzählt, welchen Namen ich eines Tages annehmen würde.
Nun, ich bin jetzt Itzig Finkelstein. Ausgerechnet ... Itzig Finkelstein! Das ist wahr! Und ich kann es nicht mehr ändern. Und ich sage Ihnen vertraulich ... dem Itzig geht's gut:
ITZIG FINKELSTEIN ist zu Geld gekommen!
ITZIG FINKELSTEIN hat die Goldzähne verkauft ... alle Zähne!
Ja. Der Itzig. Der hat das Geld gut investiert:
ITZIG FINKELSTEIN ist Schwarzhändler geworden und handelt mit allem möglichen, von schwarzen Zigaretten angefangen ... bis zu schwarzen Jungfrauen. Unter uns ... die schwarzen Jungfrauen sind weiß.

ITZIG FINKELSTEIN lebt wie ein Herr, ja ... wie ein ›Herr von Welt‹.

ITZIG FINKELSTEIN hat sich verändert. Sein Schädel ist glattrasiert. Er trägt einen Spitzbart und eine Brille. Er sieht Lenin ähnlich, obwohl das nicht ganz stimmt. Übrigens: Hat Lenin eine Brille getragen ... und hat er Froschaugen gehabt?

ITZIG FINKELSTEINS Geschlechtsglied ist etwas kürzer geworden, weil das Vorhäutchen jetzt fehlt.

ITZIG FINKELSTEINS Geschlechtsglied ist zwar kürzer, aber nicht schwächer geworden.

ITZIG FINKELSTEIN lebt mit einer schönen Frau zusammen ... mit einer Gräfin. Davon später.

ITZIG FINKELSTEIN findet Geschmack an schönen Dingen, guter Musik, lehrreichen Büchern. Natürlich regt ihn die Gräfin dazu an.

ITZIG FINKELSTEIN lebt intensiv.

Frau Holle war einkaufen ... auf dem Schwarzmarkt. Und als sie am späten Nachmittag nach Hause kam ... da war der Max Schulz verschwunden. Hat seine Klamotten in den Sack mit den Goldzähnen gepackt. Hat sich den Sack über den Rücken geworfen. Und ist abgehauen. Einfach so!

Ob sie lange geheult hat?

Ja. Das Leben ist grausam, liebe Frau Holle. Nicht mal die Sommervögel haben es leicht.

Es ist auch nicht leicht, im besetzten Deutschland zu reisen, besonders als Deutscher und ohne Papiere und mit einem Steckbrief. Aber Sie können sich ruhig auf Max Schulz verlassen. Der hat sich durchgeschlagen ... mit seinem Sack ... mit seinem Stürmergesicht ... in seinen abgetragenen Kleidern ... auf Umwegen ... unauffällig ... bis nach Berlin.

Wissen Sie, wie ein Herrenmensch seinen Einzug hält ... in der zertrümmerten Hauptstadt des Tausendjährigen Reiches? – Mit durchlöcherten Schuhen! Stinkenden Kleidern! Mit müdem Gesicht und geröteten Froschaugen! Und einem alten Sack auf dem juckenden Rücken, einem alten Sack, in dem die Zähne der toten Juden glänzen und grinsen!

Gleich nach meiner Ankunft in Berlin vergrub ich die Goldzähne in einem Trümmerfeld. Im amerikanischen Sektor. Merkte mir die Stelle. Suchte mir dann ein Wohnquartier. Nicht leicht in Berlin. Fand eine Kellerkammer in einem zerbombten Haus. Hier konnte ich unter der Straße schnarchen. Das war ich gewohnt.

Ich hatte viele Kameraden. Einer von ihnen hieß Horst Kumpel. Der war ein SS-Mann, ein Idealist, ein Fanatiker. Horst Kumpel hatte keinen richtigen Beruf. War eine Zeitlang Matrose, später Kellner im ›Drei Mohren‹. Zur Jahrmarktzeit pflegte er bestimmte Leute in Wieshalle zu tätowieren ... hatte eine Ecke gemietet in einer Schießbude. Horst Kumpel war einmal ein ganzer Kerl. Und ein guter Kamerad. Aber Pech hat der gehabt, der Horst Kumpel. Ein Unfall. Motorrad. Und im Jahre 1936 verlor er beide Beine. Ich sagte also zu mir in Berlin: »Max Schulz! Der Horst Kumpel, der hat den Krieg nicht mitgemacht. Der ist unbelastet. Und der ist nicht versteckt. Und seine Eltern wohnten mal in Berlin. Und vielleicht wohnen die immer noch dort. Und bestimmt wissen die, wo der ist. Und du kannst ihn finden. Und der war ein ganzer Kerl. Einer, der sogar tätowieren konnte. Und das kann er sicher jetzt auch noch. Und warum nicht? Und wenn nicht, dann ja. Und der kann noch was: der kann die Schnauze halten!«

Das Haus, wo Horst Kumpels Eltern gewohnt hatten,

war eingestürzt, so wie alle Häuser in der Tulbeckstraße. Aber der Keller! Der existierte noch.

Ich fand Horst Kumpels Eltern. Hockten beide wie zwei
alte Ratten im Keller. Kannten mich nicht. Hatten mich
ja vorher nie gesehen. Guckten mich mißtrauisch an.

Ich sagte ihnen natürlich nicht, wer ich wirklich war.
Erzählte ihnen bloß, daß ich ein Freund von Horst sei,
auch unbelastet wie er, sagte, daß ich Horst Geld schul-
de und daß ich ihn gern sprechen möchte.

Horst wohnte auch in einem Keller. Nicht weit von
der Tulbeckstraße.

Horst Kumpel! Ein SS-Mann. Unbelastet. Ohne Beine.
Heulte, als er mich sah. Rutschte auf dem Fußboden
herum. Fuchtelte mit den Armen.

»Mensch, Max. Ich hab deinen Namen in der Zeitung
gelesen. Hab den Daumen für dich gedrückt. Hab zu
mir gesagt: ›Den erwischen sie nicht!‹«

»Ja, Horst. Ich hab's gewußt … ich meine … daß du
den Daumen für mich drückst.«

»Da habt ihr ja ein tolles Ding gedreht … in diesem
Laubwalde. 200 000. Stand in der Zeitung.«

»Juden, Horst. Das waren bloß Juden. Volksfeinde.
Untermenschen.«

»Ihr habt's ihnen heimgezahlt, Max!«

»Sag mal, Horst. Wo ist deine Frau? Ich will nicht,
daß sie mich sieht.«

»Keine Angst, Max. Aufs Land gefahren. Hamstern.
Lebensmittel sind knapp in Berlin. Aber auf dem Land
…«

»Gut, Horst. Ich kann nicht lange bleiben. Aber eine
Nacht …«

Eine Kellerkammer. Ein schmales Bett für Horst und
seine Frau. Dachte mir gleich: Der ist nicht größer als

ein Vierjähriger. Der braucht nicht viel Platz. – Ein rohgezimmerter Tisch. Zwei rohgezimmerte Stühle. Kanonenofen. Kohlenschaufel. Abgesplitterte Waschschüssel. Ein Fenster. Dahinter: ein Ausschnitt der Ruinen Berlins vom Kellerblickwinkel ... und ein Stück fahler herbstlicher Himmel.

Horst Kumpel rutschte behende hin und her, machte Feuer im Kanonenofen, kochte ein Süppchen für uns beide, zauberte eine Schnapsflasche hervor.

»Hör mal zu, Horst. Kannst du eigentlich noch tätowieren?«

»Klar, Max.«

»Hast du noch dein Werkzeug? Und alles Drumm und Dran?«

»Hab ich noch, Max.«

»Kannst du mich tätowieren, Horst?«

Horst grinste. »Was willst du: eine Frau mit großen Brüsten? Erdbeeren als Brustwarzen? Oder Kirschen? Oder Schildkröten? ... Eine Scheide oder zwei? Oder eine Rose?«

Ich sagte: »Eine KZ-Nummer, Horst. Ich will eine KZ-Nummer.«

Wir witzelten eine Zeitlang. Dann sagte Horst: »Mensch, Max. Mir scheint, du bist doch ein verdammter Jude. Und die haben bloß deine Nummer vergessen.«

Ich grinste und sagte nichts.

»Wie konnte das passieren, Max? Mit so 'ner Fresse!«

Ich sagte: »Nummer 12314! Und vor der Nummer ein Buchstabe. Der Buchstabe A!«

»Warum ein A? Warum nicht ein L? Du warst doch in Laubwalde?«

»In Laubwalde gab es keine Überlebenden, Horst. Das war doch nur ein kleines Lager.«

»Wieso war das ein kleines Lager? Ihr habt doch 200 000 umgebracht.«

»Das war ein kleines Lager, Horst. Die meisten Juden wurden gleich umgelegt. Gleich nach ihrer Einlieferung. Kapierst du das? Wir hatten auf diese Weise nie viele zu überwachen.«

»Ach so, Max.«

»Ja, Horst. Das war ein kleines Lager. Mit wenigen Gefangenen. Und keiner ist entwischt. Wir waren gut organisiert.«

»Das kann man wohl sagen, Max.«

»Der Buchstabe A, Horst!«

»Na schön, Max. Also ein A.«

»Auschwitz, Horst! Das wirkt mehr. Das ist bekannter.«

Ich kriegte meine KZ-Nummer. Horst Kumpel gab mir auch die Adresse eines Arztes ... einer, der die Schnauze halten konnte.

Doktor Hugo Weber war 84. Ein Mann, der bereits 1930 in den Ruhestand getreten war. Zu alt, um während des Krieges mit dabeigewesen zu sein. Also: unbelastet. Aber ein Nazi.

Ein Theoretiker. Ein Antisemit. Sentimental. Ein Idealist.

Ich sagte ihm offen, wer ich war: »Max Schulz. Ein kleiner Fisch.« – Dieser Mann würde mich nicht verraten.

Doktor Hugo Weber entfernte zuerst meine SS-Tätowierung unter dem linken Oberarm – eigentlich eine unansehnliche Tätowierung, ein kleiner Buchstabe, mein Blutgruppenzeichen – entfernte dann auch das Vorhäutchen an meinem Geschlechtsglied, operierte mit zittrigen, runzeligen Händen, ein letzter Liebesdienst für Führer und Vaterland.

Sagte bloß: »Max Schulz! Das verstümmelte Glied ...
das paßt zu Ihrem Gesicht.«

Hätte ihm gern erwidert: »Herr Doktor. Das sind
antisemitische Vorurteile. Ich habe ja gar kein jüdisches
Gesicht.« Zog es jedoch vor, zu schweigen.

Während der ersten Wochen in Berlin wechselte ich
öfters die Wohnung, schlief in anderen Kellern oder
Kellerlöchern, manchmal auch im Freien, irgendwo im
Ruinenfeld, einmal sogar in einer zertrümmerten Kir-
che. Strolchte herum. In der Trümmerstadt. Schmiedete
Pläne. Dachte nach. Erfand Listen jüdischer Namen,
griff schließlich auf einen zurück ... auf den Namen
Itzig Finkelstein.

Max Schulz, der Massenmörder, unehelicher, wenn
auch rein arischer Sohn der Minna Schulz, wurde am
selben Tage geboren wie der Jude Itzig Finkelstein. Er
kannte seine Vergangenheit. Und er hatte denselben
Beruf.

2

Meine Geschichte ist einfach:

Ich bin Itzig Finkelstein, ein jüdischer Friseur aus Wieshalle. In unserer Stadt wohnten nicht viele Juden. Eine kleine Gemeinde. Die Nazis hatten uns gewarnt. Aber wir glaubten ihnen nicht. Wir glaubten, daß der ganze Spuk vorübergehen würde. Wir glaubten an ein besseres Deutschland. Und wir warteten ab. Wir sind nicht ausgewandert.

Und dann kam der Krieg. Und wir warteten auf ein Wunder. Und das Wunder kam nicht. Und eines Tages wollten wir auswandern. Aber da war es zu spät.

Denn eines Tages ... wurden wir abgeholt. Im Morgengrauen. Alle Juden aus Wieshalle. Es wurde keiner vergessen. Wir mußten in Lastautos steigen. Im Morgengrauen.

Wir wurden nach Dachhausen gebracht, ein Konzentrationslager in Schlesien. Dort wurden einige von uns umgebracht. Aber nicht alle.

Im Juni 1942 wurde Dachhausen evakuiert. Man brachte uns nach Laubwalde, ein Vernichtungslager in Polen. Von dort ist keiner zurückgekehrt.

– Aber ich, Itzig Finkelstein, bin nie in Laubwalde angekommen. Unser Transportzug fuhr durch Polen. Tagelang. Wir kriegten kaum was zu essen, und Wasser war knapp. In meinem Waggon waren ein paar Tote. Auf einer kleinen Bahnstation in Polen wurden die

Türen geöffnet und die Toten herausgeholt. Bei dieser Gelegenheit sprang ich aus dem Zug.

Wohin ich flüchtete? Wohin kann ein Jude in Polen flüchten? In den Wald natürlich. Ich traute den Polen nicht, denn das waren noch schlimmere Antisemiten als die deutschen Nazis.

Ich blieb im Wald. Setzte mich allmählich ab ... Richtung Südrußland, Ukraine. Dort schloß ich mich den Partisanen an. Kämpfte eine Zeitlang im Schatten. Wollte meine Eltern rächen. Aber dann – kurz nach dem Fall von Stalingrad – wurde ich geschnappt. Meine Einheit war in eine Falle gerannt. Wieder gelang mir die Flucht. Blieb eine Zeitlang allein. Wanderte dort in der Gegend rum. Wurde wieder geschnappt. Arbeitete als Totengräber unter deutschem Kommando. Sollte erschossen werden. Konnte aber wieder fliehen. Diesmal zurück nach Polen. Dort wurde ich wieder geschnappt ... und nach Auschwitz deportiert.

Auschwitz! Ja ... dort wurden die Leute vergast. Aber nicht alle. Ich wurde einem Arbeitskommando zugeteilt. Ich, Itzig Finkelstein.

Und die Front kam näher. Die kam immer näher. Und eines Tages wurde Auschwitz von den Russen befreit.

Ob ich auch in Auschwitz von den Russen befreit wurde? Nein, meine Herren. Ein Teil des großen Durchgangslagers von Millionen wurde kurz vorher evakuiert. Wohin? Richtung Deutschland! Wissen Sie, was ein Todesmarsch ist? Ich kann das nicht beschreiben. Aber den hab ich mitgemacht. Unterwegs gelang mir die Flucht.

Ich flüchtete zurück nach Polen. In den Wald natürlich. Wohin sonst. Und eines Tages ... ja ... eines Tages wurde der Wald von den Russen überrollt. Ich, Itzig Finkelstein, war frei. Der Iwan hatte mich befreit.

Aber ich traute dem Iwan nicht. Und ich wollte auch nicht beim Iwan bleiben.

Nein, meine Herren. Ich habe zwar einen Dachschaden. Aber so schlimm ist das gar nicht: Ich, Itzig Finkelstein, bin doch nicht so dumm und bleibe beim Iwan! Ich, Itzig Finkelstein, gehe nach Berlin! Wohin in Berlin? In den amerikanischen Sektor natürlich!

Wir aus Wieshalle waren eine kleine, isolierte Gemeinde. Meine jüdischen Freunde und Bekannten sind tot. Auch meine Eltern sind tot. Es ist keiner mehr da. Ich hatte Verwandte in Polen, in Galizien, um genauer zu sein. Aber die hab ich nie gekannt. Wo die sind? Ich habe keine Ahnung. Wahrscheinlich erschossen. Oder erschlagen. Oder vergast. Ich habe keine Ahnung. Was ich in Berlin suche? Im amerikanischen Sektor? Meine Herren! Was für eine Frage! Woher soll ich das wissen? Ich wurde gekreuzigt und habe einen leichten Dachschaden! Und beim Iwan wollte ich nicht bleiben!

Berlin wimmelt von Flüchtlingen. Ich bin auch einer. Wir Flüchtlinge sind wie aufgescheuchte Ameisen. Wir krabbeln in der Trümmerstadt herum. Alle möglichen Ameisen. Deutsche Ameisen ... Heimatvertriebene aus den besetzten Ostgebieten ... und ehemalige polnische Zwangsarbeiter und italienische und griechische und Vertreter anderer Länder. Aber ich, Itzig Finkelstein, bin eine ganz besondere Ameise. Eine jüdische Ameise. Ich darf heute ohne Angst in der Trümmerstadt herumkrabbeln. Denn ich war ein Opfer des gestürzten Regimes. Und unter allen Opfern wurde ich am grausamsten verfolgt. Deshalb stehen mir heute alle möglichen Türen offen. Die Sieger lieben mich nicht. Denn mich liebt niemand. Aber sie haben Nachsicht mit mir. Und Türen stehen offen. Wie lange noch? Das weiß ich

nicht. Aber solange sie offenstehen, kann ich hindurch-
schlüpfen.

Ich putzte täglich meine Brille ... wegen der klaren
Aussicht ... und hielt meine Froschaugen offen. Ich sah,
daß die Hilfsorganisationen für überlebende Naziopfer
wie die Pilze aus der Erde schossen. Ich glaube, sie ver-
körperten das Gewissen der Sieger. Diese Hilfsorganisationen überschütteten uns Opfer des gestürzten Regimes mit ihrer verspäteten Liebe und Fürsorge. Natürlich. Ein bißchen spät. Denn Millionen von uns waren
tot. Aber besser zu spät als gar nicht. Verlangen Sie
nicht von mir, daß ich Ihnen alle Namen dieser Hilfsorganisationen aufzähle. Ich hab sie nicht alle im Kopf
behalten. Lassen Sie mich also folgendes sagen: Ich,
Itzig Finkelstein, setzte mich mit den amerikanisch-
jüdischen Hilfsorganisationen für die überlebenden
Juden des Naziregimes in Verbindung. Die waren bei
Kasse. Das können Sie mir ruhig glauben. Denn die
amerikanischen Juden ... die wurden nicht gekreuzigt.
Aber ich, Itzig Finkelstein, ihr leiblicher Vetter, wurde
gekreuzigt. Und meine Vettern hatten Mitleid mit mir
... ein Mitleid, das noch größer war und stärker als das
Mitleid all der übrigen Sieger, vor allem der offiziellen.
Aber Mitleid ist Leid. Und das Leid ist ein Kreuz. Und
sein Kreuz will jeder loswerden. Und deshalb standen
mir, Itzig Finkelstein, Tränendollars zur Verfügung,
damit ich, Itzig Finkelstein, wieder auf die Beine
komme, damit meine blutenden Glieder heilen, damit
ich mein Kreuz vergesse. Und sie das ihre.
   Also ... hören Sie zu:
   Man steckte mich, Itzig Finkelstein, mit anderen
Gekreuzigten, in das DP-Erholungslager Lichtenberg
bei Berlin. Einem Juden werden keine Fragen gestellt:
Waren Sie bei der Wehrmacht? Waren Sie Parteimit-

glied? Oder gar Mitglied der SS? – Ein Jude ist einwandfrei. Er braucht auch nicht zu beweisen, daß er ein Opfer des gestürzten Regimes war. Denn ein Jude ... das ist: ein Opfer des gestürzten Regimes. Natürlich mußten wir beweisen, daß wir tatsächlich Juden waren. Die meisten von uns hatten keine Zeugen, weil die Zeugen tot waren. Und die meisten hatten keine Papiere. Natürlich sind wir, die am Kreuz hingen, irgendwo und irgendwann mal geboren worden. Aber wie sollte man das nachweisen? Unsere Welt ist in Asche und Trümmer aufgegangen, und wer kannte uns noch?

Wir kamen vor eine Prüfungskommission. Eine reine Formalität. Ein Arzt untersuchte uns Männer, ob wir beschnitten waren. Den Frauen blieb diese ärztliche Untersuchung erspart. Man gab uns ein Gebetbuch, um zu sehen, ob wir hebräisch lesen konnten. Man fragte uns nach den jüdischen Feiertagen. Jeder mußte seine Geschichte erzählen.

Sie werden sich vorstellen können, daß manche von uns, die nicht jüdisch aussahen, mehr, andere dagegen weniger auf Herz und Nieren geprüft oder auf den Zahn gefühlt wurden. Ich hatte es besonders leicht. Als ich an der Reihe war und stotternd meinen Namen murmelte, lachten die Herren der Prüfungskommission. Einer von ihnen, ein Glatzkopf, sagte: »Herr Finkelstein. Wir wissen, daß Sie Jude sind.«

Ich zeigte ihnen meine Auschwitznummer. Die Herren nickten nur. Ich knöpfte meinen Hosenbund auf und zeigte ihnen mein Glied. Die Herren lachten. Der Glatzkopf sagte: »Herr Finkelstein. Wir wollen hier keine Demonstration.« Ich glaube, daß die Herren mich nicht für ganz voll nahmen. Man gab mir weder ein Gebetbuch, noch fragte man mich nach den jüdischen Feiertagen. Ich wurde auch nicht ärztlich untersucht. Meine jüdische Identität stand für sie einwandfrei fest.

Trotzdem ließ ich mich nicht so schnell abspeisen. Denn ich wollte ja nicht vorgezogen werden. Warum sollte ich weniger geprüft werden als die anderen Juden? Ich zählte also die jüdischen Feiertage auf, obwohl man mich gar nicht danach gefragt hatte, leierte Gebete, die ich einst von Itzig Finkelstein gelernt hatte, auswendig herunter. Aber die Herren winkten ab. Sie lachten. Der Glatzkopf erlaubte sich sogar einen kleinen Scherz. Er fragte: »Herr Finkelstein. Wieviel Götter haben wir?«

Ich sagte: »Einen.«

Der Glatzkopf fragte: »Sind Sie auch sicher?«

Ich sagte: »Ganz sicher. Nur einen. Keinen Gottes-Sohn. Und keine Heilige Jungfrau. Unser Gott ist auch kein Zauberficker, der unschuldige Jungfrauen schwängert, ohne sie zu entjungfern. Solche Witze macht der nicht.«

Da hörten die Herren zu lachen auf. Ich konnte ihre Gedanken lesen, und ich las sie laut vor: »Der hat einen Dachschaden!«

Der Glatzkopf fragte: »Wer hat einen Dachschaden?«

Ich sagte: »Ich habe einen Dachschaden.«

Die Herren starrten nur noch auf meine Auschwitz-nummer, denn ich hatte meine Hose ja wieder zuge-knöpft. Ich konnte ihre Gedanken lesen. Aber ich las sie nicht mehr laut vor. Ich las sie stumm, mit zusammen-gepreßtem Mund: Der war in Auschwitz! Der hat einen Dachschaden! Kein Wunder!

Ich blieb einige Wochen im jüdischen Erholungslager Lichtenberg bei Berlin. Dort kriegte ich tüchtig zu essen. Die jüdische Lagerverwaltung drängte mir ihr Wohlwollen förmlich auf. Ich wurde neu eingekleidet. Man gab mir Vitaminspritzen. Ich kriegte wieder Papiere ... oder, um genauer zu sein: einen provisorischen

DP-Ausweis. Ich brauchte mich nicht mehr zu verstecken, denn mein DP-Ausweis bewies schwarz auf weiß, daß ich, sein Besitzer, der gekreuzigte Itzig Finkelstein, nach eigenen Angaben ... Itzig Finkelstein war, von Beruf Friseur, geboren am 15. Mai 1907, in der ehemals deutschen, heute polnischen Stadt Wieshalle.

Wie lange solch ein provisorischer DP-Ausweis gültig ist? Wollen Sie das wissen?

Ich weiß es nicht genau. Auf jeden Fall: solange ... bis hier bei uns in Deutschland wieder Ordnung herrscht ... bis die Ruinen verschwinden ... und die DP-Lager ... bis der Laden wieder funktioniert ... bis die Besatzung aufhört ... bis wir hier den Karren aus dem Dreck ziehen. Und das wird bestimmt noch eine Weile dauern.

Nachdem ich mich gründlich erholt hatte, ging ich zurück nach Berlin ... um meine Goldzähne zu verkaufen.

Ich fand ein Quartier ... Keller natürlich ... Kellerkammer mit separatem Eingang ... grub die Goldzähne aus ... holte sie nach Hause.

Ich, Itzig Finkelstein, hatte es nun nicht mehr nötig, einzelne Goldzähne zu verkaufen und den Leuten zu erzählen: diesen Goldzahn hab ich mir selber ausgebrochen! – Ich konnte sie jetzt dutzendweise verkaufen, denn ich, Itzig Finkelstein, stand jenseits jeden Verdachts. Keiner würde mich für einen Massenmörder halten. Als Massenmörder kam ich nicht in Frage.

Natürlich dachte ich nicht daran, den ganzen Vorrat Goldzähne auf einmal zu verkaufen, denn das wäre dann doch zu auffällig gewesen. Aber dutzendweise? Warum nicht!

Kennen Sie den Schwarzmarkt in Berlin? Sie kennen ihn nicht? Und sie kannten ihn nicht? Da kann ich

Ihnen nur sagen: da haben Sie was verpaßt! – Das ist ein Schwarzmarkt, sag' ich Ihnen! Eine Sehenswürdigkeit! Da hüpft das Herz jedes Schwarzhändlers. Da macht es richtige Sprünge. Besonders zu empfehlen ist die Gegend rings um das Reichstagsgebäude. Ein gefundenes Fressen für mich, den kleinen jüdischen Schwarzhändler Itzig Finkelstein.

Ich machte Kontakte: Zahnärzte, Goldschmiede, Zwischenhändler, kleinere und größere Schieber (die Grossisten vermied ich). Zahngold ist knapp in Deutschland. War auch damals knapp, im Herbst 1945. Ich verkaufte meine Zähne dutzendweise. Erzählte immer dieselbe Geschichte: Ich bin Herr Finkelstein. Ich kaufe Goldzähne auf. Kaufe sie meistens von armen deutschen Frauen und Männern, die sich die Goldzähne ausbrechen, um sie für Lebensmittel einzutauschen. Denn auch ein Deutscher muß essen!

Den Schwarzhändlern war das egal. Aber die Zahnärzte und Goldschmiede ... die haßten mich, den Juden Itzig Finkelstein, obwohl sie nichts sagten. Ich konnte es in ihren Augen aufflimmern sehen, wortlose Funken: Du schäbiger, kleiner Jude. Dich hätten sie vergasen sollen. Was suchst du in Deutschland! Kaufst das Zahngold auf, was? Die Zähne armer deutscher Frauen und Männer!

Ich hätte ihnen gern gesagt: Das sind doch die Zähne toter, ermordeter Juden! Aber das konnte ich nicht. Lohnt sich auch nicht ... ich meine ... mit Antisemiten zu diskutieren. Die sind ja unverbesserlich.

Ich verkaufte alle Goldzähne ... oder ... Moment mal! ... nicht alle. Drei behielt ich als Andenken. Wickelte sie in ein Taschentuch. Einige ließ ich einschmelzen, sozusagen: für Eigengebrauch. Denn meine eigenen Zähne waren schlecht, und ich wollte sie unbedingt machen lassen.

Ich ging zum besten Zahnarzt in Berlin. Sagte zu ihm: »Meine Zähne sind schlecht. Und ein Mensch soll nicht mit schlechten Zähnen in der Welt herumlaufen. Machen Sie mir einen Mund voller Goldzähne. Ich will, daß man das Gold sieht. Es soll glänzen, wenn ich lache.«

Ich habe einen Mund voller Goldzähne. Und drei Zähne liegen noch immer in meinem alten Taschentuch. Ein sentimentales Andenken.

Aber hören Sie zu:

Ich hatte den Rest der Zähne verkauft. Und ich hatte eine Stange Geld gemacht, genug, um einen kleinen Schwarzhandel anzufangen. Mit dem Friseursalon hatte es Zeit. Ich sagte zu mir: »Ja, eines Tages ... da wirst du dir einen eigenen Friseursalon aufmachen. Ganz bestimmt. Denn du willst ja wieder Wurzeln schlagen. Darauf kommt es an: Wieder Wurzeln schlagen! Ein anständiges, ordentliches Leben zu führen. Vielleicht eine Familie gründen. Ja, warum nicht? Warum sollte Itzig Finkelstein nicht eines Tages eine Familie gründen?«

Aber wie gesagt: »Das hat Zeit!« – 1945 war das Jahr des Schwarzhandels.

Ich fing mit schwarzen Zigaretten an, schob dann auch schwarzen Kaffee, handelte später mit allem möglichen. Itzig Finkelstein wurde allmählich auf dem Schwarzmarkt von Berlin bekannt. Eigentlich hatte er keinen Grund, sich zu beklagen.

Berlin war immer noch ein Trümmerhaufen. Aber damals, im Jahre 1945, schien die ganze Stadt trostloser denn je. Wenigstens kam mir das so vor. Nachts in meinem Bett sah ich Totenvögel über den angekohlten Ruinen. Ich verkroch mich unter meiner Decke.

Berlin ist kaputt. Einfach zusammengekracht wie das ganze Kartenhaus. Ich kann es nicht ändern. Es geht mich auch nichts mehr an. Eines Tages werden sie die Stadt wieder aufbauen. Ich sehe das kommen. Und ganz Deutschland. Sie werden alles wieder aufbauen. Und dann ... ja dann ... holen sie vielleicht den Führer vom Himmel zurück.

3

Kennen Sie Kriemhild, Gräfin von Hohenhausen? Erlauben Sie mir, daß ich Ihnen die Gräfin vorstelle?

Stellen Sie sich also vor:

Eine Schwarzhändlerparty in einem Berliner Nachtlokal. Keller natürlich. Der Raum ist verraucht. Zigarrenrauch? Oder Zigarettenrauch? Wollen Sie das genau wissen?

Beides! Allerdings mehr Zigarrenrauch. Das kommt davon: Die ganz Großen rauchen Zigarren. So ist das.

Irgendwo im Raum sitzt Itzig Finkelstein ... der kleinste unter den Großen. Raucht Camels, der Itzig. Und irgendwo unter den Großen sitzt auch die Gräfin. Und die raucht eine Zigarre.

Gedämpftes Licht. Kerzen natürlich. Kleine, zuckende, flackernde, blinzelnde Flämmchen ... die Schatten werfen, wie das Flämmchen der Kerze in Frau Holles Keller ... aber andere Schatten und viel mehr, denn es sind ja viele Kerzen. Und die ersetzen die Sonne, weil sie schläft. Und den Mond, der nicht in jeden Keller guckt. Und das elektrische Licht, das gelöscht wurde.

Erhitzte, verschwommene Gesichter. Kellner im Smoking. Sekt! Der fließt hier aus deutschen Bierfässern ... Im Hintergrund: Zigeunermusik. Russische. Rumänische. Ungarische. Auch jüdische.

Traurigkeit. Erinnerungen.

Rauch, Musik, Sekt. Und die Gräfin ...

Soll ich Ihnen die Gräfin beschreiben? Für mich war sie bloß blond. Vielleicht auch groß. Also groß und blond. Mehr nicht. Mehr sah der Itzig nicht. Eine große, blonde Frau. Eine Gräfin. Aber mein Tischnachbar, ein frommer Mann, ehemaliger Klosterbruder, dann Wanderprediger, der jetzt Schwarzmarkt machte ... so wie Gläubige und Ungläubige ... der konnte mehr sehen als ich. Und der beschrieb sie mir.

»Gucken Sie mal richtig hin, Herr Finkelstein«, sagte mein Tischnachbar. »Und was sehen Sie?«

»Eine blonde, große Frau«, sagte ich. »Mehr nicht.«

»Sehen Sie nicht, wie pervers die ist?«

»Nein«, sagte ich. »Das seh ich nicht.«

»Gucken Sie mal ihre Augen an. Sehen Sie nichts?«

»Nein«, sagte ich. »Nichts.«

»Da steht doch alles drin«, sagte mein Tischnachbar, der Klosterbruder und Wanderprediger. – »Heulende Negersklaven. Und lachende. Reitpeitschen. Pferdehufe. Blut. Weiße Leinentücher mit roten Pünktchen. Bunte, schweißbedeckte Kissen. Ein Gesäß oder Hintern oder Hinterteil oder Steißbein oder Sterz oder verlängerter Rücken oder Podex oder Popo oder After oder Anus oder Arsch ... aus zartestem Fleisch und Pfirsichhaut. ›Domini creatio magnifica!‹ – Und dort steckt was drin: männlich, sehnig, kuppelig, froschartig, augenlos, zielbewußt, lautlos schreiend, beschnitten. Und was sich so vereint, das lacht und stöhnt und schreit, obwohl das nur die Engel hören können. Und sehen Sie nicht, Herr Finkelstein ... spiralenförmige Bewegungen ... und eine feuchte Zunge und vogelknochenartig-zerbrechliche, lange, stammbaumgeprägte, glattgezupfte Frauenbeine ... und den Stiernacken des Mannes? Und alles ineinander verschlungen? Und die Beine lachen die Zunge aus und wollen dem Mann das Genick brechen! Und zartestes Fleisch und Pfirsichhaut saugen ihm das Mark aus den Knochen. Und die Knochen sind die letzten einer Kette, die Jahrtausende alt ist, mit angeschlagenen und angespuckten Gliedern! Und das stumme, geduldige Bett. Und der Sternenhimmel hinter dem Fenster. Und sehen Sie nicht den Rosenkranz? Und die Thorarolle? Und Christus ohne Kreuz? Christus befreit? Nackt? Mit gerecktem Glied? Christus, der das Fleisch entdeckt hat?«

Ich sagte: »Verdammt und zugenäht! So hab ich noch niemanden reden hören!« Fragte mich: »Wessen Glied steckt im Hintern der nordischen Gräfin? War Christus beschnitten? Ist es Christus? Oder der, der Christus verleugnet? Oder du? Und wer bist du? Und bist du nicht auch beschnitten? Aber hast du Christus nicht umgebracht?«

»Wovon lebt die Gräfin?« fragte ich meinen Tischnachbarn.

»Sie war mal sehr reich«, sagte mein Tischnachbar, der Klosterbruder und Wanderprediger ... »Güter, Landbesitz, auch ein Schloß. Alles im Osten. Vom Iwan überrannt. Alles verstaatlicht.«

»Lebt sie jetzt vom Schwarzhandel?«

»Indirekt«, sagte mein Tischnachbar. »Sie ist die Mätresse eines Schwarzhändlers.«

Ich sagte: »Ach so ...«

»Eigentlich war sie die Mätresse. Sie ist es nicht mehr, weil der Schwarzhändler vorige Woche gestorben ist. Herzinfarkt. Ein ganzer Waggon schwarzer Zigaretten, der in die Hände der MP fiel. Das kann das Herz nicht vertragen.«

Ich, Itzig Finkelstein, lebe in ständiger Angst vor einem neuen Herzinfarkt. Trotzdem konnte ich der Versuchung nicht widerstehen! Alles war klar: ich wollte die Gräfin zu meiner Mätresse machen! Tagelang wanderte ich wie im Traum durch die Ruinen Berlins, machte auch weite Spaziergänge in die Vororte ... nicht ganz so zertrümmert ... sah mir vereinzelte Villen an ... erlebte den ersten Schnee Ende 1945 ... dachte an das neue Jahr ... dachte an Itzig Finkelstein ... den echten ... den toten ... und an den falschen ... dachte an meine krumme Nase ... und an mein beschnittenes Glied ... dachte, wie das wohl sein würde? ... ich, Itzig Finkelstein, der kleine Jude und die schöne, blonde Gräfin ... dachte an Bürgerschreck und Revolution ... dachte an Pferdehufe und an lachende und weinende Negersklaven, an Reitpeitschen and weiße Leinentücher mit roten Pünktchen ... dachte an zartes Fleisch, dachte an Pfirsiche, dachte an ihren Arsch ... und an mein Glied, das beschnitten war wie das Glied des Herrn Jesus Christus.

Ich schrieb der Gräfin einen Brief. Ich schrieb:

Sehr geehrte Gräfin,

ich, Itzig Finkelstein, mache glänzende Schwarzgeschäfte, handle mit schwarzen Zigaretten, schwarzem Kaffee, schwarzer Schokolade, schwarzen Feuerwaffen und noch vielem mehr, zuweilen auch mit schwarzen Jungfrauen, die zumeist blonde Haare haben und blaue Augen oder grüne oder graue. Ich bin auf dem Wege zum Erfolg. Wenn Sie die Güte hätten, einen einsamen, arbeitsamen Mann zu trösten und sich herablassen wollen, die Früchte ehrgeiziger Arbeit mit mir zu teilen, dann wäre ich, Itzig Finkelstein, Ihnen sehr verbunden.

Mit vorzüglicher Hochachtung

Ihr

Itzig Finkelstein

Die Antwort ließ nicht lange auf sich warten. Die Gräfin schrieb mir:

Lieber Herr von Finkelstein,

der Erfolg adelt Sie. Handeln Sie nur mit amerikani-

scher oder auch mit Schweizer-Schokolade, zum Beispiel: Alpenmilchschokolade? Die eß' ich besonders
gern. Lassen Sie mich das wissen!

Reiche Ihnen, lieber Herr von Finkelstein, meine
Hand zum Kuß (wissen Sie überhaupt, wie man einer
Dame die Hand küßt?)

Ihre

Kriemhild, Gräfin von Hohenhausen

4.

Ich brauche Ihnen wohl nicht zu sagen, daß die Verbindung zwischen der nordischen Gräfin und mir, dem jüdischen Schwarzhändler Itzig Finkelstein, zustande kam. Die Gräfin wollte Geld. Und ich wollte gesellschaftlichen Status. Wir konnten uns ergänzen. Steckdose und Stecker. Wir streckten die Fühler aus, fanden uns, konnten funktionieren.

Ich besuchte die Gräfin in ihrer Villa, eine wirkliche Villa, die den Krieg überlebt hatte ... nicht weit von Berlin ... im Vorort Blankenstein ... Obstgärten, Kieswege, Zuchtwald, Edeltannen ... allerdings verschneit ... vom Winter eingebettet ... Winter 45-46 ... Nachkriegswinter.

Die Gräfin empfing mich mit dem Lächeln der Kriemhilde, die von Siegfried überrascht wird ... ließ sich die Hand küssen, führte mich ins Rauchzimmer, bot mir eine Zigarre an, drückte mich auf einen Ledersessel, nahm ihrerseits Platz, erklärte mir gleich, daß Geld mehr Schutz biete als Drachenblut, fragte, ob ich sie beschützen könne, erkundigte sich nach schwarzen Zigaretten, schwarzer Schokolade, schwarzem Kaffee, schwarzen Jungfrauen, rauchte nervös, klingelte mit einem Glöckchen, befahl dem Butler, Tee und Mettwurstbrötchen zu servieren, überkreuzte die langen, stammbaumbewußten Beine, zeigte mir verstohlen ihre Zungenspitze ... blaublütig, rosarot ... sprach über

Finanzen, Börsenneuigkeiten, Musik, Bücher, winkte mir dann mit dem kleinen Finger, ließ mich aufstehen, nähertreten, lächelte, öffnete mit zarten Fingern meinen Hosenbund, nahm mein Glied in ihre Hand, sah es wachsen, nahm ein Metermaß, prüfte mein Glied auf Länge und Breite und Durchmesser, sagte: »Ja, das ist normal! Das paßt!« ... übergab mir dann einen kleinen goldenen Schlüssel, sagte: »Nur symbolisch! Haben Sie Tagore gelesen? Und Zweig? Und Dostojewskij? Und Courths-Mahler? Und lieben Sie Mozart?«

Die Gräfin hatte die Villa nur gemietet. Kostete ein Heidengeld. Ihr früherer Liebhaber, der Schwarzhändler Nikolaus Wanja Stubbe, Sohn einer Weißrussin und eines Berliner Autohändlers ... Nikolaus Wanja Stubbe, genannt: Zarewitsch ... war einer der ›Großen‹, und für den spielte das keine Rolle. Aber ich, Itzig Finkelstein, der Jude, war nur einer der ›Kleinen‹, obwohl ich gute Geschäfte machte und auf dem Weg zum Erfolg war. Aber immerhin ... das ging einfach über meine Verhältnisse. Eine solch kostbare Villa mit allem Drum und Dran konnte ich mir eigentlich ... oder ... durfte ich mir eigentlich nicht leisten.

Natürlich hatte die Gräfin außer dem Butler noch anderes Personal: Zimmermädchen, Koch, Köchin, Gärtner, Zofe, Chauffeur. Der Wagen des Schwarzhändlers Nikolaus Wanja Stubbe stand in der Garage und selbstverständlich zu meiner Verfügung.

Nachdem ich bei der Gräfin eingezogen war, wurde mir gleich eingeschärft, daß der Großerfolg in engem Zusammenhang mit dem Lebensstil steht, in dem oder mit dem ein Mensch lebt. Ich wurde täglich im schwarzen Mercedes zum Schwarzmarkt gefahren. Das fiel den ›Ganz Großen‹ auf, und die kamen zu mir und wollten mit mir Geschäfte machen. Die Gräfin gab regelmäßig Partys in unserer Villa und lud die ›Ganz Großen‹ ein, wickelte sie um ihre zarten Finger, bekam Aufträge für mich, die alles überstiegen, was ich jemals erträumt hatte. Selbstverständlich auch Kredit. Hatte ich doch vorher nur kleinere Schiebereien gemacht und Summen verrechnet, die ein normaler Mensch im Kopf ausrechnen konnte … jetzt hatten die Zahlen so viele Nullen, daß ich mir eine Rechenmaschine kaufen mußte. In unseren Kreisen sprach man nicht von einzelnen Stangen Zigaretten oder einzelnen Schokoladenstangen oder einzelnen Büchsen Kaffee oder einzelnen Jungfrauen … man sprach von Waggonladungen: ein Waggon Zigaretten, ein Waggon Schokolade, ein Waggon Kaffee, ein Waggon Jungfrauen.

Wenn Sie glauben, daß ich gleich nach meinem Einzug in die Villa zu der Gräfin ins Bett stieg, sozusagen: als legaler Beischläfer … dann haben Sie sich geschnitten.

In der ersten Woche durfte ich sie nicht anrühren. Ich mußte vielmehr im Bett des Butlers schlafen … ein ernster, pflichtbewußter, ergebener und erfahrener Mann, dem die Gräfin befohlen hatte, mich in den Künsten der Liebe zu unterrichten.

Der Butler erklärte mir, daß Körper und Seele eine Einheit bilden, daß im lebendigen Körper keine tote Seele wohnen kann, wohl aber eine schlafende, und daß die schlafende Seele erweckt werden soll wie die schlafende Seele der Geige in der Hand des rechten Geigers. Der Butler erklärte mir den Unterschied zwischen Freude und Vorfreude und wie die eine durch die andere erhöht wird, er sprach auch übers Theater, sprach über Schauspielkunst, sprach über die Wichtigkeit des Vorspiels, das den Hauptakt belebt, dessen Echo wiederum durch das Nachspiel erhalten wird. Der Butler erklärte mir, daß der Mensch eine Fantasie hat oder haben sollte, das Tier aber nicht: denn das hat keine! Daß die Kraft der Liebe die Fantasie beflügelt und imstande ist, irdische Dinge zu verwandeln: bis ein Finger kein Finger mehr ist, eine Zunge keine Zunge, Zehen keine Zehen, Nasen keine Nasen, ein Glied kein Glied, eine Scheide keine Scheide, ein Gesäß kein Gesäß, Säfte keine Säfte, Ausscheidung keine Ausscheidung! Und so fort!

Der Butler erklärte mir, daß die Biene ihren emsigen Rüssel tief in den Kelch der Blume steckt, um den Honig zu sammeln, daß die Erde weiblich ist, aber der Regen männlich so wie die Sonne, daß das Weib den Mann empfängt und nicht umgekehrt, daß die Berge sich dem Frühlingswind entgegenstrecken, daß die lieben Vögel Gottes Geschöpfe sind ebenso wie das Pferd ... und daß sich die lieben Vöglein nicht schämen, schmackhafte Körner aus übelriechendem Pferdemist zu picken, weil das Korn Gottes Frucht ist. Und ist der Mensch nicht besser als ein Vogel?

Der Butler sprach über Reitpeitschen, über gegerbtes und ungegerbtes Leder, harte und weiche Griffe silber- oder bronzeverziert ... Seiden- oder Samtkissen bei Kontakterhöhung und zuweilen bei -vertiefung, sprach über Brennesseln, Olivenöl, Schaumbäder, Vaseline, Parfüm, Haarwickler, Nektar und Champagner, sprach über die sanfte Rundung gläserner Flaschenhälse, über champagner- und nektardurchtränktes Scheidensekret, kernlose, süße Kirschen, Pantöffelchen, drohte mit dem Butlerfinger, erläuterte ernst, daß lautes Schlürfen nur dann erlaubt ist, wenn der Champagner nicht aus Gläsern oder nicht direkt aus der Flasche getrunken wird, sprach über die Dummheit des Hanfs und über den Geist der Weintraube ...

Mein Kopf dröhnte von soviel Theorie, und ich empfand es fast als Erlösung, als der Butler endlich die Zofe ins Zimmer rief, um den theoretischen Unterricht durch den praktischen abzulösen. Ja, der nahm den Rest der Woche in Anspruch. Lernte allerhand. Lernte vor allem die sieben wichtigsten Positionen, einschließlich der letzten ... die Position der ›reinen Betrachtung‹.

Habe ich Sie neugierig gemacht? Wollen Sie wissen, ob der jüdische Schwarzhändler Itzig Finkelstein oder der frühere arische Massenmörder Max Schulz die erste Nacht der großen Prüfung mit der schönen adeligen Frau Kriemhild Gräfin von Hohenhausen bestand?

Wissen Sie, was ein Versager ist? Haben Sie Psychologie studiert? Wissen Sie etwas über das Wesen der Platzangst? Kennen Sie den Ausdruck: Staatsexamen? Können Sie sich in die Haut eines ehrgeizbesessenen Studenten versetzen, wenn derselbe vor seinem Richter steht?

Ich vergaß im Augenblick der ›Großen Prüfung‹ alles, was ich gelernt hatte, lag angstschlotternd, mit aufgerissenen Froschaugen in ihren Armen, dachte an das Auge des Polypen, hörte das Auge lachen, sah mich durchstrahlt, durchleuchtet, durchschaut, verhöhnt, gedemütigt, kastriert. – Nur einmal ... im Laufe jener ersten Nacht ... raffte ich mich auf, kriegte eine Wut, wollte mich rächen, stieß einen fürchterlichen Fluch aus, warf mich auf die Gräfin und nahm sie im Sturmangriff, der drei Sekunden dauerte ... oder, um genauer zu sein: dreieinhalb Sekunden.

Und wissen Sie, was die Gräfin zu mir sagte?

»Herr Finkelstein«, sagte sie, »Sie sind ein Barbar.«

»Ich bin Jude«, sagte ich. »Kein Barbar.«

»Um so schlimmer«, sagte die Gräfin. »Was du ererbt von deinen Vätern hast, erwirb es, um es zu besitzen. Ein Goethezitat. Merken Sie sich das!«

»Aber unser Erbe ist doch die Bibel«, sagte ich.

»Das stimmt«, sagte die Gräfin. »Aber habt ihr nicht Berührung mit den Alten Griechen gehabt! Und auch mit Babylon! Habt ihr dort nichts gesehen? Und nichts gelernt? Gar nichts?«

Es ist klar: Die Gräfin ist eine Antisemitin!
In der letzten Zeit hat sie die Maske ganz fallen lassen.

Tagtäglich muß ich spitze, höhnische Bemerkungen einstecken. Nur das Wort ›Saujud‹ ist noch nicht gefallen, wird wahrscheinlich nie fallen, weil solche und ähnliche Ausdrücke nicht zu ihrem Wortschatz gehören. Das Wort ›Saujud‹ wird mir vielmehr verkleidet serviert. Aber immerhin: deutlich genug. Sogar die Dienstboten haben es bemerkt. Die nehmen sich nicht mal die Mühe, verstohlen hinter meinem Rücken zu grinsen. Die grinsen ganz offen in meiner Gegenwart.
Gestern sagte die Gräfin: »Man sagt, daß ihr Juden mal ein stolzes Volk wart. Ein Volk von Ackerbauern, Schriftgelehrten und Soldaten. Angeblich hat kein Volk so sehr um seine Freiheit gekämpft, wie das Volk der Juden. Was ist bloß aus euch geworden?«
Ich sagte: »Wie meinen Sie das?«
»Wie ich das meine«, sagte die Gräfin höhnisch. »Ich meine, daß die Geschichte gelogen hat. Sonst hätte euer Volk nicht so ein Exemplar wie Sie, Herr Finkelstein, hervorbringen können. Haben Sie mal in den Spiegel geschaut?«

Was hat die Gräfin gesagt? A n g e b l i c h hat kein Volk so sehr um seine Freiheit gekämpft wie das Volk der Juden? Was soll das heißen: Angeblich?
Die Geschichte hätte gelogen! Hat sie das nicht gesagt? Eine Unverschämtheit! Sie will mich ganz kleinkriegen.

Heute morgen – gleich nach dem Frühstück – habe ich dem Butler befohlen, mir eine ›Jüdische Geschichte‹ zu besorgen »Die Bibel kenn' ich«, hab ich gesagt. »Aber das genügt nicht. Besorgen Sie mir eine sachliche ›Jüdische Geschichte.‹«

Auf den Butler kann man sich verlassen. Er hat mir eine ›Jüdische Geschichte‹ besorgt. Und zwar: eine Kurzfassung! Kurzfassung mit den wichtigsten Zitaten, auch mit Auszügen aus dem Gesamtwerk des Historikers Graetz. Leicht und schnell durchzulesen. Außerdem: ›Die Geschichte des modernen Zionismus‹, den ›Judenstaat‹ von Theodor Herzl. ›Rom und Jerusalem‹ von Moses Hess, Schriften von Max Nordau, gedruckte Reden von Jabotinsky, rechtsradikale Zionistenliteratur und so fort. Ich bin mit dem Spürsinn des Butlers zufrieden. Ich werde der Gräfin beweisen, daß die Geschichte nicht gelogen hat.

Ein Mensch, der so schwer arbeitet wie ich, hat wenig Zeit. Täglich Schwarzmarktsitzungen und -konferenzen, nebenbei Kleinarbeit im schwarzen Mercedes oder zu Fuß – obwohl ich das gar nicht nötig habe – außerdem sechs bis acht Stunden Lektüre, nachts, natürlich: Jüdische Geschichte, zionistische Geschichte und so weiter. Zwischendurch gehe ich auch in die Synagoge, erstens: um das Beten zu üben, zweitens: weil ich mich in der Synagoge zeigen möchte ... das kann nicht schaden.

In der letzten Zeit ... lange Diskussionen mit der Gräfin. Thema: Hat die Geschichte gelogen oder nicht? Ich zeige ihr grinsend meine Bücher, berühmte Namen und wahre Zitate, die ich mit Blaustift unterstrichen habe und deren Glaubwürdigkeit unantastbar ist. Die Gräfin spottet zwar immer noch über meine Froschaugen, meine krumme Nase, meine Plattfüße, über meine Tätigkeit als Schwarzhändler, nennt mich einen minderwertigen Juden, klingelt ärgerlich nach dem Butler, läßt sich das ›Zeitungsalbum‹ bringen, zeigt mir Ausschnitte des ›Stürmers‹, des berüchtigten nationalsozialistischen, antisemitischen Hetzblattes von anno dazumal, sagt zu mir: »Sehen Sie diese Karikatur, Herr Finkelstein ... so sehen die Juden aus ... und sehen Sie nicht etwa so aus ... oder nicht?« ... wird aber immer unsicherer, da ich alles widerlege, was sie sagt ... zitatenfundamentiert, zitatensicher, zitatenbewußt: »Sehen Sie, Gräfin! Gucken Sie mal dieses Buch an! Und dieses! Und dieses!«

Die Gräfin sagt: »Krumme Nase! Der Herr Itzig Finkelstein!«

Ich sage: »Moses!«

Die Gräfin sagt: »Froschauge! Trotz Brille!«

Ich sage: »Jesus!«

Die Gräfin sagt: »Plattfüße! Trotz Wildlederschuhe!«

Ich sage: »Karl Marx!«

Die Gräfin sagt: »Rasierter Schädel, um sein Kraushaar zu verleugnen!«

Ich sage: »Siegmund Freud!«

Die Gräfin sagt: »Schwarzhändler!«

Ich sage: »Einstein! – Sehen Sie, Gräfin: das Fundament der abendländischen Zivilisation ruht auf den Schultern jüdischer Köpfe.«

»Seit wann sitzt die Schulter im Kopf?« fragt die Gräfin. »Sind das nicht jüdische Verdrehungen, Herr Finkelstein?«

Ich aber lache sie aus, erzähle ihr von Judas Makkabäus ... genannt: der Hammer ... erzähle ihr von den jüdischen Helden in der Festung Massada, erzähle vom Aufstand des Bar Kochba, erzähle ihr vom Exil, erzähle ihr von der Spanischen Inquisition, erzähle von brennenden Scheiterhaufen, mache ihr klar, wie man für seinen Glauben stirbt, erzähle ihr von Ausdauer, Märtyrertum, passivem Heldentum, sage zu ihr: »Gräfin ... 2000 Jahre Exil sind für uns nichts, nicht mehr als für euch 2 Jahre, denn wir verstehen es, die Null zu streichen ... auch mehrere Nullen. Was die Nazis gekonnt haben, das können wir auch. Bloß anders. Die streichen menschliche Nullen. Wir streichen die Nullen der Zeit. Nichts hat sich für uns geändert. Hier stehe ich und kann nicht anders! Wer hat das gesagt? Luther hat das gesagt! Ein Antisemit hat das gesagt! Aber das ist mir scheißegal. Denn ich, liebe Gräfin, sage das auch. Hier stehe ich und kann nicht anders! Ich bin Jude. Und ich bin stolz darauf. Und wenn's Ihnen nicht paßt, dann können Sie mich am Arsch lecken!«

Die Gräfin sagte nur: »Sowas tut man ... aber man sagt es nicht. Keine Finesse, Herr Finkelstein!«

Der Butler legte mir jeden Morgen die Zeitung links neben den Teller. Aus Gewohnheit lese ich zuerst Berichte über den Massenmord, schneide sie aus, bewahre sie auf, unterstreiche aber vorher, ehe ich sie ablege, die Namen der geschnappten Verbrecher, ebenso die noch gesuchten. Oft stoße ich auf den Namen des Lagerkommandanten Hans Müller, zuweilen auf meinen eigenen.

Die Gräfin pflegt mich bei dieser Beschäftigung stets spöttisch zu beobachten. Gestern sagte sie: »Herr Finkelstein. Sie sind ein Spinner. Außerdem verspielt wie ein Sechsjähriger. Sie sammeln diesen Unsinn. Und unterstreichen Namen! Übrigens: warum unterstreichen Sie gewisse Namen doppelt?«

Ich sagte: »Weil diese gewissen Namen zwei Verbrechern aus Laubwalde gehören.«

»Das weiß ich«, sagte die Gräfin.

»Hans Müller«, sagte ich. »Und Max Schulz. Zwei schwere Jungen.«

»Massenmörder«, sagte die Gräfin. »So wie alle anderen.«

»Jawohl«, sagte ich.

»Und wer ist dieser Hans Müller?«

»Das war der Lagerkommandant. Stand in der Zeitung.«

»Und wer ist dieser Max Schulz?«

»Ein kleiner Fisch«, sagte ich. »Nur ein kleiner Fisch.«

Nach der Lektüre über den Massenmord überfliege ich gewöhnlich kurz die literarische Seite, lese auch Theater- und Kinoanzeigen, studiere den Immobilienmarkt, lese Börsennachrichten, überspringe oder überschlage Artikel, die mich nicht interessieren und lese dann zum Schluß Politisches.

Besonders interessieren mich die Unruhen in Palästina. Dort sieht es schlimm aus. Tagtäglich bringt die Presse Berichte mit Schlagzeilen: ›Jüdischer Terror! Aufstand! Frische englische Truppen im Heiligen Lande angelangt! Die Juden verlangen Selbstbestimmungsrecht! Die Juden sind eine Minorität! Die Juden erstreben die Majorität! Massenemigration der Juden trotz Blockade fortgesetzt! Sternbande greift englische Kaserne an, Polizeirevier bei Tel Aviv in die Luft gesprengt! Die Terrororganisation Irgun Zwai Leumi versenkt englisches Schiff! Englischer Hauptmann entführt! Ausnahmezustand! Arabische Unruhen!‹

»Was ist dort eigentlich los?« fragt die Gräfin.

Ich sage: »Die Juden wollen ihr Land zurück. Haben Sie mal was vom Zionismus gehört?«

Die Gräfin verneint, was ich ja erwartet hatte.

Ich erkläre ihr: »Zionismus ist keine neue Idee. Sie ist so alt wie das Exil des jüdischen Volkes.«

Die Gräfin sagt: »Also keine neue Idee?«

Ich sage: »Mein Volk hat den Gedanken an eine Rückkehr ins Heilige Land nie aufgegeben. Wir haben den Gedanken durch die Jahrhunderte genährt. Sogar im Gebet: ›Leschana haba ba Jeruschalajim – nächstes Jahr in Jerusalem!‹«

Ich sage: »In meinen Büchern steht, daß es nicht nur ein Exil gab. Aber wir reden jetzt vom letzten Exil, und das hat fast 2000 Jahre lang gedauert.«

Ich sage: »Sie müssen zwei Phasen unterscheiden, liebe Gräfin, … den messianischen Zionismus und den politischen Zionismus.«

Ich sage: »Während der ersten Phase warteten die Juden geduldig auf die Ankunft des Messias, der sie ins Heilige Land zurückführen würde. Aber der Messias der Juden hat es nicht eilig. Und wie lange konnten die Juden warten? Sie haben fast 2000 Jahre lang gewartet. Und er kam nicht. Kapieren Sie das, Gräfin? Die Juden warteten wie Schafe, umringt von Wölfen. Und das Schaf hatte Angst und verwandelte sich. Und wurde zum Vogel Strauß. Und steckte den Kopf in den Sand. Und sah die Massengräber nicht. Und die Gaskammern! Kapieren Sie das, Gräfin?«

»Das kapier ich«, sagt die Gräfin.

Ich sage: »Der politische Zionismus ist ein praktischer Zionismus. Parole: Nicht mehr warten! Dem Messias vorauseilen! Das Heilige Land auf eigene Faust zurückerobern! Durch politische Schachzüge, durch Masseneinwanderung, wenn es sein muß … durch Waffengewalt. Kapieren Sie das? Ein Judenstaat! Eine jüdische Armee! Eine ständige Heimstätte für das Volk der Juden. Gesetzlich geschützt. Durch unser Gesetz. Das jüdische Gesetz. Nicht das Gesetz der anderen.«

Ich erzählte der Gräfin dann von Theodor Herzl, dem Begründer des modernen, politischen Zionismus mit praktischem Ziel, erzählte ihr von den ersten Pionieren aus Rußland, erzählte ihr von der jüdischen Aufbauarbeit, von neuen Siedlungen, erzählte ihr von Trumpeldor, dem einarmigen Volkshelden, der bei Tel Chaj gefallen ist, Trumpeldor, der unermüdliche Kämpfer, Trumpeldor, der Mann, der den ›Hechaluz‹ geschaffen hat ... die sozialistische Bewegung jüdischer Arbeiterpioniere, ... erzählte ihr von der ersten Einwanderungswelle und von der zweiten und von der dritten, erzählte von anderen Einwanderungswellen, erzählte von unserem Kampf während der Türkenherrschaft ... und später ... vom Kampf während der englischen Mandatszeit, erzählte von Kämpfen zwischen Juden und Arabern, erzählte ihr von der ›Haganah‹, der jüdischen Verteidigungsarmee, erzählte ihr auch von der Balfourdeklaration und dem Versprechen Englands, dem heimatlosen Volk der Juden eine ständige Heimstätte im Heiligen Lande zu garantieren.

Das alles interessierte die Gräfin wenig. Aber sie hörte mir dennoch zu, kriegte sogar vorübergehend etwas Achtung vor mir, sagte: »Sowas hätt' ich euch gar nicht zugetraut: Eroberung! Aufbau! Armee! Arbeit! – Ich dachte, ihr wärt ein Volk von Feiglingen, Händlern und so weiter.«

Ich weiß nicht, warum ich die Gräfin beeindrucken will. Habe ich einen Minderwertigkeitskomplex? Und ist dieser Komplex ein typisch jüdischer?

Ich frage mich: Hast du nicht auch einen Kastrationskomplex?

Trotzdem setze ich diese Diskussionen fort. Ich zeige der Gräfin mit Blaustift unterstrichene Namen jüdischer Wissenschaftler, Ärzte, Philosophen, Künstler, Schriftsteller, Dichter, jüdischer Humanisten, Erfinder, Philanthropen, Politiker, Revolutionäre, ... zeige ihr

Namen, unterstrichene Namen jüdischer Schlosser, Tischler, Schuster, Schneider, Friseure ... mache ihr klar, daß wir Menschen sind wie alle anderen, sage ihr: »Das hat schon Emile Zola während des Dreyfus-Prozesses behauptet!« – Ich aber, ich, Itzig Finkelstein, früher: Max Schulz, weiß, daß es zwecklos ist. Ich kann die Gräfin nicht ändern. Ich werde sie nicht ändern. Ein Antisemit ist wie ein Krebskranker. Was zu tief verankert ist, kann man nicht mehr herausschneiden.

Der Butler mischt sich nie in unsere Gespräche ein. Wenn er Tee bringt ... oder Kognak ... oder Mettwurstbrötchen ... spitzt er zwar seine Ohren, aber sein Gesicht verändert sich nicht. Er ist eben ein richtiger Butler, der so tut, als ob er nichts hört und sieht. Ein schleichender Chinese.

Heute stellte ich ihn zur Rede.

»Sagen Sie ... was halten Sie von unseren Diskussionen über das Volk der Juden?«

»Ich wußte nicht, daß Sie, Herr Finkelstein, mit der Frau Gräfin über das Volk der Juden diskutieren. Ich höre nie zu. Das geht mich doch nichts an.«

»Erzählen Sie keine Geschichten. Sie hören natürlich zu.«

»Ich höre nicht zu, Herr Finkelstein.«

»Ich frage Sie nicht als Butler, sondern als Privatmann ... das ist ein Gespräch von Mensch zu Mensch. Oder Mann zu Mann.«

»In diesem Fall, Herr Finkelstein ... würde ich als Privatmann sagen, daß Sie, Herr Finkelstein, einen typisch jüdischen Minderwertigkeitskomplex haben.«

»Und warum würden Sie das sagen ... ich meine ... als Privatmann?«

»Weil Sie prahlen, Herr Finkelstein.«

»Mit meinem Volk?«

»Ja. Mit Ihrem Volk!«

»Es bleibt mir doch nichts anderes übrig. Oder?«

»Das stimmt nicht, Herr Finkelstein. Als Privatmann würde ich sagen: Herr Finkelstein! Ein Jude, der stolz auf sein Volk ist, bleibt nicht in Deutschland. Der würde hier gar nicht leben. Und er würde auch nicht versuchen, uns Deutsche zu überzeugen ... ich meine ... mit großen Worten.«

»Und was würde ein stolzer Jude tun?«

»Auswandern, Herr Finkelstein.«

»Nach Amerika?«

»Nicht nach Amerika, Herr Finkelstein. Ein stolzer Jude würde nach Palästina auswandern. Wenn ich nicht irre, ist dort ein Guerillakrieg. Nehmen Sie ein Gewehr in die Hand, Herr Finkelstein. Kämpfen Sie für Ihr Land. Zeigen Sie der Welt, was ein stolzer Jude ist!«

Mein Chauffeur ist krank. Sein Stellvertreter, ein hagerer, langer Kerl mit kleinen, lustigen Säuferaugen, erinnert mich irgendwie an einen meiner fünf Vater, an den Kutscher Wilhelm Hopfenstange.

Unlängst, als wir im schwarzen Mercedes zur Stadt fuhren, sagte der neue Chauffeur: »Herr Finkelstein, ich habe ein bißchen herumgeschnüffelt. Sie leben in einer antisemitischen Umgebung.«

»Ja. Das ist mir bekannt.«

»Gestern sagte die Köchin zum Butler: ›Möchte wissen, wie der Herr Itzig Finkelstein das KZ überlebt hat!‹

Und der Butler sagte: ›Ja. Ich auch.‹

Und die Köchin sagte: ›Mein früherer Herr war ein jüdischer Universitätsprofessor. Den hat der Hitler umgebracht.‹

Und der Butler sagte: ›Ja. Das ist schade.‹

Und die Köchin sagte: ›Die anständigen Juden sind tot, und so einer wie der Itzig Finkelstein lebt.‹

Und der Butler sagte: ›Ja. Das ist mal so. Was primitiv ist, überlebt leichter.‹

Und die Köchin sagte: ›Der Hitler hat die falschen Juden vergasen lassen. Er hätte lieber den Itzig Finkelstein und Leute von seinem Schlage vergasen sollen.‹

Und der Butler sagte: ›Ja. Oder erschießen. Oder erhängen. Oder erschlagen.‹«

War heute in der Synagoge. Habe fleißig gebetet. Während der Gebetspausen ... der offiziellen ... sprach ich mit meinem neuen Gott deutsch. Sagte zu ihm: »Lieber Gott. Ich weiß nicht, wo du bist, ob im Himmel oder bloß auf meiner Zunge. Aber das ist mir schnuppe. Möchte trotzdem zu dir reden. Also, hör mal zu: Ich, Itzig Finkelstein, kämpfe täglich mit meinem Personal und mit meiner Mätresse, die eigentlich keine Mätresse ist, aber meine Geschäftspartnerin, denn ich kriege durch sie fantastische Verbindungen und mache Millionengeschäfte. Aber das wollte ich gar nicht sagen. Wollte bloß sagen, daß ich mich ununterbrochen gegen antisemitische Angriffe verteidigen muß. Ich bin verzweifelt. Sie wollen in meinem eigenen Hause meine Menschenwürde zertreten. Bin ich deshalb Jude geworden? Ich dachte, die Juden hätten den Krieg gewonnen!«

BERLIN 1947

Die Gräfin hat mein ganzes Vermögen in ein einzigartiges Geschäft investiert. Erklärte mir heute beim Mittagessen:

»Herr Finkelstein. Es handelt sich um den größten Waffenschmuggel der Geschichte.«

Ich fragte: »Und wenn das schiefgeht?«

Die Gräfin: »Und warum sollte das schiefgehen? Sie sehen, Herr Finkelstein, ich beantworte eine Frage mit einer Frage. Das ist Ihr jüdischer Einfluß! So weit ist es schon gekommen!«

Der größte Waffenschmuggel der Geschichte! Wenn das Geschäft klappt ... und warum sollte es nicht klappen? ... dann werde ich, Itzig Finkelstein, meine Tätigkeit als Schwarzhändler ein für allemal einstellen, denn: ich, Itzig Finkelstein, werde dann einer der reichsten Männer im Nachkriegsdeutschland sein; mein Vermögen, in Zahlen umgerechnet, wird aus noch mehr hinter Ziffern angehängten Nullen bestehen, als es schon besteht.

Heute erfuhr ich, daß einige unserer Verbindungsleute in der Militärregierung der Besatzungsmächte sitzen ... hier in Deutschland, in den verschiedenen Zonen ... andere im Ausland ... natürlich in Großstädten ... Zürich, Madrid, London, Paris, New York, Athen, Kairo, Tel Aviv, Damaskus.

»Das ist der größte Waffenschmuggel der Geschichte!« Die Gräfin deutete so einiges an. Beutetanks aus der Rumpelkammer der Sieger des Zweiten Weltkrieges. Maschinengewehre! Munitionskisten! Panzerfäuste! Mörser! Handgranaten! Und noch viel mehr!

Gesprächsweise fragte ich die Gräfin: »Soviel Geld habe ich doch gar nicht. Wer hat denn außer mir noch investiert?«

»Noch einige Leute von Ihrem Schlag, Herr Finkelstein!«

»Lauter Juden?«

»Juden und Nichtjuden«, sagte die Gräfin. »Aber alle von Ihrem Schlag!«

Kuriere! Kuriere! Post ohne Briefmarken! Die Gräfin rennt aufgeregt in der Villa herum, vergißt sich umzuziehen, hat blaue Schatten unter den Augen. Wie alt ist sie eigentlich? Ich selber, ich, Itzig Finkelstein, stelle fest: Mein Blutdruck steigt von Tag zu Tag. Meine Zukunft hängt an einem Faden. Entweder Multimillionär oder Bettler!

5

Gestern bin ich aus der Villa ausgezogen. So ist das. So und so und nicht anders. Das Leben ist unter anderem, oft und häufig, auch manchmal und zuweilen, sehr ironisch.

Ich, Itzig Finkelstein, bin ruiniert. Habe noch sieben schwarze Dollars in meiner Tasche. In der Hosentasche, weil ich die Jacke oft ausziehe. Hose ist sicherer.

Sie möchten natürlich gerne wissen, was passiert ist? – Das war so: Ein Geschäft! Ein großartiges, einmaliges, einzigartiges Geschäft! Der größte Waffenschmuggel der Geschichte! Hatte mein ganzes Vermögen investiert. Hatte meiner Mätresse, die eigentlich keine Mätresse war, sondern nur meine Geschäftspartnerin, alles überlassen. Aber Sie wissen ja, wie das ist, wenn man einen Goi Geschäfte machen läßt!

Es ist alles im Eimer! Was soll ich, Itzig Finkelstein, mit sieben schwarzen Dollars anfangen?

Hier hocke ich und kann nicht anders: in einem kahlen Hotelzimmer, im amerikanischen Sektor in Berlin … starre den Himmel an, der schwarz ist, nicht bloß, weil mir schwarz vor den Augen ist, sondern weil es in Berlin zur Zeit regnet. Glauben Sie, daß ich, Itzig Finkelstein, nochmals von ganz vorne anfangen kann? Ich bin fast vierzig!

Dachte heute morgen beim Aufstehen an die Gräfin. Unser Abschied war kühl. »Herr Finkelstein. Der Butler wird Sie im Mercedes in Ihr Hotel fahren!«

»Ja. Vielen Dank.«

»Gehen Sie ins Hotel ›Vaterland‹! Das ist zwar ein schäbiges, aber dafür ein billiges Hotel.«

»Ja. Das werde ich machen.«

Im Hotel ›Vaterland‹ wohnen zwei Juden: Der Jude Max Rosenfeld! Und der Jude Itzig Finkelstein! Es wird behauptet, daß Juden einander instinktmäßig erkennen. Wir – Max Rosenfeld und ich – begegneten uns zum ersten Male in der Hoteldiele, der Diele des Hotels ›Vaterland‹, sahen uns, erkannten uns, zwinkerten uns zu, schlichen umeinander herum, beschnupperten unseren Seelengeruch, stürzten dann impulsiv aufeinander zu, schüttelten uns die Hände, sagten: »Schalom« – fragten: »Was treiben Sie in Berlin? Und was machen Sie im Hotel ›Vaterland‹?« – beantworteten unsere Fragen mit Fragen: »Und was treiben Sie in Berlin? Und was machen Sie im Hotel ›Vaterland‹?«

Das war vor dem Frühstück ... ich meine: die erste Begegnung. Später saßen wir selbstverständlich am selben Tisch, frühstückten, unterhielten uns, tauschten unsere Eindrücke aus. Ich versuchte, Max Rosenfeld klarzumachen, daß wir – er, Max Rosenfeld und ich, Itzig Finkelstein – uns an unserem Seelengeruch erkannt hatten.

»Seelengeruch?« sagte Max Rosenfeld. »Das Wort müßte man mit Rotstift unterstreichen!«

Ich sagte: »Mit Blaustift!«

»Warum mit Blaustift?« fragte Max Rosenfeld.

Ich hätte ja antworten können: »Warum nicht mit Blaustift?« – bediente mich jedoch der anderen Antwortmethode und sagte: »Weil man Wahrheiten mit Blaustift unterstreichen soll!«

Max Rosenfeld nickte, guckte jedoch mitleidig auf meine KZ-Nummer, dachte wahrscheinlich: Der ist

übergeschnappt! SS-Stiefel! Schädeltritte! Dachschaden!
Seelengeruch ...

Heute dachte ich den ganzen Nachmittag über dieses
Wort nach. Was ist es, was wir Juden ausstrahlen? Und
wenn wir einander begegnen, was erschnuppern und
erkennen wir mit unseren Seelennasen? Was ist dieses
geheimnisvolle Etwas? Und woraus setzt es sich zusammen? Ist es unsere Vergangenheit? Unsere einmalige
Geschichte? Das Erbe unserer Väter? Unser Bund mit
Gott? Unser Leid? 2000 Jahre Verfolgung? Unsere
Sehnsucht nach Jerusalem?

Beim gemeinsamen Abendessen verlangte ich von Max
Rosenfeld eine Antwort. »Haben wir uns an unserem
Seelengeruch erkannt oder nicht? Ich fragte Sie bereits
während des Frühstücks.«

Max Rosenfeld sagte: »Am besten ... wir lassen das
Wort ›wir‹ weg.«

»Wie meinen Sie das?«

Max Rosenfeld sagte: »Ich meine das so: Wir haben
uns nicht erkannt! Vielmehr – ich habe bloß Sie erkannt. Und da blieb Ihnen nichts anderes übrig, als
mich auch zu erkennen.«

Ich sagte: »Ach so.«

Und Max Rosenfeld sagte: »Ja.«

Und ich sagte: »Und wie haben Sie mich erkannt? An
meinem Seelengeruch?«

Max Rosenfeld schüttelte den Kopf. »Nicht am Seelengeruch, Herr Finkelstein. Bloß an Ihrer Fresse!«

Max Rosenfeld sagte das scherzhaft, zwinkerte mir
zu, lachte, wurde dann wieder ernst, sagte: »Nicht böse
sein!«

Konnte nicht schlafen. Stand kurz vor Mitternacht auf.
Stellte mich vor den Wandspiegel hin, sagte zu mir:

»Itzig Finkelstein. So sieht kein Jude aus. Das ist bloß ein Zerrbild. Aber sie glauben daran. Sogar Max Rosenfeld. Man hat ihnen das eingeredet. Was ist das nur?«

Legte mich wieder hin. Versuchte zu schlafen. Konnte nicht. Stand wieder auf. Machte Tagebucheintragungen. Dachte: Es ist bereits nach Mitternacht. Du mußt doch das Datum ändern! Dachte: Zum Teufel mit dem Datum!

Stand wieder vor dem Wandspiegel. Dachte verzweifelt: Vielleicht hat er dich an deinen Augen erkannt? – suchte etwas in meinen Augen ... suchte die jüdische Seele ... konnte sie nicht finden.

Lange stand ich so vor dem Spiegel an der Wand. Sagte zu mir: »In deinen Augen, Max Schulz, steht keine Volksseele, weder die jüdische noch eine andere, nicht mal die deutsche. Das sind doch bloß Froschaugen!«

6.

Ich mache wieder Kleinarbeit auf dem Schwarzmarkt. Vorläufig nur Vermittlungsgeschäfte. Mein Lebensmut wächst von Tag zu Tag. Ob ich mich wieder hocharbeiten werde?

Das schäbige Hotel ›Vaterland‹ ist ein ausgesprochen vaterländisches Hotel. Wer glaubt, daß die Gäste hier aus aller Herren Länder kommen, hat sich geschnitten. Außer uns beiden Juden wohnen hier nur Deutsche.

Es hat sich natürlich schnell herumgesprochen, daß Max Rosenfeld und ich Juden sind. Trotzdem spüren wir hier nichts vom Antisemitismus. Im Gegenteil. Man respektiert uns. Wir scheinen eine Art Vorzugsstellung zu bekleiden.

Ich habe festgestellt: Man katzbuckelt vor uns. Jeder! Das Hotelpersonal sowohl als die Hotelgäste. Was ist das eigentlich? – Die Leute ziehen den Hut vor uns, Mädchen machen einen Knicks, zuweilen auch ältere Damen. Beim Essen werden wir als erste bedient. Frühmorgens, beim Schlange stehen vor der einzigen Herrentoilette, macht man uns Platz: »Bitte sehr, Herr Rosenfeld ... bitte sehr, Herr Finkelstein ... Sie haben den Vortritt!«

Max Rosenfeld findet all das ... ich meine: das sonderbare, absonderliche, befremdende, seltsame, eigenartige, eigentümliche, ungewöhnliche, wunderliche, bizarre, kuriose Verhalten oder Benehmen der Hotelgäste und des Hotelpersonals im schäbigen aber vaterländischen Hotel ›Vaterland‹ uns gegenüber, das heißt … mir, Itzig Finkelstein und ihm, Max Rosenfeld, gegenüber, ganz natürlich. Sozusagen: in Ordnung!

»Sehen Sie, Herr Finkelstein. Für mich ist das Hotel ›Vaterland‹ typisch … Verkörperung eines Neuen Deutschlands, Herr Finkelstein, in seiner Beziehung zu seinen jüdischen Gästen. – Was sich hier widerspiegelt, lieber Finkelstein oder lieber Herr Finkelstein, … das ist: Zeitgeist. Bloß Zeitgeist. Nichts weiter. – Wußten Sie das nicht?«

Ich starrte Max Rosenfeld sprachlos an.

»Sie scheinen offenbar nicht zu wissen, wo Sie sich befinden!«

Ich sagte: »Im Hotel ›Vaterland‹.«

Max Rosenfeld lachte. Ein mitleidiges Lachen. Kein Zweifel: der nimmt mich nicht für ganz voll!

Ich wollte noch etwas sagen, vergaß aber, was ich sagen wollte, erinnerte mich dann an die antisemitischen Zahnärzte und Goldschmiede vom Jahre 1945, kurz nach dem Zusammenbruch, dachte einen flüchtigen Augenblick daran, schluckte den Gedanken herunter, hielt das nicht für wichtig, erzählte ihm dann nur von meinen Erfahrungen mit der Gräfin, erzählte ihm von der Villa, erzählte von meinem jüdischen Minderwertigkeitskomplex …

Er aber, Max Rosenfeld, lachte, lachte schallend. »Minderwertigkeitskomplex? Herr Finkelstein! Was reden Sie da für Unsinn! Wer hat denn heutzutage als Jude noch einen Minderwertigkeitskomplex? Wissen Sie denn nicht, daß wir den Krieg gewonnen haben?«

Ich sagte: »Ja. Das weiß ich allerdings.«

»Na also! Und was erzählen Sie da von einer Gräfin? Von einer Villa? Sie haben sicher bloß geträumt!«

»Geträumt?«

»Natürlich! Geträumt! Dieses Milieu – wissen Sie, was das ist, Herr Finkelstein ... Milieu? – dieses Milieu in dieser Villa ... das gibt es doch gar nicht mehr! Diese Gräfin aus einer verklungenen Zeit ... im Jahre 1947 ... Gräfin mit einem Stich ... einem modernen Stich ... und nationalsozialistische Schmierliteratur auf dem Frühstücksteller ... und dieser Butler ... und Mettwurstbrötchen ...«

Ich sagte: »Und was finden Sie so absurd ... an Mettwurstbrötchen?«

Ich habe bestimmt nicht geträumt, obwohl ich nicht ganz sicher bin. Denn was ist schon sicher in diesem Leben? Bin ich etwa ich? Ist das sicher? – Aber ich kann ihn nicht überzeugen!

Für den Juden Max Rosenfeld existiert nur noch das Hotel ›Vaterland‹.

»Sehen Sie, Herr Finkelstein, wie die Deutschen vor uns katzbuckeln! Sie fühlen sich schuldig! Keiner von ihnen ist imstande, die sechs Millionen wieder aufzuwecken. Sechs Millionen ermordete Juden! Das ist keine Kleinigkeit!«

Ich sagte: »Ja. Das stimmt.«

»Die Deutschen im Hotel ›Vaterland‹ möchten uns um Verzeihung bitten«, sagte Max Rosenfeld ... »uns, die Überlebenden ... Aber sie wissen nicht wie. Es ist auch nicht leicht.«

»Und was machen sie?«

»Sie ziehen den Hut vor uns«, sagte Max Rosenfeld. »Oder machen seltsame Knickse! Sie sehen doch!«

Ich sagte: »Und beim Schlange stehen vor der Herrentoilette ...«

»Ja«, sagte Max Rosenfeld ... »sehen Sie ... sogar dort haben wir den Vortritt! Wir dürfen keine Bauchschmerzen haben. Das ist wichtig. Wenigstens im Augenblick. Bis die Schuld bezahlt ist.«

Der neue Zeitgeist ist philosemitisch. Ein Schreckensgespenst mit nassen Augen, die eines Tages trocknen werden.

Wann?

Ich träume nicht gern. Träume erschrecken mich. Besonders im Schlaf.

Träumte gestern nacht ... ich wäre im Theater. Und dort wurde Zeitgeist gespielt. Sah eine Bühne. Sah das Hotel ›Vaterland‹. Sah die Schauspieler herumrennen. Sah auch Max Rosenfeld. Sah auch Itzig Finkelstein. Dachte: Du sitzt im Zuschauerraum ... und dabei siehst du dich auf der Bühne. Fragte mich: »Was ist das eigentlich?«

7

Habe endlich etwas über Max Rosenfeld erfahren. Er ist der einzige Überlebende einer sechsköpfigen Familie. Er bildet sich ein, daß seine Frau und seine fünf Kinder von den Aposteln Adolf Hitlers zu Seife verarbeitet worden sind. Als Friseur hätt' ich ihn gerne gefragt: Was für Seife? Denn es gibt ja bekanntlich verschiedene Sorten. Aber ich hielt es für ratsamer zu schweigen.

Wie Max Rosenfeld aussieht? Max Rosenfeld sieht ... eben wie Max Rosenfeld aus. Ich würde sagen: so wie ein jüdischer Rechtsanwalt, der kein Rechtsanwalt ist, weil er nicht fertigstudiert hat ... der aber Buchhalter ist, einer, der sich für einen Rechtsanwalt hält ... der Zionistenführer war und aus Prag stammt ... der ungefähr so alt ist wie ich, aber etwas kleiner ... ich würde eher sagen: untersetzt ist oder versetzt um eine Kopfeslänge tiefer ... der schon weiße Haare hat und ein spitzes Gesicht, der eine große, schwarze Hornbrille trägt, so ähnlich wie meine, obwohl meine braun ist mit Brillengläsern aus gewöhnlichem Glas ... der keine blauen Augen hat, wie Itzig Finkelstein, der andere ... sondern hellbraune ... die oft gelblich wirken ... wie was? ... ich weiß nicht wie ... die immer anders blicken können, so daß man ganz wirr wird.

Es stimmt. Seine Augen wechseln den Blick zu oft. Manchmal blicken sie auch wie Kernseife.

Jetzt hab ich's: Kernseife!

Max Rosenfeld lebt von Liebespaketen aus Amerika. Er möchte wieder arbeiten.

Wir unterhalten uns oft über den zukünftigen Judenstaat.

Max Rosenfeld ist ein fanatischer Zionist.

»Passen Sie auf, Herr Finkelstein! Wenn es soweit ist ... und es ist bald soweit ... da werden wir eine Armee aus dem Boden stampfen so wie einst Judas Makkabäus!«

Wir sprechen oft über den Aufstand der Makkabäer und über den Aufstand Bar Kochbas, und Max Rosenfeld freut sich jedesmal, wenn er sieht, wie gut ich über jüdische Geschichte Bescheid weiß.

»Herr Finkelstein ... wissen Sie ... ich möchte gerne wieder neu anfangen ... aber nicht hier ... drüben!«

»Wo ... drüben ... in Amerika?«

»Nein. In unserem eigenen Land.«

»Und was wollen Sie dort machen?«

»Das weiß ich noch nicht. Ein neues Leben anfangen. Eine neue Familie gründen.«

Max Rosenfeld begleitet mich oft bis zum Schwarzmarkt, obwohl er den Schwarzmarkt haßt. Nur, um sich die Beine zu vertreten ... und um mit jemandem zu reden.

Auch gestern:

»Herr Finkelstein! Juden wie Sie sind ein gefundenes Fressen für die Hetzpropaganda der Antisemiten!«

»Wie meinen Sie das?«

»Schwarzhändler wie Sie!«

»Aber Herr Rosenfeld ...«

»Das heißt ... wieder Öl auf die Flamme gießen, die sich hier einstweilen beruhigt hat.«

»Aber ich bitte Sie ...«

»Sie sollten auswandern, Herr Finkelstein. Fahren Sie nach Palästina. Nehmen Sie einen Pflug in die Hand.

Und ein Gewehr. Leisten Sie Aufbauarbeit. Helfen Sie, Ihr Land befreien. Anstatt hier in Deutschland zu hocken, um als Schwarzhändler wieder Antisemitismus zu stiften!«

Hatte nicht auch der Butler etwas Ähnliches gesagt?

Daß sich Max Rosenfeld später bei mir entschuldigte – und zwar noch vor dem Abendessen – hatte ich erwartet. Wir leerten gemeinsam eine Flasche schwarzen Wein, tranken auf den zukünftigen Judenstaat, tranken auf das Ende der Diaspora, segneten den Nil, der die Heerscharen des Pharaoh verschlang, segneten die Stadt an der Wolga. »Denn dort, vor der Stadt an der Wolga, hing ein Schild. Und dort stand drauf: ›Ihr Heerscharen des Neuen Pharaoh ... dieser Weg führt nicht zur Wolga ... dieser Weg führt zum Nil!‹«

Ich machte Max Rosenfeld klar, daß er sich geirrt hatte. »Sehen Sie, Herr Rosenfeld ... Sie glauben, daß ich, Itzig Finkelstein, als Schwarzhändler früher oder später Antisemitismus stiften werde. Das kann schon sein! Aber glauben Sie mir, Herr Rosenfeld ... im Grunde ist das doch scheißegal, ob ich, Itzig Finkelstein, Schwarzhändler bin oder Akademiker oder Bauer oder Fabrikarbeiter oder Handwerker oder Soldat. Man wird mich, Itzig Finkelstein, früher oder später sowieso hassen! Und wissen Sie warum? Weil ich Jude bin! Basta!« Max Rosenfeld nickte. »Nicht in unserem eigenen Land«, sagte er leise. »Dort nicht.«

Es geht wieder aufwärts. Ich, Itzig Finkelstein, verdiene Geld am laufenden Band. Ich zähle zwar noch nicht oder nicht mehr zu den ›Großen‹ oder den ›Ganz Großen‹, sondern nur zu den ›Kleinen‹, jedoch nicht zu den ›Ganz Kleinen‹. Ich lebe! Oder: Man lebt! Oder: Man lebt so, wie man kann! Jeder nach seiner Fasson! – wie das so heißt ...

Um ganz ehrlich zu sein: Es ist mir egal, was die Deutschen von mir, dem Juden Itzig Finkelstein, denken. Ich komme mir wie eine Mücke vor. Es ist egal, ob ich summe, schwirre, steche, krabble oder brav dasitze oder – hocke. Sie können mich nicht leiden. Früher oder später werden sie mich totquetschen. Ich bin ›der Splitter in meines Bruders Auge‹. Oder die Mücke! Obwohl ich gar keine Mücke bin! Aber das wissen sie nicht. Das weiß nur ich! Ich bin ein Jude!

Gestern fuhren Max Rosenfeld und ich im schwarzen Mercedes – ich habe mir nämlich wieder einen gekauft; allerdings ein gebrauchter, denn ich bin ja noch kein ›Großer‹ oder ›Ganz Großer‹ – also: fuhren im schwarzen Mercedes in die Umgebung. Besuchten einige jüdische DP-Camps. Die werden immer leerer. Die Leute wandern allmählich aus. Viele nach den Staaten, viele nach Kanada, Australien, Südafrika ... die meisten jedoch nach dem Heiligen Lande.

Max Rosenfeld sagte: »Der Auszug der Millionen!«

Sicher sind es keine Millionen. Sind überhaupt noch soviele von uns da? Aber Hunderttausende! Das bestimmt! Die Juden wandern aus. Man merkt es auch auf dem Schwarzmarkt.

Die Zeitung ›Reuiges Vaterland‹ wird jeden Morgen mit neudeutscher Unpünktlichkeit im Hotel ›Vaterland‹ abgeliefert. Heute erst kurz nach neun.

Mir fallen zwei Bilder auf der ersten Seite auf: das Bild eines blonden jüdischen Hünen; daneben, das Bild eines kleinen, schwarzhaarigen, plattfüßigen, krummbeinigen Deutschen. Schlagzeile: Die Juden – ein Volk von Ackerbauern, Pionieren, Soldaten!

Ich sage zu Max Rosenfeld: »Sehen Sie ... das habe ich doch immer gewußt!«

Habe mir die Zeitung ›Reuiges Vaterland‹ mit aufs Zimmer genommen. Lese: »Der Marsch der Millionen!« Übertreibung. Auch hier. Es sind nur Hunderttausende! Außerdem: was heißt Marsch? Fahren sie nicht mit Schiffen? Lese: »Millionen Überlebender des tapferen jüdischen Volkes wandern nach dem ›Staat Israel‹ aus!«

Was soll das heißen? Der Staat Israel existiert doch noch gar nicht. Das ›Reuige Vaterland‹ scheint es eilig zu haben! Und dann: Millionen Überlebender? Die spinnen wohl! Lese: »Jüdische Pioniere durchbrechen englische Blockade!« Lese: »Das Mittelmeer wimmelt von jüdischen Flüchtlingsschiffen. Privatschiffe oder -dampfer werden vor Verkehrsunfällen gewarnt!«

Lese: »England auf der Wacht! England verweigert jüdischen Heimkehrern Landungsrecht. Gott strafe ...«

Was soll das heißen? Gott strafe wen? England?

Während ich noch lese, klopft es: Max Rosenfeld!

»Haben Sie Streichhölzer, Herr Finkelstein?«

Ich gebe ihm Streichhölzer. Max Rosenfeld raucht nervös, überfliegt die Schlagzeilen meiner Zeitung, fragt: »Was soll das heißen ... Gott strafe ...?«

Ich sage: »England! Ist doch klar!«

Max Rosenfeld nickt, sagt: »Gott strafe England!«

Er blickt mich herausfordernd an. »Ich gehe mit Ihnen jede Wette ein, Herr Finkelstein ... daß wir den Judenstaat kriegen!«

Ich sage: »Herr Rosenfeld, der ›Staat Israel‹ existiert schon. Lesen Sie doch das ›Reuige Vaterland‹!«

»Unsinn! Die übertreiben! Das macht die Reue!«

Ich sage: »Wir werden den Judenstaat kriegen. Bestimmt! Wir werden die Engländer rausschmeißen! Aber noch nicht dieses Jahr. So schnell schießen weder die Preußen noch die Juden!«

»Vielleicht im nächsten Jahr?«

Ich sage: »Ja. Wenn wir beide den Daumen drücken ... Sie, Herr Rosenfeld ... und ich, Itzig Finkelstein ... dann kriegen wir den Judenstaat vielleicht im nächsten Jahr.«

Mittags hören wir Nachrichten in der Hoteldiele, überhören, was uns nicht interessiert, spitzen die Ohren bei ... Palästina!

Es regnet wieder mal in Berlin. Heute bleibe ich zu Hause. Der Schwarzmarkt rennt mir nicht davon. Lese am Nachmittag die Extraausgabe des ›Reuigen Vaterlands‹: »Das jüdische Volk rüstet zur letzten Schlacht!«

Es ist soweit. Max Rosenfeld hat seine Koffer gepackt.
»Sie wollen also auswandern?«
»Jawohl, Herr Finkelstein. Nach Palästina.«
»Dann wünsche ich Ihnen viel Glück.«
Max Rosenfeld blickt mich lange an. Es kommt mir fast vor, als täte ich ihm leid. Er sagt dann nur: »Kommen Sie mit, Herr Finkelstein! Bleiben Sie nicht in Deutschland!«

Habe die ganze Nacht nicht geschlafen. »Kommen Sie mit, Herr Finkelstein! Bleiben Sie nicht in Deutschland!« – Hat der Herr Rosenfeld nicht recht? Natürlich hat er recht!
Ich liege wach im Bett. Immer wieder sag' ich zu mir: »Max Schulz! ... Max Schulz!« sag' ich zu mir. »Wenn du in Deutschland bleibst, wird man dich früher oder später schnappen. Denk daran, Max Schulz ... denk daran, daß das geteilte Deutschland von den Siegern und ihren neuen Verbündeten emsig nach alten Nazis durchgekämmt wird. Sicher bist du nirgends. Weder bei den Kommunisten noch bei den Kapitalisten. Du bist

die unbequeme Vergangenheit! ›Kommen Sie mit, Herr Finkelstein! Bleiben Sie nicht in Deutschland!‹

Max Rosenfeld hat recht! Du solltest nach Palästina fahren! In der Höhle des Löwen wird dich niemand suchen!

Herr Rosenfeld! Wie ist das eigentlich? Was kostet die Überfahrt nach dem HEILIGEN LANDE?«

»Nichts, Herr Finkelstein. Das wird aus den Fonds der jüdischen Hilfsorganisationen bezahlt. Oder, um mich anders auszudrücken: Die Überfahrt für Sie, Herr Finkelstein, wird vom jüdischen Volk bezahlt! Jawohl, Herr Finkelstein. Vom jüdischen Volk!«

Habe den alten Mercedes verkauft. Meine Koffer sind auch schon gepackt ... der schweinslederne und einer aus Kunstleder, den mir die Gräfin zum Abschied geschenkt hat. Kunstleder! Eigentlich eine Frechheit!

Stehe in meinem Zimmer und grinse mich an. Meine Goldzähne glänzen.

Max Rosenfeld ist ganz aufgeregt. »Sie wollen also mitkommen!« Das ist eine Frage mit einem Ausrufezeichen. Antwort zugleich. Typisch jüdisch.

Entdecke drei Goldzähne in meinem Taschentuch. Die hatte ich ganz vergessen. Ein Andenken. Ja. Natürlich. Ein kleiner Zahn. Ein mittlerer. Und ein großer.

Heute wieder was Neues im ›Reuigen Vaterland‹. Große Schlagzeilen: »Bekannter Historiker stellt fest, daß es keine Kollektivschuld gibt! Nicht alle Deutschen schuldig! Es gab Jasager und Neinsager!«

Andere Schlagzeilen: »Es steht einwandfrei fest, daß die Neinsager von den Jasagern überbrüllt wurden!«

Andere: »Ihr ›Nein‹ war zu leise!«

Andere: »Ein bedauerlicher Stimmbandschaden!«

Sagte zu mir: »Na und? Wer Stimmbandschaden hat, ist mitschuldig! Kann der Max Schulz was dafür, wenn er ihr ›Nein‹ nicht richtig gehört hat?«

Sagte zu mir: »Laß die Neinsager ruhig für dich büßen, Max Schulz. Das kann dir nicht schaden!«

Fragte mich heute: »Wer wohnt eigentlich im Hotel ›Vaterland‹ ... außer Herrn Rosenfeld ... und außer Herrn Finkelstein? Sind es die büßenden Neinsager? Oder die büßenden Jasager? Oder sind es die Leute, die damals Ja und Nein gesagt hatten?«

Sagte zu mir: »Max Schulz! Das sind Haarspaltereien. Strengt zu sehr an. Denk an deinen Dachschaden! Der könnte schlimmer werden!«

»Übermorgen geht wieder ein Transport ab, Herr Finkelstein. Richtung Marseille. Wir sind bereits auf der Liste, Sie und ich, Max Rosenfeld und Itzig Finkelstein. Hab Gott sei Dank keine Schwierigkeiten gehabt ... als alter Zionist ... man kennt mich bei der Organisation ... auch die Leute von der ›Bricha‹ ... jeder kennt Max Rosenfeld ... hab dort einen guten Namen. Na, was sagen Sie dazu! Und sind Ihre Koffer gepackt?«

»Längst gepackt, Herr Rosenfeld. Nehme sowieso nicht allzuviel mit. Wissen Sie ... ein Jude soll mit leichtem Gepäck reisen. Das hat schon mein Vater gesagt: der Friseur Chaim Finkelstein!«

Viertes Buch

1.

Wer hat Itzig Finkelstein erschossen? Den echten Itzig Finkelstein? Damals ... in Laubwalde ... am 7. September 1942?

Das große Fragezeichen ... im Finstern ... über meinem Bett ... vor meinen Augen ... nicht sichtbar ... und doch so greifbar nah ... schon hab ich's eingefangen ... mit meinen Blicken ... das Unsichtbare ... die Vorstellung ... ich hab's ... da hab ich's ... könnte es aufrollen ... will aber nicht ... könnte das fragende Häkchen umbiegen ... könnte das Zeichen verwandeln in einen Strich. Ich will aber nicht!

Slavitzki? Was hat mein Stiefvater Slavitzki gesagt?

»Laß die Ratten Ratten sein!« Das hat er gesagt. Ich aber sage: »Laß die Frage Frage sein!«

Lieber Itzig. Du weißt nicht, wer dich erschossen hat. Damals in Laubwalde. Du hast ›Ihn‹ ja nicht gesehen. Weil ›Er‹ dich überrascht hat. Weil ›Er‹ nicht wollte, daß du es siehst. Und weil ›Er‹ hinter dir stand. Zwei Schritte hinter dir.

Er hat auch deinen Vater erschossen. Den Chaim Finkelstein. Und auch deine Mutter. Die Sara Finkelstein. Er hat euch alle umgebracht.

Kennst du ›Ihn‹? Weißt du, wer der Mörder ist? Dein Mörder? Und der Mörder deines Vaters? Und der Mörder deiner Mutter? Soll ich dir das Geheimnis verraten?

Ha? Ich laß dich zappeln! Reiß ruhig deine toten Augen auf! Und spitze deine toten Ohren! Es wird dir nichts nützen. Ich verrate das Geheimnis nicht.

Lieber Itzig. Es heißt, daß man haßt, was man verleugnen will. Ich, Itzig Finkelstein, damals noch Max Schulz, habe immer wie ein Jude ausgesehen ... obwohl das nicht stimmt. Aber man hat es gesagt. Ja, man hat es gesagt: Der sieht wie ein Jude aus!

Denk mal nach, Itzig. Schon aus diesem Grund hätt' ich euch hassen müssen. Um zu verleugnen, was ich gar nicht bin ... bloß, weil ich Angst hatte, ich könnte es sein. Oder: weil sie glaubten, daß ich es bin, obwohl ich wußte, daß ich es nicht bin. Kapierst du das?

Na also. Du kapierst das. Ich auch. Trotzdem hab ich euch nicht gehaßt. Sonderbar ... wie? Das stimmt aber. Ich, Itzig Finkelstein, damals noch Max Schulz, habe die Juden nie gehaßt. Warum ich euch nicht gehaßt habe? Ich weiß es nicht. Ich stelle nur fest: Ich, Itzig Finkelstein, damals noch Max Schulz, habe die Juden nicht gehaßt.

Was sagst du? Warum ich getötet habe? Ich weiß nicht warum. Vielleicht wegen der Stöcke? Da war mal ein gelber Stock und ein schwarzer Stock. Und andere Stöcke, farblose Stöcke. Und da waren Hände, viele Hände, die die Stöcke schwangen. Und jeder Stockschlag sauste auf meinen Hintern ... oder auf den Hintern, den sie Seele nennen ... denn die ist auch ein Hintern: die muß manchmal herhalten! Oder: oft! Oder: sehr oft!

Na also. So war das. Und ich wollte auch mal den Stock schwingen. Oder die Stöcke. Aber anders. Gewaltiger. Kapierst du das? Na also. Du kapierst das.

So gewaltig und maßlos hätt' ich den Stock oder die Stöcke aber nie schwingen können ... wäre da nicht ein Befehl gewesen. Ein Befehl, der befahl: Schlag zu!

Verstehst du mich? Ohne Befehl hätt' ich nie gewagt, was ich gewagt hatte. Hätt' mich gar nicht getraut. Denn ich, Itzig Finkelstein, damals noch Max Schulz, war nur ein kleiner Fisch, ein ängstlicher, zappelnder, kleiner Fisch, der nur zuschlagen konnte, weil es erlaubt war.

Wir haben nicht nur Juden umgebracht. Wir brachten auch andere um. Wir haben auch andere erschossen und erhängt und vergast und totgeprügelt ... andere ... die keine Juden waren. Aber ich, Itzig Finkelstein, damals noch Max Schulz, wurde nur bei Judenmorden eingesetzt. Warum? Ich weiß nicht warum.

Es stimmt. Ich habe selber wie ein Jude ausgesehen ... wenigstens dachten sie das ... und deshalb mußte ich besser töten als die anderen ... mußte ihnen zeigen, daß ich keiner war ... ich meine ... kein Jude war. Kannst du das verstehen? Wieviele ich umgebracht habe? Ich weiß es nicht. Ich hab sie nicht gezählt. Aber glaub mir, Itzig. Ich war kein Antisemit. Ich bin nie einer gewesen. Ich habe bloß mitgemacht.

Kannst du mich hören, Itzig? Und kannst du mich sehen? Komm! Spiel mit mir! Such mich! Wo bin ich? Wo hab ich mich versteckt?

Ha, ha, blinde Kuh! Such mich. Komm, such mich. Wo bin ich? In meinem Hotelzimmer? Falsch geraten! In meinem Bett? Ja! Aber nicht in Berlin. Und nicht im Hotelzimmer! Lieber Itzig. Ich habe kein Zimmer. Und mein Bett ist nur eine Schlafstelle, eine Koje ... so ähnlich wie in Laubwalde ... und doch nicht so. Denn ich, Itzig Finkelstein, bin ein freier Mann.

Ich bin auf einem Schiff. Und das Schiff hat mich gefressen. Nur für die Nacht. Ich liege in seinem Bauch. In einem großen, finsteren Raum. Auf einer Koje. Ja. Hier gibt es auch Kojen.

Was für ein Schiff? Lieber Itzig. Du bist neugierig. Ein Schiff, hab ich gesagt. Ein jüdisches Flüchtlingsschiff. Na also. Jetzt weißt du's.

Ich, Itzig Finkelstein oder der Massenmörder Max Schulz, bin seit Tagen auf hoher See. Ich fahre an deiner Stelle nach Palästina. Denn ich bin jetzt du. Ich bin Itzig Finkelstein.

Lieber Itzig. Erinnerst du dich? Als Kinder ... wir sprachen oft von Jerusalem ...

Lieber Itzig. Das ist kein Brief. Oder: das sind keine Briefe. Ich schreibe sie nicht mal in mein Tagebuch. Ich schreibe überhaupt nicht. Ich denke bloß. Oder glaube, daß ich denke. Ich stelle mir vor, daß ich an dich schreibe. An wen? An dich! Den Toten!

Itzig. Komm! Red mit mir. Oder laß mich reden. Hör zu. So ist das. So und so und nicht anders. Fahr mit mir nach Jerusalem. Laß dich mitnehmen. Komm! Hör zu!

Lieber Itzig. Das war gar nicht so einfach. Nachdem wir euch alle erschossen hatten, brachen wir unsere Zelte ab. Parole: Abhauen! Parole: Jetzt ist's aber genug!

Die Russen waren nicht mehr weit von Laubwalde. Die durften uns nicht erwischen.

Ja, lieber Itzig. Das war eine schlimme Zeit. Wir fuhren mit unseren LKWs durch den verschneiten polnischen Wald. In Richtung Deutschland. Aber dann knallte es im Wald. Die verdammten Partisanen. Die können auch knallen!

Mich haben die nicht erwischt. Mich nicht. Auch Hans Müller, den Lagerkommandanten ... den kennst du doch, was? ... den haben die auch nicht erwischt. Nur die anderen haben sie erwischt. Sogar den Günter Holle. Aber uns nicht. Nein, uns nicht.

Was dann los war? Gar nichts war los. Runterge-
sprungen sind wir. Von wo? Mensch … blöder Hund …
vom Lastauto! Von wo sonst. Und dann natürlich abgehauen. Einfach so. Ja, so war das. Und kalt war's. In
dem verdammten polnischen Wald. Und gerannt bin
ich. Und der auch … der Hans Müller, der Lagerkommandant. Gerannt sind wir, als ob wir 'ne Zündschnur
im Arsch hätten. So und so. Gerannt. Jawohl. Wohin?
Irgendwohin.

Und kalt war's, lieber Itzig. Kein Wunder, daß Polen
verloren war. Denn dort ist es kalt. Dort frieren einem
die Tränen ein und die Spucke, wenn einer das Maul
aufreißt. Das ist Polen. Und dort ist der polnische Wald.
Der polnische Wald, hab ich gesagt … der verdammte
polnische Wald.

Was dann passiert ist? Gar nichts ist passiert. Bloß kalt
war's. Auch in der Nacht. Sogar noch kälter. Und der
Himmel hat gegrinst. In der Nacht. Aber besonders vor
Tag. Und den hab ich tüchtig angebrüllt. Aber der hat
nur gegrinst. Der Himmel, mein' ich. Gegrinst hat der.
Und nicht mehr gehorcht.

Aus war's. Ja, lieber Itzig. Es war aus. Wir hatten den
Krieg verloren. Und ihr habt ihn gewonnen. Die Juden.
Aber nicht du. Und auch nicht dein Vater. Und auch
nicht deine Mutter. Denn ihr seid tot.

Ich kann mich kaum erinnern. Ein verschneiter
Waldweg im Morgengrauen. Tote Kameraden mit abgeschnittenen Schwänzen. Dann … eine Hütte. Eine einsame Hütte. Oder Kate. Ja. Eine Kate. Eine einsame
Kate mitten im polnischen Wald. Und eine Hexe. Die
hieß Veronja.

Ja, verdammt noch mal. Dort stand eine Kate. Und in
der Kate wohnte Veronja, die Hexe.

Die hat mich gequält. Und bestraft. Und verhöhnt. Und die hat mich auch verprügelt. Bloß, weil ich mal ein Gott war! Und Tee mußte ich trinken. Und ficken mußte ich. Maßlos ficken. Und geheult hab ich. Und Angst hab ich gehabt. Denn mein Herz ist schwach. Ja, lieber Itzig. Das war eine schlimme Zeit.

Hab ich dir was von den Goldzähnen erzählt? Nein. Ich habe dir noch nichts davon erzählt.

Also: die Goldzähne. Die Zähne meiner Toten. Ein kleines Vermögen. In einem Karton. Nicht alle Goldzähne aller Toten. Denn die meisten hatten wir vorher ins Reich geschickt. Auch deine. Und die Zähne deines Vaters. Und die Zähne deiner Mutter. Nur ein Karton, lieber Itzig. Nur einen. Den hatt' ich mitgenommen. Und im Wald versteckt. Und später ... in die Kate geholt ... und umgeleert ... in einen Sack. Ja, lieber Itzig. Nicht alle Goldzähne aus Laubwalde. Nur den letzten Rest. Aber immerhin. Ein kleines Vermögen.

Und die Veronja hab ich umgebracht. Und hinter dem Wald wartete der Frühling. Und ich, damals noch Max Schulz, ging dem Frühling entgegen. Hab mich auf den Heimweg gemacht. Wohin? Auf den Heimweg, hab ich gesagt. Nach Deutschland. Natürlich nach Deutschland. Allein. Ganz allein. Aber mit meinen Goldzähnen. Ja, lieber Itzig. Nicht ohne Goldzähne.

Ich weiß nicht, wo meine Mutter ist. Und ich weiß auch nicht, wo Slavitzki ist. Aber ich scheiße auf meine Mutter. Und ich scheiße auf Slavitzki.

Und dann bin ich eben nach Warthenau gegangen. Mit meinem Sack. Mit meinen Goldzähnen. Und in Warthenau ... dort wohnte Frau Holle.

Wer das ist? Du meinst, wer das war? Frau Holle ist Frau Holle. Oder: Frau Holle war Frau Holle. Eine, mit einem Holzbein.

Und dort im Keller – die wohnte nämlich im Keller – dort lernte ich den Major kennen. Ein toter Amerikaner. Der war tot. Und Whisky hab ich gesoffen. Und Cornedbeef gefressen. Und auch ein bißchen gefickt. Aber mit Maß.

Ja, lieber Itzig. So war das. So und so und nicht anders. Ich bin auch nicht lange geblieben ... in Warthenau, mein' ich ... bei Frau Holle. Bin dann nach Berlin gezogen. Mit meinem Sack. Mit meinen Goldzähnen.

Du hast Deutschland nicht mehr gesehen ... nachher! Ein Trümmerhaufen, lieber Itzig. Ein Trümmerhaufen! Das ist eure Schuld! Ihr habt euch im Grabe rumgedreht! Wer? Ihr! Die jüdischen Friseure! Und die anderen. Alle, die gegen uns waren und die wir erledigt hatten! – Und jedesmal, wenn ihr euch rumgedreht habt, da wackelten die Häuser in Deutschland ... da stürzten Mauern ein ... und Fensterscheiben barsten ... und Scherben lagen auf der Straße ... so wie damals in der Kristallnacht.

Du hast Berlin nicht gesehen, lieber Itzig ... nachher ... obwohl deine toten Augen überall waren ... überall in Berlin. Ja, und auch in Warthenau. Und auch sonst ... überall eigentlich.

Was ich mit den Goldzähnen gemacht hab? Verkauft hab ich die, lieber Itzig. Wie man so sagt ... ich hab sie umgewechselt ... oder verwandelt. Übrigens: mich auch. Hab den Max Schulz ein bißchen umgekrempelt. Einfach so. Das ist jetzt Mode, weißt du, das mit dem Umkrempeln.

Schade, daß du den jüdischen Schwarzhändler Itzig Finkelstein nie gekannt hast! Itzig Finkelstein in Berlin. Itzig Finkelstein ... der, mit dem schwarzen Mercedes. Das war 'ne Type, sag' ich dir. Den haben sie aus dem Stürmer rausgeschnitten. Wer? Die alten Nazis. Haben den Stürmer aus der Mottenkiste geholt, die alten Nazis. Einfach rausgeholt aus der Mottenkiste. Mit dem Bild des Itzig auf dem Titelblatt. Haben den Itzig dann ausgeschnitten. Und nach Berlin gebracht. Stellten ihn auf den Schwarzmarkt hin. Und legten ihn in das Bett einer blonden Gräfin.

Warum die das gemacht haben? Die alten Nazis? Ich weiß es nicht. Vielleicht ... um die Zionisten zu ärgern ... oder die stolzen Juden ... oder ... um wieder Gift zu streuen. Ich weiß es nicht.

Ich habe gut gelebt in Berlin. Nicht die ganze Zeit. Aber die meiste Zeit. Ja. Eine Zeitlang ging es mir gut. Ausgezeichnet. Und doch war ich unglücklich. Wer? Max Schulz? Nein, lieber Itzig. Itzig Finkelstein war unglücklich, obwohl Itzig Finkelstein den Krieg gewonnen hatte.

Bei der Gräfin wurde er verhöhnt. Wer? Itzig Finkelstein! Oder: ich! – Ich mußte mich verteidigen. Das heißt: ich mußte nicht, aber ich wollte es. Ich wollte ihr nämlich beweisen, daß ich, Itzig Finkelstein, jemand war. Und nicht nur ich. Auch meine Vorväter. Ich hab mir wirklich Mühe gegeben ... ja, lieber Itzig ... ich hab mir Mühe gegeben, um ihr, der Gräfin, zu beweisen, daß ich, Itzig Finkelstein, allen Grund habe, stolz auf mein Erbe zu sein. Hab's nicht gern, wenn Leute auf mich runtergucken. Das kann ich nicht vertragen. Und ich hab ihr dann auch gesagt: »Sie können mich am Arsch lecken.«

Und im Hotel ›Vaterland‹ ... dort wurde ich nicht verhöhnt. Aber dort war's noch schlimmer. Die krochen mir zu Füßen mit ihren Schuldgefühlen. Herr Finkelstein hin, Herr Finkelstein her. Nein. Das war nichts für mich. Da hab ich zu mir gesagt: »Du bist nicht mehr Max Schulz. Du bist Itzig Finkelstein. Und der will kein Untermensch sein. Aber auch kein Übermensch. Itzig Finkelstein will ein Mensch sein. Nichts weiter. Ein gewöhnlicher Mensch unter gewöhnlichen Menschen. Kein schwarzes Schaf von unten. Und kein schwarzes Schaf von oben.«

Ich weiß nicht mehr genau, wann ich zum ersten Mal den Entschluß gefaßt hatte, nach Palästina zu fahren. Auf jeden Fall: ich machte mich mit diesem Gedanken vertraut. Dachte mir: In der Höhle des Löwen wird dich niemand suchen! So war das. Und doch war das nicht der einzige Grund. Heute bin ich mir darüber im klaren, daß ich, Itzig Finkelstein, unter Juden leben möchte, unter meinesgleichen, in meinem eigenen Land … denn ich, Itzig Finkelstein … kann mich unter Gojim nicht mehr wohl fühlen. Kannst du das verstehen, lieber Itzig?

Mein lieber Itzig. Ich habe mich in der letzten Zeit viel mit euch befaßt … nicht nur mit Ausrottung … das war ja vorher! … sondern mit eurer Geschichte: allgemein jüdische und zionistische, alles in Kurzfassung, selbstverständlich … und ich habe angefangen, mich für eure nationale Sache zu begeistern. Was sage ich? Für eure Sache? Nein. Für meine Sache, die auch die eure ist.

Hör zu, Itzig. Spitze deine toten Ohren:
Lichtenberg ist ein jüdisches DP-Lager in der Nähe von Berlin. Dort wimmelt es von Flüchtlingen. Das Lager leert sich ab und zu und füllt sich wieder auf. So ist das. Die Juden sind gut organisiert. Besonders die Zionisten! Wer nach Palästina auswandern will, braucht

sich nur mit den Zionisten in Verbindung zu setzen. Die ›Organisation‹ erledigt alles. Sie bringt die Juden aus den Ostgebieten nach Lichtenberg ... und auch in andere DP-Lager ... das kommt darauf an ... um sie zu sammeln ... kapierst du das? ... für die große Reise ... wir haben das ja auch so gemacht, obwohl unsere Ziele ... damals ... und die Ziele der Zionisten ... wie man so sagt ... entgegengesetzter Natur sind.

Ja, lieber Itzig. Zuerst werden die Juden gesammelt. Und dann weitergeschleust ... über die Sektoren- und Zonengrenzen ... und weiter ... über die französische Grenze ... zuweilen auch über die spanische oder die italienische oder die griechische oder die jugoslawische Grenze ... kapierst du das? Ja ... und dann ... dann bis zum Meer. Welches Meer? Das Mittelmeer. Aber das ist noch längst nicht das Ende der großen Reise. Hier fängt sie erst an.

Also hör zu:

Max Rosenfeld und ich – Max Rosenfeld ist ein Freund von mir – also: Max Rosenfeld und ich begaben uns mit leichtem Gepäck nach Lichtenberg ... ließen uns nicht sammeln ... sondern begaben uns selber zu den ›Sammlern‹. In Lichtenberg kriegten wir mexikanische Visen. Warum? Und ob wir nach Mexiko fahren wollten? Unsinn! Bloß für die Durchreise zur französischen Küste. Ja. Wir fuhren zuerst mal nach Frankreich.

War alles ein Kinderspiel. Und kostenlos dazu. Die ›Organisation‹ hat alles für mich erledigt. Auch für Max Rosenfeld. Wir fuhren also mit unseren mexikanischen Visen nach Frankreich. Bis zur Küste. Wo? An welcher Stelle? Ich weiß es nicht. War nur 'ne Stelle. Irgendwo an der Küste. Ich bin doch nicht so blöd und stelle Fragen. Das ist geheim. Ich, Itzig Finkelstein, fahre illegal nach Palästina ... auf Kosten des jüdischen Volkes ... um die Engländer zu ärgern ... um im Finstern zu landen ... um Geschichte zu machen ... obwohl ich schon mal Geschichte gemacht hab ... und da soll ich noch Fragen stellen?

Na also! Eines Tages langten wir an der Küste an. Irgendwo in Frankreich. Die Franzosen wußten Bescheid. Das sind unsere Freunde. Die haben kurze Beine. Und die Engländer lange. Die lieben die Engländer nicht. Deshalb oder aus diesem Grund fördert Frankreich die illegale Einwanderung ins englische Mandatsgebiet Palästina.

Ja. Und dann: Dort wartete ein Schiff. Was für ein Schiff? Ein jüdisches Flüchtlingsschiff! Ein Blockadebrecher!

Dort war kein Hafen. Dort war nur Strand. Dort konnte das Schiff nicht ankern.

Wir wurden mit kleinen Booten zum Schiff gebracht. Wann? In der Nacht! Warum in der Nacht? Weil die Nacht finster ist, und weil die englischen Agenten im Finstern schlecht sehen. Deshalb.

Lieber Itzig. Das Schiff war kein Schiff. Das Schiff war ein Jammerkasten. Hab gleich zu Max Rosenfeld gesagt: »Herr Rosenfeld! Mit diesem Kasten wollen Sie nach Palästina fahren? Ich garantiere Ihnen: Wir saufen alle ab!«

Aber Max Rosenfeld hat gesagt: »Keine Angst, Herr Finkelstein. Mit diesem Kasten machen wir Geschichte!«

So war das, lieber Itzig. So und so und nicht anders. Das Mittelmeer wimmelt von solchen und ähnlichen Kästen. Und einer von ihnen ist unser Kasten ... der Jammerkasten ›Exitus‹.

Exitus? Ausgang? Ende? Tod? Warum dieser Name? Ist das ein Geisterschiff?

Ja, lieber Itzig. Das ist ein Geisterschiff. Jetzt weiß ich endlich, warum das so heißt: »Der Marsch der Millionen!« Denn wir sind keine Millionen. Aber mit uns fahren die Toten. Die 6 Millionen! Millionen Tote! Die Erschlagenen! Die Erhängten! Die Erschossenen! Die Vergasten! Alle fahren mit uns! Wohin, lieber Itzig? Was für eine Frage! In die historische Heimat der Juden! Nach Hause!

2.

Die ›Exitus‹ hieß früher ›La Belle Claire‹. Wenn ich
mich nicht irre, konntest du mal gut französisch ... lieber Itzig ... ja ... in der Schule ... damals ... du warst
der Beste in französisch. Du wirst also wissen, was das
heißt: ›die schöne Klara‹! ›La Belle Claire‹ der Flußdampfer mit dem rosaroten Popo, Zierde der Seine,
symbolisch wie der Eifelturm von Paris, Touristenwun-
der und Stolz des Kapitäns Maurice Dupont! Wann das
war? Ich weiß es nicht genau. Um die Jahrhundertwen-
de. Wenigstens nehme ich das an.

Die ›Organisation‹ kauft, was sie kann, um die ›Millionen‹ in Marsch zu setzen. Der Kapitän Maurice Dupont hat längst das Zeitliche gesegnet, ebenso der
Dampfer ›La Belle Claire‹. Aber die ›Organisation‹, die
hat Ideen. Die holte ›La Belle Claire‹ aus dem Totenreich zurück, verrottet wie sie war, fleisch- und hautlos,
ein augenloses Skelett. Jetzt heißt sie ›Exitus‹.

Ein Schiff aus dem Totenreich? Ja, lieber Itzig. Aber
seetüchtig.

Unser Kapitän ist Grieche. Sein Name: Teiresias Pappas. Eine Bekannte von mir, hier auf der ›Exitus‹, die
ehemalige jüdische Ballerina Hanna Lewisohn aus Berlin, die erklärte mir, was das heißt: Teiresias Pappas.
Pappas ist Pappas. Sie weiß das nicht genau. Ein Name
wahrscheinlich. Ein griechischer Familienname. Und

Teiresias? Auch ein Name. In diesem Falle: Vorname. Aber einer von Bedeutung. Teiresias ... so sagte Hannah Lewisohn ... das war der blinde Seher der ›Antigone‹, einer Tragödie des Griechen Sophokles. Kennst du Sophokles? Den Griechen?

Teiresias Pappas ist nicht blind. Aber Teiresias Pappas ist ein Seher. Kein Zweifel. Denn Teiresias Pappas hat uns allen prophezeit, daß er, Teiresias Pappas, das Toten- oder Geisterschiff ›Exitus‹ den Engländern zum Trotz durch die Blockade bringen wird ... steuern wird ... in der Nacht. »Die Engländer werden uns nicht erwischen!« sagte Teiresias Pappas. »Die ›Exitus‹ wird landen! Mit allen Toten und Lebendigen auf der ›Exitus‹! So wahr ich Teiresias Pappas heiße!« – Ja, das hat er gesagt.

Die Mannschaft der ›Exitus‹ ist international, lieber Itzig. Die meisten sind Griechen, mehrsprachig wie Teiresias Pappas, Leute, die viel in der Welt herumgekommen sind, alte Matrosen, Abenteurer, aber wir haben hier auch Franzosen, Norweger, Portugiesen, Spanier und andere, Leute ähnlichen Schlags. Als ich die Mannschaft zum ersten Mal sah, hab ich mich fast erschreckt, so abenteuerlich sahen die Leute aus; ich würde sagen: ein verwilderter Haufen, gut genug für ein Piratenschiff oder für den Blockadebrecher oder den Flußdampfer oder den Jammerkasten ›Exitus‹. Unser Kapitän Teiresias Pappas aber hält seine Leute in Schach. Hat ihnen gesagt: »Frauen dürfen nicht vergewaltigt werden! Kinder auch nicht! Plündern ist verboten! Ebenso das Verprügeln harmloser Passagiere! – Wer das nicht kapiert, fliegt kopfüber ins Mittelmeer!«

Teiresias Pappas versteht diesbezüglich keinen Spaß. Sieht auch ganz manierlich aus, der Teiresias Pappas: klein, krummbeinig, glatzköpfig, bärtig, mit einem Auge wie glühende Kohle. Ja, lieber Itzig. Der ist einäugig. Aber nicht blind.

Wer uns hier auf der ›Exitus‹ beschützt ... außer Teiresias Pappas? Lieber Itzig ... die ›Organisation‹ ... wer sonst? David Schapiro ist nämlich auch auf der ›Exitus‹. Wer das ist ... David Schapiro? Ein Haganahkommandant, lieber Itzig. Die ›Haganah‹, das ist die jüdische Verteidigungsarmee in Palästina, eine Armee, die vom Standpunkt der Engländer illegal ist, von unserem aber legal. Verstehst du das, lieber Itzig? Die Haganah, das ist die legale illegale jüdische Untergrund- und Verteidigungsarmee in Palästina.

Außer David Schapiro sind noch andere hier ... Haganahsoldaten ... auch zwei Vertreter der ›Palmach‹ ... das sind die jüdischen Einsatzkommandos im Gelobten Lande – wir sollten sie lieber Stoßtrupps nennen, was ... Itzig? – und natürlich auch einige Agenten der ›Mossad Le Aliya Bet‹, das ist die Organisation, die für die illegale Einwanderung der Juden nach Palästina verantwortlich ist – illegal vom Standpunkt der Engländer, lieber Itzig ... merk dir das ... von unserem Standpunkt: legal – sogar ein Vertreter der ›Rechasch‹ ist an Bord, zuständig für Waffenbeschaffung, ein Mann, der seine Aufgabe in Europa erledigt hat und mit uns nach Hause fährt ... du siehst, Itzig ... alles Leute, die für die ›Organisation‹ arbeiten oder sagen wir: für die ›Dachorganisation‹ oder: für die Schattenregierung des zukünftigen Judenstaates.

Ob wir bewaffnet sind? Was für eine Frage! ... Lieber Itzig. Die Haganahleute sind bis an die Zähne bewaffnet, auch die von der ›Palmach‹ und auch die anderen. Oder glaubst du, daß Teiresias Pappas seine Mannschaft in Schach halten könnte, wenn er nicht wüßte, daß jüdische Freiheitskämpfer hinter ihm stehen? Na also!

Mir fällt etwas ein. Ich sehe ... eine schwimmende Sardinenbüchse. Jetzt hab ich's. Die Exitus ist eine Sardinenbüchse. Wir sind Sardinen. Und unsere Toten? Die auch. Sie stehen, liegen, sitzen oder hocken zwischen uns. Körperlose Sardinen.

Hier ist kein Platz. Das ist fast so wie in euren Baracken in Laubwalde.

Die ›Exitus‹ ist bis zum Übermaß und noch darüber hinaus mit uns Illegalen vollgepropft. 1600 Menschen auf einem 700-Tonnen-Schiff. Jetzt weiß ich auch, warum Teiresias Pappas sich dreimal am Tage bekreuzigt.

Unlängst sagte Teiresias Pappas: »Herr Haganahkommandant David Schapiro ... wenn das Schiff nicht von euch Juden verhext ist ... dann heiße ich nicht Teiresias Pappas!«

Und der Haganahkommandant David Schapiro sagte: »Herr Kapitän Teiresias Pappas ... was soll das heißen?«

Und Teiresias Pappas sagte: »Ein Passagier pro Tonne der Wasserverdrängung! Das ist, im Notfall, auf einem kleinen Schiff erlaubt. So hab ich's in meinen Büchern gelernt! Ein 700-Tonnen-Schiff für 700 Passagiere. Aber nicht mehr.«

»Na und?« sagte David Schapiro.

»Logischerweise müssen wir alle absaufen«, sagte Teiresias Pappas. »1600 Illegale außer der Mannschaft. Das ist ein bißchen zuviel.«

»Wir saufen aber nicht ab«, sagte David Schapiro ... der Haganahkommandant. »Erstens ... weil wir den ›Kahn‹ verhext haben ... und zweitens, weil Sie, lieber Teiresias Pappas, uns allen die Landung prophezeit haben!«

Ja, lieber Itzig. Wir sind zu viele. Das ist kein Spaß. Obwohl die Toten nichts wiegen. Aber wir, die Lebendigen ... wir wiegen doch was! Wie kommt das ... das wir nicht absaufen? Haben die Toten Flügel? Tragen sie die ›Exitus‹?

Ich habe Glück mit meiner Schlafstelle. Wer keine Koje erwischt hat, der schläft auf dem Fußboden. Hier, im Laderaum, ist die Luft verbraucht. Es riecht nach Schweiß und Erbrochenem. Die ›Exitus‹ bewegt sich zuweilen wie eine Schaukel, und die Seekranken erbrechen sich an Ort und Stelle ... denn es ist nicht einfach, bei jedem Anfall nach oben zu taumeln ... überall liegen schlafende Menschen ... auch auf den Durchgängen und auf den Treppen.

Ich schlafe nicht viel. Wache oft auf ... werde aufgeweckt von gellenden Schreien. Was sagst du, Itzig? Was fragst du? Warum manche Leute schreien ... in der Nacht ... warum sie schreien? – Das sind die Überlebenden, lieber Itzig, die aus unseren Konzentrationslagern. Ich weiß nicht, warum sie noch schreien, obwohl doch längst alles vorbei ist. Vielleicht bloß Angstträume? Ich weiß es wirklich nicht. Ja, lieber Itzig. Und die Säuglinge plärren. Die auch.

Ich freu' mich jedesmal, wenn der Morgen graut. Ich kann den hellen Tag kaum erwarten. Noch vor dem ersten Dämmerlicht krieche ich aus dem Bauch der ›Exitus‹, stolpere über die vielen Leiber, taste mich nach oben ... wie ein Erstickender ... und schnappe nach Luft. Tagsüber ist auch im Freien alles überfüllt, und die Menschen an Deck machen verzweifelte Gehversuche oder stehen dichtgedrängt an der Reling. In aller Früh aber ist an Deck genug Platz. Genug Platz. Auch für mich, den Massenmörder Max Schulz. Da kann ich mir die Beine vertreten.

Ja, lieber Itzig. Wenn der erwachende Gott seine Augen öffnet, wenn sein erster schlaftrunkener Blick auf das Meer fällt und auf die Himmelsgrenzen über dem Meer ... wenn der liebe Gott hustet und die Nacht aufscheucht ... und wenn die Nacht sagt: Immer mit der

Ruhe! Ich springe nicht weg! Ich verdrücke mich langsam! ... dann, lieber Itzig, schlendre ich, Max Schulz, der Massenmörder oder Itzig Finkelstein, der Jude, zwischen Achterdeck und Back hin und her, bewege mich frei, sauge meine Lungen tief mit salziger Luft voll, atme Sauerstoff.

Ich stelle mich an die Brüstung hin, breite meine Arme aus, stehe da mit geschlossenen Augen ... öffne sie dann langsam ... so, wie der schlaftrunkene Gott ... sehe noch nichts ... aber höre ... die Stimme »Dessen«, der nicht ist: »Es werde Licht!« ... und das schwarzgraue Meer verfärbt sich allmählich, schillert geheimnisvoll. Ich sehe das erste Morgenrot! Ich sehe, wie sich im Osten Himmel und Erde vereinen ... im lachenden Feuer. Dort steuern wir hin. Gen Osten. Dort, wo das lachende Feuer ist. Dort steuern wir hin mit unseren Toten! Damit sie wieder auferstehen!

Ich versuche logisch zu denken. Sage zu mir: »Du hast dich geirrt. Wir nehmen die Toten mit. Das stimmt. Aber sind es wirklich nur die 6 Millionen. Fahren nicht alle Toten mit uns, die einmal im Exil gestorben sind, nach der Zerstörung des Zweiten Tempels oder vorher?«

Sage zu mir: »Itzig Finkelstein. Das stimmt schon. Aber die Exitus ist nicht das einzige Heimkehrerschiff. Andere sind vor ihr gefahren und andere werden nach ihr fahren. Folglich nimmt die Exitus nicht alle Toten mit. Sonst kämen die anderen Schiffe oder Jammerkästen zu kurz.«

Unlängst sah ich deinen Schatten an der Reling. Und den Schatten deines Vaters. Und den Schatten deiner Mutter. Ihr habt euch nicht umgedreht. Ich trat durch euch hindurch. Und blickte aufs Meer ... Und blinzelte in die Sonne.

Dein Vater sagte zu deiner Mutter: »Sara! Ich glaube, ›Er‹ hat unseren Sohn erschossen!«

Und deine Mutter sagte: »Chaim! Ich glaube, ›Er‹ hat unseren Sohn erschossen!«

Und du sagtest zu ihnen: »Vater! Mutter! Ich glaube, ›Er‹ hat mich von hinten erschossen!« – Und dann hast du gefragt: »Wer hat euch erschossen, als ich nicht dabei war? ›Er‹? Hat ›Er‹ euch erschossen?«

Rat mal, was dann passiert ist? Als ich einen Schritt zurücktrat ... heraus aus eurem Schatten ... ?

Ich stieß gegen Max Rosenfeld. Der stand hinter mir ... sagte: »Herr Finkelstein!«

Und ich sagte: »Herr Rosenfeld!«

»Warum so in Gedanken verloren?«

»Ich hab an meine Eltern gedacht.«

»Ach so ...«

»Die wurden in Laubwalde erschossen.«

Max Rosenfeld blickte an mir vorbei, starrte aufs Meer und auf die Wasserspuren der ›Exitus‹, als hätte er Angst, mich anzuschauen.

»Hier ... sehen Sie ...« Ich holte ein paar Zeitungsausschnitte aus meiner Westentasche, zeigte sie Max Rosenfeld. Schlagzeilen: »Massenmord in Laubwalde! Wie sie liquidiert wurden! In Polen hinter Stacheldraht!« ... und so fort ... zeigte mit dem Finger auf den Namen Max Schulz.

»Unterstrichen!« sagte Max Rosenfeld.

»Den unterstreich ich immer«, sagte ich.

»Warum?«

»Der hat meine Eltern umgebracht.«

»Woher wissen Sie das? Dort waren noch andere SS-Leute!«

»Das stimmt«, sagte ich. »Eigentlich stimmt das.«

Meine Sammlung ausgeschnittener Zeitungsberichte, hier auf der ›Exitus‹, wandert von Hand zu Hand. Max Schulz ist unbekannt. Ein Name, irgendein Name auf der unübersichtlichen Namensliste des Grauens. Die Leute sind längst abgestumpft. Sie hatten das Grauen gekannt, zu lange gekannt. Die meisten lesen meine Sammlung gelangweilt durch, haben aber Verständnis für mich, denn es hat sich inzwischen herumgesprochen, daß ich, Itzig Finkelstein, aus Wieshalle stamme, einer kleinen schlesischen Stadt ... ebenso wie Max Schulz. Daß ich ihn gekannt hatte, verblüfft niemand, auch nicht die Tatsache, daß Max Schulz – was ich ganz offen gestehe – im selben Viertel wie ich aufgewachsen war und sogar bei meinem Vater, dem Chaim Finkelstein, in die Lehre ging ... nicht, um das Handwerk des Massenmordes zu erlernen, sondern den ehrsamen Beruf eines Friseurs. Die Leute begreifen auch, warum ich unter allen SS-Leuten in Laubwalde gerade Max Schulz verdächtige, obwohl ich das nicht beweisen kann. »Denn der hat meine Eltern erschossen! Der ... und kein anderer!«

Die Leute sagen zu mir: »Denken Sie nicht mehr dran! Sonst machen Sie sich kaputt! Denken Sie an die Zukunft, Herr Finkelstein ... nicht an die Vergangenheit!«

Und ich sage zu ihnen: »Das habe ich immer gemacht!«

Die Zukunft! Lieber Itzig ... deshalb steh' ich so gern an der Reling, den Blick nach dem Land der Verheißung gerichtet.

Ein Geisterschiff ... fragst du? Ja, lieber Itzig. Aber ein lustiges. Trotz der gellenden Schreie in der Nacht.

Denn nicht auf die Nacht ... auf den Tag kommt es an, lieber Itzig. Die ›Exitus‹ kommt aus der Nacht. Aber sie steuert dem Tag entgegen. Am Tage sind die Menschen froh. Jeder hier scheint den hellen Tag zu lieben. Da bin ich, der Massenmörder, gar keine Ausnahme.

Das Essen ist schlecht. Das stimmt. Aber wir singen Lieder beim Essen. So rutscht es leichter runter. Überhaupt wird hier viel gesungen. Und auch getanzt. Kennst du den jüdischen Nationaltanz: die *Horra*? Da tanzt alt und jung. Sogar Teiresias Pappas, der doch ein Grieche ist, tanzt mit.

Ja, wir tanzen Horra, lieber Itzig, und wer nicht tanzt, der klatscht den Takt mit den Händen dazu. Wo die Kapelle ist? Mach keine Witze! Wir singen, lieber Itzig. Wir singen! Und ein paar junge Burschen spielen Mundharmonika. Das müßtest du sehen! Deine toten Augen würden blitzen. Das ist ein Spaß, sag' ich dir.

Ob die Toten mittanzen? Ja, lieber Itzig. Die tanzen mit. Du auch. Du weißt es bloß nicht. Auch dein Vater. Und auch deine Mutter.

Wir lieben den hellen Tag, Itzig. Das Wetter ist gut. Da haben wir wirklich Glück. Mit dem Wetter. Die Sonne freut sich mit uns. Frag doch die Sonne, Itzig. Die spielt mit den kleinen Kindern an Deck und mit den großen. Und die Sonne lacht uns an. Es ist alles vorbei, Itzig. Wir können jetzt lachen ... obwohl wir manchmal noch weinen möchten.

Und das Meer? Auch das Meer freut sich mit uns, Itzig. Ein Sturm könnte uns umwerfen. Aber das Meer ist ruhig. Vielleicht ahnt das Meer, daß unser Schiff von den Flügeln der Toten getragen wird? Ich weiß es nicht, Itzig. Ich weiß es wirklich nicht.

Das Meer ist ruhig. Die Mütter an der Reling halten die kleinen Kinder ab – das geht so den ganzen Tag – die pinkeln und pinkeln ... und das Meer schielt mit grünen Augen nach oben, sagt aber nichts, schluckt alles mit Nachsicht, bäumt sich nicht auf.

Unlängst sagte Teiresias Pappas: »Das Meer ist ruhig. Das Meer könnte uns alle schlucken ... uns Illegale.

Aber das tut das Meer nicht. Weil das die Engländer freuen würde. Und das weiß das Meer. Das Meer liebt die Engländer nicht, weil die Engländer die Meere zu lange beherrscht haben. Jawohl, meine Herren. Glauben Sie Teiresias Pappas!«

Du wirst staunen, Itzig, wenn ich dir in diesem Augenblick gestehe, daß ich, Max Schulz, der Haarkünstler, das Haareschneiden fast verlernt habe. Es sind ja auch viele Jahre her. Hatte doch lange Zeit bloß mit dem Gewehr geübt ... wie man so sagt: an meinen jüdischen Zielscheiben ... hatte Schere und Kamm eingemottet.

Kurz vor der Abreise kaufte ich ein paar Werkzeuge: Kamm, Schere, Rasiermesser, Rasiermaschine und noch einiges andere. Du weißt ja. Das Nötigste. Weil ich mir sagte: »Das bringt Glück!«

Ob ich den Leuten auf der ›Exitus‹ die Haare schneide? Klar. Einmal muß man ja wieder anfangen. Und hier, auf der ›Exitus‹, habe ich gute Gelegenheit, wieder in Übung zu kommen. Ich bin der einzige Friseur auf diesem Jammerkasten. Wenn man bedenkt: unentbehrlich.

Das war ein denkwürdiger Tag! Der Tag, an dem ich, der Massenmörder Max Schulz, wieder ein Friseur wurde! Ein Mann mit bürgerlichem und biederem Beruf! Wenn ich einen Kalender hätte, dann würde ich diesen Tag, diesen denkwürdigen Tag, mit Blaustift einkreisen, umranden, mit dickem, festem, lückenlosem, blauen Strich.

So fing das an, lieber Itzig: Mein Freund, Max Rosenfeld unterhielt sich auf Deck mit dem Kapitän Teiresias Pappas. Sagte zu ihm: »An ihrer Stelle würd' ich mir

mal den Bart stutzen lassen! Die Leute sagen nämlich:
›Verwildert schaut der aus! Der Teiresias Pappas! Fast
so wie die Mannschaft!‹«

Und Teiresias Pappas sagte: »In Haifa lass' ich mir
den Bart stutzen!«

Und Max Rosenfeld sagte: »Warum nicht gleich
hier?«

Und Teiresias Pappas sagte: »Weil ich hier keinen
Friseur kenne!«

Und Max Rosenfeld sagte: »Aber ich kenne einen!«

Und Teiresias Pappas sagte: »So! Wen denn? Ich
wußte gar nicht, daß es hier sowas gibt!«

Und Max Rosenfeld sagte: »Doch. Sowas gibt's hier.
Ich kenne nämlich einen. Einen Friseur. Und zwar
einen guten. Den Itzig Finkelstein!«

So fing das an:

Der Kapitän Teiresias Pappas ließ mich gleich in
seine Kabine rufen, sagte zu mir: »Herr Finkelstein.
Könnten Sie meinen Bart stutzen?«

»Das kann ich«, sagte ich. »Ich kann Ihnen auch den
Flaum auf der Glatze rasieren ... und was da noch
kranzartig wuchert ... an ihren Schläfen!«

»Gut, Herr Finkelstein!« Teiresias Pappas war begei-
stert.

»Aber nicht hier in der Kabine. Macht zuviel Dreck.
Am besten draußen an der frischen Luft!«

Ja. So war das, lieber Itzig. So fing das an:

Wir holten einen Stuhl ... einen mit hoher Lehne, ...
stellten ihn vor die Reling hin ... auf der Manöverbrücke ... hoch über dem Flaggenstock. Teiresias Pappas setzte sich breitspurig drauf, ließ sich von mir in
Handtücher einwickeln – denn ich hatte weder Serviet-
ten noch den wichtigen Haarschneidemantel mitgenommen – hatte das beim Einkaufen vor meiner Abreise vergessen ... setzte sich also breitspurig hin, der Tei-

resias Pappas, ließ sich widerstandslos einwickeln.

So fing das an, Itzig:

Einige Passagiere hatten uns bemerkt. Ich hatte kaum mit meiner Arbeit angefangen, da kamen sie schon, um zuzugucken. Es wurden immer mehr. Bald waren wir – Teiresias Pappas und ich – von einer schnatternden, aufgeregt gestikulierenden Schar Frauen und Kinder umringt. Und etwas später gesellten sich auch die Männer zu den Frauen und Kindern. Die Leute rissen Witze, unterhielten sich über den Bart von Teiresias Pappas, auch über die Glatze, knabberten an Brotkrusten und an Fingernägeln; die kleinen Kinder kreischten und die größeren versuchten, Teiresias Pappas am Bart zu zupfen, kamen mit Fingerchen zwischen Schere und Kamm, kümmerten sich nicht um meine Einwände oder um das wildrollende Auge des einäugigen und eingewickelten Teiresias Pappas. Das war ein Spaß, sag' ich dir.

Ja. So fing das an, lieber Itzig. Am selben Tag wußte das ganze Schiff, daß Itzig Finkelstein ein Friseur war. Ich bekam Aufträge. Zuerst kamen die Gecken der ›Exitus‹ mit der Bitte um einen echten Fassonschnitt. Andere zogen nach, ehrwürdige Familienväter, schüchterne Junggesellen, dann die Kinder kinderstolzer Mütter. Vereinzelt kamen auch Frauen zu mir: »Herr Finkelstein. Ich möchte eine Herrenfrisur. Ist das jetzt Mode?«

Ob ich auch rasiere? Hier auf der ›Exitus‹? Nein, lieber Itzig. Dazu hab ich hier, als einziger Friseur, keine Zeit. Rasieren kann sich jeder alleine. Höchstens Köpfe rasier' ich. Aber das ist doch was ganz anderes. Versuch, mich zu verstehen. Der Andrang ist zu groß. Schließlich hab ich nur zwei Hände. Was sagst du? Was für Hände?

Natürlich verdien ich auch Geld. Aber nicht viel. Die Reichen zahlen mehr, die Armen weniger. Ich mache das so wie ein Arzt. Wenn ich bei einem Patienten Geld wittere, dann nehm ich ihn tüchtig aus. Der zahlt gleich für die anderen mit. Ja, lieber Itzig. So ist das. Leider sind die meisten auf der ›Exitus‹ arme Schweine, viele völlig mittellos, so daß mir nichts anderes übrigbleibt, als dieselben umsonst zu bedienen. Ehrensache. Man muß zuweilen auch was für die Menschheit tun. Ist es nicht so?

Ja. Das Wetter ist schön, und die Arbeit im Freien macht mir Spaß. Die Haarschnitzel fallen hier nicht immer auf festen Boden, so wie das in einem anständigen Friseursalon üblich ist, sondern wehen bei starker Brise gleich ins offene Meer hinaus, werden von dem frischen Wind über die Brüstung getragen, begleitet von den hellen Strahlen der Sonne und dem fröhlichen Gekreisch der Kinder, zur Freude des lieben Gottes, aber zum Ärger der hungrigen Fische, die mit offenen Mäulern neben der ›Exitus‹ herziehen.

4.

Max Rosenfeld schläft auch im Lagerraum, aber auf der gegenüberliegenden Seite. Wir sitzen meistens zusammen ... beim Essen. Sind auch sonst viel zusammen. Er kiebitzt, wenn ich arbeite oder schlendert oder drängt sich schlendernd mit mir zur Promenadenzeit zwischen Deck und Achterdeck hin und her.

Teiresias Pappas kennst du? Klar, den kennst du. Unterhält sich gern mit mir: »Herr Finkelstein. Sehen Sie, dort! Das ist die griechische Küste! Und dort oben am Himmel, das sind keine Engel, das sind englische Flugzeuge, RAF ... Royal Air Force! Jawohl, wir haben die mexikanische Flagge gehißt! Ob die den Schwindel gemerkt haben? Noch nicht. Das sind auch nur Pünktchen, die Flugzeuge, nur Pünktchen. Aber passen Sie mal auf, Herr Finkelstein, wenn wir erst mal in die palästinensischen Hoheitsgewässer einfahren ... dann werden die Pünktchen zu riesigen Vögeln ... und werden über uns kreisen ... aber keine Angst ... keine Angst, Herr Finkelstein ... der Teiresias Pappas hat sich einen großen Plan ausgedacht, um die Engländer zu täuschen ... den großartigsten illegalen Landungsplan aller Zeiten.«

Und den Haganahkommandanten David Schapiro. Der hat rote Haare, einen roten Schnurrbart. Ließ sich bei mir den Schnurrbart stutzen. Kamen ins Gespräch: »Stimmt das, Herr Finkelstein ... daß Sie ... den Massenmörder Max Schulz gekannt haben? Man erzählt sich das hier auf der ›Exitus‹!«

»Das stimmt, Herr Haganahkommandant!«

»Was war das für ein Kerl?«

Ich sagte: »Ein Rattenfänger mit Dachschaden.«

David Shapiro nickte, sagte dann: »Den fangen wir eines Tages. Jüdische Agenten! Eines Tages! Und den bringen wir nach Jerusalem! Und den hängen wir an den höchsten Baum!«

Ich fragte: »Gibt es dort hohe Bäume?«

»Klar gibt es dort hohe Bäume«, sagte David Schapiro.

Ja. Das ist David Schapiro. Ein Riesenkerl, Brustkorb wie ein Gorilla, Hände wie ein Fleischer, behaart mit roten Härchen bis zu den Fingernägeln, zwei Augen stahlhart und blau wie der Himmel. Läuft hier an Deck mit vier Revolvern herum, zwei links, zwei rechts ... die baumeln kurz überm Knie ... geladen ... der Schrecken der Mannschaft.

Einmal sagte er zu mir: »Herr Finkelstein. Wenn der Max Schulz in meine Hände fallen sollte, dann zerfleisch' ich ihn persönlich. Bei lebendigem Leibe. Den hack' ich in tausend Stücke ... für die Schakale zum Fraß.«

Ich habe ihn gefragt: »Gibt's dort Schakale?«

»Klar gibt's dort Schakale«, sagte David Schapiro.

»Und was wird aus den hohen Bäumen? Oder dem hohen Baum? In Jerusalem? Dort, wo der Max Schulz hängen soll ... ich meine ... wenn Sie ihn vorher persönlich zerfleischen?«

»Dann zum Teufel mit dem hohen Baum«, sagte David Schapiro.

Das ist David Schapiro. Und der hat mich auch in sein Herz geschlossen.

Amtsgerichtsrat Wolfgang Richter ist jeden Morgen mein erster Kunde. Ein kleiner Amtsrichter.

Amtsgerichtsrat Wolfgang Richter ist Jude. Alteinge-
sessener deutscher Jude. Sieht allerdings wie Churchill
aus: fetter Schädel, Kahlkopf ... ebenfalls Raucher ...
Zigarrenraucher. Er spricht allerdings nur deutsch. Ein
Deutscher durch und durch, obwohl er Jude ist und wie
Churchill aussieht. Sein Seelengeruch ist anders als meiner und der der anderen Juden hier auf der ›Exitus‹. Die
Seele des Amtsgerichtsrats Wolfgang Richter riecht
nach Bier. Ja, lieber Itzig: Bier, Stammtisch, Kartoffelklöße und Sauerkraut.

Ich hab dir doch erzählt, lieber Itzig, daß ich hier, auf
der ›Exitus‹, prinzipiell nicht rasiere. Aus Zeitmangel.
Nur Schädel rasier' ich. Aber Schädelrasur gehört ja ins
Gebiet des Haarschnitts. Nun ja, lieber Itzig. Beim
Amtsgerichtsrat Wolfgang Richter mach ich 'ne Ausnahme. Dem rasier' ich nicht nur den Flaum auf der Glatze,
dem rasier' ich auch die Bartstoppeln weg. Warum ich bei
dem 'ne Ausnahme mache? Ich weiß nicht warum.

Wie gesagt: immer mein erster Kunde. Der ist pünktlich wie 'ne Uhr. Den rasier' ich sogar vor dem Frühstück. Will das so haben. Ja, lieber Itzig. Der Richter
wird von mir frühmorgens bei Sonnenaufgang eingeseift. Wenn sich der Himmel erhellt, wenn die Fische
Purzelbäume schlagen im ersten Licht, wenn der Mund
der Morgenstunde sich mit Gold anfüllt, dann seif' ich
den Richter ein, kümmere mich nicht drum, daß er, der
Richter, ein Nickerchen macht – denn das macht er
immer, wenn ich ihn einseife – kümmere mich gar nicht
drum, sondern mache meine Arbeit, unverdrossen und
zufrieden.

Der Richter wacht dann gewöhnlich erst auf, wenn
ich mit dem Einseifen fertig bin und mit dem Rasiermesser zu kratzen anfange ... wacht auf, der Richter,
blinzelt, guckt aufs Meer, das sich mittlerweile blutrot
gefärbt hat, und sagt:

»Schön … was … Herr Finkelstein?«

»Ja«, sage ich dann, »Herr Amtsgerichtsrat.«

»Blutrot«, sagt der Richter … »als ob die Meerjungfern alle auf einmal menstruieren. Alle auf einmal!«

»Die Meerjungfern menstruieren nicht«, sage ich …
»Sie irren sich, Herr Amtsgerichtsrat … das Meer hat
sich bloß erschreckt.«

»Vor wem denn?« fragt dann der Richter … »Vor den
Engländern?«

»Nein«, sag' ich dann … »vor der Sonne.«

»So«, sagt dann der Richter, »also vor der Sonne.
Und wie erklären Sie sich dann die rote Farbe, Herr
Finkelstein?«

»Schamröte«, sag' ich. »Meerjungfern gibt es nicht. Es
gibt nur das Meer. Das Meer ist die Jungfrau. Und zwar
eine keusche Jungfrau. Und die hat sich erschreckt, weil
die freche Sonne sie im Schlaf überrascht hat.«

»Sind Sie ein Dichter, Herr Finkelstein? Etwa ein
verhinderter?« Der Richter lacht. Aber das kümmert
mich nicht. Seine Bierseele versteht die meine nicht.
Dabei gab es doch in seinem Land einen Goethe und
einen Schiller!

Einmal sprach er mit mir über Max Schulz. »Der Fall
interessiert mich, Herr Finkelstein! Sie haben ihn also
wirklich gekannt?«

»Ja. Sehr gut sogar.«

»Und er ist spurlos verschwunden?«

»Spurlos!«

»Sowas gibt es nicht. Irgendwo sind Spuren! Bloß die
richtige Spürnase fehlt. Das ist der Haken!«

»Interessiert Sie der Fall wirklich?«

»Ja. Sehr!«

Hab ich dir schon den Rabbi vorgestellt, lieber Itzig?
Nein, noch nicht. Der ist kein Kunde von mir. Schläft

aber zufällig über meiner Koje. Also: mein Schlafnachbar!

Wir unterhalten uns oft flüsternd vor dem Einschlafen:

»Herr Finkelstein! Sind Sie noch wach?«

»Ja, Rabbi!«

Der Rabbi ist kein wirklicher Rabbiner, bloß ein sehr frommer Mann, der sich den Beinamen ›Rabbi‹ ehrlich verdient hat. Stell ihn dir vor: ein großer, etwas beleibter Mann, im langen, schwarzen Obergewand, das auch *Kaftan* genannt wird … helle, kluge Augen, die immer ein wenig spöttisch blicken, aber nie boshaft, ein graumelierter Bart, schwarz und grau, ein blasses Gesicht, eingerahmt von einem pelzverbrämten Hut, den er auch in der Sonne trägt. Ob er den Hut nachts absetzt? Ich weiß es nicht. Er schläft über mir, und ich höre im Dunkeln nur seine Stimme. Ich nehme aber an, daß er nicht in seinem Pelzhut, sondern bloß mit rundem, schwarzem Käppi schläft.

»Rabbi! Wie haben Sie in diesem Aufzug den Krieg überlebt? Wie konnte sich einer im Kaftan verstecken?«

»Im Wald hab ich den Krieg überlebt, Herr Finkelstein. Im polnischen Wald.«

»Also … ein Waldjude?«

»Ja, ein Waldjude.«

»Und der Bart?«

»Dort durfte ich auch den Bart tragen.«

»Im Wald?«

»Ja, im Wald.«

»Was war das für ein Versteck?«

»Ein Bunkerversteck.«

Der Rabbi stammt aus Kolomeija. Galizien. Einmal sagte ich zu ihm: »Meine Eltern haben in Galizien gewohnt, bevor sie nach Deutschland kamen. Nicht weit von Kolomeija.«

»Wo denn?«

Ich sagte: »In Pohodna. Meine Eltern hatten mir viel von Pohodna erzählt.«

»Pohodna kenn' ich. Ach ja ... die Finkelsteins aus Pohodna. Hab ich gekannt.«

»Chaim Finkelstein und Sara Finkelstein?«

»Nein. Die hab ich nicht gekannt. Die waren nicht mehr da, als ich nach Pohodna kam. Aber den Moische Finkelstein, den hab ich noch gekannt. Und der hatte einen Bruder, den Chaim Finkelstein, einen, der nach Deutschland ausgewandert ist.«

»Das war mein Vater.«

»So? Ihr Vater?«

»Ja.«

»So ... ja.«

»Und Sie haben also meinen Onkel gekannt, den Moische Finkelstein?«

»Ja, den hab ich gekannt.«

»Ich hab ihn nicht gekannt. Wir haben uns nie besucht.«

»Ja«, sagte der Rabbi.

»Der Moische Finkelstein?«

»Den haben die Deutschen vergast. Auch seine Frau, die Rifka Finkelstein. Und die 12 Kinder. Und deren Kinder. Eine große Familie.«

Ich sagte: »Ja.«

Und der Rabbi sagte: »Ja.«

Und ich sagte: »Ja.«

Und der Rabbi sagte: »Aber einer ist noch da ... von den Finkelsteins ... außer Ihnen natürlich ... noch einer ist da ... Ihr Vetter, der Ephraim Finkelstein ... den nannten sie Froike. Froike Finkelstein.«

»Der Sohn von Moische Finkelstein?«

»Ja. Der Sohn von Moische Finkelstein. Und von Rifka Finkelstein.«

»Dann hat er mehr als 12 Kinder gehabt. Dann hat er 13 gehabt?«

»Ja, 13«, sagte der Rabbi.

Ich sagte: »13«. Und dachte: Das ist eine böse Zahl. So wie die Sieben!

»Und wo ist mein Vetter Froike Finkelstein ... jetzt? Unterwegs nach Palästina?«

»Nein. Der ist noch in Polen. In Pohodna. Hab ihn nach dem Krieg getroffen. Sprach mit ihm.«

Ich sagte: »Hoffentlich kommt er nach Palästina. Wir sind die letzten. Und ich würde ihn gerne kennenlernen.«

Der Rabbi sagte: »Ja. Aber der ist ein Kommunist. Hat dort einen guten Posten.«

Ich sagte: »So ...«

Und der Rabbi sagte: »Ja.«

Du wirst dir vorstellen können, lieber Itzig, wie sehr ich aufgeatmet hatte, als ich erfuhr, daß mein Vetter Froike Finkelstein ein Kommunist ist und nicht nach Palästina kommen würde. Die Frage ist bloß: Wie lange wird ein Sohn von Moische Finkelstein Kommunist bleiben? Wird nicht eines Tages sein jüdisches Herz wie das Herz eines Juden schlagen ... wieder schlagen? Und wird er dann nicht heimkehren? Wird er dann nicht zu uns kommen, um mit uns in einem jüdischen Land zu wohnen? – Und warum soll ich mir jetzt den Kopf zerbrechen? Vorläufig ist Froike Finkelstein ein Kommunist, wohnt in Polen, und hat keine Absicht, mir nachzureisen.

Ich unterhalte mich oft mit dem Rabbi über jüdische Geschichte und der Rabbi ist erstaunt und zugleich erfreut, weil ich so gut Bescheid weiß. Ich habe ihm ganz offen gesagt, daß ich das Beten verlernt hatte und nach dem Krieg erst wieder üben mußte, daß es noch immer ein bißchen hapert, aber nicht sehr, daß ich selten in die Synagoge gehe, obwohl ich mir vorgenommen habe, es an Hohen Feiertagen zu tun, ja, daß ich nicht mal frühmorgens die Gebetriemen anziehe ... die *Tefillin*.

»Herr Finkelstein«, hat er gesagt. »Sie sind kein typisch assimilierter Jude wie zum Beispiel Amtsgerichtsrat Wolfgang Richter. Aber halbassimiliert? Das sind Sie! Ein Halbassimilierter! Ein bißchen Tradition ist noch da ... natürlich: als Sohn von Chaim Finkelstein und Neffe von Moische Finkelstein ... wie sollte das auch anders sein ... eine fromme und angesehene Familie ... die Finkelsteins ... aber sonst ... sonst sind Sie nicht viel besser als die anderen, all die anderen Juden, die den Geist der Thora vergessen haben.«

Nein, lieber Itzig. Ich falle nicht auf. Die meisten Juden hier auf der ›Exitus‹ sind alles andere als fromme Juden, die wenig oder gar nichts vom lieben Gott halten. Viele haben dem lieben Gott ganz offen den Krieg angesagt und stehen ›Ihm‹, dem Schirmherrn, der versagt hatte, trotzig und feindlich gegenüber.

Ja, lieber Itzig. Gott ist ein großer Versager. Was hat er getan, als seine Kinder in die tiefen Massengräben purzelten? Welche Armee hat er zu Hilfe geschickt? Die Würmer! Lieber Itzig! Die Würmer! – Und was hat Gott für die anderen getan, die durch den Schornstein gejagt wurden? Nur die Wolken haben sich ihrer erbarmt und vielleicht der Regen, mit dem sie wieder herabgestiegen sind ... zu uns auf die Erde.

Nein, lieber Itzig. Die meisten von uns auf der ›Exitus‹ glauben nicht mehr an Gott. Sie fahren nach Hause, ins Land ihrer Vorväter, um Grund und Boden unter den Füßen zu haben, um einen Staat zu gründen und eine Armee, damit das nicht wieder passiert. Wir auf der ›Exitus‹ wollen keine Schafe mehr sein. Nie wieder wird man uns einfach wegführen, zur Schlachtbank. Das sind wir, lieber Itzig, wir auf der ›Exitus‹ … nationalgesinnte Juden, das sind wir. Aber keine Frömmler. Ich hab das dem Rabbi klargemacht. Und das versteht der Rabbi. Aber der Rabbi gibt die Hoffnung nicht auf. Weißt du, was er gesagt hat? »Herr Finkelstein«, hat er gesagt. »Ich verstehe Ihre Verbitterung. Und die Verbitterung der anderen. Aber eines Tages werden Sie zu Gott zurückfinden! Sie und auch die anderen!«

Ich kann mich noch genau an deine *Barmitzwa* erinnern, ein Tag, der so wichtig war in eurer Familie, wie deine Beschneidung. Du bist mit deinem Vater in die Synagoge gegangen und als du zurückkamst, da hast du zu mir gesagt: »Jetzt bin ich ein Mann. Jetzt bin ich volljährig.« Und doch warst du erst 13 Jahre alt. Aber nach dem Glauben der Juden ist der Tag der Barmitzwa der Tag der Verantwortung vor Gott.

Lieber Itzig. Seit deiner Barmitzwa mußtest du jeden Morgen Gebetsriemen anziehen und das lange Morgengebet vor dich hinmurmeln, so wie dein Vater, der Chaim Finkelstein, so wie ein Mann mit Verantwortung. Und in der Synagoge … da rief man dich zur Thora auf mit deinem vollen hebräischen Namen: »Jitzchak ben Chaim!« So wie ein Mann mit Verantwortung.

Weißt du, Itzig. Ich hab dem Rabbi gesagt: »Borgen Sie mir Ihre Gebetsriemen. Und das schwarze Buch.«

»Was für ein schwarzes Buch?« hat der Rabbi gesagt.

»Den *Sidur*«, hab ich gesagt. »Das mein' ich.«

»Und die Tefillin?«

»Ja«, hab ich gesagt. »Und die Tefillin … die Gebetsriemen.«

»Wissen Sie noch, wie man mit den Tefillin umgeht?« hat er gefragt. »Und wie man sie vorschriftsmäßig anzieht?«

»Ich hab's mal gewußt«, hab ich gesagt.

Der Rabbi zeigte mir, wie man das macht ... vorschriftsmäßig ... zeigte mir, was ich fast vergessen hatte, brachte mir's wieder bei, sagte zu mir: »Das ist eine ›Mitzwa‹ ... eine gute Tat vor Gott.«

Ja. Der Rabbi, der wollte meine Seele retten. Borgte mir seine Gebetsriemen, borgte mir sein Gebetbuch, obwohl ich doch selber eines hatte ... ein schwarzes Gebetbuch ... in meinem Koffer ... aber das wollte ich nicht auspacken ... ja ... ich habe ein Gebetbuch ... aber keine Gebetsriemen ... und so borgte ich beides ... und der Rabbi stand neben mir und paßte auf, daß ich's richtig machte ... die Gebetsriemen vorschriftsmäßig anzog ... auch das richtige Gebet wählte ... in dem schwarzen Buch ... das lange Morgengebet, das man lange vor sich hinmurmelt ... und ich machte es zuerst falsch ... aber dann machte ich's richtig.

Und weißt du, was dann passiert ist? Rat mal, lieber Itzig! Der Rabbi ließ mich allein. Ging auf die Toilette, ließ seinen Kaftan an der Koje hängen, auch die Pelzmütze, ging nur im Käppi auf die Toilette, noch halb entkleidet. Und da bin ich schnell mal in den schwarzen Kaftan geschlüpft. Zog mir auch den breiten Pelzhut an. Stand da ... mit meinen Gebetsriemen, im Kaftan und Pelzhut, das schwarze Buch oder den Sidur in der Hand, murmelte mein Morgengebet vor mich hin, wiegte mich rhythmisch hin und her, so wie die frommen Juden das machen.

Und rat mal, was dann passiert ist? Rat mal, lieber Itzig!

Als ich so dastand, tief ins Gebet versunken, da fiel ich den Kindern im Schlafsaal auf ... und die umringten mich und sagten: »Rabbi!«

Das ist der Rabbi. Ich hab ihn dir vorgestellt. Er ist's. Und ich könnte es auch sein.

Teiresias Pappas hab ich dir vorgestellt. Und David Schapiro. Und Max Rosenfeld. Und Wolfgang Richter ... der Richter! Andere hab ich angedeutet. Und andere stell ich dir später vor. Du mußt dich gedulden.

5.

Alle Kinder auf der ›Exitus‹ kriegen Vitaminspritzen!
Wurde groß angekündigt per Lautsprecher.

Vitaminspritzen? Spritzen? Abspritzen? Erinnerungen?

Lieber Itzig. Bei uns in Laubwalde wurden zuweilen,
bei Sonderfällen, Spritzen verabreicht. Phenol! Tödlich!

Ich erinnere mich: Eine Zeitlang machte ich Dienst
im Lazarett, weil einer der Sanitäter krank war. Leichte
Arbeit. Einmal töteten wir cirka 100 Kinder. Die Kinder
wurden einzeln ins Krankenzimmer hereingeführt.
Hinter einem Vorhang stand ein Stuhl. Und hinter dem
Stuhl stand der Sanitäter Zalewski, ein Pole. Der hielt
das Kind fest, das Kind, das gerade an der Reihe war, du
weißt ja ... Und vor dem Stuhl stand ich, Max Schulz.

Ich stand vor dem Stuhl, vor dem Kind. Immer vor
dem Kind, das gerade dran war. Und ich hielt die Spritze
mit dem tödlichen Phenol in der Hand. In welcher
Hand? In der linken Hand. Denn ich bin linkshändig,
lieber Itzig.

Und dann stach ich die Nadelspitze blitzschnell ins
Herz meiner Patienten, meiner Kinder. Die waren
gleich tot. Kleine tote Engel.

Nach der Ankündigung des Schiffsarztes Doktor Steiner
ging ich, der Massenmörder Max Schulz, sogleich ins
Krankenzimmer und meldete mich freiwillig.

Ich sagte: »Herr Doktor Steiner. Heute können die Leute warten mit dem Haareschneiden. Wenn Sie 'ne Hilfe brauchen, dann steh' ich gern zu Ihrer Verfügung. Ich war nämlich mal Sanitäter.«

Doktor Steiner war sichtlich erfreut. Er stellte keine Fragen. Wo? Wann? Dachte wahrscheinlich: bei den Partisanen oder sonstwo, fragte nur: »Können Sie Spritzen verabreichen?«

»Kann ich«, sagte ich.

»Ich habe nämlich keinen Assistenten. Niemanden. Das ist äußerst nett von Ihnen, Herr Finkelstein.«

Lieber Itzig. Ich habe den Kindern der ›Exitus‹ die Spritze verabreicht. Kam mir dabei wie ein Heiliger vor, ein geläuterter und verwandelter Massenmörder. Denn keines meiner Kinder fiel tot vom Stuhl!

Seit der Vitaminkur lieben mich die Kinder. Vorher pflegten sie mich ›Herr Finkelstein‹ zu nennen. Oder: ›Herr Friseur‹. Jetzt nur noch: ›Chawer Itzig!‹

Weißt du, was ›Chawer‹ heißt? Das heißt ›Freund‹ oder ›Kamerad‹.

Die Kinder umringen mich, wo immer ich bin. Ich kann mich kaum vor ihrer Liebe retten. »Chawer Itzig! Noch eine Spritze!« So geht das den ganzen lieben Tag. Oder: »Chawer Itzig! Bist du ein Rabbi?« Oder: »Chawer Itzig! Schneid mir doch mal die Haare!«

Fünf Schlafkojen übereinander. Der Rabbi schläft ganz oben. Der ist Nummer eins, wenn man so will. Er könnte aber auch Nummer fünf sein. Ich bin Nummer zwei oder Nummer vier. Das hängt ganz davon ab, lieber Itzig, ob du, der Tote, uns Lebendige von unten zu zählen anfängst oder von oben.

Unter mir liegt ein Mann. Ich weiß nicht, wie er heißt. Bloß ein Mann. Und unter dem Mann liegt eine

Frau. Ich weiß nicht, wie sie heißt. Bloß eine Frau.

Aber rat mal, wer ganz unten liegt? Nummer eins oder Nummer fünf?

Ganz unten liegt Hanna Lewisohn aus Berlin, die Ballerina. Ich hatte sie früher flüchtig erwähnt. Die hat mir erklärt, wer Teiresias war ... Teiresias, der blinde Seher der Antigone.

Hanna Lewisohn behauptet, daß sie Berlin überlebt hat, als Berlin eingeäschert wurde, und daß sie tanzend aus glimmender Asche herausgeschwebt war ... denn die tanzenden Ballerinas tanzen ja nicht: sie schweben.

Hanna Lewisohn gehört zu meiner weiblichen Kundschaft. Sie war die erste, die sich von mir, dem Massenmörder Max Schulz oder Itzig Finkelstein, die Haare schneiden ließ: »Herr Finkelstein! Einen Herrenschnitt für eine Ballerina!«

Wir sind jetzt gut befreundet und bereits per du. Sie hat einen Dachschaden wie ich ... und doch ganz anders. Ich glaube, die ist wirklich verrückt. Aber wir vertragen uns gut. Ja. Ausgezeichnet. Manchmal kommt's mir vor, als wäre ich der einzige Mensch, zu dem sie sprechen könnte. Wie das so ist: eine Vertrauenssache.

Verrückt? Ja, sie ist verrückt. Und doch von Zeit zu Zeit ganz vernünftig. Hat mir ja auch erklärt, was Teiresias bedeutet. Auf eine normale, vernünftige Art.

Eines Nachts wurde mir übel. Die ›Exitus‹ zitterte in allen Fugen, hatte hohen Blutdruck, rollte mit den Geisteraugen, rammte wütend gegen die grinsenden Wellen, stöhnte in der Nacht. Zuweilen bäumte die ›Exitus‹ sich auf wie ein verwundeter Walfisch, schoß aus dem nächtlichen Wasser, wollte zu den Wolken springen, sank aber kraftlos zurück, hing wütend zwischen den Wellen, drehte sich im Kreise ... Ich kletterte also von meiner Schlafstelle herunter, an den beiden Unbekannten vorbei, auch an der Ballerina Hanna Lewisohn, torkelte über die Schlafenden auf dem Fußboden des Lagerraums, wollte nach oben, übergab mich aber bereits auf der steilen Treppe. Nachdem ich mich beruhigt und mir den Mund abgewischt hatte, stolperte ich zurück, fand im Dunkeln Hanna Lewisohns Koje, dachte: so, hier mußt du rauf, dreimal eins ist drei und die vierte, das ist deine ... stand schon auf der Leiter ... da packten mich zwei Hände!

»Bist du's, Itzig?«

Ich sagte: »Ja. Ich bin's.«

»Mein Herrenschnitt hat sich verrutscht!«

Ich sagte: »Ach, Unsinn. Sowas gibt's nicht.«

»Doch«, sagte Hanna Lewisohn. »Sowas gibt's.«

Sie stieß mich von der Leiter herunter, packte mich und zog mich unter ihre Decke.

Ich konnte im Finstern ihr Gesicht nicht sehen, aber ich kannte es gut. Das Gesicht der Ballerina Hanna Lewisohn hat einen kindlichen Ausdruck: es ist das Gesicht einer Sechsjährigen mit der Haut einer Greisin. Ihre Augen müßtest du sehen, lieber Itzig! Kugelrunde, schwarze Augen ... Augen, die lächeln können wie Lippen, wenn auch etwas irre ... aber sehr heiter ... ja ... lieber Itzig ... sehr heiter. Ihr Haar ist ebenfalls schwarz, viel zu schwarz, um nicht gefärbt zu sein; das hab ich gleich festgestellt mit dem geübten Blick des Friseurs. Aber seidenweich ist ihr Haar, geeignet für den Herrenschnitt. Der steht ihr ausgezeichnet ... nämlich ... der Herrenschnitt ... mein Herrenschnitt ... der Fassonschnitt ohne Treppen. Hab ihr auch einmal gesagt: »Hanna«, hab ich gesagt. »So einen prima fassonmäßigen Herrenschnitt ohne Treppen konnten nur drei Friseure zustandebringen: der Chaim Finkelstein – mein Vater – und ich. Und auch der Massenmörder Max Schulz.«

»Der auch?« hat sie gefragt.

»Der auch«, hab ich gesagt.

Ja. Ich kannte ihr Gesicht. Trotzdem betastete ich es mit meinen Mörderhänden und tat so, als ob ich es nicht kannte. Ich betastete ihr Gesicht wie ein Blinder. Oder wie ein blinder Massenmörder. Und Hanna Lewisohn sagte nichts, hatte die Augen geschlossen, atmete heftig, atmete gegen meine Hand, auch gegen mein Gesicht … über dem ihren … im Finstern. Ihr Atem roch nach Cornedbeef, lieber Itzig, so wie das Cornedbeef bei Frau Holle … denn wir hier auf der ›Exitus‹ fressen fast nur Cornedbeef, sind Cornedbeeffresser, weil unsere Vorratskammer bis zum Rand mit Konservenbüchsen angefüllt ist. Was für Konserven? Ich hab's dir doch gesagt. Cornedbeefkonserven! Gehacktes Fleisch in Tränensauce. Was sagst du? Was fragst du? Was für Tränen? Dieselben Tränen, lieber Itzig, aus derselben Quelle wie die Tränendollars der amerikanisch-jüdischen Hilfsorganisationen, die auch unser Cornedbeef spendiert haben. So ist das. Aber ich quassele zuviel oder denke zuviel oder schweife ab.

Die Nase ist schmal und knochig, ihr Mund dagegen breit, wenn auch nicht so wulstig wie meiner. Hanna Lewisohn lag still da, während ich ihr Gesicht betastete, nur ihr Atem kam stoßweise und verriet die Erregung. Plötzlich umschlang sie mich, rollte mich auf den Rücken, warf sich auf mich hinauf, setzte sich auf mein hartes Glied, ließ es in ihrem Schoß verschwinden, saß wie ein Käfer auf mir, kroch aber wieder runter, riß plötzlich meinen Kopf hoch und preßte ihre Lippen auf die meinen.

Das war unser erster Kuß.

Hab ich dich scharf gemacht, lieber Itzig? Willst du wissen, ob sie einen Orgasmus gehabt hat?

Beim Küssen, lieber Itzig. Mehrere Mal. Dann stieß sie mich weg, drehte mir den Rücken zu und ließ mich nicht mehr ran. Die ist ein bißchen verrückt. Ein bißchen sehr.

»Und da bin ich gerannt«, sagte Hanna.

»Wohin?« fragte ich.

»Ich weiß nicht wohin«, sagte Hanna. »Ich bin bloß gerannt. Und da war eine Straße. Und die war dunkel. Alles war dunkel. Und dort rannte ich hin.«

»Wohin?« fragte ich.

»Ins Dunkel«, sagte Hanna.

»Und was war dann?«

»Dort stand ein Haus«, sagte Hanna.

»Nur ein Haus?«

»Ich weiß nicht«, sagte Hanna. »Ich sah nur das eine Haus. Und eine offene Haustür. Und dort rannte ich rein. Und die dunkle Treppe hoch. Ganz hoch hinauf. Bis es nicht mehr weiterging.«

»Ja, Hanna«, sagte ich. »Ja, Hanna.«

»Und dort oben ... ganz oben ... war nur eine Tür, eine einzige Tür. Und dort klopfte ich an.«

»Und hat dir jemand aufgemacht?«

»Ja«, sagte Hanna.

»Wer war das?«

»Ein Buckliger«, sagte Hanna. »Ein Zwerg. Einer mit kurzen, dünnen Beinen und einem Riesenkopf. Und langen Armen ... und einer Lampe ... in seinen großen Händen.«

»Sicherlich hat er auch große Zähne gehabt?«

»Ja. Große Zähne!«

»Ein Menschenfresser?«

»Ja«, sagte Hanna. »Ein Menschenfresser!«

»Hat er dich gefressen?«

»Nein«, sagte Hanna. »Der hat mich nicht gefressen.«

»Ich sagte zu ihm: ›Ich bin eine Jüdin. Die Gestapo ist

hinter mir her. Die wollen mich umbringen!‹

Der Zwerg starrte mich an. Er starrte mich sehr lange an, packte mich dann plötzlich, zog mich ins Zimmer und zischte: ›Ich werde Sie hier verstecken!‹«

Ich sagte: »Ja, Hanna.«

»Eine Dachkammer«, sagte Hanna. »Ein Bett, ein Tisch, ein Stuhl. Und eine lange Bank!«

»Und ein Fenster«, sagte ich.

»Ja. Und ein Fenster«, sagte Hanna.

»Und vom Fenster sah man Berlin, stimmt's? Berlin von oben?«

»Ja«, sagte Hanna. »Woher weißt du das?«

»Und was war dann, Hanna. Hat er dich aufgefressen?«

»Nein«, sagte Hanna. »Bloß angeschnallt hat er mich. Auf die lange Bank.«

»Wie oft, Hanna?«

»Nur einmal«, sagte Hanna.

»Und für wie lange?«

»Lange«, sagte Hanna.

»Wie lange, Hanna? Wie lange warst du dort angeschnallt?«

»Drei Jahre lang«, sagte Hanna.

»Ja. Er hat für mich gesorgt. Er brachte mir regelmäßig mein Essen. Er wusch mich und hielt mir den Nachttopf hin.«

»Drei Jahre lang?«

»Drei Jahre lang.«

»Und er hat dich nie losgeschnallt?«

»Nie losgeschnallt!«

»Und er hat dich geschlagen?«

»Nein«, sagte Hanna. »Er hat mich nie geschlagen.«

»Und vergewaltigt?«

»Das auch nicht.«

»Was denn hat er gemacht?«

»Gar nichts hat er gemacht. Nur angestarrt hat er mich.«

»Und was war dann, Hanna?«

»Dann fing ich zu tanzen an«, sagte Hanna.

»Obwohl du angeschnallt warst?«

»Ja«, sagte Hanna. »Ich bin doch eine Ballerina. Ich muß doch tanzen.«

Ich sagte: »Ja. Das mußt du allerdings.«

»Und getanzt hab ich«, sagte Hanna. »Drei Jahre lang hab ich getanzt. Du hättest mich sehen sollen.«

»Du warst gewiß großartig?«

»Ja«, sagte Hanna. »Das war ich. Ich wurde täglich besser. Immer besser. Besser als die Pawlowa. Besser! Viel besser! Ich feierte Triumphe. Die bekanntesten Choreographen arbeiteten mit mir. Mit Hanna Lewisohn. Primaballerina assoluta! Du hättest den Jubel hören sollen, den Applaus nach jedem Auftritt. Und soviel Licht … .

Licht«, sagte Hanna.

»Ja, Hanna.«

»Und Feuer«, sagte Hanna.

»Was für Feuer, Hanna?«

»Es brannte doch in Berlin«, sagte Hanna. »Alle Häuser brannten rings um unser Haus. Nur unseres brannte nicht.«

»Ja, Hanna. Und du konntest nicht in den Keller, als die Bomben fielen? Stimmt's? So wie die anderen?«

»Ja«, sagte Hanna. »Das stimmt. Und das Feuer …«

»Wie war das, Hanna?«

»Ich tanzte einfach zum Fenster hinaus«, sagte Hanna … » so wie ein Schmetterling … und flog dann tanzend zum Feuer.«

»Und dort hast du dir die Flügel versengt?«

»Ja«, sagte Hanna. »Ich fiel tot auf die Erde.«

»Ja, Hanna«, sagte ich.

»Aber eines Tages«, sagte Hanna ... »eines Tages ...«

»Was war eines Tages, Hanna?«

»Da tanzte ich aus der Asche heraus. Das hättest du sehen sollen!«

Hast du's gesehen, Itzig? Wie sie aus der Asche herausgetanzt ist? Die spinnt, sag' ich dir ... obwohl ich ja auch manchmal spinne. Aber anders.

Was sagst du, Itzig? Das hat sie gar nicht erzählt? Dieses Gespräch zwischen mir und Hanna Lewisohn hat nie stattgefunden? Ich hätte mir das alles nur ausgedacht?

Wenn Itzig Finkelstein ein Spinner wäre ... wer wäre dann der Spinner: ich oder du? Sei vorsichtig, Itzig! Zank nicht mit mir! Wir müssen uns vertragen! Wir beide! Du und ich!

Also: Nehmen wir an ... sie hätte mir das erzählt. Nehmen wir an: ich hätte sie falsch verstanden, was ja nicht meine Schuld ist oder wäre. Nehmen wir also an:

Der bucklige Zwerg ist kein buckliger Zwerg. Der bucklige Zwerg ist irgendein Mann, ein ganz gewöhnlicher normaler Mann ... oder eine Frau ... ja ... warum nicht eine Frau ... oder: irgend jemand ... sagen wir: irgend jemand, der sie beschützt hat, bis alles vorbei war. Nehmen wir an, die Dachkammer wäre eine Wohnung gewesen, eine geräumige, luftige Wohnung; sogar gemütlich. Und die lange Bank keine lange Bank, sondern ein Sofa ... sagen wir: ein Plüschsofa. Nehmen wir also an: Alles wäre anders gewesen. Vor allem die Fesseln. Wir könnten uns ja vorstellen, daß die Wände der Wohnung zu Fesseln wurden und sie drei Jahre lang festhielten. Oder der Mann war die Fessel oder die Frau oder der bucklige Zwerg, der ein Zwerg war oder keiner. Nehmen wir an: Ihre Seele wollte wegfliegen mitsamt den Beinen der Ballerina, konnte aber nicht, weil das nicht ratsam war oder gefährlich.

Du siehst … es ist also möglich, daß ich sie falsch verstanden habe. Oder ich habe sie nicht falsch verstanden, sondern richtig verstanden? Und sie hat mir das absichtlich so erzählt … so wie ich es verstanden habe, um es anschaulicher zu schildern. Vielleicht glaubt sie, daß ich, ein Friseur … die Wahrheit sonst nicht begreifen würde. Das ist doch möglich?

6.

Die ›Exitus‹ verändert jede Nacht ihren Kurs. Keiner weiß, was Teiresias Pappas mit uns vorhat. Gestern Nacht steuerten wir auf die afrikanische Küste zu, schwenkten jedoch in der Morgendämmerung um und fuhren denselben Wasserweg wieder zurück. Die Augen der ›Exitus‹ sind vor Entsetzen weit aufgerissen. Zuweilen läßt Teiresias Pappas den Jammerkasten im Kreise herumfahren, als wäre die ›Exitus‹ eine von meinen Ratten, die ihren eigenen Schwanz mit dem Maule sucht.

Was ist eigentlich los? Ich sprach mit dem Haganah-kommandanten David Schapiro. »Täuschungsmanöver«, sagte David Schapiro. »Haben Sie nicht bemerkt, daß wir jede Nacht den Kurs wechseln?«

Ich sagte: »Das hab ich bemerkt.«

»Und die Flagge«, sagte David Schapiro.

»Das hab ich nicht bemerkt.«

»Dann gucken Sie mal nach«, sagte David Schapiro.

Das hab ich dann auch gemacht, lieber Itzig. Gestern war das. Ich schlenderte hinüber zum Flaggenstock unter der Manöverbrücke und bemerkte zu meinem Erstaunen, daß wir unter japanischer Flagge fuhren.

»Vorgestern war's die portugiesische und vor drei Tagen die schwedische und vor vier Tagen die mexikanische und vor fünf Tagen die Flagge der Sowjetunion«, sagte David Schapiro lachend, als wir auf Deck wieder zusammenstießen. »Na, was sagen Sie dazu, Herr Finkelstein?«

»Gar nichts«, sagte ich. »Und was ist mit dem Namen ›Exitus‹?«

»Der bleibt vorläufig«, sagte David Schapiro. »Der ist sowieso verwischt, und niemand kann ihn richtig lesen.«

Ich sagte: »Ach so ist das …«

Ja, lieber Itzig. So ist das. Ich sprach auch mit Max Rosenfeld. Max Rosenfeld ist der Ansicht, daß Teiresias Pappas ein Scharlatan ist. Oder einer, der sich selbst täuschen will. Unlängst sagte Max Rosenfeld: »Der großartigste illegale Landungsplan aller Zeiten! Das erzählt Teiresias Pappas allen Passagieren. Unsinn, Herr Finkelstein! Wenn wir Glück haben, kommen wir unbemerkt durch die Blockade. Wenn nicht, nicht.«

Manchmal brüllt uns die Stimme des Teiresias Pappas am hellichten Tage durch den Lautsprecher an: »Alle von Deck verschwinden! Nur die Mannschaft bleibt oben!« Dann beginnt jedesmal ein Wettrennen nach den Treppen, die zum Zwischendeck führen. Eine Vorsichtsmaßregel. Weiter nichts. Nur notwendig, wenn ein fremdes Schiff auftaucht oder verdächtige Pünktchen am Himmel. Niemand darf wissen, wer wir sind!

Trotzdem bin ich, der Massenmörder Max Schulz oder der Jude Itzig Finkelstein, überzeugt, daß die Engländer genau wissen, wer wir sind. Sie wissen, daß wir unterwegs sind, um illegal zu landen. Die Engländer warten geduldig. Sobald wir in die palästinensischen Hoheitsgewässer einfahren, werden sie uns auf den Pelz rücken mit ihrer Flotte … mit ihren Flugzeugen.

Was dann sein wird? Ich weiß es nicht, Itzig. Dann werden wir wahrscheinlich auf der Insel Zypern interniert. Oder wir werden uns die Landung erkämpfen.

Gestern sagte der Haganahkommandant David Schapiro: »Das wird ein Scheibenschießen werden! Wir werden die Engländer wie die Spatzen über Bord schießen. Und Molotowcocktails haben wir auch! Wir werden kämpfen! So wie wir in Warschau gekämpft haben!«

Ich habe ihn gefragt: »Und werden wir auch landen?«

»Natürlich werden wir landen«, hat er gesagt.

»Und dann?«

»Dann können uns die Engländer am Arsch lecken!«

Je mehr wir uns der palästinensischen Küste nähern, desto unruhiger werden die Leute. Heute früh wurden Waffen verteilt: Revolver, alte Gewehre, Molotowcocktails, auch ein paar Maschinenpistolen. Die Stimme des Haganahkommandanten im Lautsprecher »Wer mit Waffen umgehen kann, hat sich bei mir zu melden!«

Selbstverständlich hab ich mich sofort gemeldet. Hab zu David Schapiro gesagt: »Herr Haganahkommandant! Wieviel Maschinenpistolen haben Ihre Leute übrig?«

»Fünf Stück, Herr Finkelstein.«

»Dann geben Sie mir eine davon!«

»Können Sie mit so einem Ding umgehen, Herr Finkelstein?«

Ich hab zu ihm gesagt: »Jawohl. Das kann ich.«

»Wo haben Sie das gelernt?«

»Bei den Partisanen.«

Lieber Itzig. Ich bekam meine Maschinenpistole. Auch ein paar Molotowcocktails. Bin ganz aufgeregt. Schade, daß ich im Augenblick kein Tagebuch führe. Sonst hätte ich nämlich folgende Eintragung gemacht:

»Ich, der Massenmörder Max Schulz, bin ab heute ... ein jüdischer Freiheitskämpfer.«

Ich schneide den Leuten mit umgehängter Maschinenpistole die Haare. Unter meinem provisorischen Friseursessel liegen Molotowcocktails. Frauen und Kinder kiebitzen nach wie vor, wenn ich arbeite, ab und zu auch ein paar Männer, die nichts besseres zu tun haben, aber niemand reißt Witze. Man respektiert mich. Hanna Lewisohn ist ganz wild geworden, seitdem ich Soldat bin. Nicht nur in der Nacht. Sogar am Tag. Sie weicht nicht von meiner Seite und küßt mich bei jeder Gelegenheit.

Sonst passiert hier nicht viel auf der ›Exitus‹. Keiner weiß, ob Teiresias Pappas heute oder morgen nacht die palästinensische Küste ansteuern will oder ob er das wieder verschiebt. Vielleicht fahren wir heute nacht wieder in Richtung Afrika oder bloß im Kreis rum oder machen kunstvolle Zick-Zack-Bewegungen?

Das Wetter ist nach wie vor gut. Ein kurzer Regenschauer hätte der ›Exitus‹ nicht geschadet, falls der liebe Gott beschlossen hätte, den Jammerkasten vor seiner Landung zu waschen, eins, zwei, drei, ohne Zeitverlust, um sie gleich darauf schnell mit ›Seiner‹ Sonne zu trocknen, aber anscheinend kann ›Er‹ das nicht, da es in dieser Meeresgegend im Sommer nicht regnet. Hängt mit dem Klima zusammen.

Das Wetter ist gut, und der Himmel ist blau. Die Leute an Deck schnattern aufgeregt durcheinander, und die pinkelnden Säuglinge an der Reling pinkeln so still und geräuschlos, ohne Gekreisch, ohne Gezeter, als wüßten sie um den Moment der Andacht. Denn jeder hier spürt es bis in die Knochen: das Gelobte Land ist nah!

Seltsam. Wann immer der Rabbi mich anblickt, dann kommt es mir, Max Schulz, dem Massenmörder … dann kommt es mir wahrhaftig so vor, als stünden Zweifel in seinen Augen, als wüßten seine Augen nicht, ob sie mich wirklich segnen sollten. Was ist das nur?

Ich weiche ihm aus. Dafür bin ich oft mit dem Richter zusammen – Amtsgerichtsrat Wolfgang Richter – nicht nur in aller Früh beim Rasieren ... auch so. Der läßt sich nicht so leicht abschütteln. Interessiert sich immer mehr für Max Schulz, der Richter. Läßt mich berichten. Forscht mich aus. Versichert mir jedesmal: »Herr Finkelstein! Der Fall interessiert mich! Und daß der Kerl verschwunden ist, das glaub ich schon. Aber irgendwo muß er doch sein? Oder nicht? Und ich wette mit Ihnen, daß ich das eines Tages ausknobeln werde. Machen wir eine Wette?«

»Gut«, hab ich gesagt. »Machen wir eine Wette!«

»Um eine Flasche Champagner, Herr Finkelstein!«

»Gut«, hab ich gesagt. »Um eine Flasche Champagner!«

Es ist soweit! Itzig Finkelstein! Mensch! Junge! Reiß die toten Augen auf! Heute nacht werden wir landen!

Zuerst sprach Teiresias Pappas. Ganz kurz. Sagte nur: »Heute nacht wird gelandet!«

Dann sprach David Schapiro. David Schapiro sprach längere Zeit. Er sagte, daß wir landen werden, weil das unser historisches Recht ist, in unserer angestammten Heimat zu landen. »Und die Landung ist nicht illegal! Sondern legal!« Die Stimme im Lautsprecher brüllte den Himmel an: »Wer ist illegal in Palästina? Die Engländer! Und wer war dort 2000 Jahre lang zu Gast, während wir verreist waren? Alle möglichen Gojim! Auch die Araber! Und wem gehört das Land rechtmäßig? Uns! Und wer hat es uns geschenkt? Du!« Ich kann mich nicht genau daran erinnern, was David Schapiro noch alles gesagt hat! Nur an ein Wort kann ich mich genau erinnern. An ein einziges Wort. David Schapiro sagte: »Auferstehung!«

Lieber Itzig. Was hat er damit gemeint? Ist die Auferstehung wirklich nah? Und welche Auferstehung? Die Auferstehung der Toten? Oder die Auferstehung des jüdischen Volkes? Und könnte es vielleicht so sein, daß die Toten nicht wirklich auferstehen? Daß nur das Volk aufersteht? Und wir mit dem Volk? Und mit dem Volk seine verklungene Geschichte? Und mit der Geschichte ... die Toten bis zum letzten Geschlecht? Ich weiß das nicht, lieber Itzig! Ich weiß nur, daß die Leute auf der ›Exitus‹ bei dem Wort ›Auferstehung‹ den Kopf verloren. Irgend jemand schrie: »Unser Schiff heißt nicht mehr ›Exitus‹! Es heißt ›Auferstehung‹!« Ein anderer schrie: »Wir müssen den Namen ändern!« Und die Menge brüllte: »Und die Flagge! Runter mit der falschen Flagge!« Und Teiresias Pappas brüllte: »Nein! Nein!«

Niemand kümmerte sich mehr um das ›Nein‹ des Griechen Teiresias Pappas. Am Vorabend der Landung wurde das Schiff umgetauft, der Name ›Exitus‹ abgekratzt. Es heißt jetzt ›Auferstehung‹! Überall springt einem das Wort in die Augen ... in allen Sprachen ... das ganze Schiff ist bemalt ... damit es der Himmel auch sieht ... und vielleicht ... die ganze Welt ... Und im Flaggenstock, lieber Itzig ... dort steckt jetzt die blau-weiße Fahne mit dem Davidstern.

Das ist unser letzter Tag im Exil. Oder sagen wir: Das war die letzte Nacht.

Kannst du mich sehen ... Itzig Finkelstein? Ich stehe an der Reling mit umgehängter Maschinenpistole ...

Fünftes Buch

I.

Ich stand an der Reling, prüfte meine Maschinenpistole, hängte sie wieder um, blickte aufs Meer. Ich sah, wie
das Meer die Sonne verschlang. Ich sah, wie das letzte
Licht von den Wellen erfaßt wurde, hörte die stummen
Schreie der Fische, sah das verzweifelte Licht zappeln
zwischen den springenden Schaumkronen, dachte: Jetzt
ist es soweit! Schloß meine Augen, hielt sie lange geschlossen, blinzelte dann, riß die Augen auf ... die
Froschaugen ... meine ... die Augen des anderen Itzig
Finkelstein ... und merkte, daß die Nacht aus dem Meer
gestiegen war.

Neben mir, im Finstern, stand David Schapiro. Ich
fragte: »Ist es soweit?«

»Noch nicht«, sagte David Schapiro.

Ich hörte ihn leise husten. »Um drei Uhr früh«, sagte
David Schapiro. »Um drei Uhr früh wird die ›Auferstehung‹ ...«

»Was?«

»... die palästinensische Küste erreichen.«

»Um drei Uhr früh?«

»Um drei Uhr früh!«

Ich nickte. Ich blickte zum Himmel.

»Hoffentlich versteckt ›Er‹ den Mond, wenn es
soweit ist«, sagte David Schapiro, als hätte er meine
Gedanken erraten.

Ich fragte: »Wer? Teiresias Pappas?«

»Nein«, sagte David Schapiro. »Der nicht.«

Die Engländer haben das Schiff nicht gesehen.

Um drei Uhr früh steuerte Teiresias Pappas unsere ›Auferstehung‹ über die unsichtbare Drei-Meilen-Grenze. Wir hielten unsere Waffen schußbereit gegen den Feind gerichtet, der irgendwo im Finstern lauerte. Kurz vor Einbruch der Neuen Morgendämmerung erreichten uns die Fischerboote der Haganah. Wir stiegen um, schwarze Käfer in der Nacht, kletterten über die Strickleiter der ›Auferstehung‹, mit Sack und Pack.

Wir ließen die Nacht hinter uns. Als wir anlangten, streckte der Neue Tag seine Arme aus. Aber sehr vorsichtig. Wie ein Erwachender, der es nicht wagt, die Augen zu öffnen. Noch war der Strand dunkel.

Die Leute zogen sich die Schuhe aus und kletterten aus den Booten, fingen zu weinen an, wateten durch flaches Wasser, wateten taumelnd und weinend ... wateten die letzte Strecke barfuß und taumelnd und weinend ... hatten nasse Füße ... fingen plötzlich zu rennen an. Und standen auf trockenem Boden. Dort fielen sie auf die Knie, dankten dem Herrn, an den sie in jenem Augenblick ganz plötzlich wieder glaubten und küßten die Heilige Erde.

Ein dunkler Strand, obwohl es schon Tag war. Rings um mich kniende Menschen, die so tun, als ob es nichts Wichtigeres auf der Welt gäbe, als den Sand zu küssen. Sie werden sich vorstellen können, daß ich, der Massenmörder Max Schulz, ein bißchen verwirrt war. Was sollte ich tun? Die Heilige Erde küssen? Oder nicht küssen? Weinen oder nicht weinen? Dem Herrn danken oder nicht danken? Ich fiel also auf die Knie, um nicht aufzufallen, küßte die Heilige Erde und dankte dem Herrn.

Es ist Tag. Und trotzdem ist der Strand dunkel. Die Sonne wartet. Die Sonne will uns beschützen, bis wir in Sicherheit sind.

Eine Reihe Lastautos, die am Straßenrand warten. Überall bewaffnete Haganahleute, junge Männer und Frauen in Khakiuniformen, wachsame Schatten im Dunkeln.

Ich, der Massenmörder Max Schulz, habe die Erde geküßt. Mein Mund ist voller Sand. Ich richte mich auf, spucke den Sand aus, bemerke Hanna Lewisohn, die neben mir steht, auch Sand spuckt, sich plötzlich umdreht, mir um den Hals fällt und sagt: »Itzig! Jetzt sind wir wieder zu Hause!«

Hanna weint. Ich weine auch. Noch immer. Hanna sagt: »Itzig, nicht mehr weinen!«

Ich sage: »Nein, Hanna. Wir haben genug geweint. Das ist das letzte Mal.«

Hanna nickt. Ich kann es im Dunkeln sehen: Ein Schatten bewegt den Kopf. Ein nickender Schatten. Hanna sagt: »Die Haganah hat den Strand abgeriegelt.«

Ich sage: »Ja, Hanna. Wenn die Engländer kommen, wird gekämpft.« Und ich blicke mich um, kann aber nur Schatten sehen, vermute: Schatten in Khakiuniformen, Maschinenpistolen … bewaffnete jüdische Soldaten.

Ich weiß nicht, wie lange das alles gedauert hat: die Ankunft, die Umarmung mit der Erde, das Stoßgebet, das Erwachen, das Auftaumeln, die Hetzjagd über den Heiligen Strand in Richtung Straße, der Sturm auf die Lastautos. Ich weiß nur, daß Hanna und ich die Kolonne der Lastautos erreichten, daß hilfreiche Hände uns hochzogen, daß Hanna neben mir stand, als der Motor ansprang, daß es plötzlich zu dämmern anfing über der Landschaft, daß die Wüste Konturen bekam, daß die Sonne verspielt hinter den Dünen hervorguckte, daß sich der Himmel öffnete.

Wir hatten viel Zeit verloren. Wir hatten fast 2000 Jahre auf diesen Augenblick gewartet. Jetzt mußten wir weiter, ehe die Engländer auftauchten.

Wir fuhren los. Nur die Nachhut der Haganah blieb am Strand zurück, um unseren Rückzug zu decken.

Oder ... sagen wir ... um unseren Vormarsch zu sichern.

2.

Arabische Hirten hatten unsere Landung beobachtet und natürlich die Engländer alarmiert. Aber erst spät am Nachmittag. ›Baruch Haschem‹ – das heißt: Gelobt sei Sein Name – erst spät am Nachmittag, nachdem wir Illegalen oder wir Legalen längst über alle Berge oder sagen wir, hinter den Sandhügeln der Wüste verschwunden waren. Die Engländer haben dann tüchtig herumgeschnüffelt, ärgerlich, weil sie geschlafen hatten, schlugen auch zu mit der welken Hand des sterbenden Empires ... aber zu spät.

Sie werden sich vorstellen können, daß die Presse bald Wind von der Sache bekam, sogar Einzelheiten über das Geisterschiff und seine abenteuerliche Fahrt wurden bekannt, nachdem einige von Teiresias Pappas Leuten, die auf der Rückfahrt in griechischen Häfen an Land gegangen waren, unser Geheimnis im Suff ausgeplaudert hatten.

Die Weltpresse brachte die Nachricht über unsere Landung mit großen Schlagzeilen. Ich habe einige davon ausgeschnitten, leicht korrigiert mit wenigen Federstrichen, und selbstverständlich aufbewahrt. Interessieren Sie Schlagzeilen?

Schlagzeilen: » ›Auferstehung‹ in Palästina gelandet! 1600 Illegale durchbrachen am 14. Juni 1947 die englische Blockade! Engländer zu spät! Illegale flüchten in Lastautos! Wilde Fahrt durch die Wüste! Einheiten der jüdischen Geheimarmee decken die Flucht! Lastautos mit Illegalen verschwinden in der Morgendämmerung! Spurlos! Engländer durchkämmen das Heilige Land auf der Suche nach den Illegalen!« Andere Schlagzeilen: »Illegale erhalten von der jüdischen Schattenregierung falsche Papiere! Die falschen Papiere sind legale Papiere!«

Schlagzeilen! Schlagzeilen: »Massenverhaftungen in Haifa, Tel Aviv, Jerusalem! Massenverhaftungen in allen Städten! Massenverhaftungen führen zu keinem Ergebnis! Es wird daher angenommen, daß die Illegalen nicht in den Städten, sondern in jüdischen Gemeinschaftssiedlungen untergebracht worden sind!«

Andere! Andere Schlagzeilen: »In einem Interview mit dem Sachverständigen für Palästinafragen, Sir Edward Hunter, erfährt der Schreiber dieser Zeilen, daß die Juden des Heiligen Landes, insbesondere die in den Gemeinschaftssiedlungen, zeitweise blind und taub sind. Keiner will etwas gesehen oder gehört haben!«

Das jüdische Volk brachte Itzig Finkelstein in das Land seiner Vorväter zurück. Seine Ankunft, nach einem Exil von 2000 Jahren, war ein historischer Moment. Deshalb oder aus diesem Grunde hielten jüdische Freiheitskämpfer den Heiligen Strand besetzt: um Itzig Finkelstein, den Heimkehrer, zu beschützen, um sein sicheres Untertauchen im Heiligen Lande zu garantieren ... denn Itzig Finkelstein, der Heimkehrer, durfte unter keinen Umständen in die Hände der Engländer fallen, die ihn deportiert hätten ... zurück ins Exil. Die Lastautos stoben in alle Richtungen auseinander. Das eine mit Itzig Finkelstein fuhr drei Stunden lang in halsbrecherischer Fahrt durch eine Sand- und Steinwüste, die Itzig Finkelstein von Bilderbüchern und Postkarten her bekannt vorkam.

Itzig Finkelstein hatte Magenschmerzen. Ihm war zum Erbrechen übel. Was war das nur? Weil das Lastauto seltsame Sprünge machte? Oder weil sich Itzig Finkelstein aufs neue verwandelte?

Itzig Finkelstein hatte sich zu oft verwandelt. Aus dem unschuldigen Säugling, der einmal Max Schulz hieß, war ein kleiner Rattenfänger geworden. Und aus dem Rattenfänger ein studierter junger Herr. Und aus dem studierten jungen Herrn ... ein Friseur. Und aus dem Friseur ein SS-Mann. Und aus dem SS-Mann ein Massenmörder. Und aus dem Massenmörder ... der kleine jüdische Schwarzhändler Itzig Finkelstein. Und jetzt: aus dem kleinen jüdischen Schwarzhändler Itzig Finkelstein ... ein Pionier, ein Heimkehrer, ein Freiheitskämpfer.

Ja, verdammt noch mal. Mir war zum Erbrechen übel. Die vielen Verwandlungen ... all die kleinen und großen Max Schulzes und Itzig Finkelsteins rumorten in meinen Eingeweiden, wurden geboren, verwandelten sich, kletterten Zwischenstufen und Hintertreppen hinauf und hinab, wuchsen und starben. Das Lastauto raste hüpfend durch die Wüste. Ich stand eingeklemmt zwischen den anderen Illegalen, starrte in die Morgensonne, starrte den strahlend blauen Himmel an und die Landschaft aus den Bilderbüchern. Wir rasten durch eine Wolke Heiligen Staubes, weit entfernt von der Landstraße ... die Landstraße, die noch den Engländern gehörte. Ab und zu tauchten schmutzige arabische Dörfer auf, aber wir fuhren nicht hindurch. Wir ließen die Dörfer links oder rechts liegen. Wir kamen an Beduinenlagern vorbei, die ich kaum wahrnahm. Nur durch den Schleier vor meinen Augen. Blitzlichter waren das, von der Neuen Sonne im Staub der Verheißung gezeugt, das huschte alles vorbei: vermummte Gestalten, Zelte aus Kamel- und Ziegenhaar, räudige

Hunde, die aus den Wadis – den ausgetrockneten Regenbetten und Flußtälern – heraussprangen und uns ankläfften, Kamele und Esel, die kaum den Kopf hoben, und Herden grauer, schmutziger Schafe und seltsamer, kleiner, schwarzer Ziegen. Wir fuhren zuerst landeinwärts, weg von der Küste bei Gaza, fuhren auf Karawanenwegen in die Wüste, schwenkten dann um, fuhren nordwärts, machten einen weiten Bogen und stießen zur Küste zurück.

Ja, so war das. Gegen sieben Uhr früh erreichten wir die ersten jüdischen Siedlungen. – Felder! Mitten in der Wüste! Plantagen! Bananen- und Orangenhaine! Kleine, helle Häuser mit flachen Dächern, umringt von Bäumen und Blumenbeeten! Wasseranlagen! Wassersprüher! Kreisender Wasserstrahl unter der gelben Sonne! Da hab ich zu mir gesagt: »Max Schulz! Ein Wunder! Die Juden haben nicht nur uns ... die haben auch die Wüste besiegt!«

Wir fuhren im selben Tempo weiter, fuhren durch die verwandelte Wüste, freuten uns an den bunten Feldern, staunten uns die Augen aus dem Kopf. Hanna Lewisohn, die weiter vorne im Lastauto stand, drängte sich zu mir durch, legte den Arm um meine Schulter und sagte: »Itzig Finkelstein. Deine Froschaugen sind größer und runder geworden.«

Ich versuchte zu lachen und sagte: »Weil sich die Wüste verwandelt hat!«

»Guck mal«, sagte Hanna.

»Ja, ich gucke, Hanna.«

»Jüdische Bauern! Da! Auf den Feldern. Sie winken!«

Hanna winkte zurück. Und ich auch. Und die anderen auch. Wir winkten!

Wir kamen auf eine Landstraße. Überall Haganahposten, die uns durch Zeichen zu verstehen gaben, daß die

Luft rein war. Keine Spur von englischen Straßensperren. Wir fuhren eine Zeit auf der Straße Tel Aviv-Haifa entlang. Nach der Straßenkreuzung Haifa-Natania bogen wir rechts ab, fuhren durch ein Eukalyptuswäldchen, stießen auf einen Feldweg, sahen wieder Bananen- und Orangenhaine, fuhren hindurch, das Lastauto hüpfte vor Vergnügen, hüpfte langsamer, dann wieder schneller, blieb plötzlich stehen. Wir waren angelangt. Im Kibbuz Pardess Gideon.

Gleich nach seiner Ankunft im Kibbuz Pardess Gideon wurde Max Schulz oder Itzig Finkelstein neu eingekleidet. Er erhielt eine Khakiuniform, ein Paar derbe, braune Schuhe, einen runden, kleinen Khakihut, der seinen Kopf, der ein wichtiger Kopf war, vor der heißen Sonne schützen sollte – eine Vorsichtsmaßregel gegen Dachschaden – außerdem erhielt Max Schulz oder Itzig Finkelstein frische Wäsche, Zigaretten, eine Bettstelle und selbstverständlich neue Papiere.

Nein. Angst hatte ich nicht. Weder vor den Juden noch vor den Engländern. Für die Juden war ich ein Jude, einer, der heimgekehrt war. Für die Engländer ein Mann mit legalen Papieren, unantastbar, ein Bürger des britischen Mandatsgebiets Palästina. Mein Name: Itzig Finkelstein. Beruf: Friseur.

3.

Bin seit einigen Tagen im Kibbuz Pardess Gideon. Hab schon ein paar Worte hebräisch gelernt. Unser Gruß: ›Schalom!‹ Das heißt: ›Friede‹. Andere Worte: ›Kibbuz‹ … eine ›Gemeinschaftssiedlung‹ oder ein ›Kollektivdorf‹. Die Mehrzahl … das sind ›Kibbuzim‹. ›Chawer‹, das heißt ›Kamerad‹ oder ›Freund‹, ein Wort, das ich schon auf dem Schiff gelernt hatte. Die Mehrzahl … ›Chawerim‹. Merken Sie sich also: ›Schalom! Kibbuz … Kibbuzim! Chawer … Chawerim‹! – Die Mitglieder eines Kibbuz nennt man Kibbuzniks. Aber jeder Kibbuznik ist zugleich ein Chawer. Ist das zu kompliziert für Sie?

Ein Kibbuz ist eine Gemeinschaftssiedlung ohne Friseursalon. Wenigstens ist das so in Pardess Gideon. Keine Spur von einem Friseursalon. Nirgends. Hab mich gleich gefragt: »Wo lassen sich die Siedler eigentlich die Haare schneiden? Wo? Und wann? Und von wem?«

Ich hab das schnell rausgekriegt: Ab und zu! Wenn das gerade mal nötig ist! Und zwar … hinter dem Duschraum … im Freien … bei schönem Wetter … im Sonnenschein … und von Nathan Herzberg, dem Schlosser, ein geschickter Mann, der alles mögliche kann … auch das Haareschneiden.

Ein Kibbuz ist nichts für einen ordentlichen Friseur!

Kibbuz Pardess Gideon: ein kleines Paradies, eine Oase in der Wüste.

Hanna gefällt es hier. Sie ist glücklich. Hanna arbeitet im Hühnerstall, ich im Kuhstall. Das ist nicht dasselbe. Wir sind nur in unserer Freizeit zusammen. Was wir da machen? In unserer Freizeit? Alles mögliche. Meistens gehen wir spazieren. Ja, bloß das.

Wenn wir spazieren gehen, halten Hanna und ich Händchen. Hanna möchte mit mir davonfliegen, aber nicht weg von hier, nein, das nicht, nur so ein bißchen herumfliegen, aber ich lasse sie nicht. Ich halte sie fest.

Wir schlendern durch Orangen- und Bananenhaine, stampfen mit unseren derben Schuhen durch Kartoffel-acker. Es gibt hier auch Wiesen, richtige Wiesen. Nur keinen Friseursalon. Die Häuser sind klein. Aber das größte unter den kleinen ist der gemeinschaftliche Spei-sesaal. Heißt auf hebräisch: ›Chadar Ochel‹. Im Chadar Ochel finden auch Versammlungen statt und lustige gesellschaftliche Veranstaltungen, zum Beispiel: der *Onek Schabbat*, eine Art Sabbatfeier mit Liedersingen und Volkstänzen. Müssen Sie sich merken: Chadar Ochel: der gemeinschaftliche Speisesaal in einer Gemeinschaftssiedlung oder in einem Kollektivdorf oder in einem Kibbuz ... der viele Zwecke erfüllt.

Ich erinnere mich noch ganz genau ... an die Sitzwanne in Frau Holles Keller. Die hatte sie von Willi Holzham-mers Mutter geborgt, damit ich, Max Schulz, der Mas-senmörder, nackt darin herumplantsche. Sitzwannen für Erwachsene gibt es hier nicht! Dafür ... einen Duschraum! Einer mit vielen Duschen. Und aus den Duschen schießt heißes Wasser ... kein Gas ... wenn man den Hahn aufdreht, natürlich.

Sogar eine Bibliothek gibt es hier! Eine mit vielen lehrreichen Büchern! Diese Juden sind seltsame Bauern. Bauern, die Bücher lesen, diskutieren, philosophische Gespräche führen. Ich glaube, jeder von ihnen war früher mal was anderes.

Ob die viel Geld verdienen, hier in Pardess Gideon? Nein. Die verdienen überhaupt nichts. Jeder leistet, was er leisten kann und kriegt dafür, was er zum Leben braucht. So ist das. Der Einzelne verdient kein Geld. Nur die Gemeinschaft. Und die Gemeinschaft baut neue Häuser, erwirbt neuen Boden, um Platz zu schaffen ... für die, die da kommen.

Was sagen Sie? Sowas gibt es nicht! Kein Mensch ist so blöd und arbeitet umsonst! Und noch dazu die Juden! Ob ich mich nicht geirrt hätte? Das wären gar keine Juden? ... Doch. Das sind Juden.

Soll ich Ihnen schildern, wie man in einer Gemeinschaftssiedlung lebt? Den Tagesablauf? Von Anfang an? Mit dem ersten Gongschlag im Chadar Ochel? Und dem letzten? Wie man gemeinsam speist? Und gemeinsam arbeitet? Wie die Zimmer hier aussehen in den kleinen, hellen Häusern mit den flachen Dächern? Und wie das in den Zelten ist? Und warum hier noch Zelte stehen, da es doch Häuser gibt? Ob noch Platzmangel herrscht? Wollen Sie wissen, ob die Betten groß sind oder klein? Bequem oder unbequem? Ob wir hier mit einem Kissen schlafen, auf harten oder weichen Matratzen? Wie die Erde riecht? Und der Himmel? Und die Sonne? Und ob Himmel und Sonne riechen? Und ob das hier anders ist? Wollen Sie wissen, was den Tag hier von der Nacht unterscheidet? Ob es nur Licht und Finsternis ist? Wollen Sie wissen, ob wir Fliegenfenster haben oder Moskitonetze? Und wie der Mond aussieht, wenn man nachts durchs Fenster schaut oder durch den Schlitz im Zelt? Und wie ein Schakal heult? Oder viele

Schakale? Und ob die Wüste hinter den Plantagen flüstert in der Nacht? Oder ob sie schweigt? Wollen Sie das alles wissen?

Wenn ich Ihnen ausführlich schildern müßte, was ein Kibbuz ist und wie man in einem Kibbuz lebt, dann könnte ich ja ebensogut zur Feder greifen und ein Sachbuch über Palästina schreiben oder über den Kibbuz. Und das würde mich nur unnötig ablenken, ich meine: von meinem Bericht ... dem eigentlichen Bericht des Friseurs und Pioniers Max Schulz alias Itzig Finkelstein.

Mir geht es gar nicht gut. Ich würde sagen: als ausgelernter Herrenfriseur, der im Kuhstall arbeiten muß, geht es mir schlecht.

Also: Ich bin am 14. Juni hier angelangt. Im Kibbuz Pardess Gideon. War natürlich erholungsbedürftig. Können Sie sich vorstellen, was? Nach der anstrengenden Fahrt auf dem Geisterschiff. Na also! Aber die haben mich gleich in den Kuhstall gesteckt!

4.

Eine Woche hab ich dort gearbeitet. Dann hatte ich die
Nase voll. Hab zu mir gesagt: »Itzig Finkelstein oder
Max Schulz. Das ist nichts für einen ordentlichen Friseur. Außerdem bist du erholungsbedürftig. Geh ein
bißchen auf Reisen. Das kann nicht schaden. Und ein
paar schwarze Dollars hast du ja noch.«

Die Koffer ließ ich im Kibbuz zurück. Vorläufig. Ich
fuhr ohne Koffer. Aber mit meinen neuen Papieren.

Nathan Herzberg, mein Rivale, der Schlosser, der ab
und zu den Friseur spielt, brachte mich im Mauleselwagen bis zur nächsten Autobusstation. Ja, der ist auch ein
Kutscher!

»Reisefieber, Chawer Itzig?«

»Ja, Chawer Nathan.«

»Das kann ich verstehen«, sagte Chawer Nathan.
»Guck dir dein Land an.«

»Ja.«

»Du hast es 2000 Jahre lang nicht gesehen.«

Ich sagte: »Das stimmt. Ich bin neugierig.«

Die nächste Autobusstation war 5 Kilometer weit
entfernt. Wir fuhren gemächlich. Wir fuhren durch die
Plantagen und dann ein Stück durch die Wüste. Wir
unterhielten uns.

»Das ist immer so«, sagte Chawer Nathan. »Neu-
ankömmlinge arbeiten ein paar Tage probeweise. Wir
geben ihnen Kleider und neue Papiere. Und dann geht

jeder seiner Wege. Manche ziehen es vor, in der Stadt zu leben, manche gehen in einen anderen Kibbuz, manche bleiben auch.«

»Ich würde gern bei euch bleiben, Chawer Nathan«, sagte ich. »Aber ich bin ein Friseur. Und ich möchte gern in meinem Beruf arbeiten.«

»Na ja«, sagte Chawer Nathan. »Du kannst auch bei uns Haare schneiden. Du kannst mir ja helfen. Aber einen vollbeschäftigten Friseur brauchen wir hier nicht.«

»Der Friseurberuf ist aber keine Nebenbeschäftigung, Chawer Nathan. Sowas kann ich nicht akzeptieren.«

»Na ja«, sagte Chawer Nathan. »Wenn du glaubst ... Aber ich sage dir: Arbeit ist Arbeit. Wenn keine Haare zu schneiden sind, dann arbeitest du eben im Kuhstall oder auf den Feldern oder im Bananenhain oder im Orangenhain oder in der Küche oder sonstwo. Bei uns gibt's immer Arbeit.«

So war das. Wir unterhielten uns. Wir rauchten. Wir schwitzten. Es war heiß. Der Maulesel stank. Zwei Männer in einem holprigen Mauleselwagen, ein Wagen mit Gummireifen wegen des weichen Sandes, montierte Autoreifen. Zwei Männer in Khakiuniformen auf einem Brettersitz ... der eine, vierzig Jahre alt, und der hieß Itzig Finkelstein ... der andere, weit über sechzig, ein Mann mit wetterzerfressenem Gesicht, Lederhaut, tiefgebräunt, weißhaarig, mit einem Körper wie ein ausgedorrter Ast.

»Als ich vor 45 Jahren hier ankam«, sagte Nathan Herzberg, »da gab es hier nur Sand und Steine und Sumpf. Wir haben die Steine fortgetragen. Und den Sand. Und wir haben den Sumpf trockengelegt. Das war eine Sauarbeit. Und die verdammten Moskitos. Das war kein Spaß.«

Ich sagte: »Ja. Das kann ich mir gut vorstellen.«

»Wir waren 30 Männer und 9 Frauen. So fingen wir an. Dann kamen mehr. Heute sind wir fast 400. Immer noch ein kleiner Kibbuz. Aber immerhin.«

»Ja, Chawer Nathan«, sagte ich.

»Die ersten kamen aus Rußland«, sagte Chawer Nathan.

»Heute sind bei uns Juden aus aller Herren Länder. Auch deutsche Juden wie du.«

Ich sagte: »Ja.«

»Bist du wirklich ein deutscher Jude, Chawer Itzig?«

Ich sagte: »Meine Eltern stammen aus Galizien.«

»Dann bist du ein Galizianer«, sagte Nathan Herzberg.

»Das hab ich mir eigentlich gedacht.«

So war das. Wir unterhielten uns. So wie man sich unterhält ... auf einem Mauleselwagen, in der Sonne, kurz vor Mittag.

»Hast du eigentlich Geld, um dir 'ne Reise zu leisten?« fragte Chawer Nathan.

»Schwarze Dollars«, sagte ich.

»Schwarze Dollars«, sagte Chawer Nathan kopfschüttelnd ... »also so einer bist du! Hier mußt du dich ändern, Chawer Itzig!«

Nein. Schwierigkeiten hab ich nicht gehabt. Der Chauffeur der ›Egged-Autobusgesellschaft, Linie Haifa-Tel Aviv‹ wollte keine schwarzen Dollars wechseln, nahm mich aber umsonst mit, als ich ihm zuflüsterte, daß ich erst unlängst gelandet bin. – Und die Engländer? Die haben mir auch keine Schwierigkeiten gemacht. Wir stießen ab und zu auf Straßensperren. Die verdammten Tommys! Halten jeden jüdischen Bus an. Aber Schwierigkeiten habe ich keine gehabt. Nein. Hab ich nicht gehabt. Das nicht. Oder: Die nicht. Meine Papiere waren in Ordnung. Meine Kleidung unauffällig. Ich war nur Itzig Finkelstein, einer mit legalen Papieren, einer in einer Khakihose, in einem Khakihemd, einem Khakihut, einer mit derben Schuhen, einer aus dem Kibbuz.

5.

Als wir nach Rußland marschierten, da schien das Land endlose Weiten zu haben; die Erde spannte sich unübersichtlich unter dem schweigenden Himmel, fraß uns die Sohlen von den Stiefeln und lachte unsere müden Füße aus. Hier dagegen ist alles eng und begrenzt.

Ich bin hier ein paar Tage herumgereist, kreuz und quer. Ich war neugierig. Ich glaube, jeder ist neugierig, der hier zum ersten Male herkommt, besonders ein Jude und ganz besonders ein alter Nazi wie ich. – Und wenn einer beides ist, so wie ich ... dann genügen zwei Augen nicht mehr.

Meine Froschaugen haben allerhand fotografiert, weitergeleitet zur Dachschadenecke, registriert, festgehalten, mit dem Gedächtnis des Massenmörders Max Schulz oder dem Gedächtnis des Juden Itzig Finkelstein.

Die arabischen Dörfer und Städte starren vor Schmutz, und das Elend, das ich gesehen hab, hat mich, den Massenmörder, fast mitleidig gestimmt.

Ich war in einem namenlosen arabischen Dorf. Und dort sah ich einen kleinen Jungen am Straßenrand stehen. In der heißen Sonne! Mit halbblinden, eitrigen Augen! Und grinsenden schwarzen Fliegen, die auf den Augen saßen! Und summten!

Ich mußte vor Schreck blinzeln. Und als ich wieder hinsah ... da sah ich andere kleine Jungen und Mädchen. Und auch Erwachsene. Manche noch jung. Manche nicht mehr. Manche schon alt. Oder sehr alt. Und die anderen standen dort, wo der kleine Junge gestanden hatte. Mit denselben Augen. Und denselben Fliegen auf ihren Augen.

Und dann erblickte ich ein Kaffeehaus. Das lag an der Straßenecke. In meinem Schädel ruckte etwas. Dort pochten Hämmerchen: ein Kaffeehaus! Und ein plärrendes Radio! Die heiße Sonne! Und Gestank. Und ein namenloses Dorf. Und Lehmhäuser. Und Häuser in Fels gehauen. Und Sand. Sehr viel Sand. Wüstensand. Und eine sterbende Erde. Und brüllende, kleine, hungrige Esel. Und meckernde, kleine, hungrige Ziegen. Und Haut und Knochen. Und Sonne. Und Sand. Und mir war ganz übel.

In den jüdischen Dörfern hab ich keine kranken Augen gesehen. Und keine grinsenden schwarzen Fliegen, die auf den Augen sitzen und summen. Und tagsüber kein plärrendes Radio gehört. Und keine Männer im Kaffeehaus gesehen, die Fliegen beobachten, kleine, schwarze, eiterfressende, summende Fliegen. In den jüdischen Dörfern, die ich gesehen hab ... ich, der Massenmörder Max Schulz ... dort hat sich alles, was Eiter frißt, Blut saugt ... und summt ... zum letzten verlorenen Kampf aufgerafft, zum Kampf gegen das Judentum. In den jüdischen Dörfern schreit der vergewaltigte Sumpf um Hilfe, so wie ein Säugling um Hilfe schreit, wenn seine Mutter ihn trockenlegt ... so schreit dort der Sumpf um Hilfe, den die Juden trockenlegen. So ist das. Dort wird der Rückstand vergewaltigt. Und die jüdischen Bauern reißen erbarmungslos mit ihren Harken und Schaufeln der sterbenden Erde den Bauch auf, um sie neu zu beleben.

Und in den Städten ... in ihren Städten ... da hab ich keine Bettler gesehen ... die sind geflohen. Ich nehme an: vor den Gewerkschaften. Asphaltstraßen haben die Sandwege zugedeckt und Schulen und Spitäler und Fabriken haben Frieden geschlossen ... mit den Wohnhäusern, mein' ich, und den Baumalleen und den Parkanlagen, um gemeinsam, durch einen seltsamen Pakt, das Stadtbild zu beherrschen.

6.

Wir waren 1600 Illegale ... am 14. Juni ... frühmorgens am Strand. Ich weiß nicht, wo sie sind. Einige kamen nach Pardess Gideon. Auch ich. Auch Hanna.

Was Hanna macht? Die arbeitet nach wie vor im Hühnerstall. Hanna liebt alles, was Flügel hat. Ich bin noch einmal nach Pardess Gideon zurückgekehrt. Um meine Koffer zu holen! – Da ich erst spät abends ankam, blieb mir nichts anderes übrig, als im Kibbuz zu übernachten. Ich schlief in Hannas Zelt. Eigentlich schlafe ich nicht gern mit Hanna. Sie ist zu mager. Für meine Begriffe. Ich liebe dicke Frauen. So dick wie meine Mutter. Die hätten Sie sehen sollen! Das war eine Frau!

Es war dunkel im Zelt. Ich konnte Hanna nicht sehen, spürte nur den Druck ihres schmächtigen Körpers. Ein Feldbett. Zu schmal. Zu schmal für Opfer und Henker. Aber das ... das schien Hanna nicht zu stören.

»Du hast nichts gesehen, Itzig Finkelstein. Du bist vier Tage lang herumgereist ... und hast überhaupt nichts gesehen.«

Hanna lachte leise im Dunkeln. Ich weiß, daß sie mich nur herausfordern will. Sie will, daß ich erzähle. Ich will aber nicht.

»Ich habe eine Menge gesehen, Hanna. Aber ich muß das erst verdauen.«

»Hast du Jerusalem gesehen?«

»Ja, Hanna.«

»Auch die Klagemauer?«

»Ja. Die auch. Dort hab ich sogar gebetet.«

»Glaubst du überhaupt an Gott?«

»Manchmal ja, manchmal nicht ... Hanna. So wie die meisten Leute. Ich nehme ihn nicht ernst.«

»Warum hast du dann an der Klagemauer gebetet?«

»Aus Tradition, Hanna.«

»Aus Tradition?«

»Ja, Hanna. Aus Tradition.«

»Und was hast du dort gemacht ... vor der Klage- mauer?«

»Geweint, Hanna.«

»Warum, Itzig?«

»Aus Tradition, Hanna. Aus Tradition.

Sieh mal, Hanna. Dort haben andere Juden vor mir gebetet und geweint. Jahrhundertelang und noch länger.

Ich erinnere mich, Hanna ... schon als Junge ... da stand ich neben meinem Vater in der kleinen Synagoge in der Schillerstraße. Wir beteten. Unsere Blicke waren nach Osten gerichtet. Wir dachten an Jerusalem und an die Reste des Großen Tempels ... die Klagemauer, die für uns alles symbolisiert ... alles ... Hanna ... unsere einmalige Vergangenheit ... Freiheit ... Exil ... Agonie ... Scheintod ... und den Willen zur Wiedergeburt.«

»Du kannst schön reden, Itzig Finkelstein. Erzähl mir mehr von Jerusalem.«

»Dort sind zwei Städte, Hanna. Das neue und das alte Jerusalem.«

»Wie sieht das aus?«

»Ich kann das nicht beschreiben, Hanna. Die neue Stadt sieht so aus, wie die alte nicht aussieht. Aber die neue Stadt lebt von der alten.«

»Hast du die Grabeskirche gesehen?«

»Ja, die hab ich gesehen.«

»Und die Omarmoschee?«

»Die auch.«

»Und den Garten Gethsemane?«

»Den auch.«

»Und die Via Dolorosa?«

»Auch, Hanna.«

»Und was hast du in Jerusalem gemacht?«

»Herumspaziert, Hanna. Fotografiert.«

»Womit?«

»Mit meinen Froschaugen.«

Können Sie uns sehen? Hören Sie Hanna lachen? Ich rauche mir eine Zigarette an. Hanna sagt: »Paß auf. Brenn das Bett nicht an. Und das Zelt.«

Ich rauche und liege still.

»Und hast du Mea Scharim gesehen ... das Viertel der orthodoxen Juden? Und stimmt das ... daß die Juden dort Kaftans tragen und Pelzhüte? Und lange Bärte haben? So wie früher im Ghetto?«

»Ja, Hanna. Das stimmt. Die leben noch wie im Ghetto. In Mea Scharim. Dort wird noch fleißig gebetet. Eine andere Welt, Hanna. Die steht mitten in der Welt der Pioniere, so wie ein Denkmal, Hanna, damit wir Gott nicht vergessen.« – Ich rauche. Und starre durch den Schlitz im Zelt und sehe einen einzigen Stern. Und der steht über Jerusalem.

»Warst du am Toten Meer, Itzig?«

»Ja. Dort war ich.«

»Und wie ist es dort?«

»Heiß, Hanna. Dort ist es heiß.«

»Und was hast du dort gemacht?«

»Gebadet, Hanna. Und Salz geschluckt. Dort kann keiner untergehen. Nicht mal ein Massenmörder.«

»Was redest du da für Unsinn. Du bist doch ein richtiger Spinner. – Und hast du den Jordan gesehen? Und

den Jarkon-Fluß? Und warst du am Roten Meer?«
»Ja, Hanna. Aber laß mich jetzt in Ruhe.«
»Und warst du im Negev?«
»Natürlich war ich im Negev!«
»Und wie sieht es im Negev aus?«
»Wie eine Mondlandschaft, Hanna.«
Ich wollte nichts erzählen. Trotzdem erzähle ich, erzähle von Kapernaum, das ich gesucht hatte und nicht gefunden, erzähle von Bethlehem und Nazareth und von den Wegen Christi, der glaubte, er wäre ein Gott, erzähle vom Jordan und von den Spuren Johannes des Täufers, lasse Gedanken hüpfen und springen, erzähle von Cäsaria und den römischen Statuen, die von den Sommervögeln bekleckst sind wie das Führerdenkmal auf dem Adolf-Hitler-Platz in Warthenau. Ich erzähle von trockengelegten Sümpfen, von roter und schwarzer Erde, von Himmel und Sonne, gelbem Wüstensand und Felsen aus weißem Kalkstein, erzähle von jüdischen Dörfern und von Gemeinschaftssiedlungen weiter landeinwärts, die alle so ähnlich sind wie Pardess Gideon und doch anders.

Können Sie Hanna sehen? Und können Sie mich sehen? Es ist dunkel im Zelt. Hanna hat kindliche Augen. Etwas irre. Sie war einmal gefesselt. Drei Jahre lang. An eine Bank. Und eines Tages ist sie weggeflogen, konnte plötzlich fliegen.
»Das muß schön sein, Itzig, dort oben auf dem Karmelberg.«
»Ja, Hanna. Dort ist auch Wald. Und im Wald wohnen Zwerge. So wie in Deutschland. Und doch ist der Wald anders und die Zwerge sind anders.«
»Und die Bucht?«
»Die ist unten, Hanna. Tief unten. Und wenn man oben steht, auf dem Gipfel des Berges … und hinun-

terblickt auf die Bucht ... da kriegt man Lust zu fliegen. So wie die Schmetterlinge.«

»So wie die Schmetterlinge?«

»Ja, Hanna. Genau so.«

»Das muß ich mal versuchen.«

Ich nicke und sage: »Ja, Hanna. Dort kannst du fliegen. Ein bißchen rumfliegen ... wie? Über der Bucht. Du mußt nur aufpassen wegen der englischen Flotte.«

Hanna sagt: »Vor Schiffen hab ich keine Angst.«

»Na schön, Hanna.«

Ich krieche aus dem schmalen Bett, hänge die Öffnung im Zelt zu, weil mich der Stern stört, schließe die Froschaugen, möchte schlafen.

Hanna fragt plötzlich: »Was hat dich am meisten beeindruckt?«

»Wie meinst du das?«

»Hier in Palästina.«

Ich sage: »Die jungen Bäume, Hanna. Die jungen Bäume, die die Juden in der Wüste gepflanzt haben.«

Hanna sagt: »Bäume!«

Ich sage: »Ja. Die jungen Bäume. Jeder junge Baum ist die Seele eines Toten.«

»Eines Juden? Einer Jüdin? Unserer Toten?«

»Ja, Hanna.«

»Stimmt das wirklich, Itzig?«

»Ja, Hanna. Das stimmt.«

»Und wieviel junge Bäume hast du gesehen?«

»Ich hab sie nicht gezählt, Hanna. Es sind schon ziemlich viele.«

»Millionen?«

»Das weiß ich nicht, Hanna. Aber es werden täglich mehr gepflanzt. Es werden immer mehr.«

»Ist das die Auferstehung der Toten?«

»Ja, Hanna. Sie kehren alle zurück.«

»Alle?«

»Ja, Hanna. Alle, die einmal im Exil gestorben sind.«

»Und die anderen ... die einmal hier gestorben sind?«

»Die sind doch hier, Hanna. Die brauchen nicht zurückkehren.«

»Werden sie auch auferstehen?«

»Ja, Hanna. Nach und nach.«

»Und wie ist das mit uns, Itzig?«

»Wir sind auch auferstanden. Es gibt zwei Auferstehungen.«

»Wie ist das, Itzig Finkelstein?«

»Die Auferstehung der Toten und die Auferstehung der Scheintoten.«

»Dann waren wir Scheintote?«

»Ja, Hanna. Alle Juden im Exil sind Scheintote. Sie leben ohne feste Wurzeln. Das ist kein richtiges Leben.«

»Wie ist das, Itzig Finkelstein?«

»Die Scheintoten kommen hierher, Hanna ... um Wurzeln zu schlagen.«

»So wie die Bäume?«

»Ja, Hanna. Und doch ein bißchen anders.«

Ich sage: »Hanna! Es gibt noch eine dritte Auferstehung. David Schapiro hat das mal angedeutet. Die Auferstehung des jüdischen Volkes! Die fängt dort an, wo die beiden ... anderen Auferstehungen ... zusammentreffen, sich festhalten und kreisen in einem seltsamen Reigen.«

Was hab ich Ihnen erzählt? Von meiner letzten Nacht? In Pardess Gideon? In Hannas Zelt?

Wir unterhielten uns. Dann liebten wir uns. Und dann schlief ich ein.

Ich schlief unruhig, hatte einen seltsamen Traum, träumte ... ich hätte mich wieder verwandelt, wäre wieder Max Schulz:

»Und Max Schulz, der Massenmörder ... der ging nach Jerusalem ... um dreimal symbolisch zu pinkeln ... einmal in der Grabeskirche ... ›DENN HIER HATTE DER LEIB CHRISTI GELEGEN! VON HIER WAR ER AUFERSTANDEN!‹

einmal in der Omarmoschee ... ›DENN HIER VOM FELSBLOCK SAKHRA WAR MOHAMMED IN DEN HIMMEL GERITTEN! AUF SEINEM WEISSEN PFERD ELBURAQ!‹

und einmal vor der Klagemauer ... ›DENN HIER, DEN LETZTEN RESTEN VON SALOMONS TEMPEL, WAR DIE HEILIGSTE STÄTTE DER JUDEN!‹

An der Klagemauer standen Juden und weinten, alte Juden und junge Juden. Und ich stand zwischen ihnen und hatte gepinkelt. Und keiner hatte es gesehen. Denn ich, Max Schulz, bin ein geschickter Pinkler.

Aber Weinen ist ansteckend. Das hatte ich längst festgestellt. Und als ich die andern weinen sah, da fing auch ich zu weinen an. Und plötzlich war ich nicht mehr Max Schulz. Ich war wieder ein Jude. Ich war Itzig Finkelstein.

Und Itzig Finkelstein schämte sich, weil er gepinkelt hatte, obwohl er genau wußte, daß er nicht als Itzig Finkelstein gepinkelt hatte ... sondern: als der Massenmörder Max Schulz. Und Itzig Finkelstein wischte die Flecken von der Mauer weg und weinte bitterlich.

Und dann ging Itzig Finkelstein, der wieder Itzig Finkelstein war, zurück in die Omarmoschee und wischte auch dort die Flecken weg oder den Fleck ... von Max Schulz ... Und dann ging er zurück in die Grabeskirche und tat dasselbe.

Es ist schon spät am Nachmittag. Ich sitze im Speisesaal. Im Chadar Ochel. Ich schreibe. Mache ab und zu

Unterstreichungen. Das ist mein letzter Tag in Pardess Gideon.

Heute fahre ich weg. Wohin? Ich weiß es noch nicht. Irgendwo muß ich doch hinfahren? Irgendwo muß ich doch Fuß fassen! Irgendwo gibt es bestimmt ... einen ordentlichen Friseursalon ... wo ich, Max Schulz, als ordentlicher Friseur arbeiten kann!

7.

Ich war nochmals in Jerusalem. Aber das ist keine Stadt für einen Friseur. Konnte dort keine Arbeit finden. Suchte dann Arbeit in Petach Tikwa, in Rischon Le Zion, in Haifa, zuletzt in Tel Aviv. Ergebnis: gleich Null.

Tel Aviv ist eine Stadt für Friseure. Dort ist was los. Dort wimmelt's von Friseurläden und Friseursalons. Ja. Das ist eine richtige Stadt. Aber Arbeit konnt' ich nicht finden.

Und da war diese Zeitungsannonce! Saß im Kaffeehaus. In Tel Aviv. Aß ein gutes Frühstück. Hatte ja schwarze Dollars umgewechselt, verwandelt. Bezahlte gerade mit richtiger Währung ... und da sah ich die Zeitungsannonce! »Friseur dringend gesucht! Referenzen erbeten! Friseursalon Schmuel Schmulevitch! Beth David!«

Bin gleich hingefahren. Nach Beth David. Mit meinen beiden Koffern. Und meinen schwarzen Dollars. Und einheimischen Pfundnoten und einheimischen Piastern.

Der Friseursalon Schmuel Schmulevitch war der einzige in Beth David.

Es gibt Menschen, die gleich hinrennen, wenn sie neugierig sind. Wohin? Dorthin! Zum Gegenstand ihrer Neugierde. Ich bin da anders. Ich koste meine Neugierde gründlich aus. Ziehe Spannung und Magenkrampf in die Länge. Hab zu mir gesagt ... »Eigentlich müßtest du gleich zu diesem Schmuel Schmulevitch! Die Konkurrenz ist groß! Und andere Friseure können sich vorstellen, vor dir vorstellen ... und dir die Stellung vor der Nase wegschnappen.«

Aber dann hab ich zu mir gesagt: »Itzig Finkelstein. Erst schaust du dir die Stadt an. Schließlich hat es keinen Zweck, eine Stellung in einer bestimmten Stadt anzunehmen, wenn dir diese bestimmte Stadt nicht gefällt, obwohl dieses Beth David auf den ersten Blick wie Tel Aviv aussieht oder Klein Tel Aviv ... aber der erste Blick ist nicht der zweite Blick. Das ist so wie mit der Liebe. Du mußt dich nochmals vergewissern.

Ich, der Massenmörder Max Schulz, bin zwei Stunden lang herumgeschlendert ... in Beth David ... einfach so durch die Straßen geschlendert. Hab mir die Stadt gründlich angeguckt. Hab Gespräche belauscht. Hab auch ein paar Leute ausgefragt. Bin dann weitergegangen. Keiner hat was besonderes an mir bemerkt. Ich fiel nicht auf. Keiner ist bei meinem Anblick zusammengezuckt. Keiner hat sich erschreckt. Nicht mal die Sonne hat geblinzelt.

Ja. Und als ich genug gesehen hatte, da hab ich zu mir gesagt: »So. Jetzt gehst du zu Schmuel Schmulevitch. Jetzt wirst du dich vorstellen: Friseursalon Schmuel Schmulevitch, Dritte-Tempel-Straße 33-45.«

8.

Schmuel Schmulevitch sah wie Chaim Finkelstein aus:
klein, schiefe Schulter ... die linke – ja: dieselbe Schulter ... als hätten sich 2000 Jahre Leid und Verfolgung an
diese eine Schulter gehängt, die linke Schulter, die dem
Herzen am nächsten steht – Nase ... 'n bißchen triefend
... Glatze ... große, ausdrucksvolle Augen: weise, gütig,
bibelkundig. Wie Chaim Finkelstein.

Sie werden sich vorstellen können, wie ich er-
schrocken bin, als ich Schmuel Schmulevitch zum ersten
Male sah. Hab gleich vor Schreck einen fahren lassen,
aber Schmuel Schmulevitch tat so, als ob er das nicht
bemerkt hatte. Der Laden ... pardon: der Salon ... war
voll. Zehn besetzte Friseursessel, schwatzhafte Gesellen,
Lehrjungen, die geschäftig taten, grinsende Schuhputzer,
arrogante Maniküren mit aufgestecktem Haar. Hochbe-
trieb, reflektiert in teuren Spiegeln. Altvertraute Geräusche: Gesprächsfetzen, Geschnipsel, Kratzen, Surren.

Die Luft in diesem Salon roch vertraut, so wie sie riechen soll in einem Geschäft von Format. Diese Luft
reizte zum Schnuppern.

Einige Herren warteten geduldig in bequemen
Ledersesseln, manche hatten Glatzen, rauchten Zigarren, lasen oder blätterten in illustrierten Zeitschriften,
andere hatten Haare, rauchten Zigaretten oder gar
nicht: gemischte Kundschaft. Ich hatte einen fahren lassen, aber Schmuel Schmulevitch sagte nur: »Wir haben

leider keinen freien Wartesessel. Aber bald wird einer frei.«

Ich sagte stotternd: »Ich bin kein Kunde. Ich komme wegen der Stellung.«

Schmuel Schmulevitch führte mich ins Nebenzimmer, ein schmaler Raum, Ankleideraum, nahm ich an, sah so aus ... fürs Personal, zum Umziehen, auch zum Kaffeekochen ... mit Kleiderständer, Spirituskocher und anschließender Toilette.

Ich sagte: »Ich heiße Itzig Finkelstein. Las Ihre Annonce in der Zeitung.«

»So«, sagte Schmuel Schmulevitch. »Itzig Finkelstein?«

Ich nickte und sagte: »Vielleicht haben Sie mal was von meinem Vater gehört ... Chaim Finkelstein ... ein bekannter Friseur ... Verfasser des berühmten Fachbuches ›Fassonschnitt ohne Treppen‹?«

»Hab ich nicht gehört«, sagte Schmuel Schmulevitch. »Chaim Finkelstein? Noch nie gehört. Aber das Buch. Ja ... der Titel kommt mir bekannt vor.«

Ich sagte: »Ein bekannter Titel.«

Und Schmuel Schmulevitch sagte: »Das ist so mit der Literatur, heutzutag ... mit der modernen Literatur.«

Und ich sagte: »Was ist was?«

Und Schmuel Schmulevitch sagte: »Das ist das. Sehen Sie. Man merkt sich die Titel. Aber nicht die Autoren. ›Fassonschnitt ohne Treppen‹? Ja. Kann mich erinnern. Aber Chaim Finkelstein. Kann mich nicht erinnern.«

So war das. Wir kamen ins Gespräch. Setzten uns sogar hin. Auf eine wacklige Bank. Die stand neben dem Kleiderständer. Ich erzählte Schmuel Schmulevitch meine Geschichte, ein bißchen zu schnell und ein bißchen weinerlich, zeigte auch meine Auschwitznummer.

Schmuel Schmulevitch hörte geduldig zu, und als ich fertig war, wiegte er nur den Kopf, den kahlen, sagte:

»Ja. Sie haben eine Menge durchgemacht. Aber ich nehme an … Sie sind ein guter Friseur?«

»Ja. Das bin ich.«

»Ihr Vater war ein berühmter Autor.«

»Ja. Das war er.«

»Ich erinnere mich jetzt. Ein einmaliges Buch. Geschrieben von einem einmaligen Friseur.«

»Ja. Das stimmt.«

»Da haben Sie einen guten Lehrmeister gehabt.«

»Ja. Das stimmt.«

»Ein paar Friseure haben sich bereits vorgestellt … vor Ihnen … aber keiner hat was getaugt.«

Und ich sagte: »Ja. So ist das.«

Und Schmuel Schmulevitch sagte: »Sehen Sie. So ist das.«

Natürlich wurde ich engagiert. Fing am nächsten Tage an. Um genauer zu sein: am 5. Juli 1947.

Erlauben Sie mir, Ihnen meine neuen Kollegen vorzustellen: Isu Moskowitz, Joine Schmatnik, Sigi Weinrauch, Max Weizenfeld, Lupu Gold, Michel Honig, Benjamin Jakobowitz und Itzig Spiegel. Wie Sie sehen: acht Friseurgesellen. Ich bin der neunte.

Zehn Friseursessel und nur neun Gesellen? Das stimmt. Am zehnten Friseursessel arbeitet unser Chef, der Schmuel Schmulevitch, persönlich.

Wie Sie sehen … alles wohl organisiert.

Ich vergaß, die Namen der beiden Lehrjungen, der Manikūren und der Schuhputzer zu erwähnen. Verzeihen Sie mir. Die beiden Lehrjungen sind Franzl und Motke, die Manikūren … Rita und Irma, die Schuhputzer Amos und Raphael.

Habe ich Sie verwirrt? Sind das zu viele Namen? Macht Ihr träger Verstand nicht mit? Na schön: dann merken Sie sich vorläufig nur meinen Kollegen Itzig Spiegel – blond wie Itzig Finkelstein, der echte ... aber mit Schnurrbart ... Zwirbelschnurrbart, kühn emporgeschwungen, mit zwei gefährlichen Spitzen. Augen: nicht blau. Nicht so wie Itzig Finkelsteins Augen. Itzig Spiegels Augen sind grün. Oder: grün-grau. Stimme: etwas piepsig. Wahrscheinlich Nichtraucher.

Itzig Spiegel ist Junggeselle wie ich. Eltern aus Galizien. So wie meine. – Hat mir gleich am ersten Tage gesagt: »Herr Finkelstein. Zwei Itzigs, das ist ein bißchen viel für diesen Salon. Sie heißen ab heute Jizchak!«

Hab zu ihm gesagt: »Kommt gar nicht in Frage. Ich ändere meinen Namen nicht.«

»Na schön«, hat er gesagt. »Dann heiße ich ab heute Jizchak.«

Hab zu ihm gesagt: »Wie sie wollen, Herr Spiegel. Mir kann's recht sein. Bloß versteh ich nicht, warum das nicht geht ... zwei mit demselben Vornamen ... in diesem Salon.«

»Wegen ›seiner‹ Frau«, hat er gesagt. »Die kann die Ostjuden nicht leiden. Und zwei Angestellte mit so einem Vornamen ... das wird der bestimmt nicht passen.«

»Und auf welche Frau spielen Sie an, Herr Spiegel?«

»Auf die Frau von Schmuel Schmulevitch.«

»Ist der kein Ostjude? Der Schmuel Schmulevitch?«

»Natürlich ist er einer. Das ist ja der Haken.«

Das ist 'ne Type! Die Frau von Schmuel Schmulevitch! Die hab ich Ihnen ganz vergessen vorzustellen. Das ist hier nämlich die Hauptperson. Außer Schmuel Schmulevitch. Das kapieren Sie ... ja? Hab sie vergessen. Aber die ist hier. Ganz bestimmt. Ist immer hier.

Sitzt an der Kasse. Bedient auch den Verkaufsstand. Ist eigentlich überall, wenn auch nur mit den Augen.

Was sagen Sie? Ich soll Frau Schmuel Schmulevitch näher beschreiben? Ein anderes Mal. Die ist nicht leicht zu beschreiben.

Frau Schmulevitch: Mumiengesicht. Ich schätze sie auf 90. Aber das kann nicht stimmen. Ich habe Veronja, die Hexe im polnischen Wald, auf 118 geschätzt. Und das hat auch nicht gestimmt.

Nein. Die kann noch nicht so alt sein. Denn die Augen im Mumiengesicht sind seltsam lebendig. Wütende, kleine Vogelaugen, die Gesellen, Lehrjungen, Maniküren, Schuhputzer und sogar den Chef Schmuel Schmulevitch mit hypnotischer Kraft an ihre vorge-schriebenen Arbeitsplätze fesselt. Es heißt hier im Laden … pardon: im Salon … »wenn die guckt, da wird gearbeitet … und zwar mit Volldampf und ohne Zeit-verschwendung.« Ja, wenn Frau Schmulevitch auf-blickt, da wagt keiner, in der Nase zu bohren oder sich am Hintern zu kratzen oder gar zu rauchen … da wird mit Hochdruck geschnipselt und geschoren und geschabt und massiert und gescheitelt und kompres-siert, kurz: gearbeitet.

Erst unlängst sagte Jizchak Spiegel zu mir: »Wenn man bedenkt. Die beiden sind grundverschieden … Schmuel Schmulevitch, ein Mann mit einem Herz aus Gold … dagegen die Frau: eine Giftschlange!«

Ihre Haare sind hellblond gefärbt. Meistens trägt sie Lockenwickler, als wollte sie uns allen zeigen, daß sie, eine alte Frau, längst noch nicht resigniert hat.

Sie trägt ein silbernes Kettchen. Und dort hängt was dran, ein verborgenes Schmuckstück, sitzt irgendwo zwischen den welken Brüsten, tief verborgen unter dem hochgeschlossenen Kleid.

Hab Jizchak Spiegel gefragt: »Was ist das für ein Schmuckstück?«

»Das hat noch keiner gesehen«, sagte Jizchak Spiegel. »Man munkelt bloß!«

»Und was munkelt man?«

»Von einem deutschen Orden.«

»Ist sie deutsche Jüdin?«

»Ja. Das ist sie. Eine Preußin.«

»Und Schmuel Schmulevitch?«

»Ein Russe.«

»Ach so!«

»Ja, sehen Sie ...«

»Und was ist das für ein Orden?«

»Man munkelt: das Eiserne Kreuz Erster Klasse. Ihr erster Mann war ein preußischer Offizier.«

»Jude?«

»Ja. Ein Jude.«

»Ein Andenken ... das Eiserne Kreuz?«

»Ja. Ein Andenken.«

Eine preußische Jüdin, die Preußen nicht vergessen kann. Das hat mir gerade noch gefehlt. Und noch dazu hier im Heiligen Land.

Wissen Sie, was Schmuel Schmulevitch unlängst zu mir gesagt hat? »Herr Finkelstein«, hat er gesagt. »Wir sind Leidensgenossen. Ich bin ein Russe und Sie sind ein Galizianer ... wenn ich nicht irre. Wir müssen uns vor meiner Frau in acht nehmen.«

Hab zu ihm gesagt: »Meine Eltern sind aus Galizien, aber ich selbst bin in Wieshalle geboren, einer alten deutschen Stadt.«

»Das macht nichts«, hat er gesagt. »Sie sind ein Galizianer, Herr Finkelstein.«

Hab ihn gefragt: »Hat Ihre Frau damals gewählt?«
Hat mich gefragt: »Wen gewählt?«
Hab gesagt: »Adolf Hitler!«

Nein. Ich habe bis jetzt keine Schwierigkeiten mit Frau Schmulevitch gehabt. Sie guckt zwar manchmal ein bißchen krumm, wenn ich mit den Kunden jiddisch rede, aber sie sagt mir nichts. Sie weiß, daß ich was kann. Ich bin ein guter Friseur. Ich mache meine Arbeit.

9

Hab zu mir gesagt: »Itzig Finkelstein! Du mußt aufpassen! Du mußt verdammt aufpassen! Sie läßt dich zwar vorläufig in Ruhe. Aber man kann nie wissen ... Du siehst jüdisch aus. Viel zu jüdisch. Obwohl das nicht stimmt. Aber sie glaubt es. Du hast ein Stürmergesicht.«

Ich bin frühmorgens der erste im Laden ... pardon: im Salon ... und gehe abends als letzter weg. Mein Fleiß ist sprichwörtlich. Ich arbeite sogar während der Mittagspause, vergeude nie Zeit, bohre während der Arbeit nicht in der Nase, kratze mich nicht am Hintern und rauche nicht.

Gestern hat mir Schmuel Schmulevitch den Schlüssel anvertraut. Hat zu mir gesagt: »Herr Finkelstein. Meine Frau ist beeindruckt. Da Sie sowieso als erster kommen und als letzter weggehen, dürfen Sie von jetzt an frühmorgens den Laden aufschließen und abends, nach Feierabend, wieder zuschließen.«

Was habe ich Ihnen gesagt!

Gestern abend kam noch ein später Kunde. Das Personal war längst heimgegangen. Sogar Frau Schmulevitch. Nur Schmuel Schmulevitch und ich waren noch im Salon.

Während ich, wie gewöhnlich vor Torschluß, im Salon nach dem Rechten sah, hier und dort Werkzeuge, Handtücher, Cremes, Fläschchen und so fort auf den

ziemenden Platz rückte oder legte, Steckkontakte über-
prüfte, Strom ausschaltete, Wasserhähne zudrehte ...
unterhielt sich Schmuel Schmulevitch mit dem späten
Kunden, kam dann zu mir und sagte: »Ein amerikanischer Jude. Ein Tourist. Der muß noch bedient werden.« Schmuel Schmulevitch flüsterte: »Einen amerikanischen Juden darf man nicht vor den Kopf stoßen.
Unser Zukunftsstaat wird schließlich und endlich eine
Menge Geld brauchen. Vergessen Sie das nicht!«

Ich sagte: »Gehen Sie ruhig nach Hause, Herr
Schmulevitch. Lassen Sie Ihre Frau nicht mit dem Essen
warten. Ich werde mir mit dem Touristen die größte
Mühe geben. Und was die Überstunden anbetrifft ...
machen Sie sich keine Sorgen. Ich habe Zeit. Das macht
nichts.«

Wir waren allein. Der Kunde und ich. Wir unterhielten
uns jiddisch.

Der Kunde sagte: »Bin hergekommen, um einen
Artikel zu schreiben. Über Palästina.«

»Sind Sie Journalist?«

»Nein. Aber Präsident einer jüdischen Wohlfahrtsor-
ganisation. Wir geben eine kleine Zeitung heraus. Und
ab und zu muß ich was schreiben. Irgendeinen Leitarti-
kel.«

»Sehr interessant. Ein Amateurjournalist?«

»Kam gestern abend an. War schon dunkel. Hab
nichts gesehen. Fuhr zuerst zu meiner Tante. Nach Beth
David. Schlief dort. Erwachte früh mit einem Hexen-
schuß. Blieb den ganzen Tag im Bett. Am Abend bekam
ich ein Telegramm aus New York. Meine Frau liegt in
den Wehen. Verfrüht. Unerwartet. Muß noch heute zu-
rückfliegen.«

»Dann gratuliere ich. Hoffentlich ein Sohn, was?«
»Hoffentlich.«

»Eigentlich schade. Da sind Sie extra hergekommen, um einen Artikel über Palästina zu schreiben ... und haben nichts gesehen. Keine Zeit gehabt!«

»Gar nichts hab ich gesehen.«

»Und was wird aus dem Artikel über Palästina?«

»Den muß ich schreiben.«

»Obwohl Sie nichts gesehen haben?«

»Ja.«

»Und wie wollen Sie das machen?«

»Weiß ich nicht.«

»Vielleicht kann ich Ihnen helfen?«

»Ja. Warum nicht?«

»Wie können Sie mir helfen?«

»Ich könnte Ihnen Material liefern!«

»Keine schlechte Idee.«

»Ich bin zwar erst einige Wochen hier, hab noch nicht viel gesehen. Aber ich habe mehr gesehen als Sie. Denn ... Sie haben überhaupt nichts gesehen!«

»Erzählen Sie, was Sie gesehen haben. Vielleicht reicht's für den Artikel!«

Wir waren allein im Salon: der Kunde und ich. Ich band ihm den Kittel um, vorschriftsmäßig, fachkundig, manipulierte mit sicheren Friseurhänden an den Verstellstangen des Friseursessels herum, brachte die Rückenlehne und somit den mir ausgelieferten Körper in die richtige Lage, rückte Kopf- und Fußstütze zurecht, zeigte dem Kunden, daß ich was konnte.

Zuerst die heißen Kompressen! Das ist sehr wichtig. Damit der Bart weich wird. Einseifen allein tut's nicht. Ich ließ mir Zeit.

Der Kunde lag bequem, hatte die Augen halb geschlossen. Ich überlegte, was ich ihm erzählen sollte. Was ich gesehen hatte? Ja. Das würde ich ihm erzählen. Aber später. Nicht jetzt. Zuerst mußte ich über Geschichte sprechen. Denn was ist dieses Land ohne seine Geschichte?

Ich sprach zuerst über Geschichte. Ich fing mit unserem Erzvater Abraham an und seinem Weib Sara, erklärte meinem Kunden, daß wir, die Juden, nie behauptet hätten, daß Sara, unsere Erzmutter, das Weib des Abrahams, vom lieben Gott persönlich geschwängert wurde, so wie Maria, die Mutter des Herrn Jesus Christus ... obwohl wir zu dieser Behauptung berechtigt wären: denn diese Behauptung, die wir nicht gemacht haben, wäre ganz logisch gewesen, läge sozusagen auf der Hand, denn Saras Schwangerschaft war ein Wunder, denn Sara war schon betagt oder sehr alt oder eine Greisin, während Maria, die Mutter des Herrn Jesus Christus, noch jung war und auf ganz normale Weise hätte schwanger werden können ... nämlich: von einem ganz normalen männlichen Schwanz, von einem Schwanz zwischen zwei Beinen.

»Sehen Sie«, sagte ich zu meinem Kunden. »Wir hätten ja behaupten können, daß Gott die Sara persönlich geschwängert hätte! Dann wären wir, die Juden, alle Gottes persönliche Nachkommen gewesen!«

Ich grinste den Kunden triumphierend an und sagte: »Sowas behaupten wir aber nicht! Denn sowas wäre eine unverschämte Anmaßung gewesen!«

Nach den Kompressen fing ich zu pinseln an, seifte mit Eifer, gab mir sichtlich Mühe. Ich sprach über die Nachkommen Saras und Abrahams. Ich sprach über Ägypten, sprach über fette und magere Jahre, sprach über Sklaverei, erzählte von einem rudernden Baby, im Schilf, das später zum Volksführer wurde, erzählte vom brennenden Dornbusch, erzählte vom Auszug aus Ägypten, dem Auszug der Kinder Israels, erzählte von Manna und von der Scheißerei – denn Manna ist ein Abführmittel – erzählte vom Berge Sinai, von Moses, der kein ruderndes Baby mehr war, sondern einen Bart hatte, erzählte von den zehn Geboten, erzählte von 40 langen Jahren, erzählte vom goldenen Kalb, erzählte vom Land der Verheißung.

Ich weiß nicht, wie lange ich meinen Kunden eingeseift hatte, aber als ich bei unserem ersten König angelangt war, war der Seifenschaum hart wie Zement; ich mußte ihn wohl oder übel von den Backen meines Kunden abkratzen, und fing dann gleich aufs neue zu seifen an, frische Seife, frischen Seifenschaum.

Erzählte von vielen Königen, von der Teilung des Großen Reiches, von siegreichen und geschlagenen Feinden, von Okkupation und Befreiung, von vielen kleinen und größeren Kriegen, sprach über die Zerstörung des Ersten Tempels, sprach über Babylonisches Exil, sprach über Sehnsucht und Heimweh, zitierte: »Wenn ich deiner vergesse, verdorre meine Rechte. Es klebe meine Zunge an meinem Gaumen, wenn ich deiner nicht gedenke, Jerusalem« ... sprach über Talmud und Rückkehr, sprach über den Zweiten Tempel. Als ich bei den Römern angelangt war, mußte ich den hartgewordenen Seifenschaum erneut abkratzen, mußte wieder einseifen. Erst bei der Zerstörung des Zweiten Tempels gelang mir die richtige Prozedur. Ich rasierte meinen Kunden hastig, wusch sein Gesicht, benützte Alaunwasser und Eau de Cologne, massierte, trocknete ab, puderte ein bißchen, staubte ab, sagte: »So! Will sich der Herr auch die Haare schneiden lassen?«

Natürlich wollte der Kunde das auch. Beim Haareschneiden sprach ich übers Exil, erzählte vom Fluch des Herrn Jesus, sagte: »Das hat er nicht gemeint ... wenigstens nicht so ... aber gesagt hat er's trotzdem«, sagte: »Ihr Töchter Jerusalems, weinet nicht über mich, sondern weinet über euch selbst und über eure Kinder. Denn siehe, es wird die Zeit kommen, in welcher man sagen wird: Selig sind die Unfruchtbaren und die Leiber, die nicht geboren haben, und die Brüste, die nicht gesäugt haben!«

Ich sprach über die Leiden des jüdischen Volkes, sprach vom Teufel mit einem falschen Kreuz, sprach vom Blutvergießen im Namen des Herrn, der nichts davon wußte, sprach vom Herrn, der ein Herr war, aber nicht Gottes Sohn, obwohl er's geglaubt hat oder nicht geglaubt hat ... denn wie sollte ich, Itzig Finkelstein, so etwas mit Bestimmtheit wissen oder gar behaupten? ... sprach von den ersten Pogromen und den letzten, obwohl ich gar nicht wußte, ob die letzten die letzten waren oder ob das letzte das letzte ist ... denn wie sollte ich, Itzig Finkelstein, so etwas wissen? mit Bestimmtheit wissen oder gar behaupten? ... sprach von Zahlen ... nannte die Zahl 2000 ... sagte: »Das könnten Jahre sein ... lange Jahre und kurze Jahre, Jahre des Exils«, sagte: »Das ist eine Zahl!«

Sagte: »Aber Zahlen sind Zahlen!« sagte: »Ich zähle nicht gerne! Hab die Millionen auch nicht gezählt! Damals!« sagte: »Zahlen sind Zahlen!« sagte: »Und Jahre sind Jahre!« sagte: »Bloß Jahre!« sagte: »Jahre der Agonie!« sagte: »Und manchmal hat der Sterbende mit den Augen geblinzelt oder mit dem Herzen gezuckt, hat sich oft aufgebäumt; ja, das hat er. Und er konnte nicht sterben.« Ich sprach über kleinere Morde und größere, über ungeplanten und geplanten Mord, sprach über schwarze Raben, über Eichenholz und Fahnentuch, über Stirnlocke und Schnurrbart, über prophetische Augen, über Stöcke in vielen Farben, Vergasungs- und Verbrennungstechnik, sagte: »Das ist nicht leicht!« sagte: »Das muß auch gekonnt werden!« sprach von Massengräbern ... »Und wie die dort standen! ... und wie die dort reinpurzelten!« sagte: »Einfach so; ja, so war das: einfach so ...«

Ich hatte das Haar meines Kunden zu kurz geschnitten. Ich aber, Itzig Finkelstein oder der Massenmörder Max Schulz, konnte es nicht mehr länger machen. Was geschehen ist, ist geschehen. Das sah der Kunde auch ein.

Ich schnitzelte noch ein bißchen rum, um ihn zu beruhigen, sprach vom entwurzelten Fruchtbaum, der in sich selber Wurzeln schlug, damit die Früchte nicht ausbleiben, sprach von geistigen Wurzeln, sprach von richtigen Wurzeln, sprach von der Scholle, von fremder und eigener Erde, von Blut und Boden und Heimkehr, sprach vom Aufbruch des jüdischen Volkes, sprach von der Gegenwart, sprach nicht mehr über Vergangenes, sagte nur: »So! Wir wollen nicht länger sterben! Und wenn wir doch nicht sterben können ... dann können wir ebensogut leben!« Und das sah der Kunde auch ein.

Als ich fertig war, und mein Kunde alles sorgfältig notiert hatte, verspürte ich Lust, einiges zu wiederholen, nochmals auszusprechen ... und so diktierte ich, der Massenmörder Max Schulz, dem amerikanischen Juden Jack Pearlman ... der kein so guter Jude war wie ich, weil ich hier wohne, er aber dort! ... diktierte ihm also folgende Zeilen ... sagte zu ihm ... »Herr Pearlman, schreiben sie bitte:

›Das jüdische Aufbauwerk in Palästina, hat mich, Jack Pearlman, tief beeindruckt. Mich haben nicht nur stinkende Kanäle beeindruckt und Wasserwerke und Elektrizitätswerke und Straßen und Städte und Schulen und Spitäler ... mich haben vor allem die Felder in der Wüste beeindruckt und die jungen Bäume, die die Juden in der durstigen Erde gepflanzt haben.

Liebe Leser. Es heißt, daß in jedem angepflanzten Baum die Seele eines Toten wohnt. Unserer Toten. Und ich habe viele Bäume gesehen. Und viele werden noch gepflanzt. Man spricht von Millionen!

Liebe Leser. Hab mich gefragt: Und wie ist das mit den lebenden Juden? Sind das in Wirklichkeit nur Scheintote? Scheintote der Diaspora? Und erst wirklich lebendig, wenn sie hierherkommen? Müssen sie im Heiligen Lande leben, um aufzuerstehen? Um Wurzeln zu schlagen? So wie die Bäume? Wenn auch anders?

Liebe Leser. Und was sollen wir machen. Wir Juden in Amerika? Sollten wir nicht auch auferstehen? Das hab ich mich gefragt, ich, Jack Pearlman, euer Präsident!‹«

Hab meinen Kunden zum nächsten Taxistand gebracht. Selbstverständlich vorher im Salon das Licht ausgeknipst … dann zugeschlossen. Ein Mann kennt seine Verantwortung.

10

Heute früh hing ein toter Engländer vor meinem Fenster. Ich bin ein Mensch, der schwer aufwacht. Das hängt mit der Blutzirkulation zusammen. Oder mit meinem Dachschaden. Schlechte Durchblutung. Ich muß immer erst ein bißchen meinen Schädel reiben ... mit meinen Massenmörderhänden ... ehe ich funktioniere. Und das auch nicht richtig.

Ich gähnte zuerst im Halbschlaf, streckte mich, rieb die bestimmte Stelle am Schädel, streckte Rücken und Arme, dann die Beine, zuletzt die Plattfüße, bewegte dieselben oder selbige sogar hin und her, blinzelte, zuerst mit dem linken Auge, dann mit dem rechten, guckte die Zimmerdecke an, dachte: das ist die Zimmerdecke eines Hotelzimmers!

Und dann sah ich den Engländer!

Wenn Sie glauben, daß ich wie elektrisiert aufsprang, so ähnlich wie damals im polnischen Wald, auf dem Lastauto, als es knallte ... aus dem Wald ... und ich runtersprang ... vom Lastauto ... und rannte ... als hätte ich, Max Schulz eine Zündschnur im Arsch ... dann haben Sie sich gründlich geschnitten.

In gewissen Situationen bewahre ich ruhiges Blut. Ich stand gemächlich auf, rieb mir den Schlaf aus den Augen, schlurfte zum Fenster ... das Fenster meines Hotelzimmers ... schubste den Engländer etwas ... aber nicht zu sehr ... nur ein bißchen ... und sagte zu mir: »Itzig Finkelstein! Damit hast du nichts zu tun! Die können dir so was nicht in die Schuhe schieben. Du hast ihn nicht aufgehängt. Und außerdem: Du hast ein Alibi! Kein Mörder wird sein Opfer vor sein eigenes Fenster hängen! Das ist doch klar!«

Ich zog mich an und ging auf die Straße. Ich dachte nach: Mein Fenster ging auf den Hinterhof hinaus. Wahrscheinlich ein Grund, warum man den Engländer noch nicht entdeckt hatte. Es war noch sehr früh am Morgen, und in den anderen Zimmern, deren Fenster auf den Hinterhof hinausgingen, schlief noch alles. – Mein Fenster war parterre. Praktisch für den Henker. Kein Grund zum Klettern. – Wer konnte das gemacht haben? Jüdische Terroristen? Klar. Wer sonst? Damit hatte ich nichts zu tun.

Während ich über die Straße ging, fiel mir ein, daß heute Samstag war. Hier ist am Samstag alles geschlossen. Auch unser Salon. Folglich brauchte ich heute nicht zu arbeiten. Ich beschloß, im Cafe Trumpeldor zu frühstücken, in der Ben-Jehuda-Straße.

Ich habe mir einen Tisch auf der Sonnenterrasse gewählt … der Sonnenterrasse des Cafe Trumpeldor. Die ist berühmt wegen des Ausblicks. Man kann da allerhand sehen, zum Beispiel: die Autobusstation! Eine ganz gewöhnliche Egged-Autobusstation. Dahinter eine Barackenstraße, wo die Neueinwanderer wohnen. Dürftige Holzhäuschen sind das, mit Dächern aus Wellblech und trüben Kleinfensteraugen, die mit verhaltenem Neid auf die schönen, neuen Häuser von Beth David blicken … die Häuser auf der anderen Seite der Egged-Autobusstation. Ein Glück, daß ich nicht dort wohnen muß, denn ich, Max Schulz oder Itzig Finkelstein, habe noch schwarze Dollars im Koffer. Und eine feste Stellung.

Im Süden der Stadt wird gebaut. Beth David wird nämlich vergrößert. Eines Tages werden wir Tel Aviv überflügeln. Da bin ich ganz sicher. Eines Tages werden die Neueinwanderer ihre Baracken verlassen und in den neuen Gebäudekomplex ziehen. Wann das sein wird? Eines Tages. Ich nehme an: nach dem Abzug der Engländer, nach der Errichtung des Judenstaates.

Heute ist Samstag ... Sabbat ... oder wie das auf hebräisch heißt: Schabbat. Die Baustellen schlafen. Die Gerüste sind verlassen. Überall herrscht Schabbat. Die Geschäfte sind zu, sogar die Autobusse der Egged-Autobusstation ruhen sich aus.

Am Schabbat erwacht die Stadt später als sonst. Es ist noch früh am Morgen. Die Straßen liegen wie leblos da, aber das stimmt nicht ganz, denn die Straßenaugen blinzeln bereits. Ich bemerke: Ecke Ben-Jehuda-Straße ... zwei englische Panzer. Soldaten, zigarettenrauchend auf dem Turm. Etwas später: ein Jeep! Ob die das wissen? Von meinem Engländer! Ich bin der erste Gast im Café Trumpeldor. Der Kellner sieht verschlafen aus. Er kennt mich.

»Einen Kaffee mit Sahne, Herr Finkelstein?«

Ich sage: »Ja. Mit Sahne.«

»Einen Orangensaft? Zwei Eier? Toast?«

Ich sage: »Nein. Geben Sie mir ein ganz gewöhnliches vitamin- und proteinarmes deutsches Frühstück. Kaffee mit Sahne, Buttersemmel und Marmelade!«

Ich strenge meine Froschaugen an, lasse Froschblicke in die Ferne schweifen: dort sind Dattelpalmen und dort ist das Meer, rot vom Blut meines Engländers. Eigentlich müßte das Meer blau sein, denn ich sage zu mir: »Itzig Finkelstein. Das Blut der Engländer ist blau.«

Mein Kellner bringt Kaffee, Buttersemmeln und Marmelade. Während ich frühstücke, verfärbt sich das Meer. Blau übertüncht rot. Rot versinkt im Blau.

Sage zu mir: »Schade, daß man von dieser Sonnenterrasse ... den Wald der 6 Millionen nicht sehen kann!«

Mein Kellner hat den Zucker vergessen. Er kommt noch einmal zurück, aber ich habe den Kaffee längst ausgetrunken.

»Glauben Sie, daß in der Nacht wieder was los war, Herr Finkelstein?«

»Möglich. Auf dem Herzl-Platz stehen Panzer. Sah heute früh auch welche in der König-David-Straße, Jabotinskystraße, Dritte-Tempel-Straße. Nicht nur an der Kreuzung. Und mehr als sonst. Sogar hier in der Ben-Jehuda-Straße stehen Panzer.«

»Vielleicht haben die Terroristen wieder mal ein paar Engländer erschossen?«

»Das ist möglich.«

»Oder aufgehängt?«

»Auch möglich.«

»Schließlich hängen die Engländer auch Juden auf. Oder nicht?«

»Natürlich.«

»Unlängst haben die Engländer Moische Kaplan aufgehängt. Und Ben Gideon! Und Ben Amos! Und Schloime Suppengrün! Vier Terroristen! Vier Volkshelden!«

»Das stimmt.«

»Na also. Für jeden aufgehängten Juden … einen aufgehängten Engländer! Wir zahlen mit gleicher Münze zurück!«

Ich sage: »Das stimmt nicht ganz. Wir bringen mehr um. Wir knallen die Engländer wie die Hasen ab. Haben Sie gestern keine Zeitung gelesen? Der Überfall auf Camp Ziona! 154 erschossene Engländer!«

Mein Kellner grinst. Er sagt: »Im Kampf erschossen. Das ist was andres. Aufgehängt werden nicht viel. Nur ab und zu … nur, wenn die einen von unseren Leuten aufhängen! Aufhängen ist eine Strafe!«

Die Straßen von Beth David erwachen. Ich sehe einige Frühaufsteher. Das Grün der Eukalyptusbäume in der Ben-Jehuda-Straße wird zusehends heller von den stärker lachenden Sonnenstrahlen. Die weißen Häuser des Zentrums tauchen aus den Schatten auf und bieten der Sonne ihren Leib dar. Ich bitte meinen Kellner um ein paar palästinensische Zeitungen in jiddischer und deutscher Sprache, und während der fortgeht, schlürfe ich den Rest meines Kaffees aus.

Die berüchtigten Terrororganisationen im Heiligen Lande sind: ›Sterngruppe‹ und ›Irgun Zwai Leumi‹. Aber es gibt noch eine Menge kleinerer Terrorgruppen. Bei uns in Beth David regiert die Terrorgruppe ›Schwarz‹. Ihr Anführer Jankl Schwarz, im Volksmund: ›Jankele‹.

Als mein Kellner mit den Zeitungen zurückkommt und den Stoß auf meinen Tisch legt, frage ich ihn: »Glauben Sie, daß Jankl Schwarz einen Engländer in einem Hinterhof aufhängen würde?«

Mein Kellner sagt: »Unmöglich, Herr Finkelstein. Sowas würde Jankele nie machen. Wenn der einen aufhängt, dann bestimmt auf der Hauptstraße.«

»Dritte-Tempel-Straße?«

»Ja, und zwar am höchsten Eukalyptusbaum!«

»Und warum nicht im Hinterhof? Und warum ausgerechnet auf der Hauptstraße? Und warum am höchsten Baum?«

»Damit die Presse davon Wind bekommt«, sagt mein Kellner. »Und damit die Weltöffentlichkeit es erfährt. Sie verstehen, Herr Finkelstein … es geht schließlich darum … daß die Vereinten Nationen … sich endlich mal auf den breiten Arsch setzen … und eine Entscheidung treffen!«

Wissen Sie, was das ist: die Weltöffentlichkeit? Das sind Milliarden verstopfter Ohren! Und wissen Sie, was ich zu mir gesagt habe? »Itzig Finkelstein«, hab ich zu mir gesagt. »Die Weltpresse muß ein lautes Geschrei machen! Sonst hört die Weltöffentlichkeit nichts. Und dein Kellner hat recht. Der Engländer kann nicht im Hinterhof hängen! Der kann nur in der Dritten-Tempel-Straße hängen! Du mußt dich getäuscht haben!«

Ich blätterte den Zeitungsstoß durch. Die Nachrichten über den vergangenen Massenmord sind nicht mehr wichtig. Stehen auf der letzten Seite ... auch hier ... wie überall. Machte die üblichen Ausschnitte, steckte Berichte in meine Tasche, überflog dann die Titelseiten, mit den neuesten Berichten über den Aufstand und den Terror in Palästina ... und schickte mich dann zum Fortgehen an.

Ich ging zu meinem Chef Schmuel Schmulevitch, um den Vorfall mit dem aufgehängten Engländer zu besprechen.

Schmuel Schmulevitch wohnt in der Scholem-Alechem-Straße. Ein berühmter ostjüdischer Dichter ... dieser Scholem Alechem. Ich ging langsam. Hatte ja Zeit. War ja Schabbat. Dachte an meinen Engländer. Dachte auch an die Geschichten von Scholem Alechem, die Itzig Finkelstein mir einst, unter anderem, vorgelesen hatte. Blieb kurze Zeit vor dem Denkmal an der Straßenkreuzung stehen: das Denkmal von Tewje, dem Milchmann. Fragte mich: Warum haben die Sommervögel das nicht bekleckst? Ging dann weiter.

Schmuel Schmulevitch empfing mich im Morgenrock. Seine Frau schlief noch. Ich ließ mich zu einem zweiten Frühstück einladen und erzählte ihm dabei kurz von dem Engländer und auch von meinem Gespräch mit dem Kellner im Café Trumpeldor.

Schmuel Schmulevitch überlegte lange, sagte dann: »Der Kellner hat recht, Herr Finkelstein. Jankl Schwarz hängt keinen Engländer im Hinterhof auf.«

»Ich hab den Engländer aber gesehen, Herr Schmulevitch. Hab ihn sogar ein bißchen geschubst.«

»Dann gibt es nur eine einzig mögliche Erklärung, Herr Finkelstein.«

»Und die wäre?«

»Waren irgendwelche Haken oder Häkchen an Ihrem Fenster angebracht?«

»Ja, Herr Schmulevitch. Hab unlängst Wäsche aufgehängt, und da hab ich zwei solide Haken angebracht.«

»Ist Ihr Fenster das einzige im Hinterhof, das Haken hat?«

»Ich glaube ja, Herr Schmulevitch.«

Schmuel Schmulevitch schob mir noch ein Brötchen zu, auch Butter und Marmelade, goß mehr Kaffee ein, beobachtete, wie ich das Brötchen verschlang, auch die Butter und die Marmelade, den Kaffee austrank.

»Deutsches Frühstück?«

»Ja. Das hat meine Frau so eingeführt.«

Schmuel Schmulevitch bot mir eine Zigarette an, aber ich lehnte ab. »Ich rauche nicht am Schabbat, Herr Schmulevitch.«

»So? Ich wußte nicht, daß Sie fromm sind, Herr Finkelstein.«

»Ich bin nicht fromm, Herr Schmulevitch.«

»Und warum rauchen Sie nicht am Schabbat?«

»Aus Tradition, Herr Schmulevitch.«

»Dann fahren Sie auch nicht am Schabbat, Herr Finkelstein?«

»Im allgemeinen nicht, Herr Schmulevitch. Nur, wenn ich muß. In dringenden Fällen. Rauchen muß man nicht. Disziplinsache. Weiter nichts.«

Schmuel Schmulevitch nickte. Ich sah: Er wollte sich eine anstecken ... eine Zigarette ... aber er unterdrückte diesen Wunsch ... ich nehme an: aus Pietät. Er wollte mich nicht verletzen.

»Ich nehme an, daß Sie aus einem frommen Elternhause kommen, Herr Finkelstein?«

»Ja. Meine Eltern waren fromme Leute.«

»Meine auch«, sagte Schmuel Schmulevitch. »Aber
ihre Frömmigkeit hat ihnen nichts genützt.«

Ich fragte: »Auschwitz?«

»Nein. Für Auschwitz waren die zu alt. Die sind
noch 1903 ums Leben gekommen. Rußland. Die Pogrome! – Aber um auf Ihren Engländer zurückzukommen,
Herr Finkelstein ... So stelle ich mir die Sache vor: Jankl
Schwarz hat den Engländer kurz vor Tag erwischt ...
ich meine ... er und seine Leute. Haben ihn dann zur
Dritten-Tempel-Straße geschleppt, um ihn dort plangemäß aufzuhängen ... wie Ihr Kellner ganz richtig
sagte: am höchsten Baum. Aber das klappte nicht. Sie
verstehen, Herr Finkelstein ... die englischen Patrouillen auf der Straße ...«

»Ja. Ich kann mir ein Bild davon machen.«

»Er und seine Leute liefen einer englischen Patrouille in die Arme. Im letzten Augenblick ... retteten sie
sich in einen Hinterhof, in den nächstbesten.«

»Meinen Hinterhof?«

»Richtig. Der Hinterhof des Hotels Beth David.
Wollten dort abwarten, bis die Luft rein war. Sahen Ihr
Fenster. Sahen die beiden Haken. Und hängten den
Engländer vorläufig mal dort auf.«

»Logisch, Herr Schmulevitch.«

»Ließen ihn dort eine Weile hängen. Sagen wir: eine
halbe Stunde. Sozusagen vorübergehend. Und da ...
sind Sie, Herr Finkelstein ... gerade erwacht! Sie sahen
den Engländer, schlurften zum Fenster und versetzten
dem Engländer einen leichten Stoß. Ja. So war das. Und
daß der Engländer dort nur vorübergehend hing, das
wußten Sie nicht, konnten Sie auch nicht wissen.«

»Nein. Das wußte ich nicht.«

»Inzwischen hängt er längst in der Dritten-Tempel-Straße.«

»Das versteh ich nicht.«

»Ist doch ganz einfach«, sagte Schmuel Schmulevitch. »Fangen wir nochmal von vorne an. Jankl Schwarz und seine Leute haben den Engländer vorübergehend in einem Hinterhof aufgehängt. Dann ... als die Luft rein war, haben sie ihn losgehakt ... in die Dritte-Tempel-Straße geschleppt und nochmals aufgehängt.«

»Am höchsten Eukalyptusbaum?«

»Am höchsten Eukalyptusbaum.«

»Wegen der Weltpresse? Damit der Vorfall nicht übersehen wird?«

»Stimmt.«

»Dann hängt er also nicht mehr vor meinem Fenster?«

»Darauf können Sie Gift nehmen. Der ist längst weg.«

»Dann brauche ich mir also keine Sorgen zu machen?«

»Brauchen Sie nicht, Herr Finkelstein.«

Schmuel Schmulevitch und ich begaben uns nach dem Frühstück in meinen Hinterhof, schauten nach. Der Engländer war weg. Später gingen wir in die Dritte-Tempel-Straße. Und dort war ein Menschenauflauf. Wir konnten nicht viel sehen. Die Straße war verstopft von Neugierigen, Jeeps, Polizei, Militär. Ich fragte eine Frau am Straßenrand. Und die Frau sagte: »Dort hing ein Engländer. Haben ihn schon losgehakt. Ein Engländer mit einem Zettel auf der Brust.«

Ich fragte: »Was stand auf dem Zettel?«

Und die Frau sagte: »Schloime Suppengrün ist gerächt!«

II.

Was macht ein Junggeselle über 40, einer, der am Samstag nicht raucht, weder Eisenbahn noch Auto fährt – nur, wenn es nicht anders geht – der noch nicht lange hier ist, keine Damenbekanntschaften hat – was macht so einer an einem freien Tag?

Er könnte zum Fußballspiel gehen: Makkabi Tel Aviv gegen Hakoa Beth David, Max Nordau Stadion hinter dem Herzlpark. Er könnte baden gehen, fette und magere Schenkel begutachten, im Glücksfall einen anfassen, im Wasser, sozusagen zufällig, er könnte die Sonne anstarren, er könnte spazierengehen, zum Beispiel: zum Wald der 6 Millionen ... drei Kilometer von hier ... aber das ist ein Wald ohne Schatten, denn die angepflanzten Bäume sind noch niedrig ... die müssen erst wachsen ... tüchtig wachsen. Er könnte wieder ins Café Trumpeldor gehen, sich mit dem Kellner unterhalten, Kaffee trinken.

Auf dem Weg zum Café Trumpeldor dachte ich an Hanna Lewisohn. Spürte plötzlich Magenstechen. Konnte die Vorstellung nicht loswerden: Hanna ist etwas passiert!

Ich machte kehrt und ging in Richtung Egged-Autobusstation.

Mir war heiß. Khakihose und Khakihemd klebten am Körper. Mein Spitzbart war naß, Brillengläser angelaufen, Froschaugen entzündet, hatte rote Flecken in den

Achselhöhlen und zwischen den Schenkeln, wußte das, obwohl ich das Rot nicht sehen konnte. Aber das juckte!

Ich, Itzig Finkelstein, ging ... also ... in Richtung Egged-Autobusstation. Hab zu mir gesagt: »Itzig Finkelstein! Du fährst zwar nicht am Sabbat. Aber das ist ein Notfall. Hanna ist was passiert!«

Dann fiel mir ein, daß die Autobusse heute nicht fahren ... denn wir, hier in Beth David, haben mit dem lieben Gott einen Vertrag geschlossen: Kein fahrender Autobus wird den heiligen ›Schabbat‹ entweihen! Nur Privatautos und Taxis! Denn das ist privat!

Machte wieder kehrt und ging in Richtung Taxistand. Der war am Herzlpark.

An einem Fußballtag ist es nicht leicht, ein Taxi zu finden. Glück muß der Mensch haben. Fand ein Taxi. Stieg ein. Sagte: Kibbuz Pardess Gideon, Strecke Haifa-Tel Aviv. Aber mit Volldampf.

Was habe ich Ihnen gesagt! Hanna ist was passiert! Im Kibbuz Pardess Gideon erhielt ich folgende Auskunft:

»Verrückt geworden!«

Ich sagte: »Die war immer verrückt!«

»Aber nicht so!«

Ich fragte: »Wieso?«

»Zusammengeklappt. Die fing plötzlich zu schreien an. Tag und Nacht.«

»Und wo ist sie jetzt?«

»Wurde abgeholt. Heilanstalt Guggenstein! Tel Aviv!«

Selbstverständlich bin ich gleich hingefahren. Aber man ließ mich nicht rein. Einer der Krankenwärter gab mir freundlichst Auskunft: »Die können Sie nicht sehen!«

»Ich heiße Itzig Finkelstein. Die kennt mich!«

»Die können Sie nicht sehen, Herr Finkelstein. Die liegt in einer Zwangsjacke!«

Ich fragte: »Zwangsjacke?«

Und der Wärter sagte: »Zwangsjacke!«

Wir unterhielten uns dann ganz gemütlich, der Wärter und ich.

Ich sagte: »Hanna war während des Krieges drei Jahre lang an eine Bank gefesselt.«

Der Wärter sagte: »Das hat sie sich nur eingebildet. Die war bloß versteckt. So wie andere auch.«

»Sie war drei Jahre lang gefesselt. Und jetzt ist sie in einem jüdischen Land ... und wird wieder gefesselt.«

»Da kann ich nichts machen, Herr Finkelstein. Die wollte nämlich fliegen!«

»Wohin fliegen?«

Der Wärter sagte: »Vom Dach der Klinik Guggenstein auf den Johannisbrotbaum vor dem Einfahrtstor!«

Ich fragte: »Wie ein kleiner Vogel?«

Und der Wärter sagte: »Ja. So wie ein kleiner Vogel!«

Mein Taxi wartete vor der Klinik Guggenstein. Sagte zu meinem Taxichauffeur: »Fahren Sie mich ins nächste Bordell!«

»War das so schlimm?« fragte mein Taxichauffeur.«

Ich nickte und sagte: »Ja. Das war schlimm.«

Wir schlängelten uns durch den Tel Aviver Straßenverkehr, krochen vorwärts, stießen ruckartig, mit kreischenden Bremsen durch Staubwolken und Sonnenlicht, reihten uns hinter kleinen Privatfahrzeugen ein und unbekümmerten Fußgängern, die es vorzogen, auf dem Fahrweg spazierenzugehen. Die Stadt brütete unter der Sabbatsonne, Häuser und Straßenpflaster reflektierten Sonnenlicht und die Bäume am Straßenrand schienen zu schwitzen. Wir fuhren durch die König-Georgstraße, schoben uns zum Mugrabiplatz durch, erreichten etwas später die Dizengoffstraße, gekennzeichnet durch ihre Kaffeehäuser und die kleinen putzigen Pudel.

Ich konnte ›das Bild‹ nicht loswerden. Hanna in einer Zwangsjacke. Versuchte an Hannas magere Schenkel zu denken … verspürte Ekel.

»Eine mit einem fetten Arsch«, sagte ich zu meinem Taxichauffeur. »So eine will ich heute ficken!«

»Dann fahren wir in die falsche Richtung«, sagte mein Taxichauffeur. »Im Hotel ›Königin Saba‹ sind nur schlanke Huren.«

»Schlanke?«

Mein Taxichauffeur nickte. »Schlanke. Jawohl. Wollte Ihnen die dürre Zippora empfehlen. Die hab ich selber mal gehabt. Wenn die sich bewegt … da klappern die Knochen.«

Ich sagte: »Das ist nichts für mich. Kennen Sie nicht ein anderes Bordell, wo Huren da sind, bei denen was dran ist?«

»Nicht in Tel Aviv«, sagte mein Taxichauffeur. »Höchstens in Jaffa.«

Wir fuhren nach Jaffa. Hotel Abdulla! »Die dicke Fatma wird Ihnen gefallen«, sagte mein Taxichauffeur. »Die hab ich auch mal gehabt.«

»Fetter Arsch?«

»Und was für einer!« sagte mein Taxichauffeur. »Rund wie ein Vollmond. Zartbraun. Zwei Warzen als Zugabe, eine links, eine rechts. Da ist was dran. Die hat auch lange und fette und schwitzende Brüste. Die können Sie zwischen den Brüsten ficken, wenn Ihnen das Spaß macht!«

Tel Aviv riecht am Samstag nach Sonnenlicht, Blumen und Bäumen, nach Staub, nach Villen und hellen Häusern, nach gutem und schlechtem Parfüm, nach frischgewaschenen Pudeln, nach Kaffee, Schlagsahne, internationalem Gebäck, Sodawasser, Fruchtsaft, Kellnerschweiß, gepuderten Füßen, gepuderten Achselhöhlen, gepuderten Schenkeln und gepuderten Geschlechtsteilen, nach Kapitalismus und Sozialismus, nach Mittelmeer und Salzluft. Natürlich auch nach Rasierwasser, Damen- und Herrenschuhen und nach so manchem mehr. Kurz: es riecht wie Beth David, obwohl Beth David kleiner ist.

In Jaffa sind die Gerüche anders. Hier ist die frische Meeresluft mit dem Gestank von Abfällen vermischt. Hier riecht es nach kranken Katzen, räudigen Hunden, morschen Häusern, nach gebratenen Fischen und Hammelfleisch, nach türkischem Kaffee und Arrak, nach Pfeffer, Nüssen, Halva, Schweißfüßen, Syphilis, Fliegen, Schmutzwäsche, Kleinkindern, Klosetts und nach so manchem mehr.

Als wir vor dem Hotel Abdulla anlangten, war mir übel. Ich stieg nicht gleich aus. Meine Froschaugen registrierten: eine schmale Gasse mit hohen, altersschwachen, fleckigen Häusern, runden Torbögen, ein alter Brunnen mitten auf der Gasse … Menschengewimmel auch hier: zerlumpte Kinder, vermummte Frauen und nicht vermummte, Männer in hellen und dunklen Gewändern. Araber. Vor dem Hotel Abdulla – auf dem Trottoir – saßen Männer im Halbkreis, rauchten Wasserpfeifen und tranken Türkischen aus kleinen, runden Tassen. Einige von ihnen hatten *Keffise* auf dem Kopf, manche gestickte, bunte Käppis. Sie starrten feindselig auf unser Taxi. Ich zündete mir eine Zigarette an und lehnte mich zum Fenster hinaus. Stelle tiefsinnig fest: dieselbe Sonne wie über Tel Aviv. Nur malt der Sonnenpinsel die Farben hier anders.

Mein Taxichauffeur sagte hustend: »Gestern wurden zwei Juden in Jaffa ermordet. Haben Sie's in der Zeitung gelesen?«

Ich sagte: »Ja.«

»Haben Sie einen Revolver in der Tasche?«

Ich sagte: »Nein.«

Der Taxichauffeur grinste: »Dann würde ich Ihnen nicht raten, allein ins Hotel Abdulla zu gehen.«

»Sie glauben also, daß mir was passieren könnte! Oder zustoßen!«

»Ein Messer im Rücken«, sagte der Taxichauffeur! Oder: durchschnittener Hals! Kann man schwer voraussagen. Das eine oder das andere.«

Mein Taxichauffeur bat um eine Zigarette. Ich gab ihm eine.

»Ihnen ist doch auch nichts passiert ... als Sie bei der dicken Fatma waren?«

»Das ist schon lange her. Damals war die politische Lage anders.«

Ich hatte mich auf die dicke Fatma gefreut, hatte schon in Gedanken ihren Riesenhintern gesehen und die schwitzenden Brüste ... und mein eigenes Glied, das normale, erweckt und steif und zitternd ... hatte schon zu mir gesagt: »Itzig Finkelstein. Du hast lange keine Frau gehabt. Und heute ist Sabbat. Und am Sabbat soll ein Jude kein Auto fahren! Aber du fährst ja nur dann, wenn's unbedingt nötig ist. Und dieser Umweg nach Jaffa war nötig. Denn das Ficken ist eine dringende Sache!« Aber dann hab ich zu mir gesagt: »Itzig Finkelstein. Lieber lebendig auf der dürren Zippora im jüdischen Bordell in Tel Aviv ... als mit einem Messer im Rücken oder mit durchschnittenem Hals auf der fetten Fatma im arabischen Bordell in Jaffa!«

Sagte dann zu meinem Taxichauffeur: »Zurück nach Tel Aviv!«

Wir fuhren zurück nach Tel Aviv. Machten Halt vor

dem Hotel Königin Saba. Ich stieg aus, ging hinein, sah mir die Damen an, auch die dürre Zippora, fand sie alle zu mager, machte kehrt und ging zu meinem Taxi zurück. Sagte zu meinem Taxichauffeur: »Ich konnte mich nicht entschließen. Zurück nach Jaffa!«

Ich sprach mir Mut zu. Sagte zu mir: »Itzig Finkelstein. Alles weit übertrieben. Die werden dir bestimmt kein Messer in den Rücken stoßen! Oder gar den Hals durchschneiden!« – Aber als wir in Jaffa anlangten und vor dem Hotel Abdulla Halt machten, sank mir das Herz wieder in die Hosen.

Wir fuhren noch einige Male zwischen dem Hotel Abdulla und dem Hotel Königin Saba hin und her, bis ich müde wurde und mich entschloß, nach Hause zu fahren.

12.

Habe mir ein Lehrbuch der hebräischen Sprache gekauft. Mache gute Fortschritte. Lerne auch Englisch, eine Sprache, die der deutschen verwandt ist.

Spiele erregende Spiele. In der letzten Woche habe ich Bäume gezählt. Zählte alle Bäume in der Dritten-Tempel-Straße, auch die in der Jabotinskystraße, Schalom-Alechem-Straße, Ruppinstraße, Anskistraße, Peretzstraße. Wollte auch die Bäume der König-David-Straße zählen und auch die in den Nebenstraßen und die im Herzlpark und die Dattelpalmen am Strand. Dachte sogar daran, in den Wald der 6 Millionen zu gehen. Aber das hab ich nicht gemacht.

Das ist ein gefährliches Spiel. Ich zähle nicht gerne. Das wissen Sie ja. Hab auch damals nicht gezählt. Hab mich gefragt: »Warum zählst du, wenn du nicht gerne zählst?«

Hab zu mir gesagt: »Du kriegst nämlich das Kribbeln!«

Hab zu mir gesagt: »Wenn es ein Jüngstes Gericht gibt ... und wenn man sich dort eine Strafe aussuchen kann ... dann wirst du dem lieben Gott sagen: ›Meinetwegen jede Strafe ... nur nicht Bäumchen zählen. Oder Seelchen zählen. Da krieg ich nämlich das Kribbeln!‹«

Glauben Sie bitte nicht, daß ich, der Massenmörder Max Schulz oder Itzig Finkelstein ... mich nicht auch

mit praktischen Überlegungen beschäftige ... ich meine:
während meiner Spaziergänge. Unlängst überlegte ich,
wo ich meinen zukünftigen Friseurladen oder Friseursalon aufmachen sollte. Sie verstehen schon, was ich
meine! Will ja nicht ewig Angestellter bleiben! Werde
mich ja eines Tages selbständig machen!

Ich habe mir alle Straßen in Beth David angesehen,
die eventuell für einen Laden in Frage kämen. Der
Laden kann nur an einer Ecke liegen, da ›Der Herr von
Welt‹, der Salon meines Vaters, ja auch an der Ecke lag:
an der richtigen Ecke! Hab zu mir gesagt: »Itzig Finkelstein! Mach dich erst besser mit Land und Leuten
vertraut. Lerne die Landessprache. Schnüffle ein bißchen rum. Halte Augen und Ohren offen. Lege Erwä-
gungen auf die Waagschale. Wiege vorsichtig. Lies auch
Zeitungen. Wart noch ab. Die Engländer werden bald
abziehen. Und dann gibt's hier Krieg. Und wenn du in
den Krieg mußt ... dann ist das nicht gut für ein neues
Geschäft.«

Kein Mensch verdächtigt mich. Wenn ich jiddisch rede,
dann bin ich ein Galizianer, allerdings einer, dessen Jiddisch nicht gut ist, da ich ja nie in Galizien gewohnt
habe. Verständlich. Kein richtiger Galizianer. Bloß im
Scherz von den Leuten Galizianer genannt. – Wenn ich
deutsch rede, dann bin ich ein deutscher Jude. Und
wenn ich Worte gebrauche aus dem Sprachschatz des
Schwarzen Korps, dann bin ich ein KZnik. Bei mir ist
eben was hängen geblieben. Basta! Und warum nicht?
Was kann ich dafür? Freiwillig war ich nicht dort!

Alles ist beim alten im Friseursalon Schmuel Schmulevitch. Auch die politischen Gespräche. Mein neuer
Stammkunde, der Textilfabrikant Daniel Rosenberg – es
heißt: der zukünftige Bürgermeister! – fragt mich jeden

Morgen dasselbe: »Herr Finkelstein! Was halten Sie von der politischen Lage?«

Meine Antwort ist immer dieselbe: »Und was halten Sie davon, Herr Bürgermeister?«

Dann sagt er gewöhnlich: »Ich bin noch nicht der Bürgermeister.«

Und ich antworte dann selbstverständlich: »Aber bald, Herr Bürgermeister. Darauf möchte ich wetten!«

Die politische Lage ist ernst. Ich würde sagen: sehr ernst! Der Terror hat zugenommen. Neulich wurden zwei englische Schiffe von jüdischen Terroristen versenkt. Ein englischer General ermordet. Neun Panzer mit Molotowcocktails verbrannt. Ein Güterzug überfallen, ein englisches Waffenlager ...

Gestern nacht zitterten die Häuser in Beth David. Eine gewaltige Detonation. Ich fiel aus meinem Bett. Ging dann auf die Straße. Konnte nicht viel sehen. Sah Flammen. Der Himmel war rot.

Erst heute früh erfuhr ich, was los war. Jankl Schwarz und seine Leute:

Stoßtrupp A ... Überfall auf das Gefängnis von Beth David. Sprengung des Gebäudes. Alle von den Engländern inhaftierten Terroristen befreit. Während der Aktion brachen auch gewöhnliche Verbrecher aus. War nicht zu vermeiden. Stoßtrupp B ... Straßenreinigung. Englische Panzer an den Straßenecken zerstört. Andere englische Straßenpatrouillen erschossen. Parole ... das ist eine jüdische Stadt!

Stoßtrupp C: Überfall aufs Polizeirevier, Ecke Scholem-Alechem-Straße-Pinskerstraße. 25 Tote.

In Beth David herrscht Ausnahmezustand.

Aber das ist nichts. Haben Sie die Zeitung gelesen? Tagtäglich landen hier neue englische Truppen. Daß

ich nicht lache! England ist bankrott. Viel zu kostspie-
lig, so ein Guerillakrieg! Die können sich hier nicht
halten. Die Engländer werden abziehen. Und zwar
bald! Gehe mit Ihnen jede Wette ein. Und was wird
dann sein? Ein Niemandsland in Palästina. Und zwei
Bevölkerungsgruppen, die sich gegenüberstehen:
Juden und Araber. Krieg. Wollen Sie wetten? Hier
gibt's bald Krieg!

Ja, verdammt noch mal. Die politische Lage ist ernst.
Natürlich müssen wir mit den Arabern rechnen. Die
wetzen schon ihre Messer und laden ihre Gewehre.
Üben vorläufig nur. Weiter nichts.

Haben Sie's in der Zeitung gelesen? Da steht's
schwarz auf weiß: »Juden werden in Jaffa geschlachtet!«
Ein Glück, daß ich nicht bei der fetten Fatma war!

Ja. In der Zeitung steht's. Schlagzeilen: »Jüdischer
Autobus im Jerusalemer Bergland von arabischen
Heckenschützen beschossen! Synagoge niedergebrannt! Arabischer Überfall auf den Kibbuz Quar
Joseph ben Nathan!« Diese Schweine haben unsere Felder angezündet. Bananenpflanzungen verbrannt. Das
war gestern. Und vorige Woche? Die Sache mit den drei
jüdischen Dörfern. Haben Sie's gelesen? Sind einfach
eingedrungen ... in unsere Dörfer ... bewaffnete arabische Banden, haben zwei Frauen verschleppt, Häuser
angezündet, geplündert ...

Keine Angst. Wenn die Engländer erst mal abziehen,
dann rechnen wir ab. Die kriegen eins aufs Dach. Und
ich, Itzig Finkelstein oder der Massenmörder Max
Schulz oder umgekehrt, werde nicht bloß den Zu-
schauer spielen. Da spiele ich richtig mit. Darauf können Sie Gift nehmen!

Drei Tage Ausnahmezustand! Jetzt ist das vorbei!
Offenbar wollen die Engländer mit Jankl Schwarz ver-

handeln. Ich weiß es nicht. In Beth David sind frische englische Truppen eingerückt.

Ob ich weiß, wo der steckt: Jankl Schwarz? Keine Ahnung. Nicht mal Schmuel Schmulevitch weiß das. Und der ist ein bekannter Friseur!

Niemand weiß, wo der steckt: Jankl Schwarz! Auch nicht, wie er aussieht. Ich stelle mir ihn als Hünen vor. Ein jüdischer Hüne! Vielleicht sieht er so aus wie der biblische Samson?

13

Unter meinen Kollegen sind zwei deutsche Juden. Sigi Weinrauch und Max Weidenfeld. Ich persönlich, ich ... Max Schulz ... halte Max Weidenfeld für einen guten Juden. Ob er fromm ist, weiß ich nicht. Aber ein Zionist ... das ist er bestimmt. Ich würde sagen: ein Idealist! Aktives Mitglied der Haganah, der legalen-illegalen jüdischen Untergrundarmee. War auch im Kibbuz und hat die ersten Bäume im Negev gepflanzt.

Aber der andere ... der Sigi Weinrauch, der ist ein Volksfeind. Reißt Witze über den Zionismus – wir nannten sowas ›Zersetzung‹ – beleidigt unsere Führer – wir nannten sowas ›Führerbeleidigung‹ – redet andauernd von der verlorenen Sache – wir nannten sowas ›Verbreitung von Feindpropaganda und Defätismus‹ – aber was das Schlimmste ist ... der Sigi Weinrauch, der liebt Deutschland.

Können Sie das verstehen? Ein Jude, der Deutschland liebt! Trotz der 6 Millionen! Der ist nicht besser als meine Chefin ... die mit dem Eisernen Kreuz ... Frau Schmulevitch ... Eisernes Kreuz zwischen den alten Brüsten versteckt.

Die beiden stecken unter einer Decke. Das ist klar. Reden auch ganz offen, sprechen vom schönen Rhein und von der Mosel, von Bier und Sauerbraten, Semmelknödeln und Weißwürsten. Den beiden gefällt's hier nicht.

Ich habe unlängst zu Sigi Weinrauch gesagt: »Wenn's Ihnen hier nicht gefällt, Herr Weinrauch ... warum fahren Sie dann nicht nach Deutschland zurück?«

Er sagte: »Ich warte, bis sich Deutschland erholt.« Und Frau Schmulevitch gab ihren Senf dazu. Sagte: »Ja. Ich auch.«

Und mein Chef, der Schmuel Schmulevitch, sagte: »Du willst doch nicht etwa zurückfahren?«

Und Frau Schmulevitch sagte: »Klar will ich zurückfahren!«

»Ohne mich! Und was ist mit dem Salon?«

»Den verkaufen wir ... den Salon!«

Und der Sigi Weinrauch, der grinste bloß, sagte nichts, grinste bloß. Da hab ich 'ne richtige Wut gekriegt! Ich kann sowas nicht begreifen! So wenig Idealismus! Hab den beiden tüchtig Bescheid gesagt. Hatte ganz vergessen, daß ich aufpassen mußte ... wegen meiner Stellung! Aber die Frau Schmulevitch, die hat nichts gesagt. Hat nur höhnisch gelacht.

Wir streiten den ganzen Tag. Ich, der Massenmörder Max Schulz, vertrete den Standpunkt, daß unsere Heimat Palästina ist, während die beiden deutschen Juden Sigi Weinrauch und Frau Schmulevitch behaupten ... ihre Heimat sei Deutschland.

Ein Friseur soll seine Kunden unterhalten. Ich rede fast den ganzen Tag. Über Geschichte, unsere Geschichte, jüdische Geschichte. Ich wiederhole, was ich dem amerikanischen Juden Jack Pearlman über unsere Geschichte beigebracht habe, rede laut und deutlich, damit mich jeder im Laden verstehen kann ... auch Frau Schmulevitch und Sigi Weinrauch.

Ich habe mir das so eingeteilt: Sonntags – denn hier wird am Sonntag gearbeitet – spreche ich über den Auszug der Kinder Israel aus Ägypten. Montags über die Eroberung des Landes Kanaan. Dienstag: über die Teilung des Reiches. Mittwoch: über den Aufstand der Makkabäer. Donnerstag: über die Helden in der Festung Massada. Und Freitag: über den Aufstand Bar Kochbas.

Diese Woche änderte ich mein Programm ... um Sigi Weinrauch und Frau Schmulevitch noch wütender zu machen. Angst vor Frau Schmulevitch hab ich nicht mehr. Denn ... das ist Ehrensache.

Ich sprach am Sonntag über das jüdische Exil, faßte mich kurz. Am Montag sprach ich über den Wendepunkt: Ein Mann schreibt ein Buch ... angeregt durch den Dreyfusprozeß ... der Mann heißt Theodor Herzl, das Buch: der Judenstaat! Eine Idee wird geboren ... oder nicht geboren ... bloß verwandelt, belebt ... Ahasver springt in den Jungbrunnen ... ein Funke zündet ... der Aufbruch beginnt.

Am Dienstag sprach ich über die ersten jüdischen Siedlungen in Palästina, erwähnte den Ersten Weltkrieg und die Heldentaten des Zion Maultierkorps und der Jüdischen Legion, die gemeinsam mit den Engländern gegen die Türken kämpften und die Türken schließlich in die Flucht schlugen. Sprach über die Balfourdeklaration und Englands Versprechen einer jüdischen Heimstätte in Palästina.

Am Mittwoch sprach ich über den Massenmord, sagte: »Ahasvers Kinder!« fragte: »Warum sind sie nicht früher gekommen? Worauf haben sie gewartet?«

Am Donnerstag sprach ich über die Gegenwart. Und heute ... am letzten Tag der Woche ... sprach ich über die Zukunft.

14

Den ganzen Vormittag verhielt ich mich ruhig. Ich sammelte Kräfte. Überließ meinen Kollegen das Wort. Das sind nämlich Schwätzer.

Am Nachmittag hatten sich meine Kollegen müde geredet. Darauf hatte ich gewartet!

Ich sprach lange und ausführlich über den Abzug der Engländer. Während dieser Schilderung, die ich mit allen Einzelheiten und in allen Phasen voraussagend schilderte, machte ich mehrere Fassonschnitte, machte keine Treppen, machte es richtig. Später rasierte ich mehrere Kunden und sprach dabei über die Gründung des Judenstaates und Kriege mit den Arabern, Kriege, die uns bevorstanden. Ich rasierte ordentlich, machte keine Schnittwunden, ließ auch keine Stoppeln stehen, machte es richtig.

Je mehr ich redete, desto erregter wurde ich. In meiner Dachschadenecke pochten kleine Hämmerchen. Vor meinen Froschaugen standen Nebelschleier. Ich machte noch einen ordentlichen Fassonschnitt, beim nächsten machte ich bereits Fehler, redete wild drauflos, hatte Visionen, sprach von Millionen Kleinkindern, sprach von Atombomben, sprach von Expansion, sprach vom winzigen China, sprach von der Beherrschung der Welt! Spürte ein Jucken im Hintern, kriegte einen steifen Schwanz, nahm meine Brille ab, guckte in den Spiegel, sah zwei riesige Froschaugen, sah

Stirnlocke und Schnurrbart, redete lauter, berauschte mich an meiner eigenen Stimme ... und die ... klang so ähnlich ... oder genauso ... wie die Stimme auf dem Ölberg hinter dem Altar. Als ich mit meiner Rede zu Ende war, zitterte alles im Friseursalon, alles was nicht niet- und nagelfest war. Die blankpolierten Spiegel sandten Lichtreflexe in den Raum. Ich wußte nicht, ob die Kunden, das Personal und Schmuel Schmulevitch und seine Frau den letzten Teil der gewaltigen Rede wirklich verstanden hatten, war aber sicher, daß der Ton meiner Stimme seine hypnotische Wirkung nicht verfehlt hatte. Denn als ich schwieg, war es sekundenlang still im Salon, so still wie damals auf dem Ölberg nach der gewaltigen Rede. Dann aber sprangen die Kunden von ihren Sesseln empor, kümmerten sich nicht mehr um Scheren und Kämme, Rasier- und Effiliermaschinen, Pinsel und Seife, schrien wie die Wahnsinnigen: »Amen! Amen! Amen!« Und auch das Personal schrie: »Amen!« Und auch Schmuel Schmulevitch und seine Frau.

Mir ist's scheißegal, ob Sie mir glauben oder nicht. Machen Sie, was Sie wollen. Ich will nur weitererzählen. Weiter nichts.

Sowas spricht sich rum. Schließlich sind wir ... der Friseursalon Schmuel Schmulevitch ... der einzige Friseursalon in Beth David. Hier kommt jeder her! Hier sind alle Gesellschaftsklassen vertreten, kurz: das Volk!

Seit meiner Rede stehen die Leute hier Schlange. Herren, die sich sonst nur einmal im Monat die Haare schneiden lassen, kommen jetzt öfter. Manche lassen sich zweimal täglich rasieren oder kommen unter irgendeinem anderen Vorwand, zum Beispiel: Kopfbestrahlung! Oder: Massage! Oder: ein bißchen nacheffilieren! Oder: Schuppenbehandlung! Oder: eine dringende Maniküre!

Ein Bombengeschäft. Frau Schmulevitch weiß das zu schätzen. Die denkt nicht dran, mich zu entlassen.

Unlängst sagte Schmuel Schmulevitch zu mir: »Herr Finkelstein. Haben Sie was bemerkt?«

Ich fragte: »Was bemerkt?«

»Die Leute von Jankl Schwarz … Terroristen!«

»Was ist mit denen?«

»Die schleichen hier rum … um meinen Friseursalon. Gucken durchs Schaufenster. Starren Itzig Finkelstein an.«

»Eine tolle Sache, Herr Schmulevitch.«

Schmuel Schmulevitch blickte mich ernst an. Sehr ernst. Sagte: »Ich hab's im Magen gespürt, daß das die Leute von Jankl Schwarz waren. Und noch mehr: glaube sogar, daß Jankl Schwarz neulich persönlich hier war, um Sie zu beobachten.«

»Glauben Sie das nur? Oder … kennen Sie Jankl Schwarz? Sagen Sie's ehrlich! Wissen Sie etwa, wer das ist und wie der aussieht?«

»Nein, Herr Finkelstein. Kann bloß das Gefühl nicht loswerden: Jankl Schwarz war hier im Laden … pardon: im Salon.«

Eines Abends … auf dem Heimweg vom Café Trumpeldor … verstellten mir zwei Männer den Weg.

Die Straßenbeleuchtung hier ist schlecht, obwohl das eine moderne Stadt ist. Meine Brillengläser waren leicht angelaufen. Wußte kaum, was los war. Bemerkte noch: Khakiuniformen, braungebrannte Gesichter, schläfrige Häuser, aus deren Fenstern gedämpftes Licht fiel … bemerkte auch Laternen vor dem Eingang des Herzlparks, fragte mich: Warum bist du eigentlich hier vorbeigegangen? … bemerkte auch einen englischen Panzer, der in entgegengesetzter Richtung davonfuhr ... dann wurde ich, der Massenmörder Max Schulz, vom Gehsteig heruntergezerrt, in ein Taxi gestoßen ... Vordersitz. Männer, die hinter mir saßen, packten mich, verbanden mir die Augen, steckten mir ein Taschentuch in den Mund. Aus, dachte ich. Jetzt haben sie dich!

Während der Fahrt fing ich an, klarer zu denken. Wer konnte das sein? Agenten des Jüdischen Geheimdienstes in Palästina? Oder die Leute von Jankl Schwarz? Was wollten sie? Was wollten sie mit mir? Wußten sie was? Oder wußten sie nichts?

Das Taxi fuhr langsam. Wahrscheinlich, um nicht aufzufallen. Warum hatte man mich auf den Vordersitz gesetzt? Im Film ist das anders. Dort sitzt ein Gefangener immer auf dem Hintersitz ... und zwar eingeklemmt zwischen seinen Bewachern! Was, zum Teufel, hatten die vor? Wollten die mich von hinten erledigen? So wie ›er‹ ... den Itzig Finkelstein erledigt hatte?

Ich saß steif da. Verhielt mich ruhig. Paßte aber auf. Sagte zu mir: So. Jetzt sind wir um den Herzlpark rumgefahren. Die können mich nicht täuschen. Und jetzt ... Richtung Süd! Baustellen! So! Hier ist's holprig. Keine richtige Straße mehr. Die Baustellen! Ist dort das Hauptquartier?

Stießen mich aus dem Taxi. Unebener Boden. Die Nacht roch nach Mondlicht, Feuchtigkeit, Zement, Mörtel, Ziegelsteinen, Holzgerüsten, Schotter, Sand ... ungeborenen Häuserkindern. Irgendwo war eine Treppe. Dort führten sie mich hin ... die Treppe hinunter. Hier roch es nach Keller.

Sie banden mir die Augenbinde los und zogen das Taschentuch aus meinem Mund. Ich konnte wieder sprechen. Und wieder sehen. Ich sagte aber nichts. Sah mich nur um: ein Keller, wie ich vermutet hatte.

Schlechte Beleuchtung auch hier. Aber anders. Langer Strick. Nein. Nicht zum Aufhängen. Ein Strick bloß, an der niedrigen Kellerdecke angebracht, mit einigen Taschenlampen dran. Grelles Licht. Ja. Aber kein elektrisches. War ja die Baustelle. Wie ich vermutet hatte.

Froschaugen … sahen einen breiten Schreibtisch. Und einen Mann … hinter dem Schreibtisch. Sah andere Leute vor dem Schreibtisch. Saßen dort im Halbkreis wie die Araber in Jaffa vor dem Bordell der dicken Fatma. Waren aber keine Araber. Manche trugen Khaki. Manche auch nicht. Zwei Männer hatten Glatzen. Die anderen nicht. Sah auch eine Frau. Im hellen Kattunkleid. Kettchen um den Hals. Aber kein Eisernes Kreuz. Sah den Davidstern.

Irgendjemand schob mir einen Stuhl unter den Arsch.

Hauptquartier Jankl Schwarz! – Jankl Schwarz sieht nicht so aus, wie ich ihn mir vorgestellt hatte. Ganz anders: Wasserkopf mit Hornbrille … linkes Auge kurzsichtig, dunkel, Ghettoauge; rechtes Auge weitsichtig, hell, Freiheitsauge … das eine Auge blickt so … das andere so … Vergangenheit und Zukunft hinter derselben Brille … und wo steckt die Gegenwart?

Seinen Körper kann ich nicht beschreiben, denn ich sah nur den Kopf … und die Augen. Und bücken wollt' ich mich nicht. Denn Bücken ist gefährlich.

Er saß hinter dem Schreibtisch. Der Mann hinter dem Schreibtisch, das war Jankl Schwarz!

Seine Stimme war etwas heiser. Sicher saß dem noch die Vergangenheit im Hals wie ein Kloß, den er ausspucken mußte.

Er sagte zu mir: »Herr Finkelstein. Sie haben unlängst die Weltherrschaft des Judentums proklamiert!«

Ich sagte: »Voraussagend proklamiert!«

Jankl Schwarz lächelte. Er sah mir gerade in die Froschaugen. Mit dem einen Auge der Vergangenheit und dem anderen Auge der Zukunft. Seine Blicke trafen mich wie Schläge, obwohl das nur ein einziger Blick war.

Jankl Schwarz sagte: »Das wollen wir gar nicht, Herr Finkelstein.«

Ich fragte: »Was?«

»Die Weltherrschaft«, sagte Jankl Schwarz.

»Was wollen Sie denn, Herr Schwarz?«

»Den Engländern eins aufs Dach geben!«

»Und was noch?«

»Den Judenstaat gründen!«

»Wo, Herr Schwarz?«

»Hier, Herr Finkelstein, im Rahmen der historischen Grenzen.«

»Und dann, Herr Schwarz?«

»Dann gar nichts, Herr Finkelstein. Dann wollen wir hier leben und unsere Ruhe haben.«

»Und wie ist das mit den Toren, Herr Schwarz?«

»Die werden aufbleiben«, sagte Herr Schwarz.

»Für die Millionen?«

»Für die ... die da kommen wollen«, sagte Herr Schwarz.

Jankl Schwarz putzte seine Brille, nahm sie sekundenweise ab und setzte sie dann wieder auf.

Ich fragte: »Und die Araber?«

»Das weiß ich noch nicht«, sagte Jankl Schwarz, immer noch lächelnd, aber mit leicht verärgertem Ton, wie mir schien.

»Wir haben die Bänke im Herzlpark blau-weiß angestrichen«, sagte Jankl Schwarz. »Und wir haben ein Schild angebracht in arabischer Sprache mit der Aufschrift: ›Setzt euch auf die Judenbänke!‹ Wenn die Zeit reif ist, werden alle Bänke im Rahmen der historischen Grenzen blau-weiß angestrichen. Und wir werden überall dieselben Schilder aufstellen. Das ist ein großzügiges Angebot, Herr Finkelstein!«

»Das ist es«, sagte ich. »Das stimmt. Aber wenn die nicht wollen? Was machen wir dann?«

»Das weiß ich noch nicht«, sagte Jankl Schwarz.

»Ein Problem?«

»Ja«, sagte Jankl Schwarz. »Das ist ein großes Problem.«

Ich sagte: »So ist das«.

Und Jankl Schwarz sagte: »Ja. So ist das.«

Ich bemerkte meinen Lehrjungen, den Motke, zwischen den Leuten im Halbkreis. Hatte ihn übersehen. Also! Der auch! Ein Terrorist!

»Ihre Vorträge über jüdische Geschichte sind laienhaft«, sagte Jankl Schwarz. »Aber Sie tragen mit Enthusiasmus vor, Herr Finkelstein! Und das ist uns aufgefallen!«

Ich sah, daß Motke grinste. Zwinkerte mir zu. Eine Frechheit! Ein Lehrjunge.

»Sie waren im KZ, Herr Finkelstein?«

»Ja.«

»Auch in Südrußland?«

»Ja. Das war vorher. 1941.«

»Das wissen wir nämlich! Sie haben in Ihrem Friseursalon – das heißt: dem Salon des Herrn Schmulevitch – Bemerkungen gemacht. Über Ihre Tätigkeit in Südrußland. Gesprächsweise. Haben groß angegeben. Habe ich recht?«

»Kann sein. Ich kann mich nicht an alles erinnern, was ich rede, vor allem bei der Arbeit. Man redet eben.«

»Es stimmt also? Sie waren dort? In Südrußland?«

»Ja. Ich war dort.«

»Und was haben Sie dort gemacht? Wirklich gemacht?«

»Geschossen hab ich!«

»Also doch?«

»Klar, geschossen hab ich.«

Jankl Schwarz nickte. »Das hat uns Motke erzählt. Stimmt also?«

»Ja. Das stimmt.«

»Wieviele haben Sie erschossen, Herr Finkelstein?«

»Das weiß ich nicht. Ich hab sie nicht gezählt.«

»Und mit was für Waffen haben Sie geschossen, Herr Finkelstein? Waffen russischer Fabrikation?«

»Nein. Deutscher Fabrikation!«

»Gut«, sagte Jankl Schwarz. »Das ist ausgezeichnet.«

Mir stand kalter Schweiß auf der Stirn. Können Sie sich vorstellen, was? Aber ich dachte nach. Denken konnte ich noch.

Offenbar hielt mich Jankl Schwarz für einen ehemaligen Partisanen, der mit deutschen Beutewaffen gekämpft hatte ... auf der richtigen Seite ... nicht auf der falschen.

»Kannst du noch schießen, Chawer Itzig?«

Merken Sie's? Den veränderten Ton? Veränderte Anrede: Chawer Itzig?

Ich sagte: »Kann ich noch, Chawer Jankl.«

»Gut«, sagte Chawer Jankl. »Das ist gut.«

375

15.

Ich könnte beschreiben, was sich noch alles im Keller abgespielt hat, ziehe es aber vor, bloß eine kurze Anmerkung zu machen:

Nach dem Gespräch mit Jankl Schwarz wurde Kaffee serviert. Gemütliche Unterhaltung. Der Massenmörder Max Schulz schüttelte viele Hände, wurde allen vorgestellt, nur dem Motke nicht, denn den kannte er.

Nach dem Kaffee wurde Schnaps serviert. Und dann Spießfleisch. Und dann wieder Kaffee. Gequalmt wurde tüchtig. Dort ist nämlich keiner Nichtraucher. Oder gar Vegetarier. Die sind alle normal. Schien mir so. Oder: hatte diesen Eindruck.

Ob ich Mitglied wurde? Wollen Sie das wissen? Mitglied der berüchtigten Terrorgruppe Schwarz?

Ich habe nichts zu bestimmen. Wer Mitglied wird, bestimmt Jankl Schwarz. Er fällt die letzte Entscheidung. Sonst niemand.

Natürlich. Ich, Itzig Finkelstein oder der Massenmörder Max Schulz ... bin Mitglied.

In den nächsten Wochen hörte ich nichts von Jankl Schwarz. Erst während meiner Hochzeitsnacht!

Was habe ich gesagt? Meine Hochzeitsnacht. Ich greife voraus. Das will ich aber nicht. Lassen Sie mich also der Reihenfolge nach berichten:

Und das war so:

Ende August wurden die beiden Maniküren Rita und Irma fristlos entlassen. Der Grund: Arroganz.

Frau Schmulevitch: »Sowas kann ich mir erlauben. Arroganz! Denn ich sitze an der Kasse. Aber wenn ein Herr einer Dame die Hand anvertraut und insbesondere die Fingernägel ... die ja bekanntlich aussagen, was ein Mensch macht oder nicht macht ... dann ist er empfindlich.«

Ja. So war das. Und da gab's eines Tages Krach. Und ein Wort brachte das andere mit sich ... wie man so sagt.

Als Junge war ich mal im Zirkus. Und dort sah ich die dickste Frau der Welt. Und die hieß: Johanna. Hab mich damals mächtig verliebt. Denn die war noch dicker als meine eigene Mutter. Aber das ist schon lange her.

Die neue Maniküre heißt Miriam oder Mira. Und die ist noch dicker als meine eigene Mutter. Und dicker als Johanna, die dickste Frau der Welt. Und wenn ich nicht irre, auch dicker als Fatma im Bordell Abdulla, obwohl ich die Fatma nicht gesehen habe.

Wir waren hier ein paar Tage ohne Maniküre. Und Frau Schmulevitch war nervös. Und auch Schmuel Schmulevitch. Sie fingen sich zu zanken an.

Frau Schmulevitch sagte: »Es stimmt schon. Zwei Maniküren sind eine gute Reklame für einen erstklassigen Salon. Aber zwei haben wir eigentlich nie gebraucht. Eine genügt ... vorausgesetzt ... daß sie nett und aufmerksam zu den Kunden ist!«

»Da hast du recht«, sagte Schmuel Schmulevitch. »Aber wo nimmt man die her? In Beth David gibt's keine. Ich habe ja in der Lokalzeitung annonciert. Es hat sich aber niemand gemeldet.«

»Das stimmt«, sagte Frau Schmulevitch. »Niemand hat sich gemeldet.«

»Ich werde die ›Histadrut‹ anrufen«, sagte Schmuel Schmulevitch. »Die ›Histadrut‹ in Tel Aviv.«

»Was quasselst du da! Was ist das: ›Histadrut‹?«

»Höchste Zeit, daß du hebräisch lernst! Die Gewerkschaft ist das!«

»Damit will ich nichts zu tun haben!«

»Dann eben die Agentur Mankelevitch!«

»Mit der noch weniger. Die haben die Rita hergeschickt. Und auch die Irma.«

So war das. Die beiden konnten sich nicht einigen. Frau Schmulevitch war diesmal auch gegen eine Annonce in einer überregionalen Zeitung ... der vorletzte Ausweg. Und so blieb eben nur noch der letzte: Mira!

Mira? Eine Nichte von Schmuel Schmulevitch aus dem Kibbuz Degania D. Nicht weit von hier.

Am selben Abend, nach der großen Entscheidung für Mira ... lud mich Schmuel Schmulevitch zum Abendessen ein.

Unterhielten uns ganz gemütlich:

»Die war schon mal hier im Salon«, sagte Schmuel Schmulevitch ... »und zwar im Frühling ... hat auch gut gearbeitet. Aber dann ist sie weg. In den Kibbuz.«

»Und warum, Herr Schmulevitch?«

Weil's dort viel zu essen gibt.«

»Ißt die so viel?«

»Ja«, sagte Schmuel Schmulevitch. »Die ißt viel.«

An jenem Abend bei Schmuel Schmulevitch erfuhr ich eine Menge über Mira. Wenn auch nicht alles:

Mira stammt aus dem kleinen ukrainischen Städtchen Wapnjarka-Podolsk. Wurde 1941 mit allen übrigen

Juden des Städtchens auf dem Friedhof erschossen. Auf welchem Friedhof? Auf dem jüdischen Friedhof!

Nein. Die ist nicht tot!

»Die ist quicklebendig«, sagte Schmuel Schmulevitch. »Wenn auch stumm. Das kommt von dem Schock!«

Also: stumm!

Fortsetzung des Berichts: Miriam oder Mira ist aus dem Massengrab herausgekrabbelt.

Bemerkung: Ich nehme an, weil die SS schlecht gezielt hatte.

Fortsetzung des Berichts: Mira kroch nicht alleine heraus. Da war noch eine Frau. Eine alte Frau.

Und die alte Frau, die jetzt in Palästina ist und die Schmuel Schmulevitch kennt, hat ihm, Schmuel Schmulevitch, folgendes erzählt:

In der Nähe des Friedhofs wollten wir nicht bleiben. Und so gingen wir fort. Gingen irgendwohin. Gingen zu Fuß. Und Mira war stumm und konnte nicht reden. Aber gehen konnte sie gut. Besser als ich. Denn ich war eine alte Frau. Und Mira war jung.

Und eines Tages wurden wir geschnappt. Irgendwo war das. Und wurden deportiert. Irgendwohin. Und dort war ein Konzentrationslager. Und dort blieben wir. Und dort wurden wir nicht erschossen. Und auch nicht vergast. Dort gab's bloß nichts zu essen. Oder fast nichts.

Und als wir 1945 wieder herauskamen, da war die Mira so mager wie ein Skelett: ein Knochengerippe mit Augen ... Augen, die sich manchmal bewegten.

Und dann fing Mira zu essen an. Aß von früh bis abends. Kaute sogar im Schlaf.

Eine Freßmaschine. Stumm. Eine stumme Freßmaschine!

Fragte Schmuel Schmulevitch: »Und wie wollen Sie

›sowas‹ aus einem Kibbuz herauslocken ... zurück in Ihren Friseursalon?«

Sagte zu mir, der Schmuel Schmulevitch: »Mit einem Versprechen, Herr Finkelstein. Werde zu ihr sagen: ›Mira, mein Kind. Du wirst natürlich wieder bei uns wohnen. Wir werden gut zu dir sein. Und was die Küche meiner Frau anbetrifft: bei uns gibt's jetzt jeden Tag Kuchen, Kuchen soviel du willst.‹«

Als Mira ... mit etwas Verspätung am Arbeitsplatz erschien, da fiel mir vor Schreck das Rasiermesser aus der Hand. Sowas hatte ich noch nicht gesehen! Schmuel Schmulevitch hatte recht: eine Freßmaschine. Riesig im Umfang. Stumm. Ein Mund, der zum Schweigen verdammt war. Ein fetter Hintern, der sich gerächt hat an den Hungerjahren.

Mira gab uns allen die Hand. Vielleicht 28, dachte ich. Oder 30. Nicht mehr. Ein hübsches Gesicht mit kleinen Grübchen. Aber die Augen ... Wie ein Fisch, dachte ich. Ein toter Fisch, der die Augen bewegt.

Ich dachte nicht mehr an Jankl Schwarz. Ich dachte nur noch an Mira. Tagsüber, im Laden ... pardon: im Salon ... hatte ich sichtlich Mühe, mich zu konzentrieren. Ich meine: auf meine wichtige und verantwortungsvolle Arbeit. Ich würgte mittags das Essen herunter, wußte kaum, was ich aß. Natürlich frühmorgens beim Frühstück genauso. Und auch abends. Ich esse nämlich dreimal täglich.

Das Essen schmeckte nicht mehr. Hatte keinen Geruch. War geruchlos.

Nachts lag ich wach, dachte an Mira, wälzte mich im einsamen Bett ... denn da war es plötzlich einsam ... Sagte zu mir: »So ist das. Jetzt weißt du, was das ist: ein einsames Bett!«

Seit Mira in mein Leben hineinstieg ... mit all dem Fett und all den stummen Schreien ... onaniere ich Tag und Nacht. Kann kaum auf den Füßen stehen. Mache das tagsüber auf der Toilette des Friseursalons Schmuel Schmulevitch, nachts im einsamen Bett.

Sehen Sie, Mira verkörpert irgend etwas für mich, was ich zu kennen glaube und doch nicht recht begreife. Wenn ich an sie denke, dann kriege ich Lust, zuzustoßen, zu zertrümmern, aufzufressen, mir einzuverleiben, verliere dabei guten Samen ... und nachdem ich den Samen verloren hab, da möchte ich alles wieder ausspucken, zusammenflicken, streicheln, versöhnen ... aber nicht loslassen, als müßte ich es festhalten, um es wieder zu fressen.

Sehen Sie ... ich bin ein anderer geworden ... und doch ... wenn ich an Mira denke ... dann möchte ich alles ... irgendwie nochmals erleben ... das Gestern ... nur anders, verstehen Sie das ... mit Mira erleben ... nur so! ... mich selbst erleben, der ich war und nicht mehr bin oder doch bin, wenn auch anders. Können Sie das verstehen? – Und auch das Heute möchte ich mit ihr erleben. Und das Morgen!

Wissen Sie, was Liebe ist? Ich weiß es nicht genau. Aber ich glaube, daß das, was ich, der Massenmörder Max Schulz, für Mira empfinde ... das, glaube ich, muß es sein ... ich meine bloß ... Liebe!

Ob ich dort war! In Wapnjarka-Podolsk? Dort ... wo alle Juden erschossen wurden ... außer zwei ... einer alten Frau und einer jungen Frau ... obwohl die auch erschossen wurden ... nur nicht richtig?

Ich weiß es nicht. Ich habe viele Wälder gesehen und viele Friedhöfe, in Polen und in der Ukraine. Wir waren auch dort in der Gegend ... ich meine ... Miras Gegend. Aber ich habe mir nur die Namen der großen Städte gemerkt. Wapnjarka-Podolsk war ein unwichtiger Ort ... ein kleines Nest. Ich weiß es nicht mehr. Vielleicht war ich dort. Vielleicht nicht. Wir blieben ja nie lange. Ein paar Stunden oder einen Tag ... ich meine ... in den kleinen und unwichtigen Städten ... machten unsere Arbeit ... erfüllten unsere Pflicht, blieben nicht lange und zogen dann weiter.

16.

Gestern hab ich Mira eingeladen. Wohin? Ins Café Trumpeldor! Hat Mund und Augen aufgerissen, der Kellner.

Bestellte ein Stück Kuchen für mich, den Massenmörder Max Schulz, bestellte 10 Stück für Mira ... fünf Apfelschnitten, drei Stück Schokoladenkuchen, ein Stück Rosinenkuchen und eine Cremeschnitte.

Da Mira nicht sprechen konnte, blieb mir nichts anderes übrig, als die ganze Unterhaltung alleine zu bestreiten. Das hat mich aber nicht gestört. Im Gegenteil. Sie wissen ja: ich bin ein Mensch, der gerne Monologe führt.

Was wir dann gemacht haben? Wollen Sie das wissen? Wir sind ins Kino gegangen. Ein Film mit Ingrid Bergman. Natürlich waren die Sitze für Mira zu eng. Aber der Kinobesitzer, Herr Mandelstamm, war so freundlich und brachte für Mira einen der breiten Klubsessel aus der Diele herein und stellte ihn neben den Notausgang. Hielten Händchen. Mehr hab ich nicht gewagt. Denn das hier ist Beth David! Und nicht Wapnjarka-Podolsk!

Mira arbeitet gut, wenn auch nicht schnell. Die frißt nämlich auch während der Arbeit. Unaufhörlich. Und das nimmt Zeit in Anspruch: das Fressen!

Miras weißer Arbeitskittel hat große Taschen. Und die sind vollgestopft mit allerlei leckerem Zeug: Feigen, Datteln, Nüssen, Rosinen, auch harten Brotrinden, Hirse und Klümpchen aus Ersatzmehl und Sagespänen ... eine Lagerdelikatesse, die Miras Appetit immer aufs neue reizt.

Die Kunden kennen Mira, bringen ihr Bonbons und Schokolade mit, auch alte Brötchen, Speisereste, Hundefutter ... weil die Kunden genau wissen: das reizt sie besonders. Waren ja auch im KZ ... wenigstens viele von ihnen.

Ob die alle so freßlustig sind, die KZniks? Nicht alle. Nur manche. Die meisten haben den Hunger überwunden. Haben sich auf andere Art gerächt. Irgendwie.

Was das Personal anbetrifft: wir haben für Mira Verständnis. Lassen immer was Eßbares für sie zurück ... von unseren Zweitenfrühstücksstullen, auch sonst allerhand ... Apfelschalen oder -gehäuse, Kuchenkrümel, Pflaumen- oder Pfirsichkerne, an denen noch ›was dran ist‹; legen das immer, wie unabsichtlich, irgendwohin, meistens in eine Ecke auf dem Fußboden, am Ende des langen Frisiertisches ... oder sonstwo ... denn Mira schmecken diese Sachen erst dann wirklich ... ich meine: wirklich! ... wenn sie nicht so offen daliegen, schwer zu finden sind ... sozusagen: zu ergattern.

Heute stand ich wieder lange vor dem Spiegel und guckte meine Goldzähne an. Was würde meine Mutter dazu sagen, wenn sie wüßte, daß ich Mira heiraten will? Sicher würde sie sagen: »Na, Anton! Mein Max will heiraten. Mit 40. Was sagst du dazu?«

Und Slavitzki würde sicher sagen: »Mit 40, da sieht nicht jeder Arsch gleich aus. Da wird man wählerisch.«

Und meine Mutter würde sagen: »Das stimmt, Anton.«

Und Slavitzki würde sagen: »Das muß ein guter Arsch sein.«

Und meine Mutter würde sagen: »Ein Judenarsch! Und obendrein fetter als meiner! Das reizt meinen Max!«

Die Entscheidung ist gefallen. Ich habe Mira einen Heiratsantrag gemacht. Sie hat nur mit dem Kopf genickt.

Meine zukünftige Frau: Miriam Schmulevitch! Tochter des Joseph Schmulevitch ... erschossen am 9. Juli 1941. Auf dem jüdischen Friedhof in Wapnjarka-Podolsk.

17.

Ich habe hier keine Familie. Aber Mira, die hat Familie. Schmuel Schmulevitch und seine Frau. Aber auch andere.

Nein. Nicht der Vater. Der wurde doch damals erschossen! Auch nicht die Mutter. Und die fünf Brüder. Und die sechs Schwestern. Die wurden alle erschossen. Auch ihre Tanten und Onkel und Vettern und Basen … aus Wapnjarka-Podolsk. Die wurden alle von uns erschossen. Die Familie Schmulevitch jedoch, ist groß.

Ja. Die Mira hat noch Familie. Außer Schmuel Schmulevitch und seiner Frau. Andere Tanten und Onkel und Vettern und Basen. Wo die wohnen? In Mea Scharim, dem orthodoxen Judenviertel in Jerusalem. Die sind fromme Juden.

Ich habe hier keine Familie. Das stimmt. Aber Mira, die hat Familie. Und bald wird ihre Familie auch meine Familie sein. Wir haben sie alle eingeladen. Zur Hochzeit. Alle.

Mira und ich wurden am 3. September 1947 in Beth David von Rabbiner Nachum Nussbaum nach jüdischem Gesetz getraut. So wurde auch mein Vater getraut, der Chaim Finkelstein. Und meine Mutter, die Sara Finkelstein. Unter dem Baldachin!

Rabbiner Nachum Nussbaum hatte kaum mit der Zeremonie begonnen, da fingen meine neuen Verwandten auch schon zu schluchzen an. Und als ich dann die entscheidenden Worte sprach, so wie mein Vater, der Chaim Finkelstein, sie einst gesprochen hatte zu meiner Mutter, der Sara Finkelstein, da wurde das Schluchzen meiner Verwandten noch stärker. Ich sprach: »Siehe! Du bist mir angetraut durch diesen Ring nach dem Gesetz Mosis und Israels!«

Nachdem Rabbiner Nussbaum den Heiratsvertrag vorgelesen und auch die 7 Segenssprüche gesungen hatte, nippten wir an dem zeremoniellen Glas Wein, so wie mein Vater das gemacht hatte, der Chaim Finkelstein, und so wie meine Mutter das gemacht hatte, die Sara Finkelstein. Ich nahm dann das Weinglas und warf es auf den Boden, damit es in tausend Stücke zersprang, denn das war so Sitte, und mein Vater, der Chaim Finkelstein, hatte das ebenso gemacht.

Als wir unter dem Baldachin hervortraten, ein frischgebackenes Ehepaar, beglückwünschten uns meine neuen Verwandten und einige Kunden des Friseursalons Schmuel Schmulevitch, die ich eingeladen hatte, und auch das Personal, das auch. Sie schüttelten uns die Hand, riefen: »Masel Tov!« riefen: »Soll sein mit Masel!«

Die Feier fand aus Rücksicht auf meine frommen Verwandten in einem streng kosheren Hotel statt: Hotel Cohen, um die Ecke vom Café Trumpeldor. Wir hatten den Saal für den Abend gemietet.

Stellen Sie sich vor: Weißgedeckte, lange Tische. Ein Festessen: gefüllter Fisch, Nudelsuppe, Suppenfleisch mit Salzkartoffeln und *Zimmes* – das sind gesüßte Mohrrüben – Als Nachspeise: Apfelkompott mit Rosinen und eine Kugelspeise – meine Mutter, die Sara Finkelstein, nannte sowas *Kigel* – auch Nußstrudel, Apfelstrudel, Kirschstrudel, Obst, Datteln, Feigen, selbstverständlich auch Kaffee und Tee.

Stellen Sie sich vor: Eine Kapelle wie Anno dazumal, nicht wie bei uns in Wieshalle, aber so wie dort in Wapnjarka-Podolsk. Spielten jiddische Lieder. Spielten auch Zigeunermusik. Stellen Sie sich vor: Die Kapelle spielt zum Tanz auf. Die frommen Juden aus Mea Scharim, in langen, schwarzen Kaftanen, Käppis und Pelzhüten, tanzen unter sich, drehen sich im Kreis, schnippen mit den Fingern, wippen mit den Bärten. Man nennt das *Mitzwetänzel.*

Stellen Sie sich vor: Die frommen Juden zerren mich, den Massenmörder Max Schulz, von seinem Sitzplatz herunter – eine freundliche Geste – und fordern mich auf, mit ihnen zu tanzen.

Stellen Sie sich vor. Wir sind alle schon ein bißchen beschwipst. Die frommen Juden lachen, schnippen mit Fingern, wippen mit den Bärten, drehen sich lustig im Kreise. Ziehen mich mit. Ich tanze mit ihnen. Bin beschwipst. Seh alles anders. Sehe mich selbst. Mit dem Goldsack auf dem Rücken. Sehe mich tanzen. Sehe meine Toten. Und die tanzen mit.

Ein Totentanz. Und wir, die Lebenden, sind mitten drin. Und die Musik spielt für uns auf.

Nein! Mich kriegen die Toten nicht weich! Wenn die Toten mit mir tanzen wollen, dann habe ich nichts dagegen.

Ich taumele zurück auf meinen Sitzplatz, lasse mich auf den Stuhl fallen, stütze den Kopf in die Hände. Irgendeiner meiner Verwandten lacht schallend auf. Ich kann das nicht vertragen. So ein Lachen. Was gibt's da zu lachen!

Ich höre Stimmen: »Er hat schön getanzt! So soll ein Bräutigam tanzen! Aber er ist besoffen!«

Verdammt noch mal. Ich bin gar nicht besoffen!

War ich dort? Oder war ich nicht dort? In Wapnjarka-Podolsk?

Und was ist mit der Presse los? Mein Name wird nicht mehr erwähnt. Nirgends. Und dabei sammle ich fleißig weiter:

Berichte über den Massenmord. Sehe andere Namen. Nur nicht meinen. Ist der nicht mehr wichtig?

Nein. Ich bin nicht besoffen. Nicht wirklich besoffen. Aber warum nicht? Warum soll ich's nicht sein?

Leerte ein paar Flaschen Wein aus ... guten Wein, wenn auch gesüßt. Fiel unter den Tisch. Wollte meinen Rausch ausschlafen.

Mira hat mich dann nach Hause gebracht.

Schmuel Schmulevitch hat uns geraten, einstweilen in meinem Hotelzimmer zu wohnen, bis die neuen Häuser im Süden der Stadt fertig sind ... und wir, Mira und ich, haben uns seinen Rat zu Herzen genommen. Ist ja geräumig genug, mein Zimmer. Nur das Bett! Zu eng! Viel zu eng!

Als Mira und ich nach den Festlichkeiten zu Hause anlangten, erwartete uns eine freudige Überraschung: ein neues Bett! Am Nachmittag verstohlen geliefert. Geschenk von Schmuel Schmulevitch und seiner Frau. Ein Riesenbett! Sowas haben Sie noch nicht gesehen. Fanden auch ein Zettelchen: »Für Itzig und Mira, herzliche Glückwünsche, Schmuel Schmulevitch und Frau.«

Sie werden natürlich wissen wollen, ob Mira noch eine Jungfrau war ... und wenn ja ... ob ich, der Massenmörder Max Schulz, dieses wichtige Geheimnis noch in der Hochzeitsnacht gelüftet habe?

Hab's versucht rauszukriegen. 7 mal hab ich's versucht. Aber 7 ist eine böse Zahl.

Hab zu mir gesagt: »Itzig Finkelstein! Du bist besoffen! Und dein Frosch schläft! Der schläft tief und fest. Der muckt nicht! Und auch die dickste Frau der Welt kann ihn jetzt nicht aufwecken!«

Bin dann eingeschlafen. Um 2 Uhr früh hat's geklopft. Zuerst leise. Dann lauter. Hab ärgerlich nachgeschaut. Wer konnte das sein? Es waren die Terroristen!

18

Hab den Leuten von Jankl Schwarz gesagt: »Ausgerechnet heute, in meiner Hochzeitsnacht!«

Haben zu mir gesagt: »Zieh dich an, Itzig Finkelstein. Heute geht's los!«

Hab zu ihnen gesagt: »Wißt ihr was! Ich hab's mir anders überlegt. Hab keine Lust mehr dazu. Hab damals genug geschossen. Das ist vorbei!«

Und wissen Sie, was die zu mir gesagt haben: »Los! Zieh dich an. Mach jetzt keine Geschichten!«

»Und wenn ich nicht will?«

»Befehl ist Befehl!«

Und da hab ich zu ihnen gesagt: »Das haben die damals auch gesagt!«

Ich weiß: Es ist nicht dasselbe. Die Terroristen sind Kämpfer. Echte Freiheitskämpfer! – Und damals, da habt ihr doch nur die Wehrlosen ermordet! Und die Unschuldigen! Und Frauen und Kinder und Greise!

Hab mich angezogen. Hab meine Frau zum Abschied geküßt. Hab zu ihr gesagt: »Mira! Das Vaterland ruft!«

Bin dann fortgegangen.

Wir verließen die Stadt auf Umwegen. Hinter den Baustellen, im Süden, fing die Wüste an. Die Nacht war feucht und heiß und still. Im Wald der 6 Millionen heulten die Schakale.

Ich ging als letzter hinter der Reihe der Männer und Frauen. Bemerkte meinen Lehrjungen Motke. Der verlangsamte seinen Schritt, wartete auf mich und trottete plötzlich neben mir her.

Sagte zu ihm: »Na, Chawer Motke. Da hab ich mir was eingebrockt.«

»Chawer Itzig. Du hast doch immer so schön geredet!«

»Ja, Chawer Motke. Das stimmt.«

Wir kamen durch ein ausgetrocknetes Flußtal. Über der Landschaft hing ein fahler Mond. Zwischen den weißen Kalkfelsen kauerten seltsame Tiere, wurden von uns aufgescheucht, huschten über den Weg. Wir stolperten über blanke Skelette – das konnten Tiere oder Menschen sein ... schwer zu sagen in der Nacht – krächzende Vögel flatterten gegen die Wände der Schlucht.

Ich sagte zu Motke: »Keiner von uns trägt ein Gewehr!«

»Gewehre kriegen wir später«, sagte Motke.

»Wo denn?«

»Im Wadi el Bakar«, sagte Motke. »Jankl Schwarz wartet dort auf uns mit dem Rest seiner Leute. Ein Flußtal weiter im Süden.« Motke lachte leise. Er sagte: »Wir kriegen auch englische Uniformen, damit wir wie Engländer aussehen.«

»Wie Engländer?«

»Wie Engländer«, sagte mein Lehrjunge Motke. »Damit wir bis an die Kasernen rankommen.«

»Was für Kasernen?«

»Englische Kasernen«, sagte Motke. »Die ›Empire-Kasernen‹ bei Tulkarem.«

»Und wie kommen wir dort hin?«

»In Lastautos«, sagte Motke.

»Und was wollen wir in den ›Empire-Kasernen‹?«

»Waffen klauen«, sagte Motke. »Hoffentlich ein paar Lastautos voll. Die werden wir nämlich brauchen.«

»Für den Krieg der Zukunft?«

»Das stimmt«, sagte Motke.

Mein Lehrjunge stolperte, und ich hielt ihn fest. »Immer aufpassen, mein Junge!«

»Ja, Chawer Itzig.«

»Wann greifen wir an, Motke?«

»Erst nach Tagesanbruch.«

»Und warum nicht im Dunkeln?«

»Das weiß ich nicht, Chawer Itzig. Aber ich glaube … weil wir in englischen Uniformen in einem ganz normalen Geleitzug zu den Kasernen fahren. Das sieht am Tage ganz harmlos aus.«

Als wir etwas später durch den Wald der 6 Millionen marschierten, da brach mir der kalte Schweiß aus den Poren. Im Wald der 6 Millionen hörte ich die alten Bäume beten … obwohl es doch dort noch keine alten Bäume gab. Ich konnte sie sehen, und ich konnte sie hören. Ich sah ihre Baumaugen gen Himmel gerichtet, und ich hörte die Worte: »Schemah Jisrael, Adonai Elohenu, Adonai Echat! Höre, oh Israel: der Herr unser Gott ist ein einziger Gott!«

Ich sah keine Kriechtiere wie vorhin im trockenen Flußtal, sah aber riesige Vögel, viel größer als die im Flußtal. Und die Riesenvögel kreisten über den Baumwipfeln, hatten verrenkte Hälse und offene Schnäbel, als kriegten sie keine Luft, kreisten dort hoch über den Bäumen und krächzten den gelben Mond an.

Die uralten Bäume im Wald der 6 Millionen segneten die anderen, sie standen höher als die anderen Bäume, und sie hatten ihre knorrigen Zweige weit ausgestreckt. Ich sah, wie die jüngeren, männlichen Bäume die weiblichen an die Baumbrust drückten, und ich sah, wie die weiblichen das geschehen ließen und die männlichen Bäume streichelten ... aber nur mit einer Hand, denn die andere Baumhand fuhr zärtlich über die Köpfe der ganz jungen, die niedrig standen und die Baumgesichter in den Schürzen der Mütter verbargen.

Und ich sah das alles, als wir dort durchmarschierten, und ich spürte auch den Geruch, der über dem Wald lag. Das roch so ganz seltsam, drehte mir den Magen um und stieg in meine Kehle. Weiß nicht, was das war, aber ich glaube, das roch nach Gas und auch nach Pulver und nach nassen Hosen und nach Gebetrollen und auch nach Angst, im Gebet erstickte Angst, eine anders riechende Angst als die andere Angst, die auch wir gekannt hatten. – Und es roch auch nach dem lieben Gott. Ein bißchen. Ein bißchen nach Gott.

Ich sagte zu meinem Lehrjungen Motke: »Gefällt mir gar nicht, Chawer Motke, wie das hier riecht.«

»Nach jungen Bäumen, Chawer Itzig.«

»Hast du nicht die alten Bäume gesehen?«

»Nein, Chawer Itzig. Wir haben den Wald erst vor zwei Jahren gepflanzt.«

»Und hast du die 6 Millionen gesehen?«

»Die auch nicht«, sagte Motke. »Soviel haben wir noch nicht gepflanzt. Das ist doch erst der Anfang.«

Und Motke sagte: »Der Anfang, Chawer Itzig.«

Jankl Schwarz griff die ›Empire-Kasernen‹ mit 200 Leuten an. Wir kämpften mit der aufgehenden Morgensonne im Rücken und mähten die geblendeten Engländer mit unseren Maschinenpistolen nieder, ehe sie noch Gelegenheit hatten, so recht zur Besinnung zu kommen, um die wichtige Frage zu stellen: »Was ist eigentlich los?«

Ich kämpfte im Stoßtrupp C. Unsere Einheit langte etwas später an, nachdem Stoßtrupp A und Stoßtrupp B bereits im Inneren des Camps und der Kasernenhöfe waren, den Stacheldraht durchschnitten und das breite Einfahrtstor mit Heiligen Handgranaten und Heiligem Dynamit aus den Angeln und die drei Wachttürme aus der Heiligen Erde gehoben hatten.

Unsere Verluste waren geringfügig. Unsere Beute groß: 10 Lastwagen mit Munition und Waffen für den Zukunftskrieg.

19

Nach seiner ersten Aktion hatte der Massenmörder Max Schulz an sechs weiteren Aktionen teilgenommen: eine Brücke gesprengt, einen Zug zum Entgleisen gebracht, eine Bank ausgeraubt, zwei Kasernen angegriffen und eine englische Panzer- und Lastwagenkolonne auf der Straße Tel Aviv-Jerusalem.

Man munkelt über mich. Keiner weiß was Genaues. Aber man munkelt. Ganz besonders im Friseursalon Schmuel Schmulevitch.

Schuld daran ist nicht etwa mein häufiges ›Kranksein‹, sondern die Fahrlässigkeit meines Lehrlings Motke. Hat sich unlängst verplappert, der Motke. Er selbst ist nicht verdächtigt worden. Jedoch: Itzig Finkelstein!

Die wissen im Friseursalon Schmuel Schmulevitch, daß der Itzig Finkelstein ein Terrorist ist ... obwohl sie ... nichts Genaues wissen.

Frau Schmulevitch zittert vor mir. Hat sich das Kettchen mit dem Eisernen Kreuz ausgezogen und sich einen übergroßen Davidstern umgehängt. Den versteckt sie aber nicht zwischen den alten Brüsten. Den trägt sie offen zur Schau. Sagte unlängst: »Herr Finkelstein. Ich bete jede Nacht für den Endsieg!«

Will mich beeindrucken, die alte Hexe. Hab zu ihr gesagt: »Das waren die Worte des Führers, Frau Schmulevitch!«

Verbesserte sich gleich, sagte: »Ich bete für die Freiheit des jüdischen Volkes! Und für die Auferstehung!«

Auf der Straße vergißt keiner, mich zu grüßen. Sogar mein Kellner im Café Trumpeldor ist letzthin mir gegenüber von einer übertriebenen Aufmerksamkeit, die mir fast peinlich ist. Reserviert meine Zeitungen und schneidet selber die Berichte über den Massenmord für mich heraus, damit – wie er sich ausdrückt – ›der Herr Finkelstein in Ruhe seinen Kaffee trinken kann, Kaffee mit Sahne!‹

Ich habe bemerkt: wenn der Kellner mir den Kaffee serviert, zittern seine Hände.

Nein! Wir haben hier keine Verräter. Die Engländer wissen noch nichts.

Die Zeit verstreicht. Das stimmt. Es ist schon Mitte Oktober. Einmal hatte ich mitgemacht. Und dann noch sechsmal. Und das sind siebenmal. Und die 7 ist eine böse Zahl!

Beim siebenten Angriff ... der Angriff auf die englische Panzer- und Lastwagenkolonne auf der Straße Tel Aviv-Jerusalem ... wurden unsere Leute aufgerieben. Jankl Schwarz kam dabei ums Leben.

Die Schwarz-Gruppe löste sich danach auf. Einige Leute gingen zu der Terrorgruppe Irgun Zwai Leumi über, einige zur Terrorgruppe Stern, die meisten jedoch, und unter ihnen auch ich, reihten sich in die Reihen der Haganah ein, der jüdischen Untergrundarmee.

Hab zu mir gesagt: »Max Schulz! Damals, 1933, hattest du falsch gewählt! Und verloren! Denk daran: Kein Mann kann es sich leisten, zweimal zu verlieren! Oder zweimal falsch zu wählen! – Du wirst weiter für den Judenstaat kämpfen. Mit Leib und Seele. Und wenn es keine Seele gibt, dann nur mit deinem Leib! –

Max Schulz! Diese Juden können auf dich rechnen!«

Die Entscheidungsschlacht der Zukunft steht uns Juden noch bevor. Aber militärische Übungen ... die machen wir von der Haganah jede Woche, mal hier, mal dort, meistens in den Kibbuzim.

Meine neuen Kameraden in der Haganah sind im Durchschnitt jünger als ich. Aber hier wird jeder Mann gebraucht. Man drückt ein Auge zu. Und schießen kann ich. Gut sogar. Ein Talent wie meines läßt sich nicht verleugnen.

20

Ich müßte folgende Sätze in mein Tagebuch eintragen:

Itzig Finkelstein hat sich am 1. November 1947, während einer Geländeübung, beide Beine gebrochen.

Die Leute der Haganah brachten Itzig Finkelstein ins Hadassah-Spital von Beth David.

Dort blieb er bis zum 27. November.

Am 27. November holte ihn seine Mira nach Hause.

Am 29. November wollte Itzig Finkelstein Radio hören, stellte aber fest, daß sein Radio kaputt war. Zum Glück war das Fenster offen. Auch das Fenster seines Nachbarn, der sein Radio auf Höchststärke eingeschaltet hatte. Dadurch oder durch diesen Umstand erfuhr Itzig Finkelstein den Beschluss der Vereinten Nationen ... noch ehe seine dicke Mira ihm, Itzig Finkelstein, die freudige Nachricht nach Hause brachte ... denn sie war gerade nicht da, das heißt: zu Hause.

Itzig Finkelstein hörte am 29. November 1947 ... in seinem Bett ... daß »der Teilungsplan Palästinas von der Vollversammlung der Vereinten Nationen mit 33 gegen 13 Stimmen und 10 Stimmenthaltungen angenommen worden war!«

Das bedeutete, daß die Engländer abziehen würden!

Das bedeutete ... zwei selbständige Staaten in Palästina. Ein arabischer Staat! Und ein jüdischer Staat!

Endlich!

Ein Judenstaat!

Wenn auch nur ein kleiner und beschnittener und ver-
kürzter und nicht so groß und dick, wie Itzig Finkelstein
und Jankl Schwarz gehofft hatten, im Rahmen der historischen Grenzen ... aber immerhin: ein kleiner Staat!

Besser ein kleiner als gar keiner!

Schließlich könnte man den vergrößern!

Als Itzig Finkelstein die volle Bedeutung des im
Radio Gehörten kapierte oder begriff, sprang er, trotz
Gipsverband, mit einem Freudensatz aus dem Bett.

Aber das war verfrüht! Denn der Staat stand vorläufig nur im Aktenschrank der Vereinten Nationen.

Kein Wunder, daß Itzig Finkelstein sich wieder die
Beine brach. Denn die Bruchstellen waren ja noch nicht
völlig verheilt.

Ich wurde wieder ins Hadassah-Spital eingeliefert und
blieb dort bis Januar 1948.

Am 22. Januar 1948 holte mich meine Frau nach
Hause. Ich mußte bis zum 14. Mai im Bett bleiben. Erst
am 14. Mai gelang mir der zweite Freudensprung. Ich
sprang mit einem einzigen Satz aus dem Bett!

Am 14. Mai 1948 ... oder, um genauer zu sein: am 5.
Ijjar 5708 jüdischer Zeitrechnung, zogen die letzten
englischen Truppen ab, und der Judenstaat wurde offi-
ziell proklamiert: der Staat Israel!

Als ich frühmorgens mit einem einzigen Satz aus dem
Bett sprang, war es noch nicht ganz so weit. Aber ich
wußte: heute! Das ist der große Tag! Die Sonne war
bereits aufgegangen, und keiner konnte uns diesen Tag
wegnehmen! Diesmal war meine Freude nicht verfrüht.

Schmuel Schmulevitch hatte seinen Salon schon um 3
Uhr nachmittags geschlossen, um zu Hause rechtzeitig

Radio zu hören. Mira und ich holten ihn aus dem Geschäft ab, da wir zum Essen eingeladen waren.

Ich stand noch ziemlich schwach auf den Beinen ... so wie unser junger Staat ... ließ mir aber nichts anmerken. Wir schlenderten gemächlich die Dritte-Tempel-Straße entlang. Die Menge auf der Straße war erregt, hatte aber noch nicht zu feiern angefangen, da alles noch auf die große ›historische Proklamation‹ wartete, die die Lautsprecher auf den Straßen in Bälde durchgeben würden.

»Heute ist Sabbat Abend«, sagte Schmuel Schmulevitch, als wir in die Jabotinskystraße einbogen ... »am Sabbat gibt's immer gefüllte Fische bei uns und Nudelsuppe und Suppenfleisch und Zimmes und Kompott und Kigel oder Kugelspeise, wie meine Frau das nennt. Das habe ich durchgesetzt.«

Mira nickte. Und ich sagte an ihrer Stelle: »Ja. Das ißt Mira gern.«

»Ich auch«, sagte Schmuel Schmulevitch. »Aber nicht meine Frau.«

»So ...«, sagte ich.

»Heute wollte sie nicht«, sagte Schmuel Schmulevitch ... »wollte nicht kochen, was ich gern habe. Hat Sauerbraten und Kartoffelklöße gekocht. War nichts zu machen.«

»Eigentlich nicht angebracht«, sagte ich ... »ausgerechnet heute, wo der Judenstaat proklamiert wird.«

»Weil wir uns gestern gezankt hatten«, sagte Schmuel Schmulevitch. »Eine kleine Rache von meiner Frau.«

»Das mit dem Sauerbraten und den Klößen?«

»Ja«, sagte Schmuel Schmulevitch.

Ich fragte: »Werden wir die am Abend essen? Nach dem Anzünden der Sabbatkerzen?«

»Nein«, sagte Schmuel Schmulevitch. »Meine Frau hat nämlich heute ihr Mittagessen verpaßt. Und deshalb werden wir heute früher zu Abend essen.«

»Noch vor dem Anzünden der Sabbatkerzen?«

»Noch am Nachmittag«, sagte Schmuel Schmulevitch.

Der Schmuel Schmulevitch tat mir aufrichtig leid. Ein Glück, daß ich, der Massenmörder Max Schulz, nicht mit so einer Frau verheiratet bin.

Frau Schmulevitch hatte sich sichtlich Mühe gegeben: der Sauerbraten war erstklassig, ebenso die Klöße. Wir aßen mit gesundem Appetit, obwohl es noch nicht Abend war.

Als die Stimme im Radio die ersten Worte der Unabhängigkeitserklärung zu verlesen begann, hob Mira beunruhigt den massigen Kopf. Ich konnte sehen: ein dicker deutscher Kloß steckte in ihrem Mund. Und sie konnte ihn weder hinunterschlucken noch ausspucken.

Wir blickten Mira an. Das Radio dröhnte. Die ganze Welt hörte mit uns zu. Ein großer historischer Moment.

Ich beugte mich plötzlich vor und zog Mira den deutschen Kloß aus dem Mund ... legte ihn zurück auf ihren Teller. Mira sah mich an, mit ihren seltsam starren Augen.

Die Stimme im Radio ließ sich nicht stören. Mira fing plötzlich zu weinen an. Ich habe Mira noch nie weinen sehen. Wir anderen saßen wie erstarrt, angenagelt an unsere Plätze. Und Mira weinte. Und die Stimme im Radio sprach zu uns, sagte uns, daß jetzt alles vorbei war. Ahasver hatte den Wanderstab niedergelegt. Ahasver durfte sich endlich ausruhen. Und Mira weinte. Und ich sah: das Starre in ihren Augen wurde flüssig, zerschmolz, rann aus den Augen heraus, floß aus dem Seelenspiegel, über Wangen und Kinn, tropfte auf den zerfallenen Kloß ... der auf ihrem Teller lag.

Mira weinte erst lautlos. Aber Mira wollte laut weinen. Ihr Mund war sperrweit offen. Aber keine Laute kamen aus diesem Mund. Gewiß, dachte ich, steckten dort viele Klöße drin! Und die will sie ausspucken.

Ich dachte: die unsichtbaren Klöße. Das sind die richtigen Klöße. Und während ich Mira anstarrte, hoffte ich, daß Mira sie ausspuckte.

Mira zitterte am ganzen Körper. Ihr fettes Gesicht glänzte vor Schweiß. Ich wollte mich vorbeugen, um Mira zu umarmen, aber Schmuel Schmulevitch hielt mich zurück.

Die Stimme im Radio redete zu Mira. Und Mira weinte. Weinte mit offenem Mund. Und spuckte ihre Klöße aus. Und die Stimme im Radio redete. Und ließ sich nicht durch Mira beirren.

Wir zuckten plötzlich alle zusammen ... denn Mira hatte einen Schrei ausgestoßen ... und dann ... auf einmal ... begann Mira, die Stumme, zu reden!

21

In der ersten Unabhängigkeitsnacht hatte ich nicht geschlafen. Schuld daran war Mira, meine Frau, die unaufhörlich redete, als müßte sie Versäumtes nachholen. Ich lag
wach, hielt die müden Froschaugen offen und beobachtete, wie Miras Klöße in die Nacht hinaussegelten.

Im Morgengrauen erhielt ich meinen Gestellungsbe-
fehl.

Krieg! Auf den Straßen dröhnten die Lautsprecher: fünf
arabische Armeen über unsere neuen Grenzen marschiert! Was habe ich Ihnen prophezeit? Eines Tages
würde der große Krieg der Zukunft beginnen!

Der Kleinkrieg mit den Arabern hatte längst begonnen.
Ich hatte ihn durch meine Beinbruchgeschichte verpaßt.
Aber der war für mich nicht so wichtig ... eine Art Bür-
gerkrieg bloß, zwischen Juden, die für, und Arabern, die
gegen den Teilungsplan waren, und der sich in den letzten Monaten der Mandatszeit unter den Augen der ver-
ärgerten Engländer abgespielt hatte. Die großen arabischen Armeen jenseits der Mandatsgrenzen hatten sich
nicht direkt eingemischt, konnten das auch gar nicht,
solange die Engländer noch hier waren. Die großen arabischen Armeen standen bloß bereit, um eines Tages
hier einzumarschieren ... am Stichtag! ... um unseren
neuen Staat zu zerschlagen, die Juden ins Meer zu werfen ... mich auch: den Friseur Itzig Finkelstein.

Der große, offizielle Krieg der Zukunft, mit dem ich gerechnet und auf den ich gewartet hatte, war ein Krieg für die Zukunft, und begann logischerweise in der Morgendämmerung der Neuen Zukunft.

Die großen arabischen Armeen fielen mit schweren Panzern über uns her, und ihre Flugzeuge flogen schneller als der ›Hamsin‹ ... Hamsin, der heimtückische Wüstenwind, den selbst die alten Propheten gefürchtet hatten.

Da hab ich zu mir gesagt: »Itzig Finkelstein! Die Juden sollten sich bekreuzigen!«

Unsere Panzerkolonnen bestanden während der ersten Kriegswochen zum größten Teil aus alten Autobussen, ein bißchen verkleidet natürlich ... mit Stahlplatten, gefährlichen Gucklöchern und hastig aufmontierten Maschinengewehren; wir hatten auch Lastautos, Privatautos, Taxis ... alle ähnlich verkleidet ... und selbstverständlich an der Spitze unserer Panzerkolonnen die schnellbeweglichen Milch- und Honigwagen der Firma Nudelmann & Co. Milch und Honig hatten uns einst hierhergelockt. Und wenn Symbole an die Front fahren, dann ist das bitterer Ernst.

Mit unseren Flugzeugen stand es in den ersten Kriegswochen nicht besser. Die Haganah hatte sie irgendwo gekauft, ich glaube, aus den Flugzeugmottenkisten antisemitischer Raritätensammler, die hofften, daß wir uns den Hals brechen würden. Fliegen konnten die, aber nicht höher als die Wolken über Beth David während der Regenzeit ... und auch nicht schneller. Bomben hatten wir auch: Holzkisten mit Dynamit gefüllt. Die waren schwerer als die Luft, und fielen – nach dem Gesetz der Gravität – immer nach unten, genau das, was wir beabsichtigten.

Kanonen hatten wir auch. Sogar ein paar neue Modelle, aber die meisten waren veraltet und riefen Erinnerungen in mir wach, Gedanken an Geschichtsbücher, die ich als Junge gelesen hatte: Die Schlacht bei Waterloo! Napoleons berühmte Kanonen!

Ja, so war das. So und so und nicht anders. Wir hatten natürlich Revolver und Gewehre und andere Waffen, auch Panzerfäuste und Mörser, Maschinenpistolen und tragbare Maschinengewehre, leichte und schwere. Aber nicht genug. Das war es: wir hatten nicht genug!

Wo keine Panzerfaust da war, da war bloß die Faust. Und der Heldengeist der Makkabäer! Unsere Jungs sprangen auf die feindlichen Panzer mit Handgranaten und Molotowcocktails. Einheiten der Haganah, die nicht über richtige Mörser verfügten, griffen den Feind mit der ›Davidka‹ an, dem ›kleinen David‹, einem selbstfabrizierten, dynamitgeladenen Haganahmörser, der einen Höllenlärm machte und – so hieß es – die Wände der Omarmoschee erzittern ließ, auch das Heiligtum im Inneren, den Felsblock Sakhra und die aufbewahrten Barthaare des Propheten.

Wir kämpften gegen einen Feind, der uns an Waffen und Ausrüstung weit überlegen war. Aber wir hielten unsere Stellungen. Wir kämpften tapfer. Denn wir wußten, wofür wir kämpften!

Dann liefen Schiffe in unsere neuen Häfen ein. Moderne Waffen trafen ein. Wurden in aller Eile verteilt. Die ersten größeren jüdischen Panzerverbände – diesmal richtige – rollten zur Front. Neue Kanonen tauchten in unseren Einheiten auf, neue Mörser und andere Waffen. Und hoch oben am Himmel erschienen neue Flugzeuge, Flugzeuge mit dem Davidstern, die höher als die Wolken flogen und auch schneller, sogar schneller als der ›Hamsin‹.

Sie werden natürlich wissen wollen, ob ich, Itzig Finkelstein oder der Massenmörder Max Schulz – ein herz-

kranker Mann –, überhaupt kriegsdiensttauglich war?
Ich habe etwas verschwiegen. Bin nämlich längst untersucht worden ... von den Haganahärzten. Haben mich ausgelacht, die Haganahärzte, als ich ihnen von meiner vergangenen Herzgeschichte erzählte. Sagten nur: »Alles bloß Einbildung! Du bist gesund wie ein Ochse, Itzig Finkelstein!« – Ich hab natürlich versucht, meinen Fall zu erklären, nicht etwa, weil ich mich drücken wollte ... im Gegenteil ... ich wollte ja kämpfen ... nur um ihnen, den Haganahärzten, klaren Wein einzuschenken, um ihnen verständlich zu machen, daß ich, Itzig Finkelstein, ein herzkranker Mann, trotz meines Leidens, jederzeit bereit bin, zu kämpfen. Habe zu ihnen gesagt: »Aber damals ... meine Herren ... wurde ich doch ... wegen meines Herzinfarkts ... ins Hinterland versetzt ... ich meine ... noch weiter nach hinten ... und zwar ... von unserem Stabsarzt!«

Die guckten bloß dumm, verstanden nicht, was ich andeuten wollte, wußten nicht, von welchem Hinterland ich sprach, und von welchem Stabsarzt, sagten bloß: »Dein Stabsarzt wollte dir einen Gefallen tun, Itzig Finkelstein. Hat dich eben krankgeschrieben.« Ich sagte: »Und meine Schwächeanfälle! Und meine Ohnmachtsanfälle! Damals!«

»Das hat andere Ursachen gehabt!«

»Und der Herzinfarkt in Veronjas Kate?«

»Das war kein Herzinfarkt«, sagten die Haganahärzte, obwohl sie gar nicht wußten, wovon ich sprach.

»Könnte das mit meinem Dachschaden zusammenhängen?«

Und die lachten und sagten: »Möglich ist das schon.«

In den ersten Kriegswochen des großen Zukunftskrieges kämpfte ich, Itzig Finkelstein oder der Massenmörder Max Schulz, im ›Jerusalemer Korridor‹. Die Stadt

Jerusalem war belagert. Wir mußten sie freikämpfen.

Dann, nachdem ich, Itzig Finkelstein oder der Massenmörder Max Schulz, Jerusalem freigekämpft hatte, wurde ich an die ägyptische Front versetzt, eroberte ein Dorf nach dem anderen, eine Stadt nach der anderen, und marschierte schließlich, an einem sonnenklaren Herbsttag, in Beersheba ein.

Wir hatten die Ägypter in den ersten Monaten der Regenzeit aus dem Negev vertrieben und standen mit unseren siegreichen Truppen vor der Halbinsel Sinai. Wir durften aber nicht weiter, hatten strikten Befehl erhalten, stehenzubleiben, obwohl unsere Jungs gern bis Kairo marschiert wären, oder noch weiter.

Während der Sommermonate des Jahres 1948 hatte sich unsere Armee verwandelt. Aus der Haganah, dem zusammengewürfelten Haufen kämpfender Zivilisten, war inzwischen die vollausgerüstete, volluniformierte Israelarmee entstanden, genannt ›Zahal‹. Ich selbst, Itzig Finkelstein oder der Massenmörder Max Schulz, war ein frischgebackener Sergeant und verdammt stolz auf meinen Rang.

So war das. Aber Sie wissen ja, wie das ist: je besser es einem geht, desto anspruchsvoller wird man. Das war auch so mit unserer Armee. Die Herren Offiziere ... fingen an, kritisch auf meine Füße zu gucken. Irgendwas gefiel ihnen nicht, obwohl ich, Itzig Finkelstein oder der Massenmörder Max Schulz, schließlich und endlich ein Sergeant war, und zwar ein richtiger.

Ende Dezember 1948 wurde ich wegen meiner Plattfüße zum Nachschub versetzt. War nichts zu machen.

Und da war dieser Vorfall:

Erhielt den Befehl, frischen Proviant an die schweigende Front zu bringen. Viel war ja nicht mehr übriggeblieben. Von der Front, mein' ich. Die war stumm- und lahmgeschossen, hing wie ein unbeweglicher Vorhang, hell bei Tag, finster bei Nacht, zwischen unseren siegreichen Truppen und der geschlagenen ägyptischen Armee.

Ich fuhr mit meinen Leuten los ... um den Proviant zu holen. Saß in meinem Jeep, neben dem Fahrer, hatte meine Maschinenpistole übers Knie gelegt, Patronengurt umgeschnallt, Handgranaten an der linken Hüfte, sah im Spiegel meine Lastautos hinter mir ... und meine Jungs. Mein Fahrer fuhr gemächlich, angeblich ins Hinterland ... fuhr aber in die falsche Richtung.

War meine Schuld. Hatte meinen Kompaß verloren. Das war's.

Wir fuhren geradeaus, immer geradeaus, und als unsere Kolonne endlich zum Stehen kam ... da standen wir vor dem Suezkanal.

Sagte zu meinem Fahrer: »Na Jankl (der hieß auch Jankl), glaubst du, daß das der Jordan ist?«

Und Jankl, mein Fahrer, sagte: »Nein, Itzig (der nannte mich einfach: Itzig), glaube nicht.«

»Und was soll das sein, Jankl?«

»Der Suezkanal!«

Ich verließ meinen Jeep, zog meine Schuhe aus, wusch meine Plattfüße im Suezkanal, ging dann zurück, stieg in meinen Jeep.

Ich saß in meinem Jeep und überlegte. Wir waren nirgends auf ägyptische Truppen gestoßen. Widerstand war nicht da. Ich könnte meinen Leuten befehlen, den Suezkanal zu überqueren und in Richtung Kairo weiterzufahren.

Aber was würde dann geschehen? Ich dachte an die politischen Konsequenzen. Ägypten war vorläufig noch englisches Interessengebiet. Auch die Halbinsel Sinai. Ein jüdischer Einmarsch in dieses Gebiet würde England zum Intervenieren zwingen. Konnten wir uns – ein kleines, erst geborenes Land – einen Krieg mit England leisten?

Ich sprach mit meinem Fahrer über meine Bedenken. Der sagte: »Im Falle einer englischen Intervention könnte ich meinem Onkel in Amerika telegrafieren. Und der würde im Weißen Haus vorsprechen.«

»Du meinst, damit die Amerikaner uns zu Hilfe eilen und Truppen herschicken?«

»Das stimmt«, sagte Jankl, mein Fahrer.

Ich sagte: »Das werden die Amerikaner nicht machen. Nicht gegen England.«

»Da hast du eigentlich recht«, sagte Jankl.

Ich fragte: »Hast du noch einen Onkel in Frankreich, Jankl?«

»Hab ich«, sagte Jankl. »Aber ich glaube nicht, daß die Franzosen kämpfen werden.«

Ich sagte: »Hör zu, Jankl. Im Falle einer englischen Intervention würde unserem Verteidigungsminister nichts anderes übrigbleiben, als russische Truppen zu Hilfe zu rufen. Und du weißt doch, was das bedeutet?«

Jankl nickte. Er sagte: »Ein Dritter Weltkrieg!«

Das mit der Verantwortungslosigkeit ... das war für mich, den Massenmörder Max Schulz, endgültig vorbei. Ich war jetzt Itzig Finkelstein! Und so gab ich meinen Leuten den Befehl zur ›taktischen Umkehr‹, nicht zu verwechseln mit ›strategischem Rückzug‹.

Erreichten wieder unsere eigenen Linien. Wurden vorübergehend verhaftet. Begründung: befehlswidriger Vormarsch! Kamen alle vor ein Kriegsgericht. Wurden aber freigesprochen. Begründung: ein Irrtum!

Die Presse brachte den Vorfall mit Schlagzeilen. Natürlich diplomatisch verbrämt. Es hieß: »Der Generalstab hat den Friseur und Sergeanten Itzig Finkelstein eigenhändig zurückgeholt.« Das war fürs Ausland.

Ich las verschiedene Zeitungen, las auch Schlagzeilen wie folgende: »Itzig Finkelstein, der Mann mit den Wolfsaugen!« Oder: »Ein jüdischer Held!« Oder: »Judas Makkabäus ist auferstanden!« Oder: »Der Gettojude ist endgültig überwunden!«

Kurz nach jenem Vorfall wurde ich, Itzig Finkelstein, demobilisiert. Als ich nach Beth David zurückkam, schwelgte die Stadt im Siegesrausch. Überall blauweiße Fahnen. In Fenstern, auf Dächern, Balkonen. Und die Fahnen flatterten lustig im Wind und reckten sich der Sonne entgegen, die müde und abgekämpft hinter den Wolkenluken hervorlugte. Denn es war Regenzeit. Und Wolkenmassen hingen über der Stadt.

Das war erst der Anfang. Und viel stand noch bevor.

Als ich zu Hause anlangte, war ich erstaunt. Mira hatte abgenommen. Wir küßten uns lange und innig.

Mira fragte: »Was ist mit dem Krieg?«

Ich sagte: »Wir haben den Krieg gewonnen.«

Mira fragte: »Haben die Araber unterzeichnet?«

Ich sagte: »Sie werden unterzeichnen.«

»Einen Friedensvertrag?«

»Nein.«

»Was denn?«

»Ein Waffenstillstandsabkommen.«

»Und was wird mit dem Frieden sein?«

»Auf den müssen wir hoffen, Mira.«

22

Schmuel Schmulevitch ist gestorben. Herzinfarkt!

Ich ging zu seiner Beerdigung, kaufte mir sogar einen schwarzen Zylinder, obwohl das hier gar nicht Sitte ist.

Habe mich einige Wochen ausgeruht. Erst Anfang März, einige Tage nach Unterzeichnung des Waffenstillstandsabkommens zwischen uns und den Arabern, meldete ich, Itzig Finkelstein, mich wieder an meinem alten Arbeitsplatz: Friseursalon Schmuel Schmulevitch. Der hieß noch immer so.

War erstaunt, wie sehr sich im Salon alles verändert hatte, seitdem Schmuel Schmulevitch gestorben war. An den Friseursesseln hingen große Nummern. Nummer eins, Nummer zwei, Nummer drei, Nummer vier und so fort. Extrasessel mit Extranummern standen im Ankleideraum, und zwei Friseursessel ohne Nummern standen je in einer Ecke in der Nähe des breiten Schaufensters.

Fragte meinen Kollegen Jizchak Spiegel: »Was hat das zu bedeuten?«

»Eine neue Anordnung von Frau Schmulevitch, Herr Finkelstein.«

»Eine neue Anordnung?«

»Ja, Herr Finkelstein. Sehen Sie: Der Friseursessel Nummer eins, der am Fenster, bester Friseursessel im

Salon, Fensterplatz, verstehen Sie ... der ist ... für die deutschen Juden reserviert!«

»Ach so! Und Friseursessel Nummer zwei?«

»Für Juden aus anderen westeuropäischen Ländern.«

»Und Nummer drei?«

»Für die Elite der Ostjuden.«

»Und wer sind die, Herr Spiegel?«

»Die russischen und die litauischen.«

»Und Friseursessel Nummer vier?«

»Für die übrigen osteuropäischen Juden. Außer den rumänischen.«

»Und wo sitzen die rumänischen?«

»Auf dem letzten Sessel der Ostjuden. Auf dem Sessel Nummer fünf.«

Ich blickte Jizchak Spiegel entsetzt an. Dachte an die Hausnummer 33-45! Dachte: Aha. Also so ist das!

Jizchak Spiegel erklärte mir dann, daß auf dem Sessel Nummer sechs die Elite der orientalischen Juden bedient wurde: die Jemeniten. Dann folgten andere; auf dem letzten Sessel, der für die orientalischen Juden bestimmt war, saßen die Marokkaner.

Jizchak Spiegel zuckte bedauernd mit den Schultern, erläuterte dann den Rest der Reihenfolge, die bis in den Ankleideraum hineinreichte.

Ich fragte dann noch: »Und wie ist das mit den beiden nummernlosen Sesseln in der Nähe des Fensters?«

»Der eine ist für die ›Sabras‹ reserviert«, sagte Jizchak Spiegel. »Das sind die Juden, die bereits in diesem Lande geboren wurden, wenn Sie das wissen, Herr Finkelstein. Wir können sie nicht einstufen.«

»Und der andere, Herr Spiegel?«

»Der ist für Nichtjuden bestimmt. Für neue nichtjüdische Staatsbürger, auch Ausländer. Wir lassen sie aus Höflichkeit am Fensterplatz sitzen.«

Hab zu mir gesagt: »Itzig Finkelstein! Noch ist hier nicht alles in Ordnung. Und warum sollte alles in Ordnung sein? So schnell geht das nicht. Wir brauchen Zeit. Und Geduld. Ja, vor allem: Geduld. Ahasver hat zu viel Staub geschluckt. War schließlich 2000 Jahre unterwegs. 2000 Jahre!

Warten Sie ab! Haben Sie Geduld mit uns! Wir können Wunder vollbringen. Den Staat haben wir gekriegt. Den Musterstaat kriegen wir auch noch!

Denken Sie an die Vögel, die über den jungen Baumpflanzungen kreisen. Müssen die nicht auch warten? Bis die Bäume erwachsen sind? Warten sie nicht auf das kommende Laub? Und auf die Früchte? Das ist doch nur der Anfang.

SECHSTES BUCH

1

1950: Umgezogen! In die Wohnung des Herrn Bürgermeisters Daniel Rosenberg, des zukünftigen Bürgermeisters von Beth David. Der hatte nämlich eine große Wohnung. Aber Geldschwierigkeiten.

1951: Wieder umgezogen! In unser neues Häuschen! Im neuen, fertiggebauten, südlichen Stadtteil von Beth David. Einfamilienhaus, große Sonnenterrasse. Anzahlung ... mit meinen schwarzen Dollars, aber auch einheimischem Geld, das meine sparsame Frau auf die hohe Kante gelegt hatte. Hübsches Häuschen. Kann mich nicht beklagen. Haben alles neu eingerichtet, nicht zu teuer, aber geschmackvoll.

1952: Geld geerbt. Von Miras Onkel aus Mea Scharim, Onkel Abraham Lewinsky, ein Bruder ihrer Mutter, der rechtzeitig ausgewandert war. 1952 nach kurzem Leiden verschieden.

1953: Den Friseursalon Schmuel Schmulevitch gekauft! Von wem? Von der Witwe des Schmuel Schmulevitch!

Nein. Die ist nicht nach Deutschland gezogen. Eine alte, müde Frau. Zog zu ihren frommen Verwandten nach Mea Scharim.

Ich, Itzig Finkelstein oder der Massenmörder Max Schulz, kam 1953 zu einem Besitz, von dem ich immer schon geträumt hatte. Ich taufte den Laden ... pardon

... den Salon ... selbstverständlich um. Nannte ihn: ›Der Herr von Welt‹, Besitzer Itzig Finkelstein.

Ob der an der Ecke liegt? Klar. Der liegt an der Ecke. Und zwar: an der richtigen Ecke!

1954: Den Salon neu eingerichtet. Bequeme Klubsessel für wartende Kunden. Cocktailtische. Rauchständer. Zeitungs- und Illustriertentisch. Wände ... mit Kunstgemälden geschmückt.

Wegen der Konkurrenz! Kapieren Sie das? Wir waren nicht mehr der einzige Friseursalon. Beth David hat sich nach dem großen Sieg mächtig vergrößert. Neue Häuser, neue Friseurläden, neue Friseursalons.

Die Konkurrenz! Daß ich nicht lache! Wer kann schon mit Itzig Finkelstein konkurrieren? Ein Mann, der beliebt ist in dieser Stadt! Den man respektiert! Ein Idealist! Ein Redner! Ein Terrorist! Ein Haganahmann! Ein Frontkämpfer! Einer, der sich im Suezkanal die Füße wusch im Zeichen des Davidsterns! Ein Volksheld! Und noch dazu: ein guter Friseur, ein erstklassiger, ein wahrer Künstler!

Die Nummern! An den Friseursesseln! Weg! Ich hab sie nicht runtergenommen, obwohl ich, Itzig Finkelstein, gegen die Nummern war. Meine Angestellten haben sie runtergenommen! Na, was sagen Sie dazu?

Im Vertrauen gesagt: sowas kann sich nicht durchsetzen! Das Volk ist gegen numerierte Friseursessel! Einzelne Friseurläden und Friseursalons führen sie noch. Aber sie werden immer weniger. Verschwinden nach und nach. Noch haben wir keinen Musterstaat. Aber wir basteln daran. Und wir kommen auch vorwärts. Wir sind auf dem Weg.

Nach dem großen Sieg vom Jahre 48-49 und nachdem

wir die Tore des Heiligen Landes für alle Juden geöffnet hatten, kam eine Flut von Neueinwanderern ... die erste Million ... der Anfang der vielen Millionen, auf die wir gerechnet, auf die wir gewartet hatten, und die vielleicht eines Tages kommen würden.

Unter den Neuen waren viele Idealisten, Leute vom Schlage Trumpeldors, des einarmigen Helden von Tel Chaj. Es gab aber auch andere. Es gab auch Leute, die sich nicht umstellen konnten, die weder den Willen noch die Kraft dazu hatten. Diese Leute wollten wieder wegfahren: zurück nach Europa oder gar nach Amerika.

Ich bin ein Mensch, der eine Wut kriegt, wenn mir ein Jude sagt, daß es ihm hier nicht gefällt. Manche von diesen Leuten kann ich jedoch verstehen: die ehemaligen Insassen unserer Konzentrationslager. Manche konnten sich wieder erholen, so wie Mira, manche konnten sich aber nicht erholen. Wir hatten sie fertiggemacht. Endgültig. Wir töteten ihre Seelen. Was kann man von solchen Leuten erwarten? Begeisterungsfähigkeit? Unsinn!

Viele von diesen toten Seelen kamen in meinen Friseursalon. Habe mich dieser Leute angenommen. Sprach mit ihnen über Geschichte, über unsere Mission, über das große Aufbauwerk des jüdischen Volkes, sagte zu ihnen: »Wir brauchen hier jede Hand, jeden Arm und jeden Kopf.« Sagte zu ihnen: »Wer zurückfährt nach Europa, ist ein Verräter!« Sagte zu ihnen: »Und wer zu seinen Tanten und Onkeln nach Amerika fährt, der ist ein Schuft!«

Überzeugt habe ich diese Leute nicht. Aber ich habe sie hypnotisiert. Diese Leute fuhren nicht wieder fort. Sie blieben und halfen uns aufbauen.

Ja. So war das. Und eines Tages ... eines Tages sagte der damals noch zukünftige Bürgermeister Daniel

Rosenberg zu mir: »Herr Finkelstein! Alles spricht sich rum! Auch gute Taten! Sie haben ein gutes Werk getan!« Sagte dann: »Und wenn ich nächstes Mal mit dem Kulturminister Kaffee trinke ... dann werde ich Ihren Namen nicht vergessen.«

Eine bestimmte Zeitungsannonce war für mich das wichtigste Ereignis des Jahres 1954.

Ein vornehmer Friseursalon bezieht selbstverständlich auch ausländische Zeitungen. Und was entdecke ich eines Tages? Eine Annonce. Eine ganz bestimmte Annonce im ›Münchener Beobachter‹:

Friseursalon Anton Slavitzki, Hubert-Rosner-Straße 23, Nähe Stachus, München.

Na, was sagen Sie dazu. Der war also in München. Und sicher auch meine Mutter!

Ob ich den beiden geschrieben habe? Oder sonst irgendwie versucht habe, wieder mit ihnen in Kontakt zu kommen? Nein. So dumm bin ich doch nicht! Bestimmt wurden beide von der Polizei beobachtet. Die wartete doch nur darauf, daß ich, der Massenmörder Max Schulz, eines Tages in eine Falle laufen würde!

2.

Nach dem großen Sieg im Jahre 48-49, dem Sieg des stärkeren Willens, begann sich unser kleines Land hektisch zu entwickeln. Die Wüste war die Herrschaft der Gojim endlich losgeworden, hatte uns wieder zurück, und wollte nun nicht länger warten, rollte wütend mit den körnigen Sandaugen, fletschte die krustigen Zähne, ließ heiße Winde fahren, kurz: war neidisch auf die schmalen Flecken urbar gemachten Landes.

Das war so und so. Das müssen Sie begreifen. Mit der Wüste ist nicht zu spaßen. Und das sah unsere Regierung auch ein. Großzügige Pläne wurden entworfen, ein neues allumfassendes Aufbauprogramm, das alles in den Schatten stellen sollte, was die alten Pioniere vor der Staatsgründung für uns geschaffen hatten. Die Regierung ließ neue Straßen bauen, die besser waren als die neuen Straßen der alten Pioniere, auch neue Dörfer und neue Städte, die besser waren als die neuen Dörfer und neuen Städte, die die alten Pioniere gebaut hatten. Neue Namen bekleksten die Landkarte, und unsere neuen Chaluzim hatten alle Hände voll zu tun, um es besser zu machen, als die alten es gemacht hatten. Die Wüste schrie nach allem möglichen, aber vor allem nach mehr Bäumen ... auch deshalb, nehme ich an, weil – so heißt es – die Bäume den Regen herbeilocken.

So war das. Die Wüste schrie. Und unsere neuen Chaluzim hörten den Schrei.

Ich habe das alles gesehen, habe meine Froschaugen offengehalten. Ich habe gesehen, wie sich hier alles veränderte, gedieh und wuchs, habe mich über die neuen Städte und Dörfer gefreut, über neue Wiesen und Felder ... und ganz besonders über die frisch gepflanzten Bäume.

Nein. Ich habe die Bäume nicht mehr gezählt. Hab's nie wieder versucht. Hoffnungslos. Es sind zu viele geworden. Und wer will schon das Kribbeln kriegen? Ich bestimmt nicht!

1955! Wichtigstes Ereignis: Gründung eines lokalen Tierschutzvereins! Präsident: Itzig Finkelstein!

Für diese humane Sache habe ich, Itzig Finkelstein oder der Massenmörder Max Schulz, mich damals im Jahre 1955 sehr eingesetzt, und mein Artikel – ein Angriff auf die modernen Hühnerfarmen – erschien in der größten Tageszeitung von Beth David, mit den Schlagzeilen: »Wir fordern die Bewegungsfreiheit der Hühner!«

Ja. So war das. Im Jahre 1956 ist nicht viel passiert. Außer einem kurzen Krieg, der nur ein paar Tage lang gedauert hat. Ich selbst hab den leider verpaßt – hatte eine Grippe – und als ich wieder aufstand, war der kurze Krieg leider schon vorbei.

Notieren Sie: Die Sinai-Kampagne!

3

Im Jahre 1957 stellte ich ein Riesenschild ins Schaufenster des Friseursalons ›Der Herr von Welt‹. Auf dem Schild stand: »Itzig Finkelstein, Erfinder des soeben entdeckten Haarwuchsmittels ›Samson V 2‹.« – Um das Neue mit dem Alten zu versöhnen, stellte ich noch ein zweites Schild daneben, allerdings kleiner, unansehnlicher, mit einem bekannten, wenn auch banalen Rezept für Nachtcreme. Darauf stand: »Itzig Finkelsteins Nachtcreme für Herren, nach dem altbewährten Rezept:

  200 g Bienenwachs
  300 g Walrat
  500 g Lanolin
  500 g Olivenöl
   10 g Borax
   10 g Rosenöl

In den folgenden zwei Jahren hatte sich der Massenmörder Max Schulz einen kleinen Blumengarten angelegt, hatte auch Tomaten, Zwiebeln, Radieschen und Suppengrün im Gärtchen hinter seinem idyllischen Einfamilienhäuschen angepflanzt. Ebenfalls hatte Max Schulz sich einen Kaninchenstall angelegt und einen Hühnerstall. Allerdings muß ich an dieser Stelle hinzufügen, daß die Türen des Hühnerstalls, ebenso wie die Türen des Kaninchenstalls, offenstanden und noch -stehen, damit es den lieben Tierchen freisteht, im Stall zu sitzen oder nach Lust herumzulaufen.

Sonst ist eigentlich nichts Wichtiges passiert, ich meine, in den folgenden zwei Jahren. Erst im Jahre 1960 ... da hatte ich den Ärger ... mit dieser Wiedergutmachungssache.

Einer meiner Kunden, der Rechtsanwalt Dr. Franz Bauer, ein deutscher Jude, fing eines Tages damit an. Beim Haareschneiden. Sagte: »Herr Finkelstein! Wissen Sie, daß die neue deutsche Regierung im Wirtschaftswunderwesten ... den Juden Wiedergutmachungsgelder zahlt?«

Ich sagte: »Natürlich weiß ich das.«

Herr Dr. Bauer sagte dann: »Die Deutschen zahlen für Knochenmehl, Kernseife, Lagerkoller, Durchfall, Todesangst, Sachschaden und so fort. Sogar Berufsschaden, Gesundheitsschaden, Haftentschädigung und so fort. Da können Sie, Herr Finkelstein, als ehemaliger Auschwitzhäftling doch eine Menge herausschlagen!«

Herr Dr. Bauer sagte dann noch: »Wenn Sie wünschen, kann ich Ihren Fall übernehmen!«

Mich überlief's heiß und kalt. Wollte doch keine Nachforschungen. Wollte doch keine Listen ausfüllen, Angaben machen, Papiere hervorzaubern, Zeugen suchen, Dokumente beantragen. Das alles wollte ich nicht.

Ich sagte: »Herr Dr. Bauer. Als stolzer Jude kann ich solche Gelder nicht annehmen. Wie wollen Sie Todesangst in Markstücke umrechnen? Ich will gar nicht davon reden. Nicht mal vom Sachschaden! Diese Gelder stinken nach Knochenmehl! Lassen Sie meine Eltern in Frieden ruhen!« Ich hatte absichtlich laut gesprochen. Und wie schon so oft ... sprach sich die Sache herum.

Am nächsten Tag trat einer meiner Kunden an mich heran und sagte: »Herr Finkelstein. Als Präsident des Tierschutzvereins von Beth David können Sie doch ebensogut Präsident einer Antiwiedergutmachungsliga sein?«

Das leuchtete mir ein. Sagte: »Ehrensache!«

Und der Kunde sagte: »Jawohl, Herr Finkelstein. Ehrensache!«

Am 3. Februar 1960, gründete ich, Itzig Finkelstein oder der Massenmörder Max Schulz, die ›Antiwiedergutmachungsliga‹.

Da unsere Mitgliederzahl leider sehr begrenzt war, inserierte ich einmal wöchentlich in unserer lokalen Tageszeitung. Und, um die Sache anziehender zu machen, besonders für junge Damen, erfand ich, Itzig Finkelstein oder der Massenmörder Max Schulz, den ›Antiwiedergutmachungsherrenschnitt für Damen‹.

Die Idee verfehlte nicht ihre Wirkung. Junge Damen – allerdings auch welche älteren Kalibers – traten unserer Bewegung bei, strömten in meinen Friseursalon, um sich vom Präsidenten der Antiwiedergutmachungsliga persönlich den ›Antiwiedergutmachungsherrenschnitt für Damen‹ machen zu lassen. Ein glänzendes Geschäft!

Der Rechtsanwalt Dr. Franz Bauer, ein guter Kunde von mir, ging leider zur Konkurrenz, schrieb mir aber vorher einen Brief. Schrieb: »Herr Finkelstein! Sie haben diese Gelder abgelehnt und besitzen die Frechheit, aus der Entrüstung Ihrer ›Liga-Mitglieder‹ handfestes Kapital zu schlagen!«

Eine Bemerkung! Ich habe meinen Bart abrasiert! Brille fortgeworfen! Vorwand: die brauch' ich nicht mehr; meine Augen haben sich gebessert. Habe mein Haar wieder wachsen lassen! Das ist eisgrau, obwohl ich erst

53 bin. Aber so ist das. Ich kann es nicht ändern. Bin auch fett geworden. Und habe ein Doppelkinn. Wer könnte mich noch erkennen?

Im Jahre 1961 kam mein Vetter aus Polen ... Ephraim oder Froike Finkelstein, ehemaliger Kommunist, jetzt Zionist, der einzige überlebende Sohn von Moische Finkelstein, dem Bruder meines Vaters Chaim Finkelstein. Die Frau meines Vetters und seine 10 Kinder waren vergast worden. Aber mein Vetter hatte wieder geheiratet und hatte jetzt wieder eine Frau und wieder 10 Kinder.

Sie werden sich vorstellen können, wie Mira und ich uns gefreut haben. Im selben Monat kam noch ein anderer Vetter, und zwar aus Amerika. Der war zufällig hier als Tourist und hatte meine Annonce in der Zeitung gesehen, ebenso wie Froike, mein anderer Vetter, die Annonce gelesen hatte, obwohl der kein Tourist war.

Haben natürlich groß gefeiert. Werden Sie sich denken können, was? Ein Familienfest wie in Pohodna.

Mein Vetter Froike sagte: »Deine Mutter schrieb uns mal einen Brief ... vor vielen Jahren ... und da schrieb sie, daß du blond wärst und blaue Augen hättest! Und sie schrieb auch was von deiner geraden Nase!«

Und ich sagte: »Tja, lieber Froike. Die Jahre gehen eben nicht spurlos vorüber. Die Nase verändert sich, wenn man eins drauf kriegt – und das war im KZ – und das Haar wird mit der Zeit grau, auch wenn's mal blond war ... und wenn man gesehen hat, was ich gesehen hab, lieber Froike, dann werden Blauaugen zu Fischaugen.« Ich fügte scherzhaft hinzu: »Oder zu Froschaugen!«

Das sah mein Vetter auch ein.

4.

Wenn wir nur Frieden hätten! Ja. Wenn wir nur Frieden hätten! Den haben wir aber nicht!

Ich habe Ihnen nie etwas von den arabischen Flüchtlingen erzählt ... von den vielen, die damals geflüchtet sind ... damals, während der ersten großen Entscheidungsschlacht.

Wir haben sie nicht vertrieben. Im Gegenteil. Wir hatten unsere Bänke blau-weiß angestrichen. Wollten ja, daß sie sich zu uns setzten. Aber die meisten wollten das nicht.

Viele von ihnen sind damals geblieben. Viele sind geflüchtet. Warum sie geflüchtet sind? Ich weiß es nicht. Vielleicht aus Angst vor Leuten wie Jankl Schwarz, obwohl der Jankl Schwarz ja nicht gegen das Schild war ... Sie wissen doch ... das Schild in arabischer Sprache, das sie aufforderte, sich zu uns zu setzen: auf die blau-weißen Bänke!

Aber jetzt können sie nicht wieder zurück. Wir wollen sie nicht mehr. Das müssen Sie begreifen. Es geht um die blau-weißen Bänke.

Die wollen nämlich zurück, um unsere blau-weißen Bänke mit ihren eigenen Farben zu bestreichen. Wir wissen das. Und sie wissen das auch. Und das darf nicht sein. Denken Sie mal nach: Wir sind ein kleines Volk. Und wir sind lange gewandert. Und irgendwo müssen die blau-weißen Bänke stehen! Und irgendwo müssen sie stehenbleiben! Denn irgendwo muß ein Ort sein, wo wir selber bestimmen, ob wir das Recht haben zu sitzen ... oder nicht! – Können Sie das begreifen?

Ich habe Ihnen nie was davon erzählt. Aber ich kann ja nicht alles erzählen. Ich habe Ihnen auch nichts von den unruhigen Grenzen erzählt! Und den arabischen Terroristen, die nachts über die Grenzen kommen. Oder von den Minen. Und von den Schüssen im Hinterhalt. Ruhig ist's hier nicht. Aber schön ist es hier. Ich habe dieses Land wachsen sehen. Und ich liebe dieses Land. Und ich liebe die blau-weißen Bänke.

Im Frühjahr 1967 roch es bereits nach Krieg. Noch war es nicht soweit. Aber irgendwas lag in der Luft. Das kannte ich ja.

»Itzig Finkelstein«, sagte ich zu mir. »Die großen arabischen Staaten führen was im Schilde. Und auch die kleinen. Stehen hinter den Flüchtlingsbaracken. Wollen unser Land. Benützen die Flüchtlingsbaracken als Vorwand. So ist das. Und hinter den Flüchtlingsbaracken und hinter den großen und kleinen arabischen Staaten ... da steht die Sowjetunion. Und die will uns alle verschlucken. Und das sieht nicht gut aus. Gar nicht gut.«

Trotzdem hatte ich andere Sorgen. Meine Mira ist ganz plötzlich schwanger geworden. Was sagen Sie dazu? Nach so vielen Jahren! Nach einer kinderlosen Ehe! Und plötzlich: das!

Wir gingen zum Arzt. Der fragte: »Wie alt ist Ihre Frau?« Ich sagte: »50. Oder 48! Weiß das nicht genau.«

Und Mira sagte: »45.«

Und ich sagte zum Arzt: »Zum Teufel. Was fragen Sie eine Frau, wie alt sie ist. Das ist doch egal. Schwanger ist sie. Basta!«

Für Mira und mich bestand kein Zweifel: das konnte nur ein Sohn werden! Und wir beschlossen – Mira und ich – ihn, unseren Sohn, Judas zu nennen, so wie Judas Makkabäus, der große jüdische Freiheitskämpfer. Mira sagte dann noch: »Oder Jehuda! Das klingt besser!« Und daraufhin sagte ich: »Na schön. Oder Jehuda!«

Ich erzählte Mira schmunzelnd von der Geburtsanzeige anno 1907, als ich, Itzig Finkelstein, zur Welt kam, erzählte ihr von jener einmaligen Geburtsanzeige, die mein Vater, der Chaim Finkelstein, mir zu Ehren in der ›Jüdischen Rundschau‹ aufgegeben hatte, sagte zu Mira: »Wir müssen das auch machen! Zu Ehren unseres Sohnes Judas oder Jehuda!« sagte: »Und die können wir schon jetzt entwerfen!«

»Ist das nicht ein bißchen zu früh, Itzig?«

Ich sagte: »Nein. Wichtige Dinge müssen vorbereitet werden!«

Machte mich gleich an die Arbeit, war voller Vorfreude, im Vorgefühl meiner Vaterschaft, entwarf die Geburtsanzeige, die so ähnlich war oder lautete wie jene von anno 1907:

»Ich, Itzig Finkelstein, Friseur, Besitzer des eingeführten Friseursalons ›Der Herr von Welt‹, ehemaliges Mitglied der Schwarzgruppe, Haganahsoldat, Sergeant der Israelarmee, Veteran vom Jahre 48, erster jüdischer Soldat, der an der Spitze seiner Leute am 30. Dezember 1948 den Suezkanal erreichte, Präsident des Tierschutzvereins von Beth David, Präsident der örtlichen Antiwiedergutmachungsliga, Erfinder des berühmten Haarwuchsmittels ›Samson V 2‹, erlaube mir, die Geburt meines Sohnes und Nachfolgers Judas oder Jehuda Finkelstein bekanntzugeben.«

Ich entwarf dann auch gleich die Antwort der Bürger von Beth David, die ich dem Bürgermeister Daniel

Rosenberg – der ist nämlich inzwischen Bürgermeister geworden – rechtzeitig überreichen würde. Sie lautete:

»Wir, die Bürger von Beth David, sind glücklich, dem Herrn Friseur Itzig Finkelstein, ehemaliges Mitglied der Schwarzgruppe, Haganahsoldat, Sergeant der Israelarmee, Veteran vom Jahre 48, erster jüdischer Soldat, der an der Spitze seiner Leute am 30. Dezember 1948 den Suezkanal erreichte, Präsident des Tierschutzvereins von Beth David, Präsident der örtlichen Antiwiedergutmachungsliga, Erfinder des berühmten Haarwuchsmittels ›Samson V 2‹, zur Geburt seines Sohnes und Nachfolgers Judas oder Jehuda Finkelstein herzlich zu gratulieren.«

5.

Und dann kam der Krieg. Ein Krieg, der so schnell vorbei war, wie der im Jahre 56. Das ging im Handumdrehen.

Wollte natürlich zur Front. Hab zu mir gesagt: »Itzig Finkelstein. Deine Frau ist schwanger. Und sie wird dir einen Sohn schenken. Und der soll mal stolz auf dich sein. Denn das ... Itzig Finkelstein ... ist ein wichtiger Krieg. Und den mußt du noch mitmachen. Das ist die Dritte Entscheidungsschlacht. Und aller guten Dinge sind drei. Und es geht um viel mehr. Es geht um die blau-weißen Bänke. Und es geht um die alten historischen Grenzen, die weit weg sind von unseren Grenzen. Und es geht um Jerusalem. Es geht um die alte Stadt. Denn dort, in der alten Stadt, dort steht die Klagemauer! Die letzten Reste des Großen Tempels, die heiligste Stätte des Judentums!«

Und dann hab ich zu mir gesagt: »Itzig Finkelstein. Eines Tages soll dein Sohn sagen: ›Mein Vater, der Itzig Finkelstein, der war der erste jüdische Soldat, der die Klagemauer erreicht hat.‹«

Aber die wollten mich nicht. Zu alt, haben sie gesagt. Da hab ich meine alte Uniform aus dem Mottenschrank geholt und den verjährten Marschbefehl aus der Schatulle. Und meine Maschinenpistole aus dem Kellerversteck. Und Munition. Und meinen Stahlhelm. Und

Handgranaten. Und Proviant aus der Küche. Und auch den alten, zerschossenen Jeep aus der Garage.

Mira war in Tel Aviv bei meinem Vetter Froike Finkelstein. Zu Besuch. Mira wußte nichts, wußte nicht, daß ich, Itzig Finkelstein, in den Krieg wollte.

Ich ließ meinen Jeep in aller Eile reparieren und fuhr am nächsten Tage los: in voller Ausrüstung und mit dem Marschbefehl in der Tasche, dem Marschbefehl mit geändertem Datum.

In aller Früh fuhr ich los. Wollte nach Jerusalem. Über mir hoch oben, flogen Flugzeuggeschwader, neue Jets mit dem Davidstern. Die Sonne war verdunkelt, der Himmel fast unkenntlich. Und die Straßen hier unten waren verstopft von unseren Panzerkolonnen. Ich kam aber durch!

Als ich durch den Wald der 6 Millionen fuhr, hatte ich eine Panne. Wußte nicht, was das war.

Hab zu mir gesagt: »Itzig Finkelstein! Was ist das nur? Hast den Jeep doch erst reparieren lassen?«

Hab zu mir gesagt: »Bis man ihn abschleppt und wieder instandsetzt, ist der Krieg längst vorbei!«

Hab zu mir gesagt: »Und die Klagemauer längst erobert!«

Hab zu mir gesagt: »Dieser verdammte Wald! Und diese verdammten Bäume! Die sind dran schuld!«

Hab zu mir gesagt: »Die 6 Millionen!«

Hab zu mir gesagt: »Das ist Pech!«

Hab mich gefragt: »Und wer wird die Klagemauer erobern?«

Hab zu mir gesagt: »Ein Jude! Kein anderer darf sie erobern!«

Hab mich gefragt: »Bist du denn kein Jude?«

Hab zu mir gesagt: »Du bist einer ... aber nicht vom Standpunkt dieser Bäume ... dieser 6 Millionen!«

Hab zu mir gesagt: »Weil sie allein die Wahrheit wissen!«

Hab zu mir gesagt: »Die kannst du nicht zum Narren halten. Obwohl du beschnitten bist. Die wissen genau, wer du bist.«

Hab zu mir gesagt: »Ja, verdammt noch mal. Die wissen, daß deine Beschneidung keine Gültigkeit hat. Die wissen, daß die Beschneidung ein Bund mit dem Herrn ist, dem einzigen und ewigen Gott. Und Gott hat mit dir, Max Schulz, nie einen Bund geschlossen!«

Hab mich gefragt: »Dann weiß es also auch Gott?«

Hab zu mir gesagt: »Ich scheiß auf Gott!«

Hab mich gefragt: »Und wer bist du? Wenn du kein Jude bist, kein richtiger?«

Und hörte die Antwort der Bäume: »Du bist der Letzte. Rangmäßig der Letzte. Unter den Beschnittenen. Und unter den Unbeschnittenen.«

Hab die Bäume gefragt: »Und warum bin ich der Letzte?«

Haben zu mir gesagt, die Bäume: »Der Letzte unter den Letzten!«

Hab die Bäume gefragt: »Und warum? Hab ich etwa anders geschossen oder anders erhängt oder anders erschlagen ... als die Letzten unter den Letzten?«

Haben zu mir gesagt, die Bäume: »Weil du dich nicht bekennst! Weil du verleugnest! Und dich versteckst! Und noch dazu: hinter den Opfern ... den toten und denen, die überlebt haben!«

Sicher möchten Sie gerne wissen, ob Mira einen Sohn gebar? Ja. Es war ein Sohn. Der hatte weder Arme noch Beine. Hatte keinen Körper und kein Gesicht. Der hatte nur Augen. Riesige Froschaugen. Und die guckten mich einmal an und schlossen sich dann für immer.

6.

Das Geisterschiff! Die ›Exitus‹! Die Auferstehung! Erinnern Sie sich? Ein Spuk, dieses Geisterschiff. So wie das Leben. Existiert es oder existiert es nicht? Ist es oder ist es nicht geschehen? War alles bloß ein Traum?

Ich habe Hanna Lewisohn nie wieder besucht, von Teiresias Pappas bloß ab und zu was in der Zeitung gelesen, Max Rosenfeld nicht wieder gesehen, auch die anderen nicht ... außer einem!

Ja. Einer von den Passagieren der ›Exitus‹ oder der Auferstehung ist später nochmal aufgetaucht ... nach der Dritten Entscheidungsschlacht ... im Dezember ... Dezember 1967.

Erinnern Sie sich? Amtsgerichtsrat Wolfgang Richter? Der kleine Amtsrichter aus Deutschland, Jude ohne jüdischen Seelengeruch, roch ein bißchen nach Bier, Stammtisch, Kartoffelklößen und Sauerkraut. Hatte sich damals für mich interessiert. Auch für den Fall Max Schulz!

Wie der aussah? Können Sie sich wirklich nicht mehr erinnern? Wie Churchill. War auch Zigarrenraucher!

Eines Tages tauchte er plötzlich in meinem Friseursalon auf.

Amtsgerichtsrat Wolfgang Richter ist ein alter, müder Mann. Mindestens achtzig. Oder mehr! Wohnt nicht weit von uns. Lebt von einer Rente und Wiedergutmachungsgeldern. Zog nach Beth David, weil Beth David wie Tel Aviv aussieht, aber kleiner ist, noch immer ist, und nicht so feucht und nicht so lärmend. Entdeckte natürlich meinen Friseursalon ... kann man nicht übersehen ... sah auch meinen Namen ... über der Tür ... und auf den Reklameschildern im Schaufenster ... dachte ... oder ... dachte wahrscheinlich: Aha! Der Itzig Finkelstein!

Amtsgerichtsrat Wolfgang Richter: ein alter, müder Mann.

Und einsam, sehr einsam.

Mira lädt ihn oft zum Abendessen ein. Er tut ihr leid. So ist das. Eingefleischte Junggesellen sind im allgemeinen nicht beliebt, aber wenn sie alt sind wie Amtsgerichtsrat Wolfgang Richter, so alt und müde und einsam, dann erregen sie Mitleid.

Einmal ... während des Abendessens ... sagte Mira zu ihm: »Haben Sie schon Itzigs Sammlung gesehen?«

Und Amtsgerichtsrat Wolfgang Richter sagte: »Nein. Aber das interessiert mich.«

»Itzig ist ein Sammler«, sagte Mira. »Er hat sich einen Mappenschrank angelegt, und zwar mit Mappen in allen möglichen Farben. Hat eine Briefmarkensammlung. Und eine Schmetterlingssammlung. Und andere Sammlungen. Alle möglichen Sammlungen!«

Ich sagte scherzend: »Sammle auch Briefe. Aber die zeige ich nicht. Privatsache.«

»Briefe interessieren mich nicht«, sagte der Richter.

»Die wichtigen in Geheimschrift«, sagte ich. »Kann sowieso niemand lesen.«

»Briefe interessieren mich nicht«, sagte der Richter.

Mira lachte. Sie sagte: »Itzig ist manchmal ein Spinner.«

Nach dem Essen zogen wir uns ins Wohnzimmer zurück, da wir keinen Rauchsalon haben. Amtsgerichtsrat Wolfgang Richter rauchte eine Zigarre und ich meine gewohnten Camels.

»Erinnere mich«, sagte der Richter. »Sie waren schon auf dem Schiff ein Sammler. Wenn ich nicht irre, sammelten Sie damals Berichte über den Massenmord?«

»Stimmt«, sagte ich. »Die sammle ich immer noch.«

»Sie hatten mir seinerzeit was erzählt ... von einem gewissen Max Schulz?«

Ich nickte. Sagte: »Das stimmt. Ein Massenmörder, den ich persönlich gekannt hab.«

»Ist der geschnappt worden?«

»Der ist nie geschnappt worden.«

Wir rauchten, tranken dann Cognac. Mira war in der Küche. Störte uns nicht.

»Im Jahre 1945«, sagte ich langsam ... »da hab ich einen Artikel entdeckt und ausgeschnitten. Stand allerhand drin über Max Schulz!«

»Und was stand da drin?« fragte der Richter.

»Allerhand«, sagte ich. »Allerhand. Aber das wissen Sie ja! Ich trug den Artikel in der Tasche ... auf dem Schiff ... im Jahre 1947 ... hab Ihnen den Artikel gezeigt ... Sie haben ihn gelesen.«

»Möglich«, sagte der Richter. »Aber das sind schließlich mehr als 20 Jahre her. Kann mich nicht erinnern, was da drin stand.«

Der Cognac war gut. Französischer Cognac. War erstaunt, der Herr Amtsgerichtsrat Wolfgang Richter, so guten Cognac bei einem Friseur zu trinken. Dem schmeckte der Cognac. Ich erzählte ihm alles, was damals in dem Artikel stand: von den ersten Morden in Polen, dann von den Massenerschießungen in Südrußland, vom angeblichen Herzinfarkt des Max Schulz, von seiner Versetzung ins Hinterland ... zurück nach Polen

... ins Hinterland, obwohl ja damals auch Südrußland Hinterland war, erzählte von Laubwalde, dem Konzentrationslager ohne Gaskammern ... und den Massenerschießungen dort, die so ähnlich waren wie die in Südrußland und doch ein bißchen anders. Erzählte von Dokumenten, die man gefunden hatte ... über Laubwalde, erzählte, was in dem Artikel stand, erzählte auch von den ersten Truppen der Roten Armee. Und von der Flucht der SS durch den polnischen Wald. Und von den Partisanen. Und vom letzten Kampf. Und wie die SS damals erledigt wurde. Und daß nur zwei entkamen: der Hans Müller und der Max Schulz. Erzählte ihm alles, was in dem Artikel gestanden hatte.

Ich sagte: »Die Namen der beiden gesuchten Verbrecher tauchten später noch ab und zu auf ... in den Zeitungen ... dann nicht mehr.«

Der Richter rauchte und trank seinen Cognac. Sagte: »Hans Müller interessiert mich nicht. Mich interessiert der Max Schulz!«

Ich sagte: »Mich auch. Nur der Max Schulz!«

Mira kam aus der Küche und setzte sich zu uns, sah aber, daß wir nicht gestört werden wollten und ging wieder fort.

»Sie hatten sich auf dem Schiff sehr für den Fall interessiert«, sagte ich ... »den Fall Max Schulz. Können Sie sich wirklich nicht erinnern? Sie versprachen mir sogar, den Fall eines Tages aufzuklären!«

»Kann mich nicht erinnern«, sagte der Richter. »Es ist zu lange her.«

»Doch. Ganz bestimmt. Wir hatten damals sogar gewettet. Um eine Flasche Champagner!«

»Kann mich nicht erinnern«, sagte der Richter. »Es ist zu lange her.«

Der alte Mann log nicht. Es war zu lange her. Er hatte sich nur an den Namen erinnert ... den Namen Max

Schulz ... und auch daran, daß ich ein Sammler war, ein Sammler von Berichten über den Massenmord. Sonst nichts. Ich hatte sein Gedächtnis wieder aufgefrischt.

Dieses Gespräch fing an, mir Spaß zu machen. Ich wartete noch mit der Erzählung meines Geheimnisses, erzählte ihm vorläufig nur von der Kindheit des Max Schulz, so wie diese Kindheit mit den Augen seines Gespielen Itzig Finkelstein gesehen worden war. Nachdem ich alles über die Kindheit des Max Schulz berichtet hatte, sagte ich: »Herr Amtsgerichtsrat. Ich hatte Ihnen vor vielen Jahren erzählt, daß Max Schulz meine Eltern erschossen hat. Das heißt: ich hatte das angedeutet. Auf dem Schiff. Gesprächsweise. Erinnern Sie sich?«

»Nein«, sagte der Richter.

»Die waren nämlich auch in Laubwalde.«

»So ...«, sagte der Richter. »Und sind Sie noch immer überzeugt, daß Max Schulz Ihre Eltern erschossen hat?«

»Immer noch«, sagte ich. »Nach wie vor!«

»Das können Sie aber nicht wissen«, sagte der Richter. »Sie waren ja nicht dort!«

Ich sagte: »Ich nehme es an.«

»Max Schulz war nicht der einzige SS-Mann in Laubwalde!«

»Das stimmt«, sagte ich. »Trotzdem nehme ich das an.«

– Und dann erzählte ich ihm mein Geheimnis.

»Sehen Sie«, sagte ich zu dem Richter. »Ich stelle mir folgende Szene vor: Ein Judentransport kommt in Laubwalde an. Die Juden werden mit Peitschen und kläffenden Hunden aus den Waggons getrieben. Unter den Juden sind meine Eltern. Und unter den SS-Leuten ist Max Schulz. Und meine Eltern sehen Max Schulz! Und Max Schulz sieht meine Eltern!

Meine Eltern wissen, was ihnen blüht. Vorher wußten sie's nicht. Wenigstens nicht genau. Aber jetzt ... hinter dem Stacheldraht ... gehen ihnen die Augen auf. Sie sehen die Hunde. Und die SS. Und die langen, offenen Gräben. Und die Erschossenen in den Gräben. Sie spüren den Geruch. Sie wissen alles.

Mein Vater entdeckt Max Schulz zuerst. Sieht ihn dort stehen ... zwischen den anderen SS-Leuten. Rennt auf ihn zu. Fällt vor ihm auf die Knie. Bettelt. Nein. Nicht um sein eigenes Leben. Bettelt um das Leben meiner Mutter.

Meine Mutter sieht meinen Vater. Und sieht Max Schulz. Und rennt dorthin. Zu den beiden. Und fällt auf die Knie. Und bettelt. Nein. Nicht um ihr Leben. Bloß um das Leben meines Vaters.

Mein Vater weint. Ruft: ›Max Schulz! Du warst doch mein Lehrling. Wir waren doch gut zu dir.‹ Und meine Mutter ruft: ›Was haben wir dir getan?‹

Die SS-Leute lachen. Sehen Max Schulz an. Max Schulz wittert die Frage: Hast du die Juden gekannt? Waren sie etwa deine Freunde?

Max Schulz will sich reinwaschen. Er kann nicht verleugnen, daß er die Juden gekannt hatte, denn sie kannten ja seinen Namen. Aber sie waren nicht seine Freunde. Das durfte er nie zugeben. Sie waren bloß Juden. Nichts mehr. Und sie waren ihm gleichgültig.

Max Schulz richtet den Lauf seines Gewehrs gegen die Köpfe der Knienden. Max Schulz erschießt sie.«

»Möglich ist das schon«, sagte der Richter. »Ihr Bericht hat mich fast überzeugt.«

Wir schwiegen eine Zeitlang. Ich bot dem Richter ein paar von Miras selbstgebackenen Fladen an. Er lehnte aber ab.

»Er hätte auch Itzig Finkelstein erschossen«, sagte ich zu dem Richter.

»Vielleicht«, sagte der Richter. »Aber das konnte Max Schulz nicht, da Itzig Finkelstein ja nicht dort war. Schließlich sind Sie ja hier!«

Ich sagte: »Bin ich auch. Aber es hätte ja sein können.«

Der Richter lächelte. Ich sagte: »Stellen Sie sich vor … Itzig Finkelstein … wäre mit einem zweiten Transport in Laubwalde eingetroffen …«

»Dann wäre mit ihm dasselbe passiert?«

Ich wehrte ab, sagte: »Nein. Sie irren sich. Itzig Finkelstein wäre nie auf die Knie gegangen.«

»Dann also nicht?«

Ich sagte: »Nicht so!«

Der Richter fragte: »Wie denn?«

»Ungefähr so«, sagte ich. »Sehen Sie …

Es ist bekannt, daß Laubwalde kein Arbeitslager, sondern ein Todeslager war. Aber schließlich wurden auch in einem Todeslager Arbeiter gebraucht! Sie verstehen … zum Schaufeln der Gräben, Leichenverbrennung, Latrinen- und Barackenreinigung und was weiß ich noch. Die brauchten sicher auch Leute in der Lagerküche!

Ich stelle mir also vor:

Max Schulz sieht den Itzig Finkelstein. Entdeckt ihn plötzlich unter den neu angekommenen Gefangenen.

Max Schulz macht seine Vorgesetzten auf Itzig Finkelstein aufmerksam, sagt zu ihnen: ›Der sieht kräftig aus! Der kann noch arbeiten!‹ – Und einer seiner Vorgesetzten sagt: ›Ja. Holen Sie den Kerl aus der Gruppe raus!‹«

»Und dann? Was geschah dann?«

»Itzig Finkelstein wird in der Lagerküche beschäftigt. Max Schulz besucht ihn oft und redet mit ihm. Sie waren ja mal Freunde.

Das fällt den anderen SS-Leuten auf. Einer seiner Kameraden sagte eines Tages: ›Paß auf, Max. Red nicht soviel mit dem Juden. Judenfreunde werden an die Front geschickt!‹

Max Schulz will sich reinwaschen. Irgend etwas muß er tun!

Max Schulz erschießt Itzig Finkelstein! Aber nicht von vorne, sondern von hinten!«

»Und warum von hinten, Herr Finkelstein?«

Ich sagte: »Wegen der Augen!«

Der Richter hielt mich für einen Schwätzer. Wir redeten noch eine Weile. Dann nickte der Richter ein. Später kam Mira ins Wohnzimmer, weckte ihn auf, sagte: »Herr Amtsgerichtsrat. Es ist nach 10. Und wir sind bürgerliche Leute. Wir gehen früh schlafen. Und mein Mann muß morgen früh schon zeitig in den Friseursalon.«

Ich begleitete den Richter ein Stückchen. Reine Höflichkeit. Beim Abschied fragte der Richter: »Hatten wir damals wirklich um eine Flasche Champagner gewettet … auf dem Schiff … vor mehr als 20 Jahren?«

Ich sagte: »Ja. Wenn Sie den Fall Max Schulz aufklären.«

»Seltsam, daß ich das vergessen hatte. Man wird eben alt.«

Ich sagte: »So ist das.«

Der Richter fragte: »Und gilt die Wette noch immer?«

Ich sagte: »Selbstverständlich.«

7

Der Richter hatte sich lange nicht blicken lassen. Eines Tages kam er triumphierend in meinen Friseursalon. Sagte: »Herr Finkelstein. Jetzt will ich meine Flasche Champagner. Ich hab's nämlich rausgekriegt!«

Ich fragte: »Was denn?«

Sagte zu mir: »Den Aufenthalt von Max Schulz. Und warum die Presse seit Jahren schweigt!«

Ich rasierte gerade den Herrn Bürgermeister Daniel Rosenberg, rasierte, mußte aufpassen, durfte nicht mit den Händen zittern, zitterte aber, machte einen klaren Schnitt unterm Kinn ... ein Glück, daß es nicht die Schlagader war ... ließ mein Messer fallen, hob es wieder auf, entschuldigte mich, sagte: »Eine Kreislaufstörung.«

Die Sache war einfach so:

Amtsgerichtsrat Wolfgang Richter ist ein Mann, der sich langweilt, der nicht mehr arbeitet, keine anständige Beschäftigung hat, von einer Rente und Wiedergutmachungsgeldern lebt, kurz: ein Mann, der Zeit hat, Zeit genug, um langweilige Briefe zu schreiben ... Briefe an die Behörden. Die zuständigen Behörden, ... zuständig für die Verfolgung flüchtiger Massenmörder!

Ob er was erreicht hat, der Herr Amtsgerichtsrat Wolfgang Richter? Natürlich hat er was erreicht.

Er hat den Fall aufgeklärt!

Resultat der Bemühungen des Amtsgerichtsrat Wolfgang Richter:

Max Schulz ist tot! Seine Leiche wurde am 2. Juni 1947 von den polnischen Behörden geborgen! Es gelang Amtsgerichtsrat Wolfgang Richter sogar, einen Zeitungsartikel aufzutreiben, datiert vom 10. Juni 1947, der kurz und sachlich über den Tod des Max Schulz berichtete! Ein Artikel in einer kleinen deutschen Provinzzeitung: ›Warthenauer Stadtanzeiger‹! Anscheinend die einzige Zeitung, die meinen Tod für wichtig hielt, wichtig genug, um etwas zu berichten.

Ich habe den Artikel gelesen: Ich, Max Schulz, bin im Winter 1945 im polnischen Wald erfroren! Meine Leiche wurde von polnischen Bauern gefunden ... in der Nähe des Waldabschnitts, wo einst ein Partisanenüberfall auf eine LKW-Kolonne mit flüchtenden SS-Leuten stattgefunden hatte, einige Kilometer von Laubwalde entfernt ... ein ehemaliges KZ. Die polnischen Bauern, die mich fanden, schnitten meinen Kopf ab. Und mein Geschlechtsglied. Nahmen mir die Stiefel weg. Und Geld und Papiere und was ich sonst noch bei mir hatte, verbrannten, was sie nicht brauchten, ließen mir aber die Uniform!

Unerhört, sowas! Haben den Vorfall nicht mal gemeldet, die Bauern. Meldeten ihn erst im Juni 1947, als Holzfäller meine Leiche entdeckten, schon verwest. Und ohne Kopf. Und ohne Schwanz. Und ohne Stiefel. Und ohne Papiere. Aber in Uniform!

Sie können es mir glauben. Ich werde nirgends gesucht. Von keiner Behörde der Welt.

Die Welt hat mich vergessen. Wer bin ich schon? Max Schulz, ein Oberscharführer! Ein Oberscharführer ... ein Rang, der in anderen Armeen dem Rang eines Sergeanten entspricht. Ein Sergeant also! War Sergeant in der Israelarmee. Und war Sergeant in der SS. Das ist nicht dasselbe. Aber ich bin ein Sergeant. Und ein Sergeant ist nicht wichtig. Auch ein kleiner Fisch ist nicht wichtig. Und ich war doch nur ein kleiner Fisch unter vielen anderen kleinen Fischen. Es gab tausende wie mich, kleine Massenmörder, irgendwo untergetaucht, später. Es gab natürlich auch große, große Fische unter den Massenmördern, deren Namen in den wichtigen Zeitungen Schlagzeilen machen oder gemacht hatten.

Die Welt hat mich vergessen. Und Amtsgerichtsrat Wolfgang Richter hatte sich gut informiert, mit altdeutscher Gründlichkeit. Eine einzige Zeitung hat über meinen Tod berichtet. Sonst keine. Nicht wichtig genug. Das ist traurig.

Hab zum Richter gesagt: »Schade, daß ich den Artikel im ›Warthenauer Stadtanzeiger‹ damals übersehen habe.«

Und der Richter sagte: »Datiert vom 10. Juni 1947! Da waren wir doch auf hoher See, und dort gab es keine Zeitungen … mit den letzten Nachrichten!«

Sagte zum Richter: »Woher wissen die Behörden, daß die Leiche wirklich Max Schulz war?«

»Weil alles überprüft wurde«, sagte der Richter. »Zeitpunkt des Todes, Ort, Uniform und so fort! Ich könnte Ihnen da als ehemaliger Richter eine Menge sagen, aber schließlich sind das mehr als 20 Jahre her. Nicht mehr wichtig. Vergessen Sie den Vorfall!«

»Damals waren andere SS-Einheiten im polnischen Wald«, sagte ich hartnäckig … »zogen durch den polnischen Wald, auf dem Rückmarsch nach Deutschland. Es könnte ja ein anderer SS-Mann gewesen sein?«

»Es war aber Max Schulz«, sagte der Richter.

»Es hätte auch Hans Müller sein können«, sagte ich,

»der Lagerkommandant, der damals zusammen mit Max Schulz flüchtete. Ja. Warum eigentlich nicht Hans Müller? Der war ja auch dort?«

»Das weiß ich nicht«, sagte der Richter. »Aber glauben Sie mir als ehemaligem Amtsrichter: die Behörden haben Beweise, daß der Tote Max Schulz war ... und nicht Hans Müller. Dem Urteil der Behörden muß man vertrauen!«

Ich sagte: »Es war nicht Max Schulz!«

Und der Richter sagte: »Es ist festgestellt worden! Wollen Sie etwa klüger sein als die Behörden?«

8

Im März 1968 fand mein Prozeß statt. An einem Donnerstag! Und das war so:

Wir – das heißt Mira und ich – haben oft Besuch. Meistens Nachbarn. Ich könnte sie schildern, und ich würde es auch tun, aber ich finde sie langweilig ... und langweilige Leute zu schildern, dazu habe ich, Itzig Finkelstein, im Augenblick keine Geduld. Die einzigen unter den häufigen Besuchern, die nicht langweilig sind ... sind Jizchak Spiegel, der Friseur, mit dem mich Berufsinteressen verbinden und Daniel Rosenberg, der Bürgermeister, der ein wichtiger Mann ist ... aber die brauch' ich ja nicht zu schildern, da Sie die bereits kennen.

Am Sonntag kommen die Ruckensteins zu uns, Besitzer eines Kolonialwarengeschäfts, am Montag die Blumentals ... Damenunterwäsche, am Dienstag der Autoschlosser Moische Lewi, der meinen alten Jeep repariert hatte, Mittwoch Jizchak Spiegel und Frau und Freitag Daniel Rosenberg, der Bürgermeister, mit seiner ganzen Familie.

Das stimmt. Samstag und Donnerstag hab ich absichtlich ausgelassen. Am Samstag oder am Sabbat oder am Schabbat, machen Mira und ich gewöhnlich einen Ausflug. Und am Donnerstag hat Mira, meine Frau, ihr Kaffeekränzchen. Und das fängt nachmittags an und dauert bis zehn Uhr abends. Ich, Itzig Finkelstein oder der Massenmörder Max Schulz, bin da leider ausgeschlossen. Das Kaffeekränzchen ist nur für Damen! Manche mager, manche dick, manche hübsch, manche nicht hübsch, manche noch jung, manche nicht mehr ... Miras Freundinnen.

Am Donnerstag spiele ich Karten: Rommé! Mit Herrn Amtsgerichtsrat Wolfgang Richter. Da Herren am Donnerstag in meiner Wohnung unerwünscht sind ... wegen des Kaffeekränzchens ... spielen wir im Friseursalon ›Der Herr von Welt‹.

Und das war so:

Wir spielten Karten. Der Richter und ich. Gegen 9.50 Uhr hörten wir auf, da ich um zehn Uhr ins Bett gehe ... hörten also zu spielen auf, ordneten unsere Karten, legten sie auf den Zeitungs- und Illustriertentisch – auf dem hatten wir nämlich gespielt – und wollten uns gerade zum Fortgehen anschicken ... als der Richter eine Bemerkung machte, die mich, den bürgerlichen Friseur, der früh zu Bett geht und nicht spät, die Zeit vergessen ließ. Der Richter sagte: »Ohne Schwanz haben sie ihn begraben und ohne Kopf! Hat's auch nicht besser verdient!«

Ich fragte: »Wer?«

Und der Richter sagte: »Max Schulz!«

Ich weiß nicht, warum der Richter davon anfing. Offenbar hatte er, der Richter, noch keine Lust nach Hause zu gehen, in das einsame Zimmer, das einsame Bett, hatte keine Lust, vier kahle Wände anzustarren und eine kahle Zimmerdecke, wollte noch ein bißchen plaudern, wußte ... daß ich ... Itzig Finkelstein ... die Zeit vergessen würde, vergessen würde, daß es fast zehn Uhr war, daß ich ein bürgerlicher Mensch war, daß meine Frau zu Hause wartete ... wußte, daß ich bleiben würde, mit ihm plaudern würde ... wenn er davon anfing ... von Max Schulz zu sprechen anfing ... wußte ... daß dieses Thema meine schwache Seite war, und nützte diese meine Schwäche aus.

Der Richter fing an, sich über den Tod des Max Schulz lustig zu machen, besonders über den abgeschnittenen Kopf und über den abgeschnittenen Schwanz, schielte mich belustigt an, reizte mich, und brachte mich schließlich dazu ... eine unbedachte Bemerkung zu machen. Ich sagte: »Der ist nicht tot! Der lebt! Der ist munter wie ein Sabbatkarpfen, den ›sie‹ nicht erwischt haben!«

»Und woher wissen Sie das so genau?«

Ich sagte wütend: »Das weiß ich eben!«

»Ich kann Sie verstehen, Herr Finkelstein! Sie suchen ihn. Suchen ihn in Gedanken. Sie sind nicht zufrieden, daß er, Max Schulz, ohne Prozeß gestorben ist. Einfach so! Ich kann das verstehen. Sie wünschen, daß er lebt, daß man ihn schnappt, verurteilt, hinrichtet. Sie beschäftigen sich mit ihm. Kann ich verstehen. Schließlich glauben Sie, daß er Ihre Eltern umgebracht hat. Und daß er Sie auch umgebracht hätte, wenn Sie, Herr Finkelstein, dort gewesen wären, in jenem KZ ... in Laubwalde. – Aber der ist tot! Erledigt ... aus! Der ist im polnischen Wald erfroren. Und der ist gefunden worden. Und ohne Kopf! Und ohne Schwanz!«

Fantasielosigkeit amüsiert mich zuweilen, wenn es sich um eine Frau wie Frau Holle handelt. Aber von einem Mann wie Amtsgerichtsrat Wolfgang Richter hätte ich, ehrlich gesagt, mehr erwartet. Ich war ärgerlich. Ich sagte:

»Für Sie sind die Dinge einfach. Sie wollen sich Gedankenarbeit ersparen. Typisch für einen kleinen Amtsrichter. Max Schulz ist erfroren. Tot. Fall erledigt. Ich sage Ihnen aber, Herr Amtsgerichtsrat ... daß die

Dinge viel komplizierter sind, als Sie, Herr Amtsgerichtsrat, sich die komplizierten Dinge vorstellen.«

Wir hatten uns wieder an den Kartentisch gesetzt.

Ich sagte: »Im polnischen Wald ist es kalt. Im Winter,
mein' ich. Und damals war's Winter. Und damals war's
kalt. So kalt, daß einem die Spucke im Mund einfror.
Und die Tränen auf den Wimpern. Auf den Wimpern.
Jawohl. Und wohin hätte Max Schulz gehen sollen? Der
Wald wimmelte von Partisanen. Und die Rote Armee,
die war auch schon angelangt. Am Abend zuvor. Und
im Morgengrauen hatte sie den Wald besetzt. Die Rote
Armee, mein' ich. Wohin hätte er gehen sollen, der Max
Schulz? Etwa zu den Bauern? Die hätten ihn bei lebendigem Leibe geschlachtet. In ihren Katen!«

Ich holte tief Atem und sagte dann: »Logischerweise
hätte Max Schulz im Wald sterben müssen. Denn der
polnische Wald ist ein polnischer Wald. Dort kommt so
einer nicht mehr raus. Nicht unter den Umständen,
damals. Denn es ist anzunehmen, daß er keinen Proviant hatte ... oder keine Zeit hatte, Proviant mitzuneh-
men ... sprang ja vom Lastauto runter ... so wie Hans
Müller ... das ist bekannt ... oder das war bekannt ...
sprang runter und rannte! Und ohne Essen! Und ohne
Unterschlupf! Und die Hundekälte in Polen! Verhungert! Erfroren! Fertig! Erledigt! – Aber so einfach sind
die Dinge nicht, Herr Amtsgerichtsrat!«

Ich lachte höhnisch und fuhr dann fort: »Max Schulz
rannte in den Wald hinein. Und suchte sich später einen
Bunker, Partisanenbunker, einer, der verlassen war, fand
zufällig einen, stolperte sozusagen hinein. Und dort
war's warm. Oder: nicht warm, aber nicht so kalt wie
draußen oder oben. Verstehen Sie das? Und dann ... am
nächsten Morgen ... da kroch Max Schulz aus dem
Bunker heraus ... irrte eine Zeitlang im Wald herum ...
fand auch die Toten ... seine Kameraden ... hielt sich

aber nicht auf … bei den Toten, mein' ich … sondern ging weiter oder irrte weiter … und suchte und fand eine warme Bauernkate!«

Der Richter lachte. »Sie haben Fantasie, Herr Finkelstein! Das kann man wohl sagen! – Und was war in der Kate? Dort war sicher ein polnischer Bauer? Und der hat ihn erschlagen? Stimmt's?«

Ich sagte: »Sie irren sich. Dort in der Kate wohnte kein Bauer. Sondern eine Hexe. Und die sah Max Schulz. Und dachte, er wäre ein Gott. Aber einer, der keine Macht mehr hatte. Und sie behielt ihn in ihrer Kate, um den machtlosen Gott zu verprügeln. Und zu vergewaltigen! Und zu verhöhnen!«

»Sie sind verrückt, Herr Finkelstein. Sie gehen zu weit. Sowas gibt es nicht.«

Ich sagte vorsichtig: »Ich stelle mir das alles nur vor. Nur … um Ihnen zu beweisen, daß es Möglichkeiten gibt oder gegeben hat … für Max Schulz, mein' ich … Möglichkeiten!«

»Zum Überleben?«

»Ja. Herr Amtsgerichtsrat!«

Ich erzählte dem Richter meine Geschichte. Erzählte vom Winter. Und vom Frühling. Und wie ich durch den polnischen Wald gewandert bin … mit den Goldzähnen im Sack auf dem Rücken … gewandert … in Richtung Deutschland. Erzählte von meiner Beschneidung. Erzählte von Max Schulz, der seinen Namen geändert hatte. Erzählte von seinem neuen Namen. Erzählte von Itzig Finkelstein. Erzählte von der Gräfin. Und vom Hotel Vaterland. Und von der ›Exitus‹. Und von der Auferstehung. Erzählte ihm alles. Und als ich geendet hatte, sagte ich: »Herr Amtsgerichtsrat. Ich bin Max Schulz!«

Das Telefon klingelte.

Natürlich hab ich ein Telefon! Sogar zwei. Eins zu Hause. Und eins im Laden ... pardon: im Salon! Mir geht's Gott sei Dank nicht schlecht!

Beim ersten Klingelzeichen stand der Richter auf, riß den Hörer herunter, schrie: »Ach, Sie sind's, Frau Finkelstein! Ja. Wir sind noch hier! Ihr Mann ist verrückt geworden!« Sagte dann etwas ruhiger: »Nein. Sie brauchen nicht herzukommen. Lieber nicht! Ich werde schon mit ihm fertig!«

9

Ich sagte: »Stellen Sie sich vor, ich wäre wirklich Max Schulz! Und stellen Sie sich vor ... dieser Friseursalon wäre ein Gerichtssaal! Und stellen Sie sich vor ... ich wäre der Angeklagte! Und stellen Sie sich vor ... Sie wären mein Richter!«

Ich bin überzeugt, daß der Richter mich tatsächlich für verrückt hielt ... und nur mitspielte, um mich nicht noch mehr zu reizen. Es mochte natürlich auch sein, daß ihm das Spiel Spaß machte, denn ich, Itzig Finkelstein oder der Massenmörder Max Schulz, hatte ihn, den längst im Ruhestand lebenden, alten Mann, noch einmal, zum letzten Mal, in den Richterstuhl befördert; vor allem aber bot ich, Max Schulz, ihm, dem kleinen ehemaligen Amtsrichter ... einen großen Prozeß an: einen Mordprozeß!

Fragte mich, der Richter: »Und wo sind die Geschworenen? Und wo ist der Protokollführer? Und wo sind die Augenzeugen? Und wo ist der Staatsanwalt? Und wo ist Ihr Rechtsanwalt? Und wo ist der Gerichtsarzt? Und die Polizei? Und das Publikum? Und die Reporter? Und alle anderen?«

Ich sagte: »Die brauchen wir nicht!«

»Und warum nicht, Herr Finkelstein?«

Ich sagte: »Herr Schulz, bitte. Herr Schulz!«

»Und warum nicht, Herr Schulz?«

Ich blickte den Richter lange an. Sah ein paar Härchen in den Nasenlöchern und auch in den Ohren, dachte: Die muß ich ihm mal bei Gelegenheit abschneiden. Dachte: Oder gleich jetzt! Zog ihn, den Richter vom Stuhl herunter, schob ihn auf den ersten Friseursessel am Schaufenster, ergriff eine Schere, schnitt ihm die Härchen ab, aus den Nasenlöchern und von den Ohren, setzte mich dann neben ihn hin, in den zweiten Friseursessel, sagte: »So! Sehen Sie! Der Angeklagte steht nicht vor dem Richter! Er sitzt neben ihm! Sie sitzen nebeneinander: Richter und Angeklagter!«

»Und was soll das bedeuten, Herr Schulz?«

»Ein ungewöhnliches Gerichtsverfahren, Herr Amtsgerichtsrat. Wir verzichten auf die übliche Prozedur, brauchen keinen Staatsanwalt, keinen Rechtsanwalt und all die anderen. Wir arbeiten zusammen. Als Partner!«

»Als Partner?«

»Jawohl, Herr Amtsgerichtsrat. Ich versichere Ihnen, daß ich, Max Schulz, dasselbe Ziel anstrebe wie Sie!«

»Und das wäre?«

»Eine Strafe für mich, die meine Opfer zufriedenstellt!«

Habe ich Ihnen schon von meinem neuen Eisschrank erzählt. Im Ankleideraum. Ja. Dort steht ein neuer Eisschrank.

Holte eine Flasche Wein. Weißwein. Gekühlt. Erfrischend. Nahm auch zwei Weingläser. Ging zurück in den Salon. Goß ein. Trank mit dem Richter. Sagte: »Wir machen das ganz unkonventionell. Um unsere Partnerschaft zu unterstreichen. Nur so!«

»Unkonventionell?«

»Jawohl. Wir können uns sogar duzen. Auch mit dem Vornamen ansprechen. Ich bin bloß Max. Du bist bloß Wolfgang. Verstanden?«

Der Richter trank seinen Wein, rauchte sich eine Zigarre an … forderte mich auf, Platz zu nehmen, sagte: »So, Max! Setz dich an meine Seite!« Sagte: »So ein Gerichtsverfahren hab ich noch nie erlebt!«

Ein Friseursalon! Zwei Herren! In einem Friseursalon!
Versuchen Sie … es so zu sehen: Ein langer Wandspiegel. Vier Augen. Im Spiegel. Die Augen des Richters. Und die Augen des Angeklagten.

»Schuldig?«
»Mitgemacht! Bloß mitgemacht! Andere haben auch mitgemacht. Das war damals legal!«
»Schuldig!«
»Außerdem hab ich einen Dachschaden, Wolfgang. Vergiß das nicht. Den hab ich immer schon gehabt.«
»Schuldig!«
»Jawohl! Schuldig! Ansichtssache! Aber, wenn du willst, Wolfgang, dann mache ich mit. Also: ich bin schuldig!«
»In diesem Fall … lautet mein Urteil: Aufhängen!«
»Wie oft, Wolfgang?«
»6 Millionen mal!«
»Wir wissen aber nicht, ob es 6 Millionen waren, Wolfgang. Es könnten etwas mehr gewesen sein, aber auch weniger. Außerdem hab ich sie nicht alle umgebracht. Ich meine: alle 6 Millionen. Ich war ja bloß mitbeteiligt.«

»Wieviel hast du eigenhändig umgebracht, Max?«
»Genau weiß ich's nicht, Wolfgang. Ich hab sie nicht gezählt.«
»Ungefähr, Max?«
»Ungefähr 10 000. Es könnten aber auch mehr gewesen sein. Oder auch weniger. Nur, um eine runde Ziffer zu nennen: 10 000!«

»Einigen wir uns, Max!«

»Jawohl, Wolfgang!«

»Also: 10 000?«

»Jawohl, Wolfgang!«

»Dann lautet mein Urteil: 10 000 mal aufhängen!«

»Hör mal zu, Wolfgang. Du willst mich doch nicht etwa 10 000 mal aufhängen lassen?«

»Doch, Max!«

»Das geht aber nicht, Wolfgang. Ich habe nur einen Nacken!«

»Das stimmt, Max. Was machen wir jetzt?«

»Ich weiß nicht, Wolfgang.«

»Dann hängen wir dich eben nur einmal auf, Max!«

»Das geht nicht, Wolfgang.«

»Und warum soll das nicht gehen, Max?«

»Weil wir uns doch was vorgenommen haben, Wolfgang!«

»Was denn, Max?«

»Eine Lösung zu finden, die meine Opfer zufriedenstellt.«

»Na und, Max?«

»Die wären aber nicht zufrieden mit so einer Strafe.«

»Wie meinst du das, Max?«

»Mein Tod wäre nur ein Tod. Ein Tod für 10 000 Tode. Das wäre ungerecht.«

»Das ist ein Problem, Max.«

»Ja, Wolfgang. Das ist ein Problem!«

»Nehmen wir an, Wolfgang ... nehmen wir an: ich hätte 10 000 Hälse. Und du könntest mich 10 000 mal aufhängen lassen. Glaubst du, daß meine Opfer damit zufrieden wären?«

»Ich weiß nicht, Max. Muß mir das überlegen.«

»Bestimmt nicht, Wolfgang. Meine Opfer wären damit nicht zufrieden.«

»Warum nicht, Max?«

»Was hätten sie davon, Wolfgang? Sie sind tot!«

»Ja, Max.«

»Sie wachsen zwar hier als Bäume, Wolfgang. Aber das ist doch nicht dasselbe.«

»Wie meinst du das, Max?«

»Ich meine ... das ist doch ein anderes Leben ... nicht dasselbe, das ich, Max Schulz, getötet habe.«

»Das versteh ich nicht, Max.«

»Denk mal nach, Wolfgang. Was ich getötet habe, das kann ich nicht zurückgeben. Auch wenn ich wollte. Ich kann's aber nicht ... Verstehst du das, Wolfgang. Ich kann nicht. Das steht nicht in meiner Macht.«

»Na und, Max?«

»Was heißt ... na und? ... Wolfgang! Warum kapierst du das nicht. Das wollen sie doch. Meine Toten. Meine Opfer. Ihr Leben zurück! Sie wollen nicht, daß man mich aufhängt. Oder erschlägt. Oder erschießt. Auch nicht 10 000 mal. Die wollen doch nur ihr Leben zurück. Weiter nichts. Und das kann ich nicht, Wolfgang. Das, Wolfgang, kann ich, Max Schulz, ihnen nie zurückgeben. Ich kann nicht mal die Todesangst streichen, und auch nicht das Vorspiel der Todesangst. Es geht nicht, Wolfgang. Es gibt keine Strafe für mich, die meine Opfer versöhnen könnte.«

Unsere Stimmen wurden leiser. Nur der Nachklang unserer Worte sauste im Raum herum, schwirrte verzweifelt gegen die blanken Spiegel und traf unsere Augen, die Augen im Spiegel, die suchten, was sie nicht finden konnten.

Der Richter war ratlos. Ich bot ihm noch Wein an, aber er lehnte ab. Wir schwiegen lange Zeit. Dann sagte der Richter: »Am besten, wir vertagen den Prozeß!«

Ich sagte: »Vertagen nützt nichts. Es gibt keine Lösung. Auch nicht beim nächsten Prozeß!«

Wir fingen wieder an, Karten zu spielen. Keiner wollte nach Hause.

Der Richter überlegte. Er suchte nach einer Lösung. Ich sah es ihm an. Er konzentrierte sich nicht auf die Karten. Nicht so wie sonst. Wir spielten noch zwei Runden. Dann nickte der Richter ein.

Versuchen Sie, uns zu sehen! Zwei ratlose Männer. Sie haben ein Spiel gespielt. Sie sind müde. Besonders der Richter. Er ist eingenickt. Und er wacht wieder auf. Er blickt mich an. Er sagt: »Max Schulz. Es gibt keine Lösung. Das ist ein schäbiges Spiel.«

Ich sage: »Ein Urteil muß gefällt werden!«

Und der Richter sagt: »Ich bin müde. Mir fällt jetzt nichts ein. Und das ist ein schäbiges Spiel. Und ich bin ein alter Mann.«

Ich frage: »Soll ich das Urteil fällen?«

Und der Richter nickt, sagt: »Ich bin müde. Was ist das Urteil?«

Ich sage: »Freispruch!«

Und der müde alte Mann nickt ... sagt: »Freispruch!«

10.

Der Richter läßt sich täglich rasieren: Gesicht und Schädel. Grinst, wenn er ins Geschäft kommt. Begrüßt mich jeden Morgen: »Schalom, Herr Schulz! Wie geht's, Herr Schulz? Warum heißt Ihr berühmtes Haarwuchsmittel: ›Samson V 2‹? Und was haben Samsons Haare mit der deutschen Rakete zu tun? Und glauben Sie, Herr Schulz, daß ich das mal probieren soll? In meinem Alter? Und wozu brauche ich eigentlich Haare? Ein alter Mann? Und wem soll ich noch gefallen? Was sagen Sie dazu, Herr Schulz?«

Die Kunden im Friseursalon ›Der Herr von Welt‹ kennen unser Spiel, reißen Witze oder bedauern mich. Der Herr Bürgermeister Daniel Rosenberg hat mir seinen Hausarzt empfohlen. Sagte: »Der ist zwar kein Psychiater, sondern ein Wald- und Wiesenarzt. Aber ein Mann mit Herz. Dem sollten Sie sich anvertrauen.«

Nicht mal meine Frau nimmt mich ernst. Ich habe einige Wochen gestreikt. Wenn wir Besuch haben, ziehe ich mich zurück. Wohin? In mein Studier- und Arbeitszimmer. Ich will meine Ruhe haben.

Ich gehe jetzt oft in den Wald der 6 Millionen! Rede zu den Bäumen, erzähle ihnen Geschichten, erzähle vom Salz der Erde, das kein Salz ist, sondern bloß Staub … der Staub der Gewesenen, der Geschöpfe Gottes, der kein Gott ist. Ich erzähle vom Staub, der wandert. Ich erzähle vom wandernden Staub.

– »Und eines Tages langte der Staub an. Und verwandelte sich.«

Ich erzähle vom Wachsen und Werden. Und wie Menschen und Pflanzen Wurzeln schlagen. Und warum.

Ich saß im Schatten der Bäume und ließ mich reizen. Sagten zu mir, die Bäume: »Eines Tages wirst du sterben. Du bist nicht mehr der Jüngste, Max Schulz!«

Ich sagte: »Das hab ich auch nicht behauptet. Obwohl man heutzutage nicht alt ist ... mit 61. Die Menschen leben heutzutage länger.«

Und die Bäume sagten: »Das stimmt!«

Und ich sagte: »Das stimmt!«

Und die Bäume sagten: »Aber eines Tages wirst du sterben.«

Und ich sagte: »Klar. Einmal muß jeder dran glauben.«

Ich ließ die Bäume raten. Hab zu ihnen gesagt: »Strengt euch ein bißchen an. Stochert doch mal rum in der Baumgrütze! Wie werde ich sterben? Versucht sie doch mal rauszukriegen: die Todesursache!«

Und die Bäume sagten: »Das ist uns völlig egal!«

Ich sagte: »Trotzdem! Ratet mal. Das ist doch nur ein Spiel!«

»Du wirst geschnappt und gehängt«, sagten die Bäume.

Ich lachte. Sagte: »Das wäre unwahrscheinlich. Die meisten Massenmörder leben auf freiem Fuß. Manche im Ausland. Die meisten wieder in der alten Heimat. Habt ihr keine Zeitung gelesen? Es geht ihnen gut, den Massenmördern! Die sind Friseure. Oder was andres. Viele haben eigene Geschäfte. Viele besitzen Fabriken. Sind

Industrielle. Viele machen wieder Politik, sitzen in der Regierung. Haben Rang und Ansehen. Und Familie.«

Ich grinste und sagte: »Wahrlich, ich sage euch. Das ist die volle Wahrheit. Sie leben auf freiem Fuß und machen sich über Gott und die Welt lustig. Ja. Und auch über das Wort ›Gerechtigkeit‹!«

Ich sagte zu den Bäumen: »Ihr müßt euch schon was besseres einfallen lassen. Etwas, das wahrscheinlicher ist.«

Ich sagte zu den Bäumen: »Ich könnte, zum Beispiel, an einem Sabbatabend sterben! Meine Frau macht nämlich guten Fisch. Am Sabbat. Ein Fisch, wie ihre Mutter ihn gemacht hat in Wapnjarka-Podolsk. Ich könnte, zum Beispiel, … eine Fischgräte verschlucken. Könnte dabei ersticken. Das wäre wahrscheinlicher!«

Ich sagte: »Ich könnte auch was andres verschlucken: einen großen Knochensplitter. Das wäre auch wahrscheinlicher!«

Ich sagte: »Ich könnte ausrutschen. Auf der Straße. Das wäre auch wahrscheinlicher!«

Ich sagte: »Könnte an einer Krankheit sterben! Das wäre möglich! Oder vor Altersschwäche. Das wäre auch möglich! – Höchstwahrscheinlich aber wird es das Herz sein … wie man so sagt: ein Herzinfarkt. Heutzutage das übliche.«

Ich sagte: »Das könnte nachts passieren. Im Schlaf. Und ich würde es nicht mal merken.

Und es könnte natürlich auch am Abend passieren. In meiner Wohnung. Und zwar: fünf Minuten vor zehn. Vor dem Einschlafen. Da mach ich's manchmal mit meiner Frau. Fünf vor zehn. Immer pünktlich. Als bürgerlich gesinnter Mensch. Nur vor dem Einschlafen. Wir haben das so vereinbart: ab und zu, nicht zu oft. Und einmal könnte mein Herz versagen. Möglich ist das schon!«

Ich sprach noch lange zu den Bäumen, machte Vorschläge, wollte, daß sie wählen: meine Todesursache. Aber die Bäume konnten sich zu nichts entschließen.

11.

Gestern – nach dem Mittagessen – lag ich auf dem Sofa im Wohnzimmer, wollte mein gewohntes Mittagsschläfchen halten, konnte aber nicht einschlafen, lag bloß so da, mit halb geschlossenen Augen.

Es war drückend heiß. Hamsinwetter. Ostwind. Kommt aus der arabischen Wüste, um Menschen und Tiere und Pflanzen zu quälen. So ist das. Die Araber wagen es nicht, ihre Flugzeuge zu schicken. Aber sie schicken uns ihren Wind.

Ich lag auf dem Sofa, hatte Atembeschwerden und befürchtete schon das Schlimmste. Meine Frau rumorte in der Waschküche. Durch die halboffene Tür kam Wasserdampf ins Wohnzimmer, kroch an den Wänden entlang, schlich um mein Sofa herum und hüllte mich schließlich ein.

Ich hatte einen Wachtraum. Es kam mir vor, als läge ich wirklich im Sterben.

Am Telefon die aufgeregte Stimme meiner Frau: »Herr Doktor. Es ist passiert. Mein Mann! Ein Herzinfarkt! Nach dem Mittagessen! – Was? Was sagen Sie? Eine Herzverpflanzung? Sie haben drei Araber auf Lager? Und zwei Touristen? Einen Engländer und einen Deutschen? Fünf Herzen stehen zur Verfügung? Moment mal. Ich muß meinen Mann fragen. Ja. Er kann noch flüstern.

Kommt gar nicht in Frage, Herr Doktor. Ich habe meinen Mann gefragt. Kommt nicht in Frage. Er will kein arabisches Herz. Auch kein englisches. Und erst recht kein deutsches. Mein Mann will ein jüdisches Herz!

Was sagen Sie? Sie haben keine auf Lager? Keine jüdischen Herzen? Nicht mal eines?

Wie bitte? Vielleicht morgen? Oder übermorgen? Passiert immer mal was? Im besetzten Gebiet? Eine Mine? Eine Bombe? Schüsse aus dem Hinterhalt? Es könnte auch sein, daß jemand im Bett stirbt? Das auch? Abwarten?

Was sagen Sie? Ein Glücksfall? Gerade ist jemand gestorben? Noch nicht gestorben? Liegt bloß im Sterben? Will sein Herz spenden?

Wie bitte? Und was sagen Sie? Ein Rabbiner? Das Herz eines Rabbiners? Und ob mein Mann einverstanden ist?«

Ich liege auf einer Tragbahre. Man trägt mich fort. Ich verliere das Bewußtsein. Ich wache dann wieder auf.

Wo bin ich? Wahrscheinlich im Hadassa-Spital. In irgendeinem Zimmer für schwere Fälle. Ich kann nichts sehen. Nur Nebel. Nichts als Nebel. Aber ich höre Stimmen. Irgendwelche Stimmen.

»Er war lange bewußtlos. Er weiß nicht mal, daß er operiert wurde. Weiß überhaupt nichts.«

»Stimmt das? Er hat jetzt das Herz eines Rabbiners?«

»Das stimmt!«

»Wer war das?«

»Ich weiß nicht. Ein Rabbiner.«

»Wird er am Leben bleiben?«

»Ich glaube nicht. Irgendwas hat nicht geklappt.«

»Er liegt also ... wieder im Sterben?«

»Ja.«

Stimmen, Stimmen, Stimmen: »Ja. Ja. Ja.«

»Ja.«
»Ja. Ja. Ja.«

Was ist das nur, zum Teufel? Ich höre keine Stimmen mehr. Ich sehe nichts. Es ist dunkel. Es ist still.

Nein. Ich sehe nichts. Und doch sehe ich. Ich kann mir Dinge vorstellen:

Ich sehe, wie meine Gedanken aus der Dachschadenecke herausschlüpfen, sich befreien, um die Augäpfel herumschleichen, aus den Froschaugen quellen, hervorquellen, zu schweben anfangen, im Raum herumschweben, an der Zimmerdecke hocken, mich anstarren, mir etwas zuflüstern.

Amtsgerichtsrat Wolfgang Richter sagt: »Max! Du liegst in den letzten Zügen!«

Und meine Gedanken, die an der Zimmerdecke hocken, längst herausgeschlüpft aus der schleimigen Masse, aus dem grauen Brei hinter den Froschaugen … die sagen: »Ja. Ich weiß, Wolfgang.«

»Ich konnte dich hier nicht verurteilen, Max. Nicht hier auf Erden. Aber ich hab mir was ausgedacht.«

»Und was hast du dir ausgedacht, Wolfgang?«

»Was ganz Originelles!«

»Und was ist das?«

»Ich überantworte dich einem anderen Gericht.«

»Das ist nichts Originelles.«

»Ich hab dich dem lieben Gott überantwortet, Max.«

»Den gibt's vielleicht nicht …«

»Ich hab's ja gewußt.«

»Was … gewußt?«

»Daß du Angst kriegst, Max.«

464

»Woher weiß du das, Wolfgang?«

»Ich sehe den Angstschweiß auf deiner Stirn. Und deinen offenen Mund.«

»Das kann nicht sein, Wolfgang. Wie kann mein Körper schwitzen ... vor Angst ... wenn meine Angst an der Zimmerdecke hockt?«

»Das bildest du dir nur ein, Max.«

»Ja. Ich habe Angst.«

»Ja.«

»Wie seh' ich aus, Wolfgang?«

»So und so, Max. Schade, daß du dich nicht sehen kannst. Deine Froschaugen sind weit aufgerissen. Und auch dein Mund.«

»Ist das so?«

»Ja. Das ist so. Zuallerletzt, da stirbt ein Kerl wie du ... mit ›ihrer‹ Angst.«

»Wessen Angst?«

»Mit der Angst deiner Opfer, bevor sie starben.«

»Soll das die gerechte Strafe sein?«

»Nein.«

Und plötzlich sehe ich wieder. Ich sehe weiße Gardinen. Und ich sehe das offene Fenster. Und ich kann auch den Wind sehen. Den kann ich sehen!

Und es kommt mir vor, als käme der Wind aus dem Wald der 6 Millionen. Der Wind! Und der Wind packt die weißen Gardinen vor meinem Fenster. Und schüttelt sie.

Und allmählich werden sie dunkler. Die Gardinen am Fenster. Werden dunkler und dunkler, haken sich los, werden zu Flügeln, schwarzen Flügeln, fangen zu flattern an, lassen sich tragen vom Wind, vom Wind, der aus dem Walde kam, dem Wald der 6 Millionen. Und die Flügel packen mich, krallen sich fest an meinen ausgestreckten Armen. Und der Wind erhebt sich, trägt meine Flügel, und auch mich. Irgendwohin. Dorthin!

Nachwort

April 1975. Edgar Hilsenrath hat Koffer und Kartons gepackt. Sein Entschluss steht fest: Er will New York endgültig verlassen und zurück nach Deutschland, in das Land seiner Muttersprache. »Ich bin viel zu lange in Amerika geblieben«, resümiert er, »ich begann meine Verwurzelung in der deutschen Sprache zu verlieren.« Er plant noch einen Abstecher nach London, wo soeben sein Roman »The Nazi & The Barber« im Verlag W. H. Allen erschienen ist. Er will für seinen Roman werben, für die Medien in London präsent sein. Sein Gepäck, vierhundert Kilo schwer, schickt er als Fracht voraus nach München. Dort hat er seit seinem einjährigen Aufenthalt im Jahre 1968 Freunde, die bereit sind, seine Habe einzulagern, bis er selbst nach München kommen wird. Der Aufenthalt in London ist für den Autor durchaus erfolgreich. Etliche gute und sehr gute Besprechungen erscheinen. Roy Foster schreibt im *Times Literary Supplement*, das Buch sei »außergewöhnlich brutal, kompromisslos und wirkungsvoll. ›Der Nazi & der Friseur‹, obwohl deutsch geschrieben, ist bisher noch nicht in Deutschland veröffentlicht worden« und er fragt sich, was wohl das deutsche Volk zu diesem Buch sagen würde. Auch Alfred Starkmann, der Hilsenrath für die BBC interviewt und als Korrespondent für die *Neue Zürcher Zeitung* tätig ist und dort schreibt, der Roman sei der »Durchbruch in der Behandlung zeitgenössischen Grauens«, fürchtet, dieses Buch werde von den deutschen Verlagen abgelehnt, weil sie meinen, »es sei zu kontrovers für teutonische Leser«.

Herbst 1967. Der Cheflektor des Verlages Doubleday & Company in New York, Ken McCormick, bittet seinen Autor Edgar Hilsenrath zu einem Gespräch in sein Büro. Hilsenrath hatte ein Jahr zuvor in diesem Verlag den Gettoroman »Night« veröffentlicht, der von der amerikanischen Presse wohlwollend aufgenommen worden war.

Ken McCormick ist kein Freund langer Vorreden, er stellt nach kurzer Begrüßung sofort die entscheidende Frage: »Herr Hilsenrath, können Sie uns nicht ein zweites Buch schreiben? Ja sicher! Mache ich gern! Haben Sie irgendeine Idee? Ja. Der Nazi & der Friseur. Es war zwar noch unreif, aber ich habe ihm die Geschichte erklärt. Hat er gesagt, das ist gut, das kaufen wir. Schreiben Sie uns ein kleines Exposé und wir machen einen Vertrag. Da habe ich das gemacht. Habe das Exposé in Deutsch geschrieben und habe es ins Englische übersetzen lassen. Ich schickte es Doubleday und sie haben mir 5.000 Dollar Anzahlung gegeben.«

Um während des Schreibens im heimischen Sprachraum zu leben, packt der Autor seine alte Schreibmaschine, eine Groma, das Exposé und ein paar Klamotten ein und macht sich auf den Weg nach München. In der Stadt, in der Hitler mit seiner *nationalsozialistischen Bewegung* frühe Erfolge feiern konnte, will er seinen Roman über die *Täter* schreiben. In Schwabing, in der Clemensstraße 28, findet er ein schönes, großes Zimmer, sogar mit Bett *und* Schreibtisch. Er ist einer von drei Untermietern in drei möblierten Zimmern. Hilsenrath fühlt sich wohl. Er arbeitet intensiv an seinem Text. Nach einem Jahr sind fünf lange Kapitel, von ihm als Bücher eins bis fünf bezeichnet, fertig. Nur das abschließende Israelkapitel fehlt noch. Leider ist der Vorschuss aufgebraucht. Edgar Hilsenrath muss zurück nach New York, wo er in die Wohnung seiner Eltern einzieht. Zügig schreibt er das sechste Kapitel des Romans und liefert den deutsch geschriebenen Text bei Doubleday & Company ab.

Ken McCormick war – gelinde gesagt – überrascht, als der Roman als deutscher Text auf seinem Schreibtisch lag. Aufgrund des englischen Exposés hatte er einen englischen Text erwartet. Dies wurde allerdings nicht zu einem Problem. Der Verlag erteilte Andrew White, hauptberuflich Professor für Germanistik an der University of New York, einen Übersetzungsauftrag. Edgar Hilsenrath fand die Übersetzung ausgezeichnet und autorisierte sie. Im Frühjahr 1971 erschien bei Doubleday & Company »The Nazi & The Barber« und fand in der amerikanischen Presse ein breites Echo. Innerhalb von vier Jahren wurde der Roman auch in Italien, Frankreich, England und als Taschenbuch in den USA publiziert. Die verkaufte Auflage kletterte über die Millionengrenze.

Natürlich rechneten der Autor und seine Literaturagenten nach den fulminanten Erfolgen des Buches in den genannten Ländern nun damit, diesen Roman auch bei einem deutschen Verlag unterzubringen. Zumal ja der Text in deutsch geschrieben war, eine Übersetzung sich also erübrigte. Doch zu ihrer und Hilsenraths Überraschung reagierten die deutschen Verlage nicht oder mit Ablehnung.

Die Rückkehr Hilsenraths 1975 nach Deutschland geschah auch in der Hoffung, dass er hier einen deutschen Verlag für sein Buch finden würde. Er ging jedoch nicht wie zunächst geplant nach München, sondern folgte dem Rat eines Freundes in London, nach Berlin zu gehen. Dort werde er – wenn es denn Deutschland sein müsse – die für ihn besten Lebensumstände finden. Edgar Hilsenrath hat seine Entscheidung bis heute nicht bereut; er lebt gerne in dieser Stadt.

Bald nach seiner Ankunft bekam er Hilfestellung bei der Verlagssuche. Autoren, die er kennen lernte und andere Personen, mit denen er Freundschaft schloss, vermittelten Kontakte zu Verlagshäusern.

Zählt man die Absagen, die der Autor direkt oder seine Agenten erhielten, zusammen, so stellt man fest, dass mehr als sechzig deutsche Verlage im Verlauf von drei Jahren die Veröffentlichung des Romans »Der Nazi & der Friseur« ablehnten. Darunter waren viele renommierte Adressen, wie zum Beispiel Hoffmann & Campe, Bertelsmann, Rowohlt, Scherz, S. Fischer, Hanser, Luchterhand, Wagenbach und Kiepenheuer & Witsch.

Dass ein Autor, der mit zwei Romanen in den USA, England, Frankreich und Italien eine Auflage von zwei Millionen verkauften Exemplaren erreicht hatte, abgelehnt wurde, ohne dass sein Buch von den Lektoren gelesen worden war, wie nachträglich gelegentlich entschuldigend angeführt oder eben untergegangen sei in der Fülle der Angebote, ist wenig glaubhaft.

In Einzelfällen wurde die Nichtannahme individuell begründet, so von einem Lektor des Hanser Verlages. Er hielt eine umfangreiche Lektoratsarbeit für den Roman von Nöten. Es mangele der Konzeption sowie der stilistischen Ausführung, dem Psychogramm des Erzählers als auch den sozialen Umfeldern und insbesondere den weiblichen Figuren an Details.

Wenn wir sehen, welches positive Echo der unveränderte, nicht neu lektorierte Roman nach seiner Veröffentlichung bei den Lesern, in der Buchkritik und der Literaturwissenschaft fand, lässt sich begründet vermuten, dass auch die individuell begründeten Absagen nur kaschierten, was in der deutschen Verlagsszene einhellige Meinung und in manchen Ablehnungen auch offen formuliert worden war: *So kann und darf man über das Thema Holocaust nicht publizieren!*

Man war sich einig, dass eine Aufarbeitung der Shoa in Form einer bitterbösen, pechschwarzen Satire – noch dazu ausschließlich aus der Täterperspektive geschrieben – völlig unangemessen und deshalb unzulässig sei. Auf den Punkt gebracht: Die in Verlagen sitzende Nachfolgegeneration der Täter beanspruchte, dem Opfer vorzuschreiben, wie die Shoa literarisch darzustellen sei, beziehungsweise festzulegen, wo die Grenzen für eine solche Darstellung lägen.

Vielleicht fehlte einigen aber auch nur das Rückgrat, befürchtete Verrisse in den Medien oder Angriffe aus Institutionen durchzustehen, denn dass das wirtschaftliche Risiko bei einem solch spektakulären Text und der medienwirksamen Lebensgeschichte des Autors gering war, war offensichtlich.

Nach Vermittlung durch den Berliner Literaturförderer K. P. Herbach erschien der Roman »Der Nazi & der Friseur« schließlich Ende August 1977 im kleinen Literarischen Verlag Helmut Braun in Köln.

Geld, um nennenswerte Werbung für den Roman zu finanzieren, war in meiner Verlagskasse nicht vorhanden. Aber ich war mir sicher, dass die Medien auf dieses Buch und seine Geschichte, den Autor und dessen Geschichte einsteigen würden. Mit diesem Pfund musste ich wuchern. Also begann ich zu telefonieren, zu schreiben und zu reisen. Eine erste Hamburgtour nahm Formen an; unter anderem fuhr ich zum *Spiegel* und zur *Zeit.* Rolf Becker, damals Kulturchef beim *Spiegel,* empfing mich, holte Fritz Rumler mit hinzu. Die Klasse und Brisanz der Geschichte war ihnen sofort klar, die Qualität des Manuskripts überzeugte. Der Artikel von Rumler – »Dem Romancier Edgar Hilsenrath gelingt in ›Der Nazi & der Friseur‹ scheinbar Unmögliches: eine Satire über Juden und SS. Ein meisterliches Vexierspiel über Schuld und Sühne« – erschien drei Tage nach Auslieferung der Erstauflage. Damals gab der *Spiegel* die Bestsellerliste für Bücher noch in Form eines Plakates heraus. Viele Buchhandlungen hängten es regelmäßig aus. Ich griff das Layout des Bestsellerplakates auf und ließ in den roten Rahmen mit dem *Spiegel*-Schriftzug den Artikel von Rumler drucken und diese Plakate versenden. Drei Tage nach Erscheinen der *Spiegel*-Ausgabe hatten die Buchhandlungen in Deutschland die Plakate vorliegen. Viele gingen auf dieses Werbeangebot ein und hängten die Plakate aus.

Der Artikel im *Spiegel* war die Initialzündung, vom *Stern* bis zur *FAZ*, vom *Express* bis zur *Süddeutschen Zeitung*: alle widmeten sie sich ausführlich Edgar Hilsenrath und seinem Buch. Mit durchschlagendem Erfolg: Der Erstauflage von 10 000 Exemplaren folgten nur kurze Zeit später die zweite und dritte Auflage in jeweils gleicher Höhe.

Herausragend war sicher die Besprechung, die Heinrich Böll in der *Zeit* am 9. Dezember 1977 veröffentlichte: »... Diesen blutbesudelten Hans im Glück mit seiner Goldlast durch die Zeiten zu bringen, diesen grauslichen Max Schulz als Itzig Finkelstein in Israel durch seiner Hände – nicht seiner Mörderhände – Arbeit zu bescheidenem Wohlstand, zu seiner dicken Mira zu bringen, da will das und wenn sie nicht gestorben sind, nicht so recht heraus. Das Gruselspiel war ja kein Spiel, es ist durch Hilsenrath wirklich geworden und es hat sie ja wohl doch gegeben – oder? – diese Nazis, die getan haben, wovon keiner gewusst, was keiner gewollt und wenn man alles vergessen sollte: Die Goldzähne und die, die sie einmal getragen haben, vergisst man nicht, wenn Schulz-Finkelstein da im Wald der sechs Millionen spazieren geht.«

Nach schwierigem Start wurde aus dem Roman »Der Nazi & der Friseur« auch in Deutschland ein *Longseller* mit mehr als 250 000 verkauften Exemplaren. Weltweit ist dieses Buch in 16 Sprachen und 22 Ländern erschienen. Es ist das spektakulärste Buch Edgar Hilsenraths und hat ihn zu Recht berühmt gemacht.

Was aber stand einer Veröffentlichung in deutschen Verlagen entgegen?

Der Autor berichtet von einem Identitätswechsel, dies ist in der Literatur kein seltenes Thema. Allerdings wird über ungeheure Verbrechen ausschließlich aus der Täterperspektive erzählt, schlimmer noch: aus einer Täterperspektive bei Annahme einer Opferidentität. Hilsenrath durchbricht damit die Tabuisierung oder Ikonisierung, mit der das Bild der Juden nach 1945 belegt war. Er führt die Austauschbarkeit des scheinbar Unaustauschbaren – Jude und Arier, Lüge und Wahrheit – vor. Die Taten seines Max Schulz entziehen sich ob ihrer Monströsität jeder irdischen Gerichtsbarkeit, selbst die Todesstrafe ist keine *angemessene* Sühne.

Die Erwartungshaltung an einen Roman, der ein solches Verhalten wie das von Schulz-Finkelstein aufzeigt, ist, dass der Täter am Ende einer gerechten Strafe zugeführt wird. Hilsenrath verweigert den Lesern einen solchen »versöhnlichen« Schluss. In der inszenierten Gerichtsverhandlung bekennt sich der Täter zwar zu seinen Taten, aber er »bereut« sie nicht; vielmehr versucht er sich zu rechtfertigen, und zwar in einer Art und Weise, die in literaturwissenschaftlichen Arbeiten als »Rechtfertigungssuada« bezeichnet wird.

Hinzu kommt, dass dieser Täter Max Schulz kein ausgewiesener Antisemit ist. Er hat generell nichts gegen Juden, erlernt sein ehrbares Handwerk im Frisiersalon eines jüdischen Meisters, ist mit dessen Sohn befreundet, kennt jüdische Sitten und Bräuche. Zum Täter wird er, weil die Zeitläufte so sind, wie sie sind. Da kommt einer und gibt ihm einen Stock und diesen schwingt er eifrig, er tötet so beiläufig, wie er schläft, trinkt, raucht. Und als ihm der Stock wieder aus der Hand genommen wird, mutiert er problemlos zum (jüdischen) Friseur, der mit seiner Hände Arbeit zu Wohlstand kommt.

Erinnern wir uns: In den Jahren der Herrschaft der Nationalsozialisten in Deutschland, insbesondere während des Krieges und unmittelbar danach, vollzogen Hunderttausende – vielleicht sogar Millionen – ehrbarer deutscher Bürger solche Wandlungen. Sie wurden zu Plünderern, Schändern, Mördern und hatten keine Schwierigkeit damit, als *alles* vorbei war, wieder in ihre bürgerlichen Existenzen zurückzukehren; so, als sei nichts geschehen.

Wie Friedrich Torberg 1977 in einer Besprechung zu »Der Nazi & der Friseur« schrieb, diente »ihnen als Schutzmechanismus neben den Lebenslügen: Ich habe davon nichts gewusst und Was hätte ich denn tun sollen, ich wäre doch gleich ins KZ gekommen, wegen Befehlsverweigerung erschossen worden ... auch ein grotesker Talmi-Philosemitismus in Nachkriegsdeutschland, dessen Auswirkungen bis in die siebziger Jahre reichten.«

Diese Meinung zum Talmi-Philosemitismus teilt Hilsenrath, der in einer Fernsehdiskussion 1978 erklärte, dass die lange Jahre in der BRD gepflegte geheuchelte Zuneigung zum Judentum nur eine andere Art des Antisemitismus sei.

Gegen die Diskursregeln, die dieser Philosemitismus als Reflex des schlechten Gewissens hervorgebracht hat, verstößt der Autor nachhaltig. Hinzu kommt, dass er in seinem Roman Erklärungen für das Geschehene weitestgehend verweigert und sich auch nicht auf eine Sinnsuche begibt, die verzweifelt versucht, das Sinnlose sinnhaltig zum machen. Dies ist der entscheidende Unterschied zu den Werken anderer Shoa-Autoren – ich nenne als Beispiele Jurek Becker, Ruth Klüger, George Tabori, Imre Kertesz – und macht das Werk Hilsenraths solitär. Er begibt sich damit in die Gefahr, dass sein Buch abgelehnt wird. Die Leser reagieren, da ihre Erwartungshaltung nicht erfüllt wird, »gekränkt«. Dieses »Kränkungsangebot« führt aber zu einem nachhaltigen Erinnern des Romans »Der Nazi & der Friseur«, und somit auch zu einem nachhaltigen Erinnern der Shoa. Damit wird Hilsenrath in so brutaler Direktheit dem Erinnerungsgebot gerecht, wie dies in keinem zweiten Werk in deutscher Sprache gelingt.

Ist dieser Roman autobiografisch? Nein. Aber er ist autobiografisch beglaubigt.

Helmut Braun

Der Roman »Der Nazi & der Friseur« wurde von Edgar Hilsenrath 1968/69 in München und New York in deutscher Sprache für den New Yorker Verlag Doubleday & Company geschrieben. Die Übersetzung ins Englische erfolgte durch Andrew White. »The Nazi & The Barber« erschien 1971 erstmalig. Es folgten die Ausgaben in Italienisch (Mondadori, Mailand 1973), in Französisch (Fayard, Paris 1974), als englischsprachiges Taschenbuch (Manor Books, New York 1974), in England (W. H. Allen, London 1975) und erneut als Taschenbuch ohne inhaltliche Veränderung unter neuem Titel »The Nazi Who Lived As A Jew« (Manor Books, New York 1977).

1977 veröffentlichte der Literarische Verlag Helmut Braun, Köln, den Roman erstmalig in deutscher Sprache. Für diese Ausgabe änderte Edgar Hilsenrath das Schlusskapitel. Eine Sonderausgabe erschien im Guhl Verlag, Berlin 1978; die Taschenbuchausgabe bei Fischer Taschenbuchverlag, Frankfurt/Main 1979 und eine broschierte Ausgabe in der Serie Piper, München 1990. Zudem wurde der Roman seit 1977 in zwölf weiteren Auslandsausgaben publiziert.

Die Neuveröffentlichung im Rahmen der Gesamtwerkausgabe folgt – unter Berichtigung einiger Setzfehler – unverändert der ersten deutschen Ausgabe von 1977.

Das deutsche Originalmanuskript, die beiden unterschiedlichen Fassungen des Schlusskapitels sowie alle deutsch- und fremdsprachigen Buchausgaben befinden sich in der Akademie der Künste in Berlin. Ab 2006 werden sie dort im *Edgar-Hilsenrath-Archiv* der Öffentlichkeit zugänglich sein.

Edgar Hilsenrath
Werkausgabe in 10 Bänden
im Dittrich Verlag

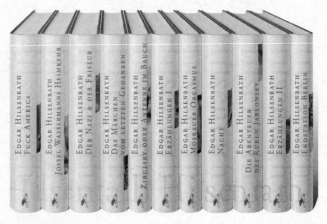

ISBN 3-920862-99-6, Gesamtpreis € 203,00 - 7 Bände sind bereits erschienen.
www.dittrich-verlag.de – info@dittrich-verlag.de, Tel. 030 785 27 33

»Edgar Hilsenrath ist neben Jurek Becker und Peter Weiss – der große deutschsprachige Erzähler des Holocaust. Sein Ghettoroman ›Nacht‹ und die Satire ›Der Nazi & der Friseur‹, aber auch sein ›Märchen vom letzten Gedanken‹ über den Genozid am armenischen Volk und seine Hommage an die Bukowina, ›Jossel Wassermanns Heimkehr‹, zählen zur Weltliteratur. Dank der aufopferungsvollen Arbeit des Verlegers Volker Dittrich sind die Werke Hilsenraths neu ediert zugänglich.«
Thomas Kraft, Passauer Neuer Presse